DONGSUH MYSTERY BOOKS 91

LE MYSTÈRE DE LA CHAMBRE JAUNE

노랑방의 수수께끼

가스통 르루/민희식 옮김

동서문화사

옮긴이 민희식 (閔憙植)

서울대 졸업. 프랑스 스트라스부르대 문학박사. 성균관대·이화여대·계명대·한양대 불문과·외국어대학 프랑스어과 교수 역임. 지은책 《프랑스문학사》《법화경과 신약성서》《불교와 서구사상》《토마스복음서와 불교》《어린왕자의 심층분석》옮긴책 《현대불문학사》플로베르 《보봐리부인》지드 《좁은문》뒤마피스 《춘희》《한국시집 (불역)》박경리 《토지 (불역)》한말숙 《아름다운 연가 (불역)》《김춘수시집 (불역)》허근욱 《내가 설 땅은 어디냐 (불역)》《불문학사예술론》《성서의 뿌리》. 프랑스문화공로훈장, 펜번역문학상 수상.

ͰͰͰ

DONGSUH MYSTERY BOOKS 91

노랑방의 수수께끼

가스통 르루 지음/민희식 옮김
초판 발행/1977년 12월 1일
중판 발행/2003년 6월 1일
발행인 고정일/발행처 동서문화사
창업 1956. 12. 12. 등록 16-345 (윤)
서울강남구신사동 540-22 ☎ 546-0331~6 (FAX) 545-0331
www.epascal.co.kr

*

이 책의 출판권은 동서문화사 (동판)가 소유합니다.
의장권 제호권 편집권은 저작권 법에 의해 보호를 받는 출판물이므로
무단전재와 무단복제를 금합니다.

편찬·필름·제작 일체 「동판」 자본으로 이루어짐에 따라
출판권 소유권자 「동판」에서 제조출판판매 세무일체를 전담합니다.
사업자등록번호 211-90-02201
ISBN 89-497-0176-6 04860
ISBN 89-497-0081-6 (세트)

노랑방의 수수께끼
차례

로베르 샤르베에게
젊은 룰르따비유가 처음 등장했을 때 그 감사해 하던 추억으로

깊은 우정을 담아

가스통 르루

등장인물

스땅제르송 박사 프랑스 과학원 회원, 원자물리학의 권위자

마띨드 스땅제르송 박사의 딸이자 연구 조수

로베르 다르자끄 소르본대학 교수, 마띨드의 약혼자

아더 랜스 미국의 골상(骨相) 학자

자끄 영감 스땅제르송집의 하인

베르니에 부부 스땅제르송집의 문지기

녹색옷의 사나이 스땅제르송집의 산지기

마튜 부부 여관 '천수루'의 주인

아주느 할멈 구걸하는 노파, '신주님'의 주인

드 마르께 예심판사

프레드릭 라루상 파리 경시청의 명탐정

조제프 룰르따비유 〈에뽀끄〉지의 청년기자

생끌레르 변호사, 이 책의 기술자

밀실의 참극

조제프 룰르따비유가 겪었던 기괴하기 짝이 없는 그 사건을 이야기할 생각을 하니, 나는 짜릿한 흥분을 느끼지 않을 수 없다. 룰르따비유는 지금까지 그 이야기를 한사코 못하게 말려왔으며, 나 또한 최근 15년 동안 가장 불가사의한 사건인 이 이야기를 언젠가 세상에 알릴 수 있으리라는 생각을 아예 단념하고 있었던 것이다.

아마 만일 그 명성 높은 스땅제르송 박사가 최근 레지옹 도뇌르 훈장을 받은 뜻밖의 일을 기회로, 한 석간지의 딱하게 봐야 할 무지의 소행이라고나 할까, 아니면 서슴없이 행한 불신 행위라고나 할까, 그런 기사 안에서 조제프 룰르따비유가 영원히 잊어 달라고 나에게 말했던 그 무서운 사건을 다시 들춰 내지만 않았던들 이런 기회는 오지 않았을 것이다.

틀림없이 그 일만 없었더라면 그 불가사의하고 잔인하며 센세이셔널한 여러 가지 드라마를 만들어내고, 나의 친구 룰르따비유가 자진해서 그 소용돌이 속으로 뛰어들었던 '노랑방' 사건이라 불리우는 기괴한 사건에 대해, 세상 사람들은 그 모든 진상을 끝내 알지 못하고 말았을 것이다.

'노랑방'! 약 15년 전만 해도 그렇게 많은 양의 잉크를 소모시켰던 이 사건을 도대체 누가 기억하고 있단 말인가? 빠리에선 무슨 일이든 금방 잊혀져 버리고 만다. 네브재판이나 그 비극적인 메날드 소년의 참사 등은 이미 그 기억조차 희미해져 버리고 말았은가. 그 무렵엔 때마침 돌발한 내각 경질의 소란조차 전혀 무관심하게 지나쳐 버렸을 정도로, 그 사건 공판 과정에만 온 빠리 시민들의 이목이 집중되지 않았던가.

그런데 노랑방 사건은 네브 재판보다도 사오 년 전의 일인데, 이번에 또다시 큰 반향을 일으킨 것이다. 사실 온 시민들이 몇 개월 동안 이 풀기 힘든 수수께끼——내가 알기로는, 빠리 경찰의 날카로운 통찰력과 재판관들의 명철한 판결이 동원된 사건 중 가장 힘들었던 이 수수께끼——에 완전히 정신을 빼앗기고 있었다. 누구나 도저히 손을 댈 수도 없었던 이 수수께끼의 해답을 찾느라 여념이 없었다. 그것은 흡사 노인인 유럽과 청년인 미국이 극적인 하나의 수수께끼를 풀기에 열중하고 있는 느낌이었다. 그것은 실제로——내가 이런 말을 할 수 있는 것은 '이 모든 이야기에 작자의 자존심 따위는 전혀 고려할 여지가 없기 때문'이며, 나는 아주 특별한, 어떤 자료의 덕으로 새로운 각도에서 보게 된 사실을, 다만 그대로 옮겨 쓰고 있는데 불과하기 때문이지만——사실 상상의 영역에 있어, 이를테면 《모르그 거리의 살인 사건》의 작자 에드거 앨런 포나 코난 도일 등의 창작을 다 뒤져도, 그 불가사의하다는 점에서 '노랑방'과 견줄 만한 것은 도저히 없다고 보기 때문이다.

아무도 간과하지 못했던 것을 겨우 18세밖에 안된 조제프 룰르따비유, 그때 어느 큰 신문사의 한낱 새내기 탐방 기자였던 그가 찾아낸 것이다. 그러나 그가 중죄 재판소의 법정에서 사건 전체의 열쇠를 뚜렷이 밝혔을 때, 모든 진상을 입 밖에 냈던 것은 아니었다. 그는 다만 '풀기 힘든 것을 풀기 위해', 그리고 한 사람의 억울한 죄인을 구해내기 위해 필요한 점만을 밝혔을 뿐이었다. 그가 그처럼 침묵을 지키지 않으면 안 되었던 이유도 오늘날에 와서는 이미 모두 사라져 버렸다. 아울러 나의 친구 룰르따비유도 이제는 진상을 말할 의무가 있는 것이다. 따라서 여러분도 이제야 모든 것을 알게 된 것이다. 그러므로 이것으로 구구한 말은 줄이기로 하고, 이제부터 여러분의 눈앞에 노랑방의 수수께끼를, 글랑디에 성의 참극이 일어났던 다음 날, 온 세상 사람들의 눈에 비쳤던 그대로의 모습으로 제시해 보기로 하겠다.

1892년 10월 25일, 마감 시간에 임박해서 들어온 뉴스로, 다음과 같은 약보가 마땡 지에 실렸다.

에삐네 쉬르 오르쥐 거리 위쪽 생뜨 주느비에브 숲에 인접한 글랑디에의 스땅제르송 교수 집에서 끔찍한 범행이 일어났다. 간밤에 박사가 실험실에서 일하고 있는 동안 그 실험실 바로 옆방에서 자고 있던 박사의 딸을 어떤 자가 살해하려고 했던 것이다. 의사들의 말로는, 스땅제르송 양은 목숨을 건질 수 있을지 확답을 할 수 없다고 한다.

온 빠리의 사람들이 얼마나 흥분했는가는 쉽게 상상할 수 있을 것이다. 이미 얼마 전부터 스땅제르송 박사와 그의 딸이 하는 일에 대해서 학계에서도 깊은 관심을 쏟고 있었다. 그 일이란 뢴트겐 사진에 관해 처음으로 시도된 연구였는데, 이것이 뒷날 뀌리 부부에게 라듐 발견을 하게끔 이끌어준 요소가 된 것이다. 그리고 사람들은 박사가 머지않아 과학원에서 발표할 예정인 '물질의 해리(解離)'라는 신학설에 대한 센세이셔널한 문제를 많은 기대 속에 기다리고 있었다. 이 신학설이야말로, '모든 물질은 없어지지도 않고, 새로 생겨나지도 않는다'라는 물질 불멸의 원리를 오랫동안 그 기반으로 해 온, 일반적으로 공인된 과학의 전영역을 밑바탕에서부터 뒤흔드는 놀라운 것이었다.

다음날, 조간의 지면은 이 참극의 기사로 가득 차 있었다. 그 중에서도 마땡 지는 '초자연적인 범죄'라는 표제로 다음과 같은 기사를 발표했다.

글랑디에 성의 범죄에 관해 우리가 입수할 수 있었던 사건 일부의 내용을 상세히 말하면 다음과 같다. 스땅제르송 박사는 비탄에 싸여 있고, 또 피해자 자신의 입에서는 아무런 정보도 들을 수 없으므로, 우리나 경찰 당국의 탐색도 매우 곤란을 겪고 있어 잠옷바람의 스땅제르송 양이 빈사상태로 마루 위에 쓰러진 것을 발견한 노랑방에서 도대체 무슨 일이 일어났는지 지금으로선 전혀 짐작도 할 수 없는 형편이다. 그러나 어쨌든 우리는 작끄 노인이라고 이 근처 사람들이 부르고 있는 스땅제르송 박사네 하인과 면담하게 되었다. 작끄 노인은 박사와 함께 노랑방에 들어갔다고 한다. 이 방은 실험실 바로 옆방이다. 그리고 실험실과 노랑방은 성에서 약 3백 미터 가량 떨어진, 정원 깊숙이 외진 곳에 있다.

"마침 12시 반쯤 되었을 때입니다. 저는 실험실에 있었고 박사님께서도 실험실에서 일을 하고 계셨는데 그때 사건이 일어났습니다. 저는 저녁때부터 줄곧 기구를 치우고 청소를 하고 있었으며, 나리가 주무시러 가시면 저도 자러 가려고 기다리고 있었습니다. 아가씨는 12시까지 나리와 함께 일을 하시다 12시가 되자 자리에서 일어나 박사님 곁으로 다가가 안녕히 주무시라고 인사를 하셨습니다. 저보고도 "잘자요, 작끄 할아범" 이렇게 말하고 노랑방의 문을 열더니 안으로 들어갔습니다요. 그러자 문을 거는 소리가 나고, 안으로 잠그는 소리가 들려오기에 저도 모르게 웃으며, 박사님께 이렇게 말씀을 올렸죠.

"아가씨는 문단속을 단단히 하시는군요, 이중열쇠까지 채우시고, 틀림없이 '신주님' 녀석이 무서우신 모양이죠."

그러나 박사님께서는 제 말은 귀에 들리지도 않는지 일에만 열중하고 계셨습니다. 그런데 제 말에 대답이라도 하듯 몹시 기분나쁜 소리가 집 밖에서 들려왔는데, 그 소리가 막 말했던 신주님이 우는 소리임을 알자, 저는 갑자기 소름이 끼쳤습니다. "녀석 또 잠을 못자게 할 참인가, 오늘 밤도." 그렇게 생각했습죠.

이것은 말을 해야 아시겠지만, 10월 말까지는 제가 그 별채의 노랑방 바로 위에 있는 다락방에서 자고 있었습니다. 그렇게 동떨어진 곳에서 아가씨를 밤새도록 혼자 있게 할 수는 없었기 때문이죠. 날씨가 좋을 동안 만은 별채에서 살고 싶다는 것이 아가씨의 생각이었으니까요. 아마 성보다도 이 별채가 밝은 기분이 든다고 생각하셨던 모양입니다.

아가씨는 4년 전에 그 별채를 지은 이후 매년 어김없이 봄이 되면 그곳으로 옮기십니다. 그러다가 겨울이 되면 다시 성으로 돌아오시죠. 노랑방에는 난로가 없으니까요.

그러니까 나리와 저는, 아가씨가 주무시러 간 뒤에도 별채에 있었던 셈인데 그야말로 바스락 소리 하나 내지 않고 있었습니다. 박사님께서는 꼼짝 않고 책상 앞에 앉아 계셨습니다. 저는 일을 다 마치고 의자에 앉아 나리의 모습을 물끄러미 쳐다보며, '대단한 분이시군! 두뇌도 그렇고, 학문도 그렇고, 정말 대단한 분이시다!' 이런 생각을 혼자서 되뇌이고 있었습니다. 이 바스락 소리 하나 내지 않았다는 사실이 중요한 점이라고 생각합니다만, 왜냐하면, 그랬기 때문에 범인은 우리가 가고 없는 줄 알았을 것입니다. 그러자 갑자기, 마침 비둘기 시계가 12시 반을 치고 있는데, 그야말로 숨이 끊어질 듯한 비명 소리가 노랑방에서 들려온 것입니다.

분명히 아가씨가 "사람 살려! 사람 살려!" 하고 외쳤어요. 그 순간 권총 소리가 울려오는가 했더니, 테이블이며 가구가 엎어지고 쓰러지는 소리가 요란스럽게 들려와서 마치 엉겨 붙어 싸우고 있는 것 같았습니다. 그리고 "살인자! …… 살려줘요! …… 아빠! 아빠!" 하는 아가씨의 비명이 들려 오지 뭡니까.

나리와 저는 깜짝 놀라 문 앞으로 달려갔습니다. 그러나 문이 꽉 잠겨 있으니 어쩔 도리가 없었습니다. 아까도 말했듯이 아가씨가 안으로 이중열쇠까지 걸어 꼭 잠가 놓은 것입니다. 계속 문을 흔들어 보았으나 꼼짝도 하지 않았습니다. 박사님은 마치 정신이 나간 사람 같았는데, 사실 그러고도 남을 일이었죠.

"살려 줘요! 살려줘!" 하는, 숨이 끊어질 듯한 아가씨의 목소리가 들려오니 말입니다. 박사님은 문을 쾅쾅 두드리며 안타까운 나머지 울음을 터뜨릴 듯이 몸을 부들부들 떨고 계셨습니다.

그때 문득 좋은 생각이 떠올랐습니다. "범인은 창문으로 들어갔습니다. 저는 창문 쪽으로 가보겠습니다!" 저는 그렇게 소리치고, 정신없이 별채 밖으로 뛰어나갔습니다.

공교롭게도 노랑방의 창문은 들판이 내다보이는 쪽에 있으며, 그 벽이 있는 곳에서 성의 뜰이 시작되고 있으므로 밖에 나가도 곧 창문 앞으로 갈 수 없게 되어 있습니다. 그곳까지 가려면 우선 집밖으로 나가야 합니다. 그래서 문쪽으로 뛰어가는데, 도중에 문지기 베르니에 부부를 만났습니다. 권총 소리와 우리가 떠드는 소리에 놀라 달려왔다는 것입니다. 저는 두 사람에게 급히 앞뒤 이야기를 한 다음, 베르니에 보고는 곧 박사님께 가보라 하고, 베르니에 부인에게는 나와 함께 가서 뜰문을 열자고 말했습니다. 그리고 5분이 지났을 때는 문지기 부인과 저는 노랑방의 창문 밑에 와 있었습니다. 맑게 개어 달밝은 밤이어서 창문은 아무도 손댄 흔적이 없다는 것을 똑똑히 볼 수 있었습니다.

쇠창살도 말짱할 뿐만 아니라 쇠창살 안쪽에 있는 덧문도 제가 그날 밤에 닫아 놓은 대로 꽉 닫혀 있었습니다. 이 일은 매일 밤 제가 하고 있는 일입니다. 아가씨는 제가 하는 일이 많아 몹시 피곤해 하는 것을 알고 있었으므로, 자기가 닫을테니 일부러 닫으러 가지 않아도 된다고 말했지만 그날 밤도 제가 닫았습니다. 덧문은 꽉 닫혀 있고 제가 주의해서 안으로 걸어놓은 쇠고리도 그대로 있었습니다. 그러므로 범인은 그곳으로 들어간 것도 아니고 또 그곳으로 도망쳤을 리도 없습니다. 그러나 그렇게 말하는 저 역시 그곳으로는 들어갈 수 없었습니다.

정말 어이없는 일입니다! 방문은 안으로 잠겨 있다, 게다가 덧문 밖에 있는 쇠창살은 그대로 있어 창살 틈으로는 팔을 디밀 수도 없으니 말입니다. 거기다 아가씨는 "살려 줘요, 살려 줘!" 하고 비명을 지르고 계시니…… 아니 그 소리도 더이상 지를 수 없는지 아무 소리도 들리지 않지 뭡니까. 어쩌면 숨이 끊어졌는지도 모른다는 생각이 들었습니다. 그리고 별채 안에서는 박사님이 아직도 정신없이 문을 흔들고 있는 소리가 들려오고 있었습니다.

문지기 부인과 저는 다시 별채로 뛰어 돌아갔습니다. 박사님과 베르니에가 있는 힘을 다해 문을 두드리고 있었지만 여전히 꼼짝도 하지 않았습니다. 마침내 넷이서 있는 힘을 다해 간신히 문을 부수고 방 안으로 들어섰을 때 우리 눈에 나타난 광경이란! 여기서 말해 둬야 할 일이지만, 우리 뒤에는 베르니에 부인이 실험실의 램프 불을 들고 있었는데 그 불은 아주 밝은 불이라서 온 방안을 구석구석 환하게 비쳐 주었습니다.

노랑방은 아주 작은 방입니다. 방안에 있는 가구란 꽤 큰 쇠침대와 작은 테이블과 나이트테이블이 하나씩 놓여 있고, 화장대 하나에 의자 두 개뿐입니다. 그러므로 우리는 베르니에 부인이 쳐들고 있는 램프불로 모든 것을 볼 수 있었습니다. 아가씨는 잠옷을 입은 채 마룻바닥에 쓰러져 있었고, 방안은 엉망이었습니다. 테이블과 의자가 나뒹굴고 있는 것을 보니, 상당히 심한 몸싸움이 있었던 모양입니다.

틀림없이 아가씨는 침대에서 끌려내려온 것입니다. 온통 피투성이가 되었고 목에는 심한 손톱자국이 나 있었으며——목부분이 마치 손톱으로 쥐어뜯긴 것처럼 되어 있었습니다——그리고 오른쪽 관자놀이에 구멍이 나 있고 거기서 흐르는 피가 물이 괸 것처럼 마룻바닥에 괴어 있었습니다. 박사님께서는 아가씨의 그런 모습을 보시자, 그야말로 숨이 끊어질듯한 소리를 지르며 몸을 가누지 못했습니다. 참으로 가슴아픈 소리였습니다. 그런데 아직도 숨소리가 있는 것을 확인하시자, 그저 아가씨 몸만을 생각하실 뿐 다른 일은 생각하시려고도 하지 않았습니다. 한편 저희들은 범인을 찾았습니다. 아가씨를 죽이려고 했던 밉살스러운 놈! 사실이지 그녀석을 찾아내기만 했다면 그냥 놔두지 않을 작정이었습니다.

그런데 대체 어떻게 된 일인지 그녀석이 아무 데도 없지 뭡니까. 벌써 도망쳐버린 것입니다. 정말이지 알다가도 모를 일입니다. 침대 밑에도 없고, 테이블이나 화장대 뒤에도 없었습니다. 사람의 모습이라고는 전혀 눈에 띄지 않았습니다. 눈에 띈 것은 그 녀석이 남기고 간 여러 가지 흔적뿐이었습니다. 남자 손으로 보이는, 피투성이의 큰 손자국이 벽과 문에 나 있었으며, 주인의 이니셜도 없는 피에 물든 큰 손수건 한 장과 낡은 베레모가 하나 떨어져 있었고, 마룻바닥에는 아직도 새 신인 듯한 남자의 신발 자국이 여기저기 남아 있었습니다. 그 자국으로 봐서 녀석은 발이 큰 남자로, 신발 자국에는 검은 검댕이 같은 것이 죽 묻어 있었습니다. 도대체 그자는 어디로 빠져나간 것인지, 어디로 사라져 버린 것인지, 알 수 없었습니다. 노랑방에는 난로가 없다는 것을 잊지 않고 계시겠지요. 문쪽으로 도망칠 수는 없었을 것입니다. 입구는 아주 좁으며, 그 문으로는 베르니에 부인이 램프를 들고 들어왔으니까요.

베르니에와 저는 방안에서 범인을 찾고 있었고, 본디 방이 좁기 때문에 방안에는 숨어 있을 데가 없었습니다. 사실 또 사람의 모습은 아무데도 없었고요. 문은 부서진 채 벽 쪽으로 밀어 놓았었는데, 그 뒤에도 숨을 공간이 없었으며 그곳도 제가 분명히 확인해 보았습니다. 창문은 덧문이 닫힌 채로 있었고, 쇠창살도 전혀 건드린 흔적이 없었으니까 그곳으로 도망칠 수도 없었을 것입니다. 그렇다면? 거기까지 생각했을 때 저는, 이건 아무래도 악마가 왔던 것이 아닌가 하는 생각이 들었습니다.

그런데 그때였습니다. 저의 권총이 마루 위에 떨어져 있는 것을 발견한 것입니다. 그렇습니다. 바로 제 권총이 말입니다…… 그것을 보자 저는 다시 제정신으로 돌아와 정상적인 생각을 하게 된 것입니다! 악마라면 아가씨를 죽이는 데 제 권총을 훔치지는 않았을 테니까요. 이곳에 들어왔던 놈은, 처음에 우선 다락방인 제 방에 들어가서 서랍 속에 있던 제 권총을 훔쳐내어 그것을 흉악한 범행에 쓴 것입니다. 그래서 그 자리에서 곧 탄창을 조사해 보았더니,

범인은 권총을 두 발 쏘았더군요. 그래도 이런 소란 속입니다만 저는 운이 좋았던 셈입니다. 사건이 일어났을 때 저는 박사님과 함께 실험실에 있었으니까요. 어쨌든 이런 권총이 나와 있다니, 까딱했으면 저도 큰일날 뻔했습니다. 틀림없이 저 같은 건 벌써 감옥 신세를 지고 말았을 것입니다. 법률의 손에 걸려들면 사람 하나를 사형하는 데, 이만한 증거면 충분할 테니까요!"

마땡 지 기자는 이 기사 뒤에 다음과 같이 덧붙였다.

　우리는 작끄 노인의 말을 중간에서 가로막거나 하는 일 없이 노랑방의 참극에 대해서 그가 알고 있는 것을 말하는 대로 적었을 뿐이다. 단어도 그가 사용한 것을 그대로 적었다. 다만 그가 진술하는 사이사이에 연방 뇌까린 비탄의 말만은 독자를 위해 빼기로 했다.
　잘 알고 있습니다, 작끄 노인! 당신이 진심으로 주인 부녀를 사랑하고 있다는 것은 잘 알고 있습니다! 당신은 그런 사실을 사람들이 알아주기를 바라는 거죠. 그래서 연방 그 말을 입에 담는 것이죠. 특히 그 권총이 발견된 뒤로는. 그것은 당신이 당연히 내세울 수 있는 권리이며, 우리의 입장에서 보아도 그것은 조금도 잘못된 점이 없습니다!
　우리는 이 작끄 노인──본명 작끄 루이 뮈쩨──에게 여러 가지 질문을 하고 싶었으나 때마침 홀에서 수사를 하던 예심판사가 그를 불러오라고 사람을 보내어 그는 그곳으로 가버렸다. 우리로선 글랑디에 성안으로 들어간다는 일은 불가능한 일이었다. '떡갈나무 마당' 쪽에선 몇 명의 경찰관이 멀찌감치 지켜서서 그 별채와 범인 발견 가능성이 있는 모든 것들을 엄중히 감시하고 있었다.

우리는 또 문지기 부부에게도 물어보려고 했지만 그들의 모습을 찾아볼 수 없었다. 결국 우리는 성문에서 그다지 머지않은 한 여인숙에서 꼬르베이의 예심판사 드 마르께 씨가 나오기를 기다리기로 했다. 5시 반에 서기를 동반한 드 마르께 씨의 모습이 나타났다. 그래서 마차에 오르기 전에 다음과 같은 질문을 할 수 있었다.

"드 마르께 씨, 이 사건에 대해서 수사에 지장을 초래하지 않는 범위에서 뭔가 정보를 제공해 주실 수 있겠습니까?"

드 마르께 씨는 대답했다.

"우리로선 이 사건에 관해 아무런 말도 할 수 없습니다. 게다가 이 사건은 제가 아는 한 가장 기괴한 사건입니다. 무언가를 알게 되었는가 하면, 그것으로 점점 더 아무것도 모르게 되고 맙니다!"

우리는 마르께 씨에게 그 말의 끝부분을 좀더 구체적으로 설명해 달라고 부탁했다. 이하는 마르께 씨가 우리에게 해준 말이지만 그 중대함은 누구나 뚜렷이 알 수 있을 것이다.

"오늘 검찰 당국에 의해서 행해진 물적 검증 결과 이외에 아무런 사실도 발견되지 않는다면 스땅제르송 양에게 가해진 폭행을 둘러싼 수수께끼는 쉽게 해결될 수 없는 것이 아닌가 하고 걱정됩니다. 그러나 인간이 지닌 상식을 위해서도 끝까지 희망을 버리지 않고 노랑방의 벽, 천장, 마룻바닥 등을 철저하게 조사할 작정입니다. 4년 전에 이 별채를 지은 건축업자를 불러 곧 내일부터 조사에 착수할 예정입니다만, 이 조사에 의해 사람은 결코 사물의 논리라는 것을 단념해서는 안 된다는 증거가 드러나기를 기대하고 싶습니다. 문제는 바로 이것입니다.

우리는 범인이 어디로 들어왔는지는 알고 있습니다. 범인은 문으로 들어가 침대 밑에 숨어서 스땅제르송 양이 들어오기를 기다리고 있었던 것입니다. 그러나 도대체 어디로 나갔는가? 어떻게 도망칠수 있었는가? 만일, 뚜껑덮은 구멍도, 비밀의 문도, 몸을 숨길 만한 장소도, 그야말로 어떤 종류의 출입구도 발견되지 않는다면? 그때는 벽을 조사하고, 벽을 부수는 한이 있어도 끝까지 조사해야하며 나도 이미 결심이 서 있고, 스땅제르송 박사도 필요하면 그 별채를 부숴 버릴 결심까지 하고 있습니다. 거기까지 조사해봐도 사람은 고사하고 어떤 종류의 산 짐승도 빠져나갈 만한 출입구가 전혀 발견되지 않는다면, 그리고 천장에도 빠져나갈 구멍이 없고 마루 밑에도 숨을 만한 장소가 없다면, 그야말로 작끄 노인의 말을 흉내내는 것은 아니지만, 악마가 찾아왔던 것이라고 생각할 수밖에 없겠죠."

그리고 이 기사——이 사건에 대해 그 날짜의 모든 신문지상에 나타난 기사 가운데 가장 흥미있는 기사로, 나는 이것을 취급하고 있다 ——안에서 그것을 쓴 익명 기자는 예심판사가 마지막으로 말한 '그야말로 작끄 노인의 말을 흉내내는 것은 아니지만, 악마가 찾아왔던 것이라고 생각할 수밖에 없겠죠' 라는 말에 사건에 대한 어떤 암시가 들어 있는 것 같았다며 그 점에 독자의 주의를 환기시키고 있다.

기사는 다음과 같은 말로 끝나고 있다.

우리는 작끄 노인이 말했던 '신주님의 울음소리'란 도대체 무엇인가, 그것을 알고자 했다. 여인숙 '천수루(天守樓)'의 주인이 설명해 준 바에 의하면, 그 소리는 가끔 밤중에, 이 근처에서는 아주느 할멈으로 통하고 있는 한 노파가 기르는 고양이가 울어대는 유난히 기분 나쁜 울음소리를 말하는 것이라고 한다. 아주느 할멈은 '성녀(聖女) 주느비에브의 동굴'에서 가까운, 숲속 움집에 살고 있다고 한다.

노랑방, 신주님, 아주느 노파, 악마, 성녀 주느비에브, 작끄 노인…… 이처럼 참으로 복잡하기 이를 데 없는 범죄이지만 아마 내일은 벽에 가해질 곡괭이의 일격이 그 의문을 해결해 줄 것이다. 예심판사의 말에도 있었듯 '인간이 지닌 상식을 위해서' 적어도 그것을 기대하고 싶은 것이다. 현재 스땅제르송 양은 계속 헛소리만 하고 있는데 뚜렷이 알아들을 수 있는 말이라고는 "살인자! 살인자! 살인자!……" 하고 되뇌이는 말뿐이며, 아마 날이 샐 때까지 목숨을 부지할 수 없을 것으로 보인다.

끝으로 마땡 지는 마감 시간에 임박해서 들어온 뉴스로, '경시총감이 증권 도난 사건 때문에 런던에 파견되어 있는 명형사 프레드릭 라루상에게, 즉각 빠리로 돌아오라는 전령을 띄웠다'는 소식을 전하고 있다.

조제프 룰르따비유의 등장

나는 그날 아침 내 방에 나타났던 젊은 룰르따비유의 모습을 어제
일처럼 뚜렷이 생각해 낼 수 있다. 아침 8시 무렵이었지만 나는 아직
도 잠자리에 누운 채로 글랑디에 사건에 관한 마땡 지의 기사를 읽고
있었다.

이제 바야흐로 이 친구를 여러분에게 소개할 때가 온 것이다.

내가 조제프 룰르따비유를 안 것은 그가 아직 수습기자였을 무렵이
었다. 그 무렵은 내가 변호사 개업을 한 지 얼마 안 되었을 때였다.
나는 마자 감옥이나, 생 라자아르 여죄수 감옥의 면회허가증을 받으
러 가면 예심판사실의 복도에서 그를 곧잘 만나곤 했다. 그는 세상에
서 흔히 말하는 '당당한 머리'의 소유자였다. 마치 포탄처럼 동글동글
하게 생긴 머리로, 그 때문이라고 나도 생각했지만, 그의 동료들이
이런 별명——그후 늘 그 별명으로 불렸고, 마침내 그의 활약으로
유명해진 이 '룰르따비유'('머리를 굴려라'하는 말을 그대로 붙여 한
마디로 만든 것이며, 도박의 룰렛 또는 '직업을 자주 바꾸는 사람'이
란 뜻도 있다)——을 붙인 것이다. "룰르따비유를 보지 못했나?"

"아이구! 룰르따비유 선생이 찾아왔군!" 이런 식이었다. 그는 곧잘 얼굴이 토마토처럼 새빨개지는가 하면, 박새처럼 재재거리기도 하고, 교황처럼 진지한 표정을 짓기도 했다. 그렇게 어린 나이로——내가 처음으로 만났을 때 그는 겨우 16세 6개월이었다——어떻게 그가 신문 기자가 될 수 있었을까? 그를 대하는 사람이라면 누구나 궁금해 하는 점이다.

오베르깡 거리의 여인 토막 살인 사건——그러고 보니 이것도 완전히 잊혀진 사건의 하나이지만——때, 바구니 속에서 발견된 처참하게 토막난 시체에서 발견되지 않던 왼발을 찾아, 마침 그때 마땡 지와 보도를 놓고 서로 경쟁을 벌이고 있던 에뽀끄 지의 편집장 앞으로 그가 보냈던 것이다. 이 왼발이야말로 경찰을 일주일 동안이나 헛수고 하게 만든 것인데, 그것을 룰르따비유 청년은 아무도 찾아갈 생각조차 하지 못했던 어느 하수구 속에서 발견한 것이다. 그는 그것을 찾기 위해, 세느 강의 이상 증수(增水)로 생긴 파손 부분을 복구하기 위해 빠리시에서 임시로 고용한 하수도 인부들 속에 끼어들어 마침내 그 목적을 이룬 것이었다.

이 귀중한 왼발이 수중에 들어왔을 때, 에뽀끄 지의 편집장은 아직 어리디어린 청년이 이룬 얼마나 날카로운 추리 끝에 그것을 발견하게 되었는가에 놀라움을 금할 수 없었다. 겨우 16세의 머리로 이처럼 뛰어난 추리가 가능했다는 점에 완전히 감탄하고 말았다. 동시에 자기 신문의 시체 공시란(公示欄)에 '오베르깡 사건의 왼발'을 게시할 수 있는 기쁨으로 넘쳐 있었다. 그때 그는 "이 발로 톱기사를 쓸 수 있다"라고 외쳤다.

편집국장은 즉시 그 기분 나쁜 짐을 에뽀끄 지의 편집국 소속 법의학자 손에 맡겼다. 그리고 룰르따비유가 될 청년을 향해 잡보란(雜報欄) 소속의 수습 기자로 채용한다면 어느 정도의 보수를 원하느냐고 물었다.

"한 달에 2백 50프랑입니다."

청년은 뜻밖의 질문에 숨이 막힐 정도로 놀라면서도 침착하게 대답했다.

"좋아, 2백 50프랑 주기로 하지."

편집국장은 그 자리에서 대답했다.

"하지만 누가 묻더라도, 너는 벌써 한 달 전부터 편집국에서 일해 왔다고 해야 한다. 즉 '오베르깡 거리의 사건'의 왼발을 발견한 것은, 네가 아니라 에쁘끄 지라고 해야 한다는 거다. 여기서는 너 개인이 문제가 아니야. 신문 그 자체가 전부인 거야!"

그렇게 말하자 편집국장은 이 신입 기자에게 이제 가보라고 말했다. 그런데 문 밖으로 나가려고 하자, 다시 불러세우더니 청년의 이름을 물었다. 청년은 대답했다.

"조제프 조제판입니다."

"무슨 이름이 그러냐".

편집국장은 중얼거렸다.

"하지만 기사에는 이름 내는 것이 아니니까 그런 것은 문제가 안 되겠지……"

이렇게 해서 젖비린내나는 기자가 태어난 셈인데, 그에게는 곧 많은 친구가 생겼다. 워낙 싹싹하게 남의 일을 보아주는 데다 본디 마음씨 좋고 명랑한 성격이었으므로, 아무리 까다로운 사람이라도 귀여워했고, 시기심 많은 사람들마저도 악의가 스르르 녹아 버리고 마는 것이다. 그 무렵 잡지기자들이 매일 범죄 기사거리를 얻으러 검사국이나 경시청에 가기 전에 곧잘 모이던 카페 '바로'에서도 그는 점차 수완이 좋다는 평판을 듣게 되었고, 그 평판은 경시총감실 내부에까지 들어가게 되었다. 그럴만한 가치가 있다고 인정되는 사건을 해결하고자 편집장의 명령을 받은 룰르따비유가 ——그에게는 이미 그 별명이 붙어 있었다——특파되면 내노라하는 명탐정들의 콧대를 꺾어 놓는 일도 종종 있었다.

내가 그와 친해진 것도 카페 '바로'에서였다. 형사사건의 변호사와 신문기자는 서로 적대시하는 사이는 아니다. 한쪽은 이름을 팔 필요가 있고, 한쪽은 정보를 얻을 필요가 있는 것이다. 우리는 곧잘 대화를 갖는데, 그러다 보니 나는 룰르따비유라는 이 나이어린 청년에게 대단한 호감을 갖게 되었다. 참으로 날카롭고 독창적인 지적 능력을 가진 청년이며 아울러 그 사고방식에는 뛰어나게 독특한 면이 있었다. 나는 어디에서도 그렇게 영특한 청년을 본 일이 없다.

그뒤 얼마 안 되어 나는 불르바르의 목소리 지(紙)의 재판관계 통신란을 담당하게 되었다. 내가 저널리즘 세계에 발을 들여놓은 일은 룰르따비유와 나 사이에 맺어진 우정을 점점 굳게 다져 주었다. 또한 이 새 친구가 자기네 에쁘끄 지에 '비지네스'라는 필명으로 간단한 법률 안내를 싣게끔 해줬기 때문에 나는 곧잘 그가 필요로 하는 법률상의 지식을 제공해 줄 수 있었다.

이렇게 하여 2년 가까이 지냈다. 나는 그의 사람됨을 알게 될수록 그를 점점 사랑하게 되었다. 왜냐하면 겉보기에는 아주 명랑하고 건방진 듯하면서도, 나이에 어울리지 않게 진지한 데가 있다는 것을 알았기 때문이었다. 그동안 나는 언제나 명랑한, 때로는 지나칠 정도로 밝은 그의 모습을 익히 봐왔다. 그러나 깊은 우수에 잠긴 모습도 보게 되었다. 나는 왜 그렇게 갑자기 기분이 변하는지 그 이유를 물어보려고 했지만 그때마다 그는 웃음으로 얼버무려 일체 대답하려고 하지 않았다. 어느 날은 그때까지 부모에 대한 말을 입 밖에 낸 일이 없었으므로 내가 그것을 묻자, 그는 내 말을 못 알아들은 체하고 훌쩍 그 자리를 떠나고 말았다.

그 무렵 그 유명한 '노랑방' 사건이 일어나, 그를 신문기자계의 제1인자로 인정받게 했을 뿐만 아니라, 전세계 탐정계에서 제1인자로 손꼽히게끔 했는데, 이 두 가지 자격이 한 사람 속에서 발견된다는 것은, 그즈음의 일간지가 이미 변화되기 시작하여 거의 오늘날과 같은 '범죄 신문'으로 되어가고 있던 것을 생각하면 하등 이상할 것도 없을 것이다. 까다롭게 생각하는 사람들은 그것을 한탄할지도 모른다. 그러나 나는 이것을 축복할 일이라고 생각한다. 범죄자에게 대항하는 무기는 공적인 것이건 사적인 것이건 아무리 많아도 충분하다고는 할 수 없는 것이다. 이렇게 말하면 까다로운 자들은 또 반박하기를, 신문이 함부로 범죄에 대한 기사를 실어 오히려 범죄를 선동하게 된다고 한다. 그러나 어쨌든 여러분도 아시다시피 이쪽이 뭐라 하건 절대로 설복되지 않는 상대가 세상에는 흔히 있는 법이다.

그러니까 1892년 10월 26일 아침, 룰르따비유가 내 방에 나타난 것이다. 그의 얼굴은 전에 없이 빨갛게 달아 있었다. 눈은 그야말로 얼굴에서 튀어나올 것 같았다. 매우 흥분해 있는 모습이었다. 그는 열에 들뜬 것 같은 손짓으로 마땡 지를 흔들어 보이며 나에게 소리쳤다.

"생끌레르, 이 기사 읽었어요?"

"글랑디에 사건 말인가?"

"네. 노랑방이라는 것 말입니다! 당신은 이 사건을 어떻게 생각합니까?"

"어떻게 생각할 여지가 없지 않은가. 악마나 사자의 짓이겠지, 그런 범행을 저지를 수 있는 것은."

"농담이 아닙니다."

"그렇다면 말인데, 나는 벽을 뚫고 도망칠 수 있는 사람이 있다는 것은 아무래도 믿을 수가 없네. 내 생각으로는 작끄 노인, 범행에 사용한 흉기를 그 자리에 남겨두다니 서툰 짓을 했지. 게다가 스땅제르송 양의 바로 윗방에서 기거하고 있고, 예심판사가 오늘하기로 되어 있는 건물 구조의 조사로 틀림없이 수수께끼를 풀 열쇠가 발견될 걸세. 아무래도 때가 되면 알게 되겠지만, 그 노인은 아무도 모르는 구멍이나 비밀문 같은 곳을 통해 재빨리 스땅제르송 박사 옆으로 돌아온 것이고, 박사는 아무것도 모르고 있었던 거야. 내가 말할 수 있는 것은 그 정도일세. 물론 가정이지만……"

룰르따비유는 안락의자에 앉더니 잠시도 놓는 일 없이 몸에 지니고 다니는 파이프에 불을 붙인 다음, 한동안 말없이 연기를 뿜어대고 있었다. 그것은 분명히 그의 온몸에 나타나 있는 흥분을 가라앉히려는 모습이었다. 이윽고 그는 자못 비웃는 듯한 투로 중얼거렸다.

"아직도 젊군요, 젊어……"

그 말투에는 차마 나로선 그대로 전하기 힘든, 비꼬는 듯한 냉소가 엿보였다.

"당신은 변호사입니다. 죄인을 무죄로 해주는 일에 있어서는, 당신의 재능을 의심할 여지가 없겠죠. 그러나 가령 언젠가 당신이 예심재판관이 된다면, 그야말로 죄없는 사람을 얼마나 쉽게 죄인으로 만들어 버릴까요…… 아니, 사실 당신은 재능이 있습니다요, 젊은 선생님."

이 말이 끝나자, 그는 힘껏 파이프를 빨아들이더니 다시 말을 이었다.

"빠져나갈 구멍은 발견되지 않을 거예요. 그리고 노랑방의 수수께끼는 점점 더 아리송해질 뿐일 겁니다. 그렇기 때문에 나로선 이 사건에 흥미가 있는 겁니다. 예심판사가 한 말이 맞아요. 이 사건은 아직 아무도 본 일이 없을 정도로 기괴하다고 말한 모양인데……."

"범인이 어디로 도망쳤는지, 그 경로에 대해 뭔가 생각되는 점이 있나?"

나는 이렇게 물어보았다.

"아뇨, 지금 상태로는 전혀 없어요…… 그러나 지금이라도 내 생각을 분명히 말할 수 있는 것도 있어요. 이를테면 그 권총에 대한 것 같은, 그 권총은 범인이 쓴 것이 아닙니다."

"그럼 누가 쓴 것이란 말인가, 도대체?"

"그것은…… 스땅제르송 양입니다."

"나는 무슨 소린지 도무지 알 수 없군. 사실 솔직히 말해 난 처음부터 뭐가 뭔지 하나도 모르겠어……."

룰르따비유는 어깨를 움츠렸다.

"뭔가 특별히 눈에 띈 것이 없었나요, 그 마땡의 기사에서?"

"아니 별로……. 기묘한 이야기라고는 생각했지만……"

"그렇다면 어떻게 생각합니까. 이를테면, 문이 잠겨 있었다는 말은?"

"그건 그 기사 중에서 어색하지 않은 유일한 사실이라고 생각하는데……."

"정말입니까? 그럼 그 이중열쇠라는 말은?"

"이중열쇠?"

"안에서 이중열쇠까지 잠갔다는 말 말입니다. 스땅제르송 양도 상당히 조심을 했던 모양이에요. 제 생각으로는 스땅제르송 양은 누군가를 경계하고 있었던 것입니다. 그래서 그 여자는 늘 조심을 한 거죠. 작끄 노인의 권총까지 꺼내온 거죠. 노인에게 말도 없이. 틀림없이 아무에게도 걱정을 끼치고 싶지 않았던 것이죠. 특히 아버지인 박사에게 걱정을 끼치고 싶지 않았던 겁니다.

그런데 스땅제르송 양이 두려워하던 일이 일어난 것입니다. 그 여자는 자기 몸을 지키려고 무서운 싸움을 벌인 것이죠. 그 여자는 권총을 아주 솜씨있게 다루어 범인의 손에 상처를 냈습니다. 이것으로 벽과 문에 남은 피문은 남자 손자국이 설명됩니다. 즉 그 사람은 손으로 더듬더듬 출입구를 찾아서 도망치려고 한 것입니다. 그러나 그 여자가 방아쇠를 당겼을 때는 이미 때가 늦어, 오른쪽 관자놀이에 가해지는 일격을 막지 못했던 것입니다."

"그러면 권총으로 맞은 게 아니란 말인가, 스땅제르송 양의 관자놀이 상처는?"

"신문에도 그렇다고는 씌어 있지 않고 나 역시 그렇지 않다고 생각해요. 물론 권총은 스땅제르송 양이 범인에 대해 사용했다고 보는 것이 논리적이라는 이유에서이지만. 그럼 이번에는 범인이 사용한 흉기는 무엇이냐 하는 문제입니다. 관자놀이를 노린 점으로 보면 범인은 스땅제르송 양을 때려 죽일 작정이었다고 봐도 무방한 것 같아요. 처음에는 목을 졸라 죽이려다 제대로 안 되니까……. 범인은 다락방이 작끄 노인의 방이라는 것을 알고 있었을 것 같은데 바로 그 이유로 범인은 뭔가 소리나지 않는 흉기를 쓰려 했다고 봐도 되겠죠. 이를테면 곤봉이나 망치 같은……."

"하지만 범인이 노랑방에서 어떻게 도망쳐 나갔느냐 하는 문제는 그것만으로 설명이 될 순 없지 않나."

"물론이죠."

이렇게 대답하며 룰르따비유는 일어섰다.

"그래서 그것을 분명히 해둘 필요가 있기 때문에 이제부터 글랑디에 성으로 가볼 작정입니다. 사실은 그 때문에 온 것입니다. 당신과 같이 갈 생각으로……."

"나하고!"

"그렇습니다. 꼭 당신의 도움을 받고 싶어요. 에쁘끄에선 이 사건을 내가 담당하기로 정해졌기 때문에 나로선 되도록 빨리 진상을 파악할 필요가 있어요."

"하지만, 도대체 내가 무슨 일에 필요하단 말인가?"

"로베르 다르작끄 교수가 글랑디에 성에 와 있단 말입니다."

"그래, 그러고 보면…… 교수는 틀림없이 비탄에 잠겨 있겠군!"

"나는 꼭 교수를 만나 이야기를 해보고 싶은 거예요."

룰르따비유가 이런 말을 한 데 대해 나는 나도 모르게 정신이 번쩍 들었다.

"그러니까 뭔가, 그에게서 어떤 흥미있는 사실을 발견할지 모른다, 이건가?"

나는 물었다.

"그렇습니다."

그렇게 대답했을 뿐, 그는 더 이상 그 일에 대해 말을 하려고 하지 않았다. 그리고 나에게 서둘러 준비하라고 당부해 놓고 응접실로 나가 버렸다.

나는 바르베 돌라또르 변호사의 비서를 지내고 있던 무렵, 한 민사 소송 사건에서 법률상으로 많은 힘을 기울여 준 일로 인해 로베르 다르작끄 교수와 알게 된 사이였다. 로베르 다르작끄 씨는 당시 40세 전후로 소르본 대학의 물리학 교수직을 맡고 있었고 스땅제르송 집안과는 아주 친밀한 관계에 있었다. 7년간이나 계속 구혼을 해온 결과 마침내 스땅제르송 양과 머지않아 결혼을 앞두고 있었던 것이다.

스땅제르송 양은 처녀로서는 상당한 나이였는데도(35세 전후였을 것이다) 아직 남의 눈을 끄는 아름다운 여성이었다.

옷을 갈아입으며 나는 응접실에서 초조하게 기다리고 있는 룰르따비유에게 말을 붙였다.

"범인의 신분에 대해서는 짐작되는 것이 있나?"

"내 생각으로는 사교계 사람으로까지야 볼 수 없지만, 적어도 꽤 상류계급에 속하는 사람 같아요. 이것은 어디까지나 개인적인 느낌이지만……."

"어떤 점에서 그런 느낌이 드나?"

"어떤 점이라뇨. 때묻은 베레모라든가 싸구려 손수건이라든가, 마룻바닥에 남은 보기 흉한 신발자국이라든가……."

"그렇게 여러 가지 증거를 남기고 갈 리가 없다는 뜻이로군. 그것이 만일 진실 그대로를 나타내고 있는 것이라면."

"당신도 소질이 다분합니다, 생끌레르 선생!" 하고 룰르따비유가 말을 맺었다.

범인은 유령인가

30분 뒤, 룰르따비유와 나는 오를레앙 역의 플랫폼에 서서, 에삐네 쉬르 오르쥐로 가는 기차가 출발하기를 기다리고 있었다. 그러자 그곳에 꼬르베이 지방 검찰국을 대표하는 드 마르께 씨와 그의 서기가 다가오는 것이 보였다. 드 마르께 씨는 어젯밤 익명의 작가로서, '카스치가트 리덴드'(라틴어로 '웃으면서 교정한다'라는 뜻)라는 필명으로 작품이 발표되는 스칼라 극장에 참석하기 위해 서기와 함께 빠리에서 지냈던 것이다.

드 마르께 씨는 이제 품위있는 노인이 될 나이였다. 평소에는 아주 정중하고 겸손하며 상냥한 사람으로, 그의 생애를 통해 품어온 정열은 단 한가지, 극예술에 대한 것 뿐이었다. 사법관의 직위에 있어도, 그가 진지한 관심을 나타낸 사건이라고 하면 적어도 1막 가량의 소재를 제공해 줄 가능성이 있는 사건뿐이었다. 유력한 인척 관계도 있어, 마음만 먹으면 사법계 최고의 지위도 얻을 수 있었을 텐데도, 실제로는 낭만적 분위기의 뽀르뜨 생 마르땡 극장, 또는 사색적 분위기의 오데옹 극장의 무대와 관계를 맺으려는 노력 이외에는, 한 일이 없었다. 이같은 희망을 계속 품어 왔기 때문에 마침내 만년에 이르러, 꼬르베이에서는 예심판사의 직위로 보아 스칼라 극장에서 '카스치가트 리덴드'란 필명으로 가벼운 단막극을 발표하게끔 된 것이다.

노랑방 사건은 그 불가해한 면에서 보면, 이처럼 문학적인 정신을 지닌 사람이라면 당연히 마음이 솔깃해지는 성질의 것이었다. 사실상 그는 이 사건에 이상한 흥미를 느끼고 있었다. 더구나 드 마르께 씨가 이 사건에 관여하는 태도는 진상을 알려고 하는 열의에 불타는 사법관으로서라기보다 오히려 극적 전개의 애호자로서이며, 전개되는 줄거리의 수수께끼를 쫓는 일에 모든 관심을 기울이면서도 한편 마지막 단계에 이르러 모든 것이 밝혀지는 일을 무엇보다도 두려워하고 있었다. 우리와 만났을 때도 마침 드 마르께 씨는 서기 마레느에게 한숨 섞인 말로 이렇게 말하고 있는 중이었다.

"어떻게 되겠나 마레느 군. 그 건축업자의 곡괭이가 결말을 지어주는 일은 없어야 할텐데. 너무나 훌륭한 수수께끼란 말야."

"걱정 없습니다."

마레느 군이 대답했다.

"건축업자의 곡괭이로 그 별채를 허물 수는 있겠지만 사건의 수수께끼는 그대로 남게 됩니다. 저는 벽도 두드려 보았고, 천장과 마룻바닥도 자세히 조사해 보았지만, 아무것도 발견할 수 없었습니다. 이래 봬도 그런 일엔 상세하답니다. 이 눈이 잘못 보았을 리가 없습니다. 안심하셔도 됩니다. 틀림없이 아무것도 알아낼 수 없을 것입니다."

그렇게 예심판사를 안심시켜 놓은 다음 마레느 군은 고개를 살짝 돌려 드 마르께 씨에게 우리가 있는 쪽을 가리켜 보였다. 판사의 표정이 갑자기 일그러졌다. 그는 룰르따비유가 모자를 들고 자기쪽으로 다가오는 것을 보자, 급히 기차 승강구로 뛰어올라 차 안으로 모습을 감추며 서기 쪽을 향해 조그만 소리로 속삭였다.

"무엇보다도 신문 기자를 타지 못하도록 하게!"

마레느 군은 "알았습니다!"하고 말하더니 쫓아온 룰르따비유를 막아서며 예심판사가 탄 차에 못 오르게 했다.

"아, 실례입니다만, 이 차는 대절한 것이라……."

"실은 에뽀끄의 편집국에 있는 사람입니다만" 하고 무턱대고 꾸벅거리며, 애교를 섞어서 젊은 친구 룰르따비유가 말했다.

"드 마르께 씨에게 잠깐 여쭐 말씀이 있어서."

"드 마르께 씨는 대단히 바쁘십니다, 수사로 인해……."

"수사 방면은, 저로선 전혀 흥미가 없는 일입니다. 분명히 말씀드리겠습니다만, 저는 개가 깔려죽었다 하는 따위의 기사를 쓰는 기자와는 다릅니다."

이렇게 말하는 젊은 룰르따비유의 아랫입술은 그때 잡보란 같은 데 실린 글에 대한 경멸을 나타내고 있었다.

"저는 연극 방면을 담당하고 있기 때문에…… 그래서 오늘 석간에 스칼라 극장의 발표회를 간단히 소개하는 글을 실려야 하겠기에……."

"들어가십시오, 어서……."

서기는 비켜서며 말했다.

룰르따비유는 벌써 차 안에 들어가 있었다. 나도 뒤따라 들어가 그와 나란히 앉았다. 서기도 차 안으로 들어서자 문을 닫았다.

드 마르께 씨는 서기의 얼굴을 쳐다보았다.

"제발 이 의리 있는 사람을 나쁘게 생각하지 마십시오. 제가 막무가내로 들어온 것이니까요."

룰르따비유가 입을 열었다.

"제가 말씀을 듣고 싶은 사람은 드 마르께 판사님이 아닙니다. 카스치가트 리덴드' 씨입니다. 우선 축하의 말씀을 드리겠습니다. 에뽀끄 연극담당 기자로서."

룰르따비유는 우선 나를 소개하고 자기 소개도 했다.

드 마르께 씨는 약간 불안해 보이는 태도로 뾰족한 턱수염을 쓰다듬고 있었다. 그리고 간단하게 룰르따비유를 향해 자기는 아직 무명 작가이므로, 익명의 베일이 공중 앞에서 벗겨지기를 원하지 않으며, 극작가로서의 자기 작품에 대한 룰르따비유의 신문기자로서의 감격도, '카스치가트 리덴드' 씨가 실은 꼬르베이의 예심판사에 불과하다는 일을 일반 대중에게 알리는 정도에서 벗어나지 않기를 바란다고 말했다.

"극작가로서의 작품이……"

판사는 약간 주저하는 기색을 보이며 덧붙여 말했다.

"사법관으로서의 일에 나쁜 결과를 미치지 말란 법도 없으니까요, 특히 어느 정도 옛 기풍이 남아 있는 시골 같은 데서는……."

"그런 것은 걱정마십시오, 저도 잘 알고 있으니까요!"

기세좋게 말하며 룰르따비유는 하느님을 증인으로 세운다는 시늉을 해보이며 두손을 높이 들었다. 마침 그때 기차가 움직이기 시작했다.

"기차가 떠나는구먼!"

우리가 그와 함께 타고 가게 되었음을 보고 예심판사는 놀라 소리쳤다.

"그렇습니다. 바야흐로 진리의 빛은 달리기 시작했습니다."

쾌활하게 웃으며 룰르따비유는 말했다.

"글랑디에 성을 향해 달리기 시작한 것입니다. 멋진 사건이죠, 드 마르께씨, 정말 멋진 사건입니다."

"마치 구름을 잡는 것과 같은 사건이죠, 전혀 믿을 수 없으며, 도저히 손댈 수 없는 불가해한 사건이죠. 그런데 나는 딱 한 가지 경계하고 있는 것이 있어요, 룰르따비유 선생. 즉 신문 기자들이 그 수수께끼를 풀려고 함부로 뛰어드는 일이죠."

룰르따비유는 아픈 곳을 찔린 듯한 기분이었으나 태연하게 대답했다.

"정말이지, 그것은 경계할 필요가 있습니다. 그자들은 아무 데나 머리를 싸매고 들어오니까요. 그러나 저의 경우는, 제가 판사님께 그 이야기를 꺼낸 것은 다만 우연히, 그야말로 우연히 판사님과 같은 차를 탄 데다 자리까지 함께 하게 되었기 때문입니다."

"도대체 어디로 가는 거요, 당신네들은?"

드 마르께 씨가 물었다.

"글랑디에 성입니다."

룰르따비유는 태연하게 대답했다. 드 마르께 씨는 펄쩍 뛰었다.

"가도 안에는 못 들어가요, 룰르따비유 선생!"

"판사님이 못 들어가게 하시는 겁니까?"

재빨리 전투 개시 태세를 취하며 룰르따비유는 말했다.

"그렇지는 않아요! 나는 신문이나 기자 여러분에게도 충분히 호의를 가지고 있으며, 무슨 일이건 신문사 여러분을 몰인정하게 대하지는 않아요. 다만 스땅제르송 박사가 누구를 막론하고 집안에 들어오는 것은 일체 거절한다고 하기 때문이에요. 그래서 출입구의 경계도 꽤 엄중하단 말이오. 어젯밤만 해도 신문기자는 한 사람도 글랑디에 저택문을 들어설 수 없었어요."

"그것 잘되었군요. 마침 좋을 때 온 셈이군요."

룰르따비유는 되받아 말했다.

드 마르께 씨는 입을 꽉 다물고 그대로 고집스럽게 침묵을 지킬 작정인 것 같았다. 태도가 약간 누그러진 모습을 보인 것은, 룰르따비유가 우리는 로베르 다르작끄 교수를 위로하러 글랑디에로 간다고 말했을 때였다(룰르따비유는 세상에 태어나서 한 번 정도밖에 만나지 못했을 다르작끄 교수를 '옛부터 친했던 친구'라고 공언한 것이다).

"로베르도 참 가엾어요! 정말 불쌍한 사람이야! 자칫하다가는 이번 일로 죽어 버릴지도 몰라요. 그렇게 스땅제르송 양을 사랑하고 있었는데……."

"로베르 다르작끄 교수의 비탄은 정말 보기에도 애처로울 정도요……."

자기도 모르게 입 밖에 나온 것처럼 드 마르께 씨는 중얼거렸다.

"어떻게든 목숨만은 건졌으면 좋겠습니다, 스땅제르송 양……."

"누가 아니겠소. 박사도 어제 만일 딸이 이대로 죽어 버린다면 자기도 머지않아 그 뒤를 따라 무덤으로 가게 될 것이라고 말하더군요. 만일 그런 사태가 벌어진다면 그야말로 과학계로선 커다란 손실일 겁니다!"

"관자놀이의 상처가 상당히 심한 모양이죠?"

"그래요. 그래도 불행중 다행이었어요. 그 상처로 목숨을 잃지 않았다는 것은. 아주 무서운 힘으로 후려친 모양인데……."

"그러니까 권총으로 맞은 게 아니군요, 스땅제르송 양의 상처는?"

룰르따비유는 이렇게 말하고, 그것 보라는 듯한 눈초리로 나를 쳐다보았다.

그러자 드 마르께 씨는 상당히 당황한 모양이었다.

"이젠 아무 말도 않겠소. 아무 말도 하지 않을 거요. 앞으로도 아무 말을 않겠소!"

그렇게 말하고는 얼굴을 서기 쪽으로 향한 채 룰르따비유를 짐짓 외면하는 듯한 태도를 보였다. 그러나 이쯤으로 물러설 룰르따비유가 아니었다. 갑자기 예심판사 옆으로 다가가는가 싶더니 주머니에서 꺼낸 마땡 지를 내밀며 말했다.

"잠깐 한 가지만, 이것은 별로 간섭하는 질문이 된다고는 볼 수 없는데요, 판사님도 마땡 지의 기사는 읽으셨겠죠? 정말 어처구니없죠, 이 기사?"

"아니, 뭐 별로……."

"별로라니요! 노랑방에는 쇠창살이 있는 창문이 딱 하나 있을 뿐인데, 그 쇠창살은 감쪽같았다, 그리고는 입구의 문도 하나 있을 뿐인데 그 문을 부수고 들어갔다, 그런데 안에 범인이 없었다니!"

"맞아요, 사실 그대로예요. 그 같은 형태로 문제가 제시되고 있는 셈이오."

룰르따비유는 그 뒤로는 아무 말도 않고, 다른 사람은 알 길이 없는 사색에 빠져들었다. 그런 상태로 15분쯤 지났다.

이윽고 침묵에서 깨어났는가 싶자 그는 또 예심판사에게 말을 붙였다.

"어땠습니까, 그날 밤 스땅제르송 양의 머리 모양은?"

"질문의 뜻을 잘 모르겠소."

드 마르께 씨는 말했다.

"이것은 가장 중요한 점입니다."

룰르따비유는 말했다.

"머리를 둘로 나누어 양쪽으로 늘어뜨리고 있지 않았습니까? 아마 그랬을 것입니다. 그날 밤, 그러니까 범행이 일어나던 날 밤, 박사의 따님은 머리를 둘로 나누어 매고 있었습니다!"

"그런데 룰르따비유 선생, 잘못 짚으셨소."

예심판사는 대답했다.

"스땅제르송 양은 그날 밤, 머리를 뒤로 빗어넘겨 땋아 올리고 있었어요. 아마 그것이 평상시의 머리모양이겠지…… 이마는 완전히 드러나 있었어요. 그것은 확실히 단언할 수 있소. 우리는 그 상처를 자세히 살펴보았으니까. 머리카락에도 피는 묻어 있지 않았고, 범행이 있은 뒤 아무도 그 머리카락을 만진 자도 없었단 말이오."

"확실한 거죠! 확실히 스땅제르송 양은 범행이 있던 날 밤, 갈래머리를 하고 있지 않았단 말이죠?"

"분명하오."

판사는 웃음을 띠며 다시 말했다.

"왜냐하면, 마침 그 일로 내가 상처를 조사하고 있을 때 의사가 한 말이 아직도 생생히 기억에 남아 있어요. '스땅제르송 양이 언제나 머리를 싹 빗어넘겨 이마를 드러내 놓고 있던 것이 아주 나빴습니다. 차라리, 갈래머리를 하고 있었더라면 관자놀이를 이렇게 호되게 얻어맞지는 않았을 텐데요.' 하던 말이. 그런데 이번에는 내가 묻고 싶은 말이오만, 그것이 아주 중대한 뜻이라도 지니고 있는 것처럼 말하니, 아무래도 이상하구먼……."

"갈래머리를 하지 않았다면"

룰르따비유는 신음하듯 중얼거렸다.

"도대체 어떻게 되는건가, 어떻게 생각하면 된단 말인가? 좀더 여러 가지를 상세히 조사해 볼 필요가 있군."

그는 그렇게 말하고 몹시 낙담한 듯한 태도를 보였다.

"그러니까, 관자놀이의 상처는 아주 심한 거죠?"

그는 또 물었다.

"그렇소."

"무슨 흉기로 맞았습니까?"

"그 점은 수사에 관한 비밀이라서."

"그 흉기는 발견되었습니까?"

예심판사는 대답을 하지 않았다.

"그러면 목의 상처는 어떻습니까?"

이번에는 예심판사도 순순히 사실을 말해 주었다. 의사들의 말에 의하면 '목의 상처는 범인이 그 목을 몇 초만 더 죄었어도 스땅제르송 양은 숨이 막혀 죽었을 것이다'라고 단언할 수 있을 정도라는 것이었다.

"사건이 마땡 지가 보도한 대로라면 점점 알 수 없게 되는군."

완전히 열중한 모습으로 룰르따비유는 또 물었다.

"정확하게 아시고 계십니까, 판사님. 그 별채의 출입구가 어떻게 되어 있는가, 즉 문이나 창문이 있는 장소 말입니다."

"출입구는 다섯 군데 있어요."

드 마르께 씨는 몇 번 헛기침을 한 다음, 그래도 자기가 수사하고 있는 사건의 믿기 힘든 불가사의함을 그대로 말하고 싶은 욕망을 참지 못하고 이렇게 대답했다.

"다섯 군데 중에서 우선 현관문은, 그 별채로 들어가는 유일한 입구인데, 그 문은 반드시 자동으로 닫히게 되어 있고 안에서나 밖에서나 특별한 열쇠가 아니면 열 수 없게 되어 있어요. 그 열쇠는 두 개밖에 없었는데 작끄 노인과 스땅제르송 박사가 하나씩 몸에 지니고 있었어요. 스땅제르송 양은 열쇠가 필요하지 않았던 거죠. 작끄 노인이 별채에 살고 있는데다, 낮에는 아버지 곁을 떠나는 일이 없었으니까. 그들 넷이 마침내 문을 부수고 노랑방으로 뛰어들었을 때는 현관문은 여느 때처럼 꼭 닫혀 있었고 그 문의 열쇠도 하나는 스땅제르송 박사의 주머니에 또 하나는 작끄 노인의 주머니에 들어 있었어요. 그리고 별채의 창문은 네 개 있어요. 노랑방에 하나, 실험실에 두 개, 그리고 현관 창문이오. 현관 창문만 집 안뜰 쪽으로 나 있는 셈이오."

"어떻게 그것을 알 수 있소?"

드 마르께 씨는 의아한 눈초리로 나의 친구를 쳐다보며 말했다.

"범인이 노랑방에서 어떻게 빠져나갔느냐 하는 문제는 나중에 생각하기로 하고."

룰르따비유는 대답했다.

"어쨌든 별채를 빠져나간 것은 현관 창문으로였을 겁니다."

"다시 한번 묻겠소만, 도대체 어떻게 그것을 알 수 있소?"

"그런 것쯤이야 매우 간단한 일입니다. 그 녀석이 별채 입구로 도망칠 수 없다는 것이 확실하다면, 아무래도 어느 창문으로 빠져나가야 할 것이고, 창문으로 빠져나갔다면 적어도 쇠창살이 없는 창문이라야 할 것입니다. 노랑방의 창문은 집 밖으로 나 있으므로 쇠창살이 달려 있습니다. 실험실의 두 개의 창문도 마찬가지니까 분명히 쇠창살이 달려 있을 것입니다. 그런데 범인은 도망쳤으니까 쇠창살이 없는 창문을 발견했을 것이고, 그것은 결국 현관의 창문, 그러니까 뜰 쪽으로 나 있는 창문이 되는 것입니다. 뭐 그렇게 머리를 짤 만한 문제도 아닙니다."

"그것은 그렇소만."

드 마르께 씨는 말했다.

"그러나 아직 룰르따비유 선생의 생각이 미치지 못하는 사실이 있어요. 그 현관의 창문, 사실 쇠창살이 없는 유일한 창문인 그 창문에는 튼튼한 쇠덧문이 닫혀 있었단 말이오. 그 쇠덧문은 안쪽에서 쇠고리로 잠가 놓았지만, 그래도 범인은 그 창문으로 별채를 빠져나갔다는 확실한 증거가 있어요! 안쪽 벽과 덧문에 묻어 있는 핏자국! 그리고 땅바닥에 남아 있는 발자국. 이것은 내가 노랑방에서 칫수를 잰 것과 조금도 다르지 않은 발자국이었소.

그런 증거로 보아, 범인이 그곳으로 도망친 것만은 명백한 일이오! 그렇다면 범인은 도대체 어떻게 빠져나간 것일까? 어쨌든 덧문은 안으로 잠겨 있는 채로 있었으니 말이오. 범인은 마치 유령처럼 덧문을 빠져나간 거요. 결국 무엇보다도 풀기 어려운 문제는 범인이 별채를 도망쳐 나갈 때 남겨 놓은 발자국이 발견된 일이 아니겠소. 도대체 범인이 어떤 방법으로 노랑방에서 빠져나갔느냐, 또 현관으로 가려면 반드시 지나가야 할 실험실을 어떻게 빠져나갔느냐 하는 일도 짐작이 안 가는 형편이니 말이오. 정말이지 룰르따비유 선생, 이 사건은 참으로 기기괴괴하오, 어쨌든! 정말 멋진 사건이오. 더구나 그것을 해결할 열쇠는 앞으로 오랫동안 찾아낼 수 없을 것이오, 나는 그렇게 기대를 걸고 있소만……."

"무엇을 기대하고 있으시단 말입니까, 판사님?"

드 마르께 씨는 말을 바꾸었다.

"기대하고 있는 것이 아니라 그렇게 믿어진단 말이오……."

"그러니까 범인이 도망친 뒤에 창문을 안에서 잠근 사람이 있다는 말이군요?"

룰르따비유가 물었다.

"물론, 그렇게 생각하는 것이 현재로선 자연스럽다고 하겠소. 그것 역시 뭐라고 설명을 할 수 있는 것은 못되지만…… 어쨌든 그러기 위해서는 한 사람, 또는 여러 사람의 공범자가 필요하게 되는데…… 전혀 그런 자를 짐작할 수 없으니……."

잠깐 침묵이 흐른 뒤 판사는 다시 덧붙여 말했다.

"제발 스땅제르송 양의 용태가 좋아져야 할텐데. 오늘 신문을 할 수 있을 정도로……"

룰르따비유는 여전히 자기 생각을 쫓고 있는 모양인지, 이렇게 물었다.

"그런데 다락방은? 다락방에도 출입구는 있겠죠?"

"그렇소, 참 그것을 계산에 넣지 않았군. 결국 출입구는 여섯 군데 있는 셈이오. 다락방에는 작은 창문이 하나 있어요. 하지만 천창이기 때문에, 이 창문 역시 집 밖으로 나 있으므로 스땅제르송 박사는 여기에도 쇠창살을 달아 놓았어요. 이 천창도 1층의 창문과 마찬가지로 쇠창살에 아무런 이상도 없었고, 물론 안쪽에서 열게 되어 있는 덧문도 닫힌 채로 있었어요. 그리고 그 다락방을 범인이 지나갔다고 추측할 만한 흔적도 전혀 발견할 수 없었어요."

"그렇다면 판사님, 판사님이 보신 바로는 이 점만은 의심할 여지가 없겠군요. 다시 말해 범인은——어떻게 했는지는 모르지만——어쨌든 현관 창문으로 도망친 것이라는……"

"모든 정황이 그것을 증명하고 있고……"

"저도 그렇게 생각합니다."

룰르따비유는 신중하게 맞장구를 쳤다. 그리고 잠깐 침묵을 지키는가 했더니 또 말을 꺼냈다.

"범인이 남긴 흔적, 이를테면 노랑방의 마룻바닥에서 발견된 검은 발자국 같은 것이 다락방에는 전혀 없었다면, 판사님, 역시 작끄 노인의 권총을 훔친 것은 범인이 아니라고 생각할 수밖에 없겠군요."

"다락방에 있는 흔적이라고는 작끄 노인의 것뿐이오."

판사는 암시라도 하듯 빗대어 말했다.

그리고 자기 생각을 확실히 밝히고 싶어졌는지 이렇게 덧붙여 말했다.

"작끄 노인은 스땅제르송 박사와 함께 있었으니까……. 정말 노인에게는 다행스러운 일이었어요."

"그러면 이 참극 안에서 작끄 노인의 권총의 역할은 도대체 무엇일까요? 이 흉기가 스땅제르송 양을 다치게 했다기보다는 오히려 범인을 다치게 했다는 사실은 이미 확실해진 것으로 보이는데요."

답변이 곤란한 질문이었는지 드 마르께 씨는 그 말에는 대답하지 않고, 그 대신 노랑방 안에서 두 발의 탄환이 발견된 사실을 말해 주었다. 한 발은 벽에, 그러니까 그 빨간 손자국이 묻어 있던 그 벽에, 한 발은 천장에서 발견되었다는 것이다.

"음, 천장, 천장이라……"

룰르따비유는 중얼대듯 몇 번이고 같은 말을 되풀이했다.

"천장이라, 참 재미있어졌는걸…… 그래 천장이라……"

그는 말없이 담배를 피우기 시작하더니 마침내는 온몸이 뽀얀 연기 속에 묻혀 버리고 말았다.

에삐네 쉬르 오르쥐에 도착했을 때 내가 그의 어깨를 흔들어서 가까스로 몽상에서 깨어나게 했다.

플랫폼에 내리자 판사와 서기는 이제 더 이상 함께 있을 의향이 없다는 듯 우리에게 작별 인사를 했다. 그리고 그대로 마중나와 있던 이륜마차에 재빨리 올라탔다.

"여기서 글랑디에 성까지 걸어가려면 얼마나 걸릴까요?"

룰르따비유가 역원에게 물었다.

"한 시간 반쯤, 천천히 걸으면 한 시간 45분쯤 걸리구요."

역원이 대답했다.

룰르따비유는 잠깐 하늘을 올려다보더니, 자기는 물론 나도 상쾌한 하늘로 여기리라 생각했는지 갑자기 내 팔을 끼며 이렇게 말했다.

"갑시다! 좀 걸어보고 싶군요."

"그래 어떤가, 어느 정도 윤곽이 잡혔나?"

내가 물었다.

"천만에요, 아직 윤곽은 고사하고 실마리조차 잡히지 않았어요. 오히려 전보다 한층 혼동이 돼요. 나도 약간 생각하는 바는 있지만."

"그것을 좀 들려주게나."

"지금 상태로는 아무 말도 할 수 없습니다……제가 생각하고 있는 것은 적어도 두 사람의 생사에 관한 문제니까요."

"공범자가 있다고 보나?"

"그렇겐 안 봅니다."

한동안 말이 없더니 다시 그가 입을 열었다.

"그 판사 선생과 서기를 만난 것은, 정말 운이 좋았어요. 어때요, 제가 뭐라고 했는지 기억하고 계세요, 그 권총에 대해?"

그는 두 손을 주머니 속에 집어넣고 길바닥을 내려다보고 걸으며 휘파람을 불었다. 그러더니 잠시 뒤에 이렇게 중얼거렸다.

"놀라운 여자다."

"스땅제르송 양을 말하고 있는 건가?"

"그렇습니다. 정말 훌륭한 여자예요. 사실 얼마든지 칭찬을 받을 만한 사람이죠! 참으로 야무진, 몹시 야무진 성격의 여자예요. 아무래도 그렇게 생각됩니다."

"스땅제르송 양을 알고 있단 말인가 그럼?"

"저 말인가요? 아뇨, 전혀. 딱 한 번 보았을 뿐입니다."

"그런데 어떻게 그런 말을 하나, 야무진 성격의 여자라니?"

"조금도 물러서지 않고 범인과 맞서 용감하게 몸을 지켰으니까요. 그리고 무엇보다도 첫째 이유는 그 권총의 탄환이에요. 천장에 박혀 있었다는."

나는 그가 나를 놀리고 있는 것이 아닌가, 아니면 갑자기 정신이 이상해진 것이 아닌가 하고 마음속으로 의아하게 생각하며 그의 얼굴을 쳐다보았다. 그러나 그의 태도에는 농담기라고는 조금도 없는 것 같았고, 그 이지적으로 반짝이는 작고 동그란 눈도 그의 이성이 멀쩡하다는 것을 뚜렷이 보여 주고 있었다. 하긴 나도 이렇게 두서없이 불쑥 지껄이는 그의 말에 어느 정도 익숙해지기는 했지만. 두서가 없다고는 하나 그것은 내가 그 말을 이해 못하고 아리송하게 여기는 동안의 일이고, 때가 되면 그의 간단하고 명쾌한 설명에 의해 나도 그 생각의 줄거리를 잡을 수 있게 되는 것이다.

  그렇게 되면 모든 것이 갑자기 뚜렷해진다. 전에 그가 했던 말, 나에겐 전혀 의미 없이 들렸던 여러 말들이 참으로 논리적으로 결부되어, 그야말로 좀더 빨리 알지 못했던 내가 바보라는 생각이 드는 것이다.

은둔자의 성

봉건 시대의 유명한 건물이 지금까지도 꽤 많이 그 모습을 유지하고 있는 이 일 드 프랑스 지방에서도, 글랑디에 성은 가장 오래된 성 중의 하나이다. 필립 왕(1285~1314년의 프랑스왕)이 다스리던 시절 숲 한가운데 세워진 이 성은 생뜨 주느비에브 데 보아 마을에서 몽레리로 통하는 가도를 이삼백 미터 가량 가면 보인다. 갖가지 양식의 건축물이 불규칙하게 모여 선 건물로, 한가운데에는 천수루가 우뚝 솟아 있다.

이곳에 찾아 오는 사람이 그 오래된 천수루의 건들거리는 돌계단을 올라가, 17세기 무렵 글랑디에 메종 누브와 그 밖에 몇 군데나 되는 토지의 영주였던 조르즈 필베르 드 세끼니가 세우게 한 로꼬꼬풍의 누각이 지금도 남아 있는 자그마한 관망대로 나가면, 그곳에서 약 2km나 떨어진 골짜기와 들판 너머로 치솟은 몽레리 탑의 오연한 모습이 눈에 들어온다. 천수루와 탑은 수백 년 전부터 오늘날까지 서로 마주보고 서서 푸른 삼림이나 시들어가는 숲을 내려다보며 프랑스 역사에서 가장 오래된 전설을 이야기하고 있는 것 같이 보인다. 전하는 바에 의하면 글랑디에의 천수루는 용감하고도 성스러운 영혼, 저 아틸라를 물리친, 자비심 많은 빠리의 수호신인 성녀 주느비에브의 영혼을 수호하고 있다는 것이다. 성녀 주느비에브는 이 성 안에 있는 오래된 도랑 속에서 그의 마지막 잠을 자고 있는 것이다. 여름에는 연인들이 피크닉 도시락을 넣은 바구니를 흔들며, 물망초가 피어 있는 성녀의 무덤 앞에 찾아와서는 상념에 잠기기도 하고 맹세를 하기도 한다. 이 무덤에서 그다지 멀지 않은 곳에 우물이 하나 있는데, 그 물은 신비한 영험이 있다고 전해진다. 어머니들의 감사하는 마음이 모여 그곳에 성녀 주느비에브를 위한 상(像)이 세워지고 그 상의 발치에는 영수(靈水)의 효험으로 목숨을 구한 아이들의 작은 덧신이며 모자가 매달려 있다.

모든 것이 과거에 속한 듯이 보이는 장소로, 스땅제르송 박사와 그의 딸은 미래의 과학을 위한 밑바탕을 만들기 위해 이사해온 것이다. 조용한 숲속이 두 사람의 마음에 든 것이다. 이곳이라면 자기네들의 연구나 희망을 엿보는 것이라고는 해묵은 떡갈나무와 돌멩이 외에는 없을 것이다. 글랑디에의 옛이름은 '글랑디에름'인데, 이런 이름을 얻게 된 것은, 어느 시대에나 이곳에서는 대량의 도토리를 거둬들이고 있었기 때문이다.

이곳도 이제는 참혹한 사건과 관련되어 널리 그 이름이 알려지게 되었지만 지금까지 소유주들이 그대로 방치해 두거나 모른 체해 왔기 때문에 지금도 원시 자연 그대로의 황량한 모습을 지니고 있었다. 다만 그 속에 숨어 있는 건물만이 대대로 이어지며 세월에 따라 변한 모습을 간직하고 있었다. 시대마다 그의 손자국을 그곳에 남기고 간 것이다. 이를테면 어떤 건물에는 뭔가 무서운 사건, 치정에 얽힌 연애 사건이 있었고 또 어떤 건물에는 이러저러한 사건이 있었다고 하는 등, 과거의 추억이 서려 있는 것이다. 그런 점으로 보아 박사가 과학의 은신처로 삼으려던 이 성은 불가사의한 공포와 죽음의 무대가 되기에는 안성맞춤이었다.

나는 여기까지 구구하게 이 글랑디에의 음산한 묘사를 계속해 왔지만, 그것은 내가 이제부터 독자의 눈앞에 전개하려는 드라마에 필요한 분위기를 만들어 내는 극적인 계기를 그곳에서 발견했기 때문은 아니다. 사실, 이 사건 전반에 걸쳐 내가 뜻하는 바는 되도록 꾸밈없는 태도를 취하자는 것이다. 나는 저술가가 되려는 야심은 털끝만치도 없다. 저술가라 하면, 언제나 다소간은 소설가임을 뜻하고 있는데 다행스럽게도 '노랑방의 수수께끼'는 그야말로 비극적인 공포로 가득 차 있어 문학의 도움을 빌릴 필요는 없다. 나는 한 사람의 충실한 보고자에 지나지 않으며, 또 그 이상이 되고 싶지도 않다. 내가 할 일은 사건을 보고하는 일이다. 그래서 이렇게 이 사건을 액자 속에 넣었을 따름이다. 사건이 어디서 일어났는가를 독자가 알고 있다는 것은 지극히 당연한 일이다.

그러면 다시 스땅제르송 박사의 이야기로 되돌아 가기로 하겠다. 여기서 말하고 있는 참극이 일어나기 약 15년 전에 박사가 이 땅을 샀을 때는 글랑디에에는 오래 전부터 아무도 사는 사람이 없었다. 이 근처에 있는 또 하나의 옛성, 14세기에 장 드 베르몽에 의해 세워진 성도 역시 사는 사람이 없이 방치되어 있었으므로 이 일대는 거의 주인이 없는 땅이라고 해도 무방했다. 꼬르베이로 통하는 길가에 있는 몇 채의 작은 집과, 길가는 짐수레꾼들에게 잠시 휴식을 제공하는 천수루라는 여인숙, 이것이 수도에서 불과 얼마 떨어지지 않은 곳에 이런 버려진 장소가 있으리라고는 생각할 수도 없는 이 땅에서 문명의 모습을 떠올리게 하는 유일한 것이었다. 그런데 그 버려진 것 같은 장소라는 점이 스땅제르송 박사와 그의 딸이 이곳을 택하게 된 결정적인 이유였던 것이다. 스땅제르송 박사는 그 무렵 이미 저명한 학자였다. 마침 미국에서 돌아온 지 얼마 안 되어서였고 그곳에서 한 연구가 대단한 반향을 일으켰던 뒤였다. 박사가 필라델피아에서 발표한 '전기작용에 의한 물질의 해리'에 관한 저서가 전 학계의 관심을 불러일으킨 것이다. 스땅제르송 박사는 프랑스인이긴 하지만, 본디 미국 출신이었다. 그래서 상속상 대단히 중요한 몇 가지 소송사건 때문에 몇 년이나 미국을 떠나지 못하고 있었던 것이다. 박사는 프랑스에서 시작했던 연구를 그쪽에서도 줄곧 계속하고 있었는데, 소송이 어떤 것은 승소판결이 나기도 하고 또는 화해로 유리하게 해결되었기 때문에 막대한 재산을 지닌 몸이 되어 그 연구를 완성하려고 프랑스로 돌아온 것이었다.

스땅제르송 박사가 원한다면, 새로운 염색법에 관한 그 화학적 발견의 몇 가지를 스스로 이용하든가 또는 남에게 이용케함으로써 수백만 달러라는 돈을 벌 수도 있었을 텐데, 박사는 자기가 자연으로부터 물려받은 발명이라는 훌륭한 재능을 자신의 개인적 이익을 위해 사용한다는 것을 내켜하지 않았다. 자기의 재능을 자기 한 사람의 것으로 생각하고 있지 않았기 때문이다. 그 재능은 세상사람들 덕분에 있는 것이라고 하여, 박사의 천재가 이루어 내는 것은 다 이런 박애주의적인 정신에 의해 특허권을 소실하고 말았던 것이다. 이 뜻하지 않은 재산이 손에 들어오는 바람에 생애의 마지막 날까지 순수과학에 대한 정열에 온몸을 바칠 수 있게 된 것에 대해, 박사는 만족스러움을 감추려고도 하지 않았지만, 이 재산을 얻게 된 것은 그것과는 또 다른 이유에서도 기쁜 일이었다.

박사가 미국에서 돌아와 글랑디에의 땅을 샀을때는, 스땅제르송 양이 꼭 스무 살이 되었을 때였다. 그녀는 보기드문 미인으로 자기를 낳자마자 죽은 어머니의 빠리 여인다운 아름다움과, 아버지 쪽으로 조부가 되는 윌리엄 스탠거슨의 미국인으로서의 활기넘치는 피를 물려받았다. 윌리엄 할아버지는 필라델피아의 시민이었는데 한 프랑스 여성, 뒷날에 이 저명한 스땅제르송 박사의 어머니가 될 여성과 결혼했을 때, 가정생활의 필요에 따라 부득이 프랑스로 귀화하게 되었던 것이다. 스땅제르송 박사가 프랑스 국적을 가진 것은 그런 사정 때문이었다.

나이는 스무 살, 매혹적인 금발에 파란 눈, 뽀얀 젖빛 살결에 윤기 흐르는 싱그러움, 성스러울 정도의 건강함. 마띨드 스땅제르송이야말로 신구 양대륙을 통해, 혼기에 있는 아름다운 처녀 중에서도 가장 아름다운 처녀였다. 그녀의 결혼을 생각하는 일은 비록 피할 수 없는 이별의 슬픔이 뒤따르는 것이었지만 아버지로서는 당연한 의무인즉, 딸의 막대한 결혼 자금이 생기게 된 것은 박사로서도 기쁘지 않을 수 없었을 것이다.

그러나 결혼은 고사하고, 마띨드 양을 사교계에 내보내리라고 친구들이 기대하고 있던 바로 그 시기에, 박사는 어쩐 일인지 딸과 함께 이곳에 들어앉고 만 것이다. 그 일에 대해 개중에는 일부러 찾아와 놀라움을 나타내는 사람도 있었다.

그런 사람들의 질문을 받으면 박사는 이렇게 대답했다.

"이것은 딸의 의사입니다. 저는 딸에게는 한 마디도 싫다는 말을 못한답니다. 이 글랑디에도 딸이 결정한 것입니다."

또 딸이 그런 질문을 받으면, 젊은 딸은 아무 걱정도 없는 말투로 이렇게 대답했다.

"이렇게 일이 잘되는 곳은 또 없을 거예요, 아주 조용해서요."

왜냐하면 마띨드 스땅제르송 양은 그때 이미 아버지의 연구에 협력하고 있었기 때문이다. 그러나 그녀의 과학에 대한 정열이 그뒤 15년도 넘는 세월에 걸쳐 들어오는 혼담을 모조리 거절할 만큼 강렬한 것이 될 줄이야, 당시로선 생각지도 못했던 일이었다. 그렇게 비사교적인 생활을 하고 있었지만, 이 부녀는 몇 군데 공식적인 모임이나, 또 어떤 때에는 몇몇 친구의 살롱에 얼굴을 내밀지 않을 수 없었으며, 그런 자리에서는 박사의 명성과 마띨드의 아름다움이 모임을 뒤흔들었다. 처음에는 이 꽃다운 딸이 보이는 극도의 쌀쌀함도 마음을 두고 다가오는 남자들을 밀어내지는 못했다. 그러나 이삼 년이 지났을 무렵에는 모두 정이 떨어지고 말았다. 그 가운데 단 한 사람, 부드러운 끈기로 언제까지나 단념하는 일도 없이 '영원한 약혼자'라는 별명이 말해주듯 듬직하고 끈기있는 태도로 기꺼이 그 별명을 감수하고 있는 사람이 있었다. 바로 로베르 다르작끄 씨였다.

이제 스땅제르송 양은 젊지도 않았고, 결혼해야 할 이유를 35세가 된 지금까지도 발견하지 못했으므로 앞으로 영원히 그것을 발견할 수 없으리라는 생각이 들었다. 그런 생각도 로베르 다르작끄 씨에겐 희망을 버리게 하지 못했다. 그는 여전히 그녀를 사모해 온 것이다. 물론 이것은 줄곧 미혼으로 살아 왔고 결혼은 하지 않겠다고 말하고 있는 35세의 여성에게 계속 자상하고 부드러운 정성을 쏟고 있는 일을 '사모한다'고 말할 수 있는 것으로 인정한 뒤의 일이지만.

그런데 이번 사건이 일어나기 이삼 주일 전에, 처음에는 아무도 대수롭게 여기지 않았던──즉 그만큼 믿기 힘든 것으로 생각되었다──소문이 빠리 사람들 사이에 퍼졌다. 스땅제르송 양이 '로베르 다르작끄 씨의 끊임없는 사모의 정에 보답하는' 일에 마침내 동의했다는 것이다!

로베르 다르작끄 씨가 그 결혼을 부인하지 않았다는 사실을 알게 되자 사람들도 그제야 도저히 믿을 수 없는 이 소문에 어쩌면 진실성이 있을지도 모른다는 생각을 하기 시작했다. 그리고 마침내 스땅제르송 박사가 어느 날 과학원 모임에 나간 자리에서 확실한 사실을 발표했다. 자기 딸과 로베르 다르작끄 씨와의 결혼은 자기와 딸이 '물질의 해리', 즉 물질의 에테르 환원에 관한 자기네들의 연구 결과를 모아 정리한 보고서를 빠른 시일 안에 완성하면, 곧 글랑디에 성에서 가까운 사람들만 불러 식을 올릴 작정이라고, 신혼부부는 글랑디에에 살게 될 것이고, 신랑은 이 부녀가 생애를 바쳐온 연구를 돕게 될 것이라고 말했다.

학계 사람들이 이 뉴스에 따른 놀라움이 채 가시기도 전에, 이상에서 열거한 것과 같은, 그리고 이제 우리가 성 안으로 들어가 보면 확실히 알 수 있을, 정말 불가사의한 조건 아래서 일어난 스땅제르송 양 사건이 보도된 것이다.

나는 그뒤 로베르 다르작ㄲ 씨와 사건 관계로 친해져 알게 되었다는, 과거에 관한 이런 상세한 사정을 빠짐없이 독자에게 전하는 일을 주저하지 않는다. 독자가 머지않아 노랑방의 문지방을 넘을 때, 나와 다름없는 예비 지식을 가지게 하고 싶기 때문이다.

한 마디 말

룰르따비유와 나는 아까부터 스땅제르송 박사네 널따란 뜰을 둘러싼 담을 따라 걸어가고 있었는데, 이윽고 그 정문의 철책이 보이기 시작했다.

그때 갑자기 우리의 시선은 어떤 사람에게 고정되었다. 그 남자는 땅바닥에 웅크리고 앉아 열심히 무엇을 하고 있는지 우리가 다가가는 것도 모르고 있는 눈치였다. 어떤 때는 땅바닥에 배를 깔듯이 엎드렸다가는 또 갑자기 일어나서 벽 쪽을 조심스럽게 지켜보았다. 그런가 하면 자기 손바닥을 뚫어져라 쳐다보다가는 이윽고 성큼성큼 걷기 시작하더니 이번에는 뛰어가며 자기 오른쪽 손바닥을 들여다보았다. 그때는 룰르따비유가 손을 들어 나를 막고 있었다.

"쉿! 프레드릭 라루상이 일에 착수한 모양입니다! 방해를 하면 안 되겠죠."

조제프 룰르따비유는 이 유명한 형사에 대해 전부터 대단한 존경심을 지니고 있었다. 나는 그때까지 프레드릭 라루상을 한 번도 만난 일이 없었지만 그 평판만은 익히 들어 알고 있었다.

모든 사람들이 손을 떼고 말았던 조폐국 금괴 사건을 해결하고 세계 저축 은행의 금고를 파괴한 범인을 체포했던 일 등으로 인해 그의 이름은 거의 모르는 사람이 없을 정도로 널리 알려졌다. 그는 아직 조제프 룰르따비유가 그 비할 데 없는 재능을 보기좋게 증명할 수 없었던 시절, 가장 불가해하고 가장 불분명한 범죄의 뒤엉킨 실마리를 푸는 데 있어서는 최고의 수완을 지닌 사람으로 인정받고 있었다. 그의 평판은 온 세계에 퍼져, 종종 런던이나 베를린이나 나아가 미국의 경찰까지도 자기 나라의 형사나 탐정들이 도저히 해결을 못하고 막다른 골목에 이르렀을 경우에는 곧 그에게 구원을 청해오는 형편이었다.

　그렇기 때문에 이번에 노랑방의 괴사건이 일어나자 곧 경시총감이, 마침 유가증권 도난에 관한 중대 사건으로 런던에 파견되어 있던 이 둘도 없는 부하 프레드릭 라루상에게 '곧 돌아오라'는 전보를 치게 된 것도 별로 이상한 일이 아니었다. 경시청 내에서는 대(大)프레드라 불리고 있는 프레드릭이지만 그도 꽤 급히 달려왔으리라는 생각이 들었다. 일부러 불러들인 이상, 오랜 경험에 의해, 아무래도 자기의 활동이 필요해서라는 것쯤은 알고 있었겠지만, 그런 연유로 그날 아침 룰르따비유와 나는 일찌감치 일에 착수하고 있는 그의 모습을 보게 된 것이다. 그리고 우리는 곧 그가 무슨 일을 하고 있는지 알 수 있었다.

　그가 계속 오른쪽 손바닥을 들여다보고 있는 것은, 실은 시계를 들여다보는 것으로 몇 분 걸렸나, 그 시간을 열심히 재고 있는 모양이었다. 이윽고 그는 되돌아와서 다시 한 번 달려가는가 싶더니 정문 철책이 있는 곳까지 달려와서 그곳에서 멈춰서더니 또 시계를 쳐다본 다음 시계를 주머니 속에 넣고 실망한 듯이 어깨를 움츠리고 문을 밀고 안으로 들어갔다. 그리고 그 문을 닫아건 다음 비로소 얼굴을 들어 철책 너머로 우리의 모습을 확인했다. 룰르따비유가 뛰어가자 나도 그 뒤를 따랐다. 프레드릭 라루상은 우리가 다가오기를 기다리고 있었다.

"프레드 씨."

룰르따비유는 모자를 벗고, 젊은 기자가 이 유명한 형사에 대해 품고 있는 존경의 마음에서 우러나온 깊은 경의를 표시하며 말했다.

"잠깐 여쭤보겠는데, 로베르 다르작 씨는 지금 이 성에 계십니까? 이분은 그분의 친구로 빠리에서 변호사 일을 하고 있습니다만, 잠깐 그분에게 할 말이 있다고 해서요."

"글쎄, 룰르따비유 선생."

이렇게 대답하며 프레드는 나의 친구와 악수를 했다. 그와는 갖가지 어려운 사건을 수사하는 동안 지금까지 여러 번 얼굴을 대할 기회가 있었던 것이다.

"실은 나도 아직 만나지 못했소."

"문지기에게 물으면 알 수 있겠죠?"

룰르따비유는 입구와 창문을 꽉 닫아 놓았지만, 이곳을 지키는 충실한 문지기가 살고 있을 작은 벽돌집을 가리키며 말했다.

"문지기에게 물어도 모를 거요, 룰르따비유 선생."

"그건 또 무슨 뜻입니까?"

"다름이 아니라, 약 반 시간 전에 부부가 다 체포되었소."

"체포요!"

룰르따비유는 소리쳤다.

"범인이 그들이란 말입니까!"

프레드릭 라루상은 어깨를 움츠렸다.

"범인은 체포할 수 없다 하더라도 공범자를 발견할 수는 있을지도 모르니까!"

그는 비꼬아대는 듯한 태도로 말했다.

"당신이 체포하라고 한 것인가요, 프레드 씨?"

"아아니, 천만에! 나는 체포하란 말을 한 적이 없어요. 왜냐하면 우선 내가 확신하는 바로는, 그들은 이 사건과는 전혀 관계가 없다고 보기 때문이오. 그리고 또……."

"또 뭡니까?"

룰르따비유는 몹시 걱정스러운 듯이 물었다.

"그러니까 저…… 아니 별로 이렇다 할 일은 아니지만……."

라루상은 고개를 내저으며 말했다. 프레드릭 라루상은 동작을 딱 멈추고 이 젊은 기자를 흥미있게 쳐다보았다.

"아하! 뭔가 짚이는 게 있으시군, 이 사건에 대하여. 그러나 당신은 아직 아무것도 보지 못했을 텐데. 이 성 안에 들어오질 못해서……."

"들어갑니다. 어떻게 해서든지."

"글쎄, 어떨까…… 출입이 엄중히 단속되고 있는 모양인데."

"꼭 들어가고 말겠습니다. 로베르 다르작끄 씨만 만나게 해주시면, 제발 저를 위해 힘 좀 써주십시오. 서로 오래전부터 아는 친구 사이가 아닙니까, 프레드 씨…… 부탁합니다. '금괴 사건' 때 써드린 그 멋진 기사를 생각해 보세요. 잠깐 로베르 다르작끄 씨에게 한 마디만 전해 주십시오."

이렇게 애원하는 룰르따비유의 얼굴 표정이란 옆에서 보고 있기에 참으로 우스꽝스러웠다. 이 입구——그 내부에서 어떤 기기괴괴한 일이 일어나게 될——를 어떻게 해서라도 뚫고 들어가야겠다는 열렬한 욕망을 역력히 그 얼굴 표정에 드러내고 있었다. 그야말로 입이나 눈뿐이 아니라 얼굴의 모든 근육까지 일제히 동원하여 간청하고 있는 모습이었다. 나는 더 이상 참을 길이 없어 웃음을 터뜨리고 말았다.

프레드릭 라루상도 활짝 웃고 있었다.

그동안 철책 안쪽에 있는 프레드릭 라루상은 유유히 열쇠를 주머니 속에 넣어 버렸다. 나는 물끄러미 그를 관찰하고 있었다.

그는 나이가 쉰 가량 되어 보이는 사람이었다. 얼굴 생김새는 아주 훌륭했으나 머리가 희끗희끗하고, 안색이 늙어 보였으며 옆얼굴은 위엄있어 보였다. 이마는 튀어나왔고 턱과 볼은 정성들여 면도를 했으며, 매끄러운 입술은 아름답게 균형잡힌 좋은 형태를 지니고 있다. 눈은 약간 작으나 동그란데, 상대방을 당황하게 하고 불안케 하며 살피는 듯한 눈초리로 남의 얼굴을 정면으로 쳐다보곤 한다. 중키에 알맞은 살집좋은 체격을 지녔으며, 말씨나 태도에 품위가 있어 호감을 가질 수 있게 했다.

그러나 형사다운 비속한 점은 조금도 없으나, 그 나름대로 그 방면에선 일종의 뛰어난 예술가이고, 그 자신도 그런 점을 잘 알고 있어 스스로도 자신을 높이 평가하고 있다는 것을 은연중에 느끼게 한다. 그의 말투는 회의가라든가 세상을 잘 아는 사람이 곧잘 쓰는 그런 말투였다. 남다른 직업 탓으로, 참으로 수많은 범죄와 비행을 가까이서 보아왔으므로 다소 '감정의 경화(硬化)'——이것은 룰르따비유의 표현을 빌린 것이지만——를 일으키지 않았다면, 오히려 이상하게 보였을 것이다.

라루상은 뒤에서 들려오는 마차 소리에 뒤를 돌아다 보았다. 알고 보니 그 마차는 에삐네 역에서 예심판사와 서기를 태우고 갔던 낯익은 이륜마차였다.

"잠깐!"

프레드릭 라루상이 소리쳤다.

"당신네들 로베르 다르작끄 씨와 말할 것이 있다고 했지요. 마침 여기 나오고 있군!"

이륜마차는 벌써 문 앞까지 와서 로베르 다르작표가 프레드릭 라루상에게 정문을 열어달라고 부탁하고 있었다. 몹시 급하다고 하면서, 에삐네 역까지 부지런히 가야 빠리 행 기차를 탈 수 있을 것이라고 설명을 했는데 그 말이 끝나자 나를 알아보았다. 그리고 라루상이 문을 열고 있는 동안에 다르작표 씨는 나를 보고 이런 비극적인 사건이 일어났는데 어째서 또 글랑디에에 왔느냐고 물었다. 나는 그때 그의 안색이 처참할 만큼 창백하고 끝없는 슬픔이 얼굴에 나타나 있는 것을 알아차렸다.

"스땅제르송 양의 경과는 어떻습니까?"

나는 곧 물었다.

"네, 살아날 것 같기도 합니다. 꼭 살아나야 할 텐데……"

그는 '그렇지 않으면 나도 함께 죽어버리겠습니다'하는 말은 하지 않았지만, 그 말의 끝부분은 핏기 가신 입술 끝에서 바르르 떨리고 있음을 느낄 수 있었다.

그러자 그때 룰르따비유가 옆에서 입을 열었다.

"선생님, 몹시 서두르고 계시는 것 같은데 그러나 꼭 들어주셔야 할 이야기가 있습니다. 그야말로 무척 중대한 일이며, 꼭 말씀드려야 할 말입니다."

프레드릭 라루상이 중간에서 그 말을 가로막고 로베르 다르작표 씨에게 물었다.

"저는 가도 되겠죠? 열쇠는 가지고 계십니까, 아니면 이것을 드릴까요?"

"네, 고맙습니다. 열쇠는 가지고 있습니다. 문은 제가 닫겠습니다."

라루상은 이삼백 미터 저쪽으로 그 위용을 드러내고 있는 성을 향해 삽시간에 멀어져 가 버렸다.

로베르 다르작²²는 눈살을 찌푸리며 초조한 듯한 모습을 보이기 시작했다. 나는 룰르따비유를 아주 좋은 친구라고 소개했다. 그러나 이 청년이 신문기자임을 알자, 다르작²² 씨는 몹시 나무라는 듯한 눈초리로 나를 쳐다보더니 무슨 일이 있어도 20분 뒤에는 에삐네에 도착해야만 한다며 인사를 하는 둥 마는 둥 하더니 말에 채찍을 휘둘렀다. 그런데 정말 어이없는 일이었지만, 룰르따비유가 이때 잽싸게 말고삐를 잡고 힘껏 그 작은 마차를 세우더니 무슨 말인지 나로서는 전혀 뜻을 알 수 없는 다음과 같은 말을 입 밖에 내었다.

　"사제관(司祭館)의 즐거움은 조금도 변함이 없고, 그 뜰의 싱그러움도 여전하도다."

　이 말이 룰르따비유의 입에서 나온 다음 순간 로베르 다르작 씨의 몸이 비틀거리는 것을 나는 보았다. 몹시 창백했던 그의 얼굴이 한층 더 창백해졌다. 그는 한순간 공포에 찬 눈초리로 이 젊은이의 얼굴을 뚫어져라 쳐다보더니 뭐라 말할 수 없을 정도의 당황한 모습으로 즉시 마차에서 내려왔다.

　"자, 갑시다! 가!"

　그는 몇 번이고 말이 막혔다. 그리고 갑자기 분격한 어조로 되풀이했다.

　"갑시다! 갑시다!"

　그렇게 말하고 그는 성으로 되돌아가기 시작했는데 일체 말이라곤 없었다. 룰르따비유는 여전히 말고삐를 잡은 채 그 뒤를 따라갔다. 나는 몇 마디 다르작²² 씨에게 이야기를 붙여 보았다. 그러나 그는 대답도 하지 않았다. 그래서 룰르따비유에게 눈짓을 해보였으나 그 역시 내 존재는 안중에도 없는 모양이었다.

떡갈나무 뜰 안에서

　우리는 성에 닿았다. 오래된 천수루와 루이 14세 시대에 완전히 개축된 부분은 비오레 르 뒤끄(19세기의 건축가. 중세 건축물의 복구자로 알려졌다)식의 근대풍으로 된 또 하나의 건물로 연결되어 있고 현관은 이 부분에 있었다. 갖가지 양식의 건물이 들어선 이 기묘한 집합, 나는 이처럼 독창적인 건축은 본 일이 없으며, 또 이렇게 추악하고 이상한 것도 본 일이 없었다. 그것은 괴물 같은 모습이면서도 사람의 마음을 사로잡는 것이었다. 우리가 다가가니 헌병 두 사람이 천수루 2층으로 들어가는 작은 출입구 앞을 왔다갔다하는 모습이 보였다. 금방 안 일이지만, 옛날에는 감옥이었고 지금은 광으로 쓰이고 있는 이 아래층에 문지기 베르니에 내외가 감금되어 있었다.

　로베르 다르작끄 씨는 비를 막는 차양이 달린 넓은 입구로 들어가 성의 근대 건축 부분으로 우리를 안내했다. 룰르따비유는 말과 이륜마차를 하인의 손에 넘겨주었으나 다르작끄 씨에게서 잠시도 눈을 떼려고 하지 않았다. 그 시선을 쫓다보니 소르본느 대학 교수의 장갑을 낀 손에 집중되고 있는 것을 알 수 있었다. 이윽고 낡은 가구가 놓여 있는 작은 객실로 들어가자 다르작끄 씨는 룰르따비유를 향해 아주 무뚝뚝하게 대답했다.

"들읍시다! 무슨 말이오?"

신문 기자도 마찬가지로 무뚝뚝하게 대답했다.

"당신과 악수를 하고 싶습니다!"

다르작끄는 자기도 모르게 뒤로 물러섰다.

"무슨 뜻이오?"

그때 그도 명백히 내가 알아차린 것을 알아차렸을 것이다. 즉 나의 친구는 그 흉칙한 범행을 다르작끄가 저지른 것이 아닌가 의심하고 있는 것이다. 아마 노랑방의 벽에 묻었던 피투성이의 손자국이 생생히 그의 눈앞에 떠올랐으리라.

나는 물끄러미 그 모습을 쳐다보았다. 보통 때는 그처럼 자존심 센 표정으로 똑바로 쳐다보는 이 사람이 이 순간에는 정말 이상할 정도로 당황하고 있었다. 그는 오른손을 내밀고 나를 가리키며 말했다.

"당신은 생끌레르 씨의 친구이고, 생끌레르 씨는 어떤 정당한 사건에서 그야말로 파격적으로 힘써준 사람이오. 당신의 악수를 거절할 이유가 있을 리가 있소."

룰르따비유는 내민 그 손을 잡으려고 하지 않았다. 그리고 아주 뻔뻔스럽게 이런 거짓말을 하는 것이었다.

"선생님, 저는 몇 년 동안 러시아에서 살았더니 지금도 그 나라의 습관이 몸에 배어 상대방이 누구이건 장갑을 벗지 않는 사람하고는 절대 악수를 하지 않습니다."

나는 아무리 소르본느 대학 교수일지라도 이쯤이면 속에서 끓기 시작한 분노를 폭발시키리라고 생각했다. 그런데 뜻밖에도 교수는 꾹 참으며 마음을 가라앉히더니 장갑을 벗고 두 손을 내밀었다. 그 손에는 전혀 상처 따위는 눈에 띄지 않았다.

"만족했소?"

"아뇨, 아직!"

룰르따비유는 나를 돌아다보며 말했다.

"저, 잠깐 사정이 있어서 그러는데 잠시 자리 좀 비켜 주시겠습니까?"

나는 가볍게 고개를 끄덕이고 그 자리를 물러나오기는 했지만, 지금까지 보고 들은 일이 너무도 어이가 없었으며, 로베르 다르작끄 씨가 그렇게 건방지며 무례하고 엉뚱한 나의 친구를 왜 집 밖으로 쫓아내지 않았는지 도무지 이해할 수가 없었다. 이때 나는 룰르따비유가 다르작끄 씨를 의심해 필요 이상의 일을 벌인 것에 대해 화를 내고 있었던 것이다.

나는 거의 20분이나 성 안 건물 앞을 서성거리며 오늘 아침에 있었던 여러 가지 일에 대해 하나의 맥락을 발견하려고 애써 보았으나 아무래도 헛수고였다. 룰르따비유가 생각하고 있는 것은 도대체 무엇이란 말인가? 그의 눈에 로베르 다르작끄 씨가 범인으로 보이다니 과연 있을 수 있는 일인가? 며칠 뒤에는 스땅제르송 양과 결혼할 예정이었던 이 사람이 노랑방에 몰래 들어가 자기의 약혼자를 살해하려고 했다니, 어떻게 그런 생각을 할 수 있단 말인가.

끝으로 또 범인은 어떻게 노랑방을 빠져나갈 수 있었을까, 그것을 나에게 일러줄 만한 사실은 아직 하나도 나타나지 않았다. 그리고 나로서는, 도저히 설명할 수 없을 것으로 보이는 이 수수께끼가 해명되지 않는 한, 아무도 의심하지 말아야 한다는 것이 모든 사람의 의무라고 생각했다. 또 한 가지, 지금도 아직 내 귀에 들리고 있는 '사제관의 즐거움은 조금도 변하지 않았고, 그 뜰의 싱그러움도 여전하도다'라는 그 뚱딴지 같은 말은, 도대체 무엇을 뜻하고 있는가! 나는 어서 빨리 룰르따비유와 단둘이 있게 되어 그 일을 물어보고 싶었다.

그때, 룰르따비유가 로베르 다르작끄 씨와 함께 성에서 나왔다. 이상하게도 두 사람은 더없이 친밀한 사이가 되었다는 것을 느낄 수 있었다.

"지금 노랑방에 가는 길입니다."

룰르따비유가 말했다.

"우리와 함께 가시죠. 그래도 상관없어요. 오늘은 하루 종일 나와 함께 일하게 된 셈이군요. 점심은 마을에 가서 함께 먹기로 하고요."

"점심이라면 여기서 나와 함께……."

"모처럼 말씀하시는데 안되었지만……."

룰르따비유는 대답했다.

"우리는 천수루란 여인숙에서 먹기로 하겠습니다."

"그런 데서 어떻게…… 정말 아무 것도 없어요."

"그럴까요? 저는 뭔가 새로운 사실이 발견될 것 같은데요."

룰르따비유 재차 말했다.

"점심이 끝나면 또 일을 해야 해요. 기사의 원고를 써야 합니다. 미안하지만 당신이 그 원고를 회사 편집실에 갖다 주었으면 좋겠는데요……."

"그럼 자네는? 나하고 함께 돌아가지 않을 건가?"

"나는 여기서 잘 예정이에요."

나는 룰르따비유를 돌아보았다. 그는 정색을 하고 그런 말을 하는 모양이었고, 로베르 다르작끄 씨도 전혀 놀라는 눈치가 아니었다.

우리는 그때 천수루 앞을 지나가고 있었는데, 그 안에서 흐느껴 우는 소리가 들려왔다. 룰르따비유는 물었다.

"왜 저 사람들을 체포했습니까?"

"그것은 다소 나에게도 책임이 있어요."

다르작끄 씨는 말했다.

"실은 어제 내가 예심판사에게 지적한 것이오. 문지기 내외가 권총 소리를 들은 다음 잠옷을 갈아입고 거기서부터 그 별채까지의 상당한 거리를 달려올 만한 시간이 있었다는 것은, 그것도 불과 2분간이라니 아무래도 이상하다고 말한 것이오. 권총 소리가 난 뒤 작끄 노인이 두 사람을 만날 때까지 2분밖에 안 걸렸다니까요."

"분명히 그것은 수상하군요."

룰르따비유는 그 말에 동의했다.

"그래, 두 사람이 다 옷을 입고 있었다는 말이죠?"

"바로 그 점이에요. 아무래도 이해할 수 없는 일은…… 둘 다 옷을 갈아입고, 그야말로 '단정히' 빈틈없이 준비를 하고 있었어요. 조금도 빠뜨린 것이 없는 차림새였어요. 부인은 나막신을 신고 있었지만, 남편은 목이 긴 구두를 신고 있었어요. 그런데 두 사람은 여느 때처럼 9시에 잠자리에 들어갔다고 하거든요.

예심판사는 오늘 아침에 왔을 때 범행에 쓰인 것과 같은 구경의 권총을 빠리에서 구해가지고 와서(왜냐하면 증거물이 된 권총에는 손을 대고 싶지 않다는 것이죠), 서기에게 노랑방 안에서 문과 창문을 닫은 채 권총을 두 발 쏘게 해 봤어요. 우리는 예심판사와 함께 문지기네 집에 있었어요. 그런데 아무 소리도 들리지 않았어요. 그곳에서는 아무 소리도 들리지 않았을 거예요. 그러니까 문지기 내외가 거짓말을 하고 있다는 것은 의심할 여지가 없는 일이죠. 두 사람은 미리 준비를 하고 있었던 거예요. 그때는 벌써 밖에 나와 별채에서 머지않은 곳에 있었던 거지요. 그리고 무엇을 기다리고 있었던 겁니다. 물론 두 사람을 범행의 하수인이라고 보는 것은 아니지만, 그러나 공범이 되지 말라는 법도 없지 않겠어요…… 그래서 드 마르께 씨는 곧 두 사람을 체포하게 한 것이죠."

"두 사람이 공범자라면 좀더 허둥대며 달려왔겠죠."

룰르따비유가 말했다.

"또는 오히려 전혀 달려오지 않았을지도 모릅니다. 일부러 법망 속으로 뛰어들 듯이 그렇게 공범같은 증거를 많이 갖고 있는 것은, 즉 공범자가 아니라는 증거입니다. 저는 이 사건에 공범자가 있다고는 생각지 않습니다."

"그럼 왜 그런 한밤중에 밖에 나와 있었단 말이오? 그 이유를 말하면 될 것 아뇨!"

"틀림없이 뭔가 말하고 싶지 않은 사정이 있어 말하지 않을 겁니다. 문제는 그 사정이 무엇이냐 하는 것인데…… 가령 그들이 공범자가 아니라 하더라도 그것은 뭔가 중대한 관계가 있을지도 모릅니다. 어쨌든 그날 밤처럼 그런 때에 일어나는 일이라면 무슨 일이든 중요합니다."

우리는 성의 연못에 놓인 낡은 다리를 건너 저택 안 떡갈나무 뜰이라 불리고 있는 장소로 접어들었다. 주위에는 수백 년이나 묵은 떡갈나무가 늘어서 있었다. 가을철 일찌감치 그 노란 잎이 오그라붙어 검게 뒤틀린 모습을 높게 뻗치고 있는 가지들은, 마치 옛 조각가가 메두사의 머리 위에 곤두세운, 보기에도 무서운 머리털 같았고 거대한 파충류가 엉켜붙은 모습 같았다. 밝은 느낌이 든다고 스땅제르송 양이 여름 동안 지내기로 했다는 이곳이 가을철이 되면 음산하고 기분 나쁜 장소로 변하는 것 같았다. 지면은 거뭇거뭇하고 최근에 계속 내린 비와 낙엽이 쌓여 썩었기 때문에 발이 푹푹 빠졌다. 늘어선 떡갈나무 줄기도 검게 변했으며, 우리 머리 위에 펼쳐져 있는 하늘까지도 큰 구름으로 무겁게 드리워져, 마치 슬픔 속에 잠겨 있는 것 같았다. 이윽고 깊숙이 자리잡고 있는 어둡고 황량한 장소 안에 문제인 별채의 흰 벽이 보이기 시작했다. 색다른 건물이었다. 지금 우리가 있는

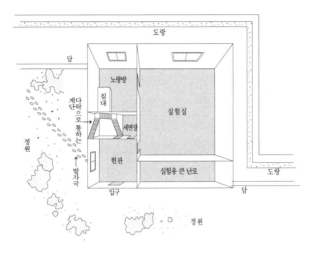

별채의 구조

지점에서는 창문이 하나도 보이지 않았다. 작은 문이 하나 보이기는 하는데, 그 문이 출입문인 것 같았다. 마치 하나의 무덤, 황량한 숲 속에 있는 큰 묘지와 같은 느낌이 들었다. 가까이 감에 따라 그 집의 구조도 대강 짐작이 갔다. 이 건물은 필요한 광선을 남쪽, 즉 저택 바깥쪽, 그러니까 들판 쪽에서 받아들이고 있었다. 즉 집 안쪽으로 난 작은 출입문을 닫아 버리면, 스땅제르송 부녀에겐 자기네들의 연구와 몽상을 위한 이상적인 감옥이 되는 셈이었다.

여기서 이 별채의 약도를 말해둔다면, 이 별채에는 몇 단의 돌계단을 올라가면 들어가는 1층과 꽤 위쪽에 자리잡고 있는 다락방이 하나 있을 뿐이었다. 그러나 이 다락방은 이 사건에선 전혀 문제시할 필요가 없는 부분이다.

이 약도는 룰르따비유 자신이 그린 것인데, 확인한 바로는 선 하나 표시 하나에 이르기까지 당시 검찰 당국이 당면하고 있던 문제의 해결에 도움이 될 약도였고, 여기 빼놓은 것이라고는 하나도 없다. 이 설명서와 도면을 보면, 룰르따비유가 처음으로 이 별채에 발을 들여놓았을 때, 그리고 누구나가 '도대체 범인은 어디로 노랑방을 빠져나갈 수 있었을까?' 하고 수상히 여기고 있을 때, 그가 이 별채에 대해 알 수 있던 것만큼 독자들도 알고 난 다음 진상에 다다를 수 있게 될 것이다.

별채 입구에 있는 3단의 돌계단을 오르기 전에 룰르따비유는 갑자기 우리를 잡아 세우더니 불쑥 다르작끄 씨에게 물었다.

"그런데 범행의 동기는?"

"나로서는 그 점에 관해서는 전혀 의심의 여지가 없어요."

스땅제르송 양의 약혼자는 아주 슬픈 듯이 대답했다.

"스땅제르송 양의 가슴이나 목 언저리에 남은 손가락 자국이나 심한 상처로도 증명되듯 방 안에 들어온 그 흉악한 녀석은 참혹한 범행을 범하려고 했던 것입니다. 어제 조사한 감식의(鑑識醫)도 상처를 낸 것은 벽에 핏자국을 남긴 그 손과 같은 손이라고 단정하고 있어요. 대단히 큰 손이라 내 장갑은 아마 들어가지도 않을 거에요."

걷잡을 수 없는 쓸쓸한 미소를 띠며 다르작끄 씨는 말했다.

"피묻은 손자국은"

내가 말참견을 했다.

"그것은 스땅제르송 양의 피투성이가 된 손이 닿은 자국이 될 수는 없을까요? 넘어지는 순간에 벽에 부딪쳐 손이 미끄러지는 바람에, 피투성이가 된 손자국이 실제보다 크게 자국을 남기게 되었다든가."

"안아일으켰을 때 스땅제르송 양의 손에는 한 방울의 피도 묻어 있지 않았습니다."

다르작끄 씨는 대답했다.

"그렇다면 이제 확실히 말할 수 있는 일인데"

나는 말했다.

"작끄 노인의 권총은 스땅제르송 양이 가지고 있었군요, 손에 상처를 입은 것은 범인이었으니까요, 그럼 스땅제르송 양은 뭔가를 아니면 어떤 자를 무서워하고 있던 셈이군요."

"그렇게도 생각할 수 있겠습니다만……"

"짐작이 갈 만한 자는 없습니까?"

"없습니다……"

흘끗 룰르따비유의 얼굴을 쳐다보며 다르작끄 씨는 대답했다.

그러자 룰르따비유가 나에게 말했다.

"당신에게도 말해 두겠지만, 당국의 수사는 드 마르께 씨가 말해 주었던 것보다 더 진전되고 있는 모양입니다. 지금까지의 수사로 확실해진 것은 그 권총이 스땅제르송 양이 몸을 지키기 위해 사용한 무기였던 것만은 아닙니다. 스땅제르송 양에게 덤벼들어 상처를 입히는 데 사용한 흉기도 곧 알아냈어요, 그것은 다르작끄 씨의 말로는 '양의 뼈'라는 거예요, 왜 드 마르께 씨가 양의 뼈라는 말을 그렇게 숨기려고 했는지 모르겠어요, 경시청 사람들이 수사를 좀더 쉽게 하기 위해서? 하긴 그것도 그럴테지만 어쩌면 판사는 빠리의 좀도둑들 중에서 그 소유자를 찾아낼 것 같다는 생각을 하고 있는지도 모릅니다. 그녀석들 중에는 자연이 만들어낸 가장 두려워할 흉기라고 해도 좋을 양의 뼈를 자랑스럽게 여기고 있는 자들이 있는데, 그 패들 중에서는 잘 알려져 있어요, 그리고 또 예심판사가 머릿속으로 무슨 생각을 하고 있는지 알 수 없어요."

아주 경멸하고 비꼬아대는 말투로 룰르따비유는 말했다. 내가 물었다.

"그러니까 그 양의 뼈가 노랑방 안에서 발견되었다는 말이군?"

"그래요, 침대 바로 옆에 떨어져 있었어요."

로베르 다르작끄 씨가 대답했다.

"그러나 부탁하겠습니다만, 이 사실은 아무에게도 말하지 마십시오. 드 마르께 씨가 엄중한 함구령을 내리고 있으니까요."

나는 말하지 않아도 알고 있다는 듯한 몸짓을 해 보였다.

"그 뼈는 무섭게 큰 뼈였고, 그 머리쪽 즉 정확히 말해 관절이 있는 곳은, 스땅제르송 양이 흘린 피로 빨갛게 물들어 있었습니다. 꽤 오래된 뼈였고 그 모습으로 보아 이미 몇 번인가 범행에 사용된 것으로 보였습니다. 어쨌든 드 마르께 씨는 그렇게 생각하는 모양이었고 그것을 빠리시의 시험소로 보내어 분석을 의뢰했습니다. 드 마르께 씨의 말로는, 그 뼈에는 이번 피해자의 피만 묻은 것이 아니라 그 밖에 몇 군데나 갈색빛이 나는 흔적이 있는 것으로 봐서, 아마 수차에 걸친 범행을 말해 주는 말라붙은 핏자국이 틀림없다고 하더군요."

"양의 뼈란, 수련을 쌓은 살인범의 손에 걸리면 정말 무서운 흉기가 되는 것입니다."

룰르따비유가 말했다.

"그거야말로 무거운 망치 같은 것보다 훨씬 유효하고 확실한 흉기가 되지요."

"그 흉악한 자의 범행에서도 그것은 뚜렷이 증명되고 있어요."

로베르 다르작끄 씨는 비통한 얼굴로 말했다.

"양의 뼈는 무서운 힘으로 스땅제르송 양의 이마를 때린 것이죠. 그 양뼈의 관절 부분이 상처에 딱 들어맞을 정도이니까요. 범인이 내리쳤을 때 스땅제르송 양이 쏜 권총에 맞아 손이 빗나갔기에 망정이지 그렇지 않았더라면 그 상처는 목숨을 앗아갔으리라고 생각됩니다. 범인은 손을 맞자 그 양뼈를 떨어뜨리고 그대로 도망친 것입니다. 그러나 불행히도 그 양뼈를 이미 내려친 뒤라 그대로 맞고 만 것이고 스땅제르송 양은 거의 실신 상태가 되어 버린 것입니다. 그 전에도 위태롭게 목을 죄여 죽을뻔 했지만. 만일 스땅제르송 양이 최초의 한 발로 범인에게 상처를 입힐 수 있었다면, 틀림없이 양뼈로 맞지 않아도 되었을 것입니다. 말하자면 권총을 잡았을 때는 이미 때가 늦었던 것이죠. 그리고 첫발은 서로 엉겨붙는 통에 손이 움직여 총알은 천장에 박혀 버렸고요. 두 발째가 가까스로 명중한 것입니다."

말을 마치자, 다르작끄 씨는 별채의 출입문을 두드렸다. 나는 마침내 범죄의 현장에 들어간다고 생각하니 궁금증으로 마음이 조마조마했다. 그야말로 온몸이 침착성을 잃었으며, 양뼈 이야기가 흥미로웠음에도 우리의 대화가 너무 깊어져 별채의 문이 언제 열릴지도 모르는 상태에 안타까워 조바심을 치고 있었다.

마침내 문이 열렸다.

한 남자——나는 그 사람이 작끄 노인이라는 것을 알았다——가 문지방 옆에 서 있었다. 60은 훨씬 넘어 보였다. 긴 턱수염은 새하얗고 백발 위에 바스끄풍의 베레모를 얹어 놓았으며, 가장자리가 터진 갈색 벨벳 신사복에 나무신을 신고 있었다. 찬바람이 일 정도로 차거운 모습이어서 말을 붙이기도 힘들 것 같은 생김새였지만, 그래도 로베르 다르작끄 씨의 모습을 보자 갑자기 그 얼굴이 밝아졌다.

"친구분들이오."

우리의 안내역을 맡아준 다르작끄 씨는 간단하게 그 말만 했다.

"별채에는 아무도 없지요, 작끄 노인?"

"아무도 들여보내지 말라는 분부입니다, 로베르 님. 출입 금지라도 물론 로베르 님이야 별도입니다만. 그런데 도대체 왜 경찰분들은 출입금지를 시키는지 모르겠습니다. 이제 볼 만큼 다 보았는데요, 약도도 그렸고 조서도 충분히 작성했고요…… ."

"잠깐, 작끄 씨. 우선 무엇보다도 먼저 한 가지 물어볼 일이 있는데요."

룰르따비유가 말했다.

"들어봅시다. 들어봐서 제가 대답할 수 있는 일이라면…… ."

"스땅제르송 양은 그날 밤, 가랑머리를 했습니까? 왜 알고 계시죠, 둘로 갈라서 양옆으로 땋아늘이는 머리 말입니다. "

"안됐습니다, 모처럼 말씀하시는데. 아가씨는 당신이 말한 것 같은 가랑머리를 한 일이 없습니다. 그날 밤이건, 다른 날이건. 아가씨는 언제나 싹 빗어넘겨 하나로 묶고 계십니다. 그래서 그 아름다운 이마가 다 드러나 보이죠. 갓난아기처럼 고운 이마가…… ."

룰르따비유는 재미 없다는 듯 뭔가 중얼대더니 곧 문을 조사하기 시작했다. 그 문은 자동 개폐식으로 되어 있었다. 우리는 현관으로 들어갔다. 그곳은 꽤 밝아 보이는 작은 방으로 바닥엔 빨간 타일이 깔려 있었다.

"아, 이것이 그 창문이군. "

룰르따비유가 말했다.

"이곳으로 범인이 도망쳤군. "

"그렇게 말하더군요, 그 사람들도. 그러나 범인이 그곳으로 도망쳤다면 우리의 눈에도 그 모습이 보였을 것입니다요. 그건 틀림없는 일이죠. 우리는 장님이 아니니까요. 스땅제르송 박사도 그렇고, 저도 역시. 그자들이 감옥에 잡아넣은 문지기 내외도! 어째서 나는 감옥에 잡아넣지 않는가요, 제 권총이 나왔는데? "

룰르따비유는 벌써 그 창문을 열고 덧문을 조사하고 있었다.

"덧문은 닫혀 있었나요, 범행이 있었을 때? "

“쇠고리가 걸려 있었습니다, 안으로.”

작끄 노인이 대답했다.

“바로 그 때문에 분명히 말할 수 있는 일이지만, 범인은 덧문을 그대로 빠져나간 것이죠.”

“핏자국 같은 것이 남아 있습니까?”

“네, 저기 보세요, 바깥 돌 있는 곳을. 하지만 그것도 무슨 핀지…….”

“아아, 발자국이 있군, 저쪽 길에…….”

룰르따비유가 중얼거렸다. “땅바닥은 흠뻑 젖었겠군요, 나중에 그쪽도 조사해 봐야겠군.”

“어리석은 소리.”

작끄 노인이 가로막듯이 말했다.

“범인이 저런 곳을 지나갔을 것 같소?”

“그럼 어느 쪽이라고 생각합니까?”

“그런 것을 제가 어떻게 알아요.”

룰르따비유는 모든 것을 확인하고는 코를 대고 맡아보았다. 그리고 두 무릎을 꿇고 군데군데 얼룩진 현관 타일을 대충 조사했다. 작끄 노인이 또 말했다.

“아무것도 찾아낼 수 없을 것입니다, 애는 쓰셨지만. 그자들도 아무것도 발견해 내지 못했으니까요. 그리고 지금은 너무 더러워져서…… 워낙 함부로 사람들이 드나들었으니까요. 타일을 씻어내려고 해도 씻으면 안 된다고 하고…… 하지만 사건이 있었던 날에는 물을 좍좍 끼얹어 아주 깨끗이 씻어냈었죠, 이 작끄 할아범이. 그러니까 범인이 그 ‘무지한 발’로 이곳을 지나갔다면 반드시 신자국이 났을 것입니다. 아가씨 방에는 그녀석의 무지한 발자국이 뚜렷이 남아 있었으니까요.”

룰르따비유는 벌떡 일어서더니 갑자기 물었다.

"언제입니까, 최후로 이 바닥을 닦은 것은?"

그렇게 말하고 그는 한 가지라도 놓칠세라 날카로운 눈초리로 작끄노인의 얼굴을 뚫어져라 쳐다보았다.

"언제라뇨, 사건이 있던 그날입니다! 5시 반경이었나요……. 마침 그때 아가씨가 아버지와 함께 산책을 나가셨어요, 여기서 저녁을 드시기 전에. 왜냐하면 그날 밤 두 분은 이 실험실에서 저녁을 드셨으니까요. 다음 날 판사님이 오셨을 때는, 모든 사람의 발자국이, 그야말로 흰 종이에 잉크로 그린 것처럼 뚜렷이 바닥 위에 나타나 있었습니다. 실험실이고 현관이고 다 마치 새 동전처럼 반짝반짝 빛나고 있었는데, 범인의 발자국은 아무 데도 나타나 있지 않았습니다.

그런데 그 발자국이 집 밖의 그 창문 옆에서 발견되었으니 범인은 노랑방의 천장을 뜯고 다락방으로 나가 거기서 지붕을 뚫고, 바로 이 현관 창문 옆으로 뛰어내렸던 셈이죠. 그런데 말입니다, 노랑방의 천장에는 구멍이 나 있지도 않으며 제가 있는 다락방도 감쪽같습니다! 이만큼 이야기했으면 이제 환히 아셨을 텐데요, 결국 전혀 알 수 없는 일이죠. 그야말로 알 수 있는 건 하나도 없는 셈이죠. 아무리 시간이 흘러도 아무것도 모를 것입니다, 이것은…… 정말 도저히 손을 댈 수 없는 수수께끼입니다!"

룰르따비유는 현관 앞에 있는 세면장 문 앞에서 마주보듯 서더니 갑자기 무릎을 꿇었다. 그리고 적어도 1분 가량, 그대로 움직이지 않고 있었다.

"왜 그러나?"

그가 일어섰을 때 내가 물었다.

"뭐, 별로 대수로운 일은 아닙니다만, 피가 한 방울 묻어 있어요."

룰르따비유는 작끄 노인 쪽을 돌아다보았다.

"노인이 실험실과 현관을 닦기 시작했을 때 현관 창문은 열려 있었습니까?"

"닦기 바로 전에 제가 열었습니다. 박사님을 위해서 실험실 난로에 불을 피웠기 때문이죠. 신문지로 불을 피워서 연기가 찼기 때문에 실험실의 창문과 현관 창문을 열고 바람을 통하게 했습죠. 잠시 뒤에는 실험실 창문을 닫고 현관 창문만을 열어 두었습니다. 그런 다음 잠깐 밖에 나가 성으로 걸레를 가지러 갔었습죠. 그리고 돌아와서 아까도 말했듯이 5시 반경부터 바닥을 씻어내기 시작한 것이죠. 다 닦아내자 다시 한번 성으로 갔었는데 그때도 현관문은 열어놓은 채였습니다. 다시 별채로 돌아왔을 때는 창문이 닫혀 있었고 박사님과 아가씨는 벌써 실험실에서 일을 하고 계셨습니다."

"아마 두 분이 돌아왔을 때 창문을 닫은 모양이군요?"

"그랬나 봅니다."

"두 분에게 물어보지 않았습니까?"

"네……."

작은 세면장과 다락방으로 올라가는 계단 주위를 한 차례 찬찬히 돌아보고 나자 룰르따비유는 우리들의 존재는 잊어버린 듯 그대로 성큼성큼 실험실로 들어갔다. 나는 심한 흥분을 느끼며 그의 뒤를 따라 그 방으로 들어갔다. 로베르 다르작끄는 룰르따비유의 일거일동을 놓치지 않고 지켜보고 있었다. 나는 나도 모르게 노랑방 문으로 시선을 쏟고 있었다. 문은 닫혀 있었다. 닫혀 있다기보다 실험실 쪽으로 당겨 놓여 있었다. 왜냐하면 문은 반이나 부서져 있어 제 구실을 못하고 있었다. 참극이 일어났을 때 그 문을 열기 위해서 애쓰던 사람들이 그 문을 부수었던 것이다.

룰르따비유는 말 한 마디 없이 우리가 방금 들어선 그 방을 점검하고 있었다. 방은 널따랗고 밝았다. 쇠창살이 있는 벽면을 거의 다 차지하고 있는 커다란 두 개의 창문으로 탁 트인 야외의 광선이 스며들고 있었다. 창문 틈으로 스며든 한 줄기 빛이 숲속을 꿰뚫고 있었다. 마주 보이는 골짜기의 전부와 거기에 잇단 평원이 전개되어 아득히 먼 빠리 근처까지 내다볼 수 있는 멋진 전망이었다. 활짝 갠 날이면, 멀리 빠리 거리도 보일 것이다. 그러나 오늘은 이곳에는 지상에는 진흙, 하늘에는 그을음. 그리고 이 방에는 피뿐이었다.

이 실험실 한쪽은 큰 난로와 도가니들과 온갖 종류의 화학실험에 쓰이는 몇 개의 화덕으로 꽉 차 있었다. 증류기나 물리학 기구도 여기저기 놓여 있었다. 약품병, 종이조각, 서류철 등이 놓여 있는 테이블이 몇 개, 무엇인지 알 수 없는 전기 기구, 그리고 전지, 하나의 장치, 로베르 다르작끄 씨의 말에 의하면 '태양 광선 작용 아래서 물질의 해리를 증명하기 위해' 스땅제르송 박사가 사용하고 있는 장치 등이었다.

그리고 어느 벽이나 앞에는 판자문이나 유리문이 달린 칸막이 장이 죽 놓여 있고, 그 안에는 현미경, 특수한 사진기 등 놀라울 만큼 많은 유리 제품이 들여다보였다.

룰르따비유는 아까부터 난로 속에 얼굴을 처박고 있었다. 손가락 끝으로 도가니 속을 뒤지고 있는 모양이었다. 이윽고 벌떡 일어선, 그의 손에는 반쯤 타다남은 작은 종이쪽지가 쥐어져 있었다. 그는 창문 옆에서 말하고 있던 우리 옆으로 와서 말했다.

"이것을 보관해 두십시오, 다르작끄 씨."

나는 다르작끄 씨가 룰르따비유의 손에서 받아든 그 타다 남은 작은 종이쪽지를 들여다보았다. 그랬더니 아직도 읽을 수 있는 글씨가 보였다.

사제관 즐거움 조금도 변하지
그 뜰 싱그러움도

그 밑에는 '10월 23일'이라 씌어 있었다.

이와 같은 유별난 문구에 나는 오늘 아침부터 두 번이나 놀랐는데, 이번에도 또 그 문구가 소르본느 대학 교수에게 강한 전류같은 효력을 미치고 있는 것을 보았다. 다르작끄 씨의 배려가 먼저 취해진 것은 작끄 노인 쪽을 살펴보는 일이었다. 그러나 노인은 또다른 창문 쪽에서 뭔가를 하고 있어 이쪽은 보고 있지 않았다. 스땅제르송 양의 약혼자인 이 교수는 덜덜 떨며 자기 지갑을 열더니 그 속에 그 종이쪽지를 집어넣고 한숨과 함께 중얼거렸다.

"무슨 꼴이람!"

그 사이에 룰르따비유는 난로 위에 올라가 있었다. 그러니까 벽돌을 쌓아올린 또 하나의 화덕 위에 서서, 위로 갈수록 좁아진 난로 속을 주의깊게 점검하고 있었던 것이다. 난로 속은 그의 머리 위로 50센티 가량 되는 곳에서 벽돌 벽에 접착시킨 철판에 의해 완전히 윗부분이 차단되고, 직경 15센티 가량의 파이프가 세 개 밖으로 통하고 있을 뿐이었다.

"이곳으로는 나갈 수 없겠군."

밑으로 뛰어내리자 그는 분명히 말했다.

"가령 그녀석이 이곳으로 나가려 했다면 이 철판이 떨어져 버렸을 것이다. 절대로 그렇지 않다! 이 방향이 아니다, 수사해야 할 곳은."

룰르따비유는 계속해서 방 안의 가구를 조사하고, 칸막이 장문을 열어 보았다. 이번에는 양쪽 창문을 조사해 보더니, 그곳으로는 도저히 빠져나갈 수 없으며, 아무도 빠져나간 흔적이 없다고 단언했다.

두 번째 창문에 다가갔을 때 그는 작끄 노인이 뭔가를 뚫어져라 쳐다보고 있는 것을 알았다.

"뭡니까, 작끄 노인. 도대체 무엇을 보고 있습니까, 저쪽만 보고 있으니?"

"경찰에서 온 사람들을 보고 있어요, 아까부터 계속 연못 둘레를 빙빙 돌고 있어서요. 주제넘게…… 저자들도 아무것도 알아내지 못할 거예요!"

"프레드릭 라루상을 모르시는군요, 작끄 노인!"

직성이 풀리지 않은 듯 고개를 흔들며 룰르따비유가 말했다.

"그렇지 않고서야 노인이 그렇게 말할 리가 없습니다. 범인을 발견할 수 있는 자가 이곳에 한 사람이라도 있다면 그것은 바로 저 사람입니다."

그렇게 말하고 룰르따비유는 한숨을 쉬었다.

"범인을 찾아내기 전에 우선 먼저 그녀석이 어떻게 모습을 감추었나, 그것부터 알아내야죠."

끝까지 완강하게 작끄 노인은 되받아 넘겼다.

마지막으로 우리는 노랑방 문 앞으로 갔다.

"자, 이 문이다. 이 문 안에서 무슨 일이 일어난 것이다."

룰르따비유는 엄숙한 말투로 중얼거렸는데, 만일 다른 경우였다면 이 말은 그야말로 익살스럽게 들렸을 것이다.

사건의 현장

룰르따비유는 노랑방의 문을 밀어 여는 순간 문지방 위에 딱 멈춰서서 감동어린 목소리로 중얼거렸다. "흑의부인(黑衣夫人)의 향수 냄새다!" 방안은 어두웠다. 작끄 노인은 덧문을 열려고 했다. 룰르따비유는 그것을 말리며 이렇게 물었다.

"어떻습니까. 사건은 캄캄한 어둠 속에서 일어났습니까?"

"아아뇨, 아가씨는 테이블 위에 반드시 꼬마 램프를 켜놓으라고 말해왔습니다. 매일 밤 아가씨가 잠자리에 드시기 전에 제가 그 램프에 불을 켜 놓게 되어 있었습니다. 저는 아가씨의 몸종이나 다름없으니까요, 해가 지면 말입니다. 진짜 몸종은 대개 아침에만 옵니다만, 아가씨는 굉장히 늦게까지 일을 하시고…… 밤이 되면……."

"어디 있었습니까. 그 꼬마램프가 놓여 있던 테이블은? 침대에서 떨어진 곳입니까?"

"꽤 떨어진 곳이죠."

"지금 불을 켤 수 있습니까. 그 꼬마램프에?"

"꼬마램프도 깨져 버렸고 기름도 다 엎질러졌어요, 테이블이 쓰러졌을 때. 모든 것을 다 그대로 놓아 두었답니다. 제가 잠깐 덧문만 열면 직접 보실 수 있습니다. "

"잠깐만 기다려 주시오! "

룰르따비유는 다시 실험실로 되돌아가 두 창문의 덧문과 현관문을 닫고 왔다. 주위가 완전히 어두워지자 한 개비의 초성냥을 그어 그것을 작끄 노인에게 주더니 노인을 향해 그 성냥개비를 든 채 노랑방의 한가운데쯤, 그러니까 그날 밤 꼬마램프를 켜 놓았던 장소로 가라고 말했다.

작끄 노인은 슬러퍼를 신은 발로(평소 나무신은 현관에 벗어 놓게 되어 있었다), 그 성냥개비를 들고 노랑방 안으로 들어갔다. 꺼져가는 작은 불빛 안으로, 마루 위에 어지럽게 널려 있는 여러 가지 물품이며 방 한구석에 있는 침대며, 정면 왼쪽으로 침대 옆 벽에 걸려 있는 거울의 반사 따위가 흐릿하게 우리들의 눈에 들어왔다. 한순간의 일이었다.

룰르따비유가 말했다.

"이제 됐어요! 덧문을 열어도 됩니다. "

"특별히 부탁드립니다만, 더 이상 앞으로는 나가지 마십시오. "

작끄 노인이 말했다.

"신을 신은 채로는 발자국이 날지도 모르고…… 조금이라도 모습이 달라지면 곤란해서요. 어쨌든 판사님이 그렇게 말했습니다요. 하기야 말뿐이겠죠만. 판사님은 벌써 조사를 마쳤으니까요. "

그렇게 말하고 노인은 덧문을 열었다. 밖에서 흐릿한 햇빛이 스며 들어 사프란색 벽에 싸인 실내의 어지러운 광경을 비쳐 주었다. 마룻바닥——현관과 실험실은 바닥에 타일을 깔았지만 노랑방은 마루청이 깔려 있었다——위에는 노란 양탄자가 깔려 있었는데 거의 방안에 꽉 차는 한장짜리 양탄자로 침대와 화장대——방 안에 있는 가구

중 이 두 가지만이 지금도 무사히 서 있지만——밑에까지 깔려 있었다. 복판에 있는 둥근 테이블과 나이트 테이블과 두 개의 의자도 뒤집혀 있었다. 양탄자 위에 큰 핏자국이 묻어 있는 것도 뚜렷이 보였다. 그 피는 스땅제르송 양의 이마의 상처에서 흐른 피라고 작끄 노인이 말했다.

그 밖에도 작은 핏자국이 사방으로 흩어져 있었는데, 그 자국은 어느 정도 뚜렷한 범인의 검고 큰 발자국 뒤를 따라다니고 있는 형태를 이루고 있었다. 전체적인 모습으로 보아 이 핏자국은, 어떤 순간에 새빨간 손자국을 벽에 남긴 남자의 상처에서 뚝뚝 떨어진 것으로 보였다. 손자국은 그 밖에도 여러 군데 벽에 남아 있었는데, 다 확실히 보이지는 않았지만 피투성이가 된 남자의 큰 손자국인 것만은 분명했다. 나는 흥분하여 소리를 지르고 말았다.

"이걸 보게, 이 벽에 묻어 있는 피를! 그자는 이 벽에 이렇게 힘껏 손을 짚었는데, 그때 방안이 어두웠으므로 아마 이곳이 문인 줄 알았던 모양일세. 그래서 이곳을 열려고 밀었나 봐! 그러니까 이렇게 힘껏 눌린, 이 노란 벽지에 그야말로 피할 수 없는 증거가 되는 선명한 손자국을 남기고 만 것이네. 어쨌든 이런 특징 있는 손은 세상에 그리 흔하다고 볼 수 없네. 크고 우악스러워 보이고 손가락 길이가 다 비슷하지 않나! 엄지손가락만은 어째 자국이 나 있지 않군! 남아 있는 것은 손바닥 자국뿐이야. 그런데 이 손이 지나간 자국을 따라가면."

나는 다시 말을 이었다.

"우선 벽을 밀어본 다음 벽면을 더듬어 문을 찾았으며, 문이 발견되자 잠겨 있는 자리를 찾았다는 것을 알 수 있네."

"그럴 듯한 설이지만"

룰르따비유가 놀려대듯 말참견을 했다.

"자물쇠나 빗장에는 피가 묻어 있지 않아요."

"그것이 무슨 증거가 되나?"

나는 멋진 식견을 과시하기라도 하듯 되받아 말했다.

"아마 그자는 고리를 왼손으로 땄을 걸세. 이것은 꽤 자연스러운 일이 아닌가. 오른손은 다쳤으니까……"

"아무 데고 열지는 않았습니다."

작끄 노인이 소리쳤다.

"설마 우리가 정신이 나간 것도 아닐 테고, 이쪽에는 사람이 넷이나 있었습니다. 문을 두들겨 부쉈을 때는!"

나는 또 아까 한 이야기로 되돌아갔다.

"참으로 묘한 모양을 한 손이군! 자 보게, 이 묘한 손을!"

"이것은 아주 보통 손입니다."

룰르따비유는 대답했다.

"벽 위에서 밀렸기 때문에 손자국이 실제와는 다른 모양이 되었을 뿐이죠. 그 자는 다친 손을 벽에서 닦은 거예요. 그 자는 키가 1미터 80 정도는 되겠군요."

"그걸 어떻게 아나?"

"벽에 묻은 이 손자국 높이로요."

룰르따비유는 계속해서 벽에 남은 총알 자국을 조사하기 시작했다. 그 자국은 뻥 뚫려 있었다.

"총알은 정면에서 날아왔군요."

룰르따비유는 말했다.

"위에서도 아니고 아래쪽에서도 아니에요."

그렇게 말하곤 다시 우리의 주의를 끌기라도 하듯 그 총알 자국이 벽에 묻은 손자국 보다 2~3센티 낮은 곳에 나 있는 것을 지적했다.

룰르따비유는 문이 있는 곳으로 되돌아가더니 이번에는 자물쇠와 빗장을 열심히 들여다 보았다. 그가 확인한 것은 문은 분명히 밖에서 떠밀어 부순 것이고 자물쇠는 잠기고 빗장은 꽂힌 채 부서진 문에 붙어 있었고, 벽에 붙어 있는 두 개의 돌쩌귀는 거의 떨어져 나갈 것 같이 매달려 있는데, 그래도 나사못 하나가 붙어 있는 바람에 아직 떨어져 나가지는 않았다는 것이다.

룰르따비유는 돌쩌귀를 자세히 조사한 다음 문짝을 안팎으로 점검해 보고 밖에서는 도저히 빗장을 닫을 수도, 열 수도 없다는 것을 확인했고 자물쇠에는 열쇠가 안쪽에서 꽂혀 있던 것이 확실한가 하는 것을 재차 확인했다. 또 안에서 자물쇠에 열쇠를 꽂아 버리면 밖에서 다른 열쇠로 자물쇠를 열 수 없다는 것도 확인했다. 끝으로 이 문에는 자동으로 여닫는 장치가 전혀 없고 요컨대 문 중에서도 가장 흔히 볼 수 있는 보통 문이며 아주 튼튼한 자물쇠와 빗장이 달려 있으나, 그때는 그것이 양쪽 다 잠긴 채로 있었다는 것을 확인하자 그는 무심코 입 밖으로 새어나온 듯한 말투로 이렇게 중얼거렸다.

"점점 재미있어지는군……."

이번에는 마룻바닥에 앉아 급하게 신을 벗었다.

그러더니 그는 양말바람으로 방 안에 들어가서 먼저 뒤집힌 가구 위에 몸을 굽혀 일일이 세심하게 그 가구들을 점검하였다. 우리는 말없이 그 모습을 지켜보고 있었다. 작끄 노인은 점점 더 비꼬아대는 말투로 연방 지껄여댔다.

"아이고, 당신 참 할 일도 없구면……."

이윽고 룰르따비유는 갑자기 얼굴을 쳐들고 말했다.

"노인이 말한 것은 틀림없는 진실이었소, 작끄 노인. 스땅제르송 양은 그날 밤 가랑머리를 하고 있지 않았어요. 내가 정신이 빠졌었군, 그렇게 생각하다니……."

그는 갑자기 뱀처럼 부드럽게 엎드려 침대 밑으로 기어들어갔다.

작끄 노인이 또 입을 놀리기 시작했다.

"참 당신도, 범인이 그 밑에 숨어 있었을 것 같소! 하기야 모르지 그 밑에 숨어 있었을지도. 내가 6시에 들어와서 덧문을 닫고 꼬마 램프에 불을 붙였고, 그 뒤로 스땅제르송 박사도, 마띨드 아가씨도, 나도, 사건이 일어났을 때까지 한 발자국도 실험실을 나가지 않았으니까요."

침대 밑에서 룰르따비유의 목소리가 들려왔다.

"몇 시였습니까 작끄 씨, 박사님과 스땅제르송 양이 실험실에 돌아온 것은? 지금 이야기로는 그 뒤로 죽 그곳에 계셨다고 하는데."

"6시였습니다."

룰르따비유의 목소리가 다시 들려왔다.

"그 녀석은 이 밑에 들어왔어…… 그건 분명해요. 숨어 있을 만한 곳은 이곳밖에 없어요. 네 사람이 일제히 밀치고 들어왔을 때, 노인은 침대 밑을 들여다보았습니까?"

"물론이죠, 곧 들여다보았죠. 침대를 홀떡 뒤집어 보기까지 했지요, 나중에 제대로 놓았지만요."

"매트리스와 매트리스 사이는?"

"이 침대는 매트리스가 한 장뿐입니다. 그래서 곧 그 위에 마띨드 양을 눕혔습니다. 그리고 문지기와 스땅제르송 박사님이 그 매트리스를 실험실로 옮긴 것입니다. 그 매트리스 밑에는 스프링이 있을 뿐이므로 사람은 고사하고 아무것도 숨을 수 없습니다. 그리고 생각해 보십시오, 이쪽은 네 사람이었습니다. 더구나 하나라도 허투루 보아넘겼을 것 같습니까. 그 위에 방도 이렇게 좁은데다 가구도 그렇게 많지 않으며, 이 별채 안은 온통 잠겨 있었단 말입니다."

나는 한 가지 가설을 내놓아 보았다.

"범인은 그 매트리스와 함께 나갔는지도 모르네! 어쩌면 매트리스 속에 숨어서 …… 무슨 일이든 없으란 법은 없지 않나, 이처럼 불가해한 사건이고 보면! 완전히 정신이 나갔으므로, 스땅제르송 박사나 문지기나, 자기네가 나르고 있는 것이 두 사람의 무게라는 것도 모르고 있었는지도 모르고, 게다가 만일 문지기가 공범이라면 더구나 그럴 것이고! 내가 이런 가설을 내세우는 것은 단순한 가설의 뜻으로 내세워볼 뿐이지만, 그렇게 생각하면 또 그것으로 상당히 여러 가지 일이 설명되지 않겠나. 이를테면 아주 현저한 예로, 이 방에 남아 있는 발자국이 실험실과 현관에는 전혀 나타나 있지 않다는 사실 같은 것 말일세. 아가씨를 실험실에서 성으로 운반했을 때 매트리스를 잠깐 창문 옆에라도 놓았다면 그 틈에 범인은 도망쳤는지도 모르지 않겠나…… ."

"다음은 무엇이죠? 다음은 무엇이냐 말입니다. 또 뭐가 있나요?"

룰르따비유는 침대 밑에서 서슴없이 웃음소리를 내었다.

나는 다소 기분이 상했다.

"정말 구름잡는 것 같은 사건이라 무슨 일이든 있을 수 있을 것 같은 생각이 드는군."

작끄 노인이 말했다.

"그것은 예심판사님도 생각한 일입니다요. 정말 그 매트리스를 조사까지 해봤답니다. 그러나 결국 판사님도 자기 생각에 웃음을 터뜨리고 말았지요, 지금 저분이 웃는 것처럼 말입니다. 그 매트리스가 설마 이중 바닥은 아닐 테니까요, 첫째로 저 매트리스 속에 사람이 들어가 있었다면 밖에서 봐도 알 수 있었을 것입니다."

나도 결국 내 생각에 웃지 않을 수 없었다. 내가 얼마나 어리석은 말을 했느냐 하는 증거를 나중에 분명히 보게 되었던 것이다. 그러나 이런 엉뚱한 사건은 어디부터 어디까지가 어리석은 일이 아니라고 확실한 말을 할 수 있겠는가!

나의 친구 룰르따비유만이 그 말을 할 수 있는 사람이고, 나아가 그 이상의 것을 할 수 있는 사람이었다.

"어떻습니까?"

여전히 침대 밑에서 룰르따비유는 말을 했다.

"이 깔개는 일단 들어냈었군요?"

"우리가 들어냈습니다."

작끄 노인이 그때의 일을 설명했다.

"범인의 모습이 나타나지 않기에 마룻바닥에 구멍이 뚫어진 것이 아닌가 하고요."

"구멍은 뚫려 있지 않네요."

룰르따비유는 대답했다.

"이 집에 혹시 움이 있습니까?"

"아뇨, 없습니다. 그렇다고 조사를 허술하게 한 것은 아닙니다. 예심판사님과 특히 그 서기라는 사람도 마루청을 하나하나 조사했습니다요, 그야말로 그 밑에 지하실이라도 있는 것처럼……."

그때 룰르따비유가 다시 모습을 나타냈다. 그의 눈은 번쩍번쩍 빛나고, 코는 벌름거리고 있었다. 그 모습은 냄새를 맡고 짐승이 있는 곳으로 뛰어들어온 젊은 사냥개와 같았다. 그는 아직도 배를 깐 채로 엎드려 있었다. 사실 그의 모습을 사냥개에 비유하는 것이 가장 적절하다고 생각했다. 그를 보면 아주 근사한 짐승의 뒤를 쫓고 있는 훌륭한 사냥개를 생각지 않을 수 없었다. 그는 남자의 발자국을 맡아낸 것이다. 그가 에쁘끄 지의 사장 앞으로 반드시 붙잡아 돌아가겠다고 맹세한 그 남자의 발자국을 말이다. 어쨌든 잊어서 안 될 일은 룰르따비유는 신문기자라는 것이다.

그렇게 배를 깐 채 그는 방안 구석구석 기어다니며 모든 것을 맡아보고 두루 살펴보았다. 그러나 그 모든 것이 우리 눈에 보이는 것이었다면 모르겠지만 보이지 않았기에 아무래도 그의 행동은 짐작하기 힘들었다.

화장대는 다리가 네 개 달려 있는 단순한 작은 테이블이었다. 도저히 일시적인 은신처가 될 만한 것은 못되었다. 옷장 하나도 없었다. 스땅제르송 양의 옷장은 성에 있는 집에 있었다.

룰르따비유의 코끝과 두 손은 벽의 표면을 더듬어 올라가기 시작했다. 방의 벽은 어느 부분이나 두툼한 벽돌로 되어 있었다. 벽면을 따라 노란 벽지의 전 표면을 손가락으로 재빨리 더듬어가며 천장까지 모두 조사하더니(천장까지 손이 닿은 것은 화장대에 의자를 올려놓고 그 위에 올라섰기 때문인데 룰르따비유는 요령좋게 발판을 방안으로 이리저리 이동시켰다) 그 천장에 있는 또 하나의 총알 자국을 자세히 살펴보았다. 그리고 계속해서 창문 옆으로 다가가 이번에는 쇠창살이 있는 덧문을 조사해 보았으나 아무 이상도 없었다. 마침내, 그는 '후유!' 하고 만족의 한숨을 몰아 쉬더니 "이제 아무런 미련도 없다!"하고 잘라 말했다.

"어떻습니까, 이젠 당신도 믿으시겠습니까. 아가씨는 완전히 이 방에 갇힌 채 가엾게도 누군가가 죽이려 들어 비명을 지르며 우리를 부르고 계셨던 겁니다."

작끄 노인은 울음 섞인 목소리로 말했다.

"그렇습니다."

이마를 연방 닦아가며 룰르따비유는 대답했다.

"노랑방은 분명히 금고처럼 굳게 닫혀 있었습니다."

"사실"

내가 잠깐 내 의견을 말했다.

"이 사건의 수수께끼는 바로 그 점이오, 이 사건은 내가 아는 바로는 가장 놀라운 사건으로, 상상의 영역에 속하는 것을 다 동원해도 정말 기괴한 사건이오.《모르그 거리의 살인 사건》의 에드거 앨런 포도 결코 이만한 것을 창안하지는 못했어요. 범죄의 현장은 사람이 들어갈 만한 틈도 없이 밀폐되어 있었지만, 그래도 그 살인의 하수인이었던 성지기는 기어들어갈 수 있는 창문이 있었소. 그런데 이번 경우는 어떤 종류의 어떤 출입구도 전혀 문제가 될 수 없는 것이오. 문이고 덧문이고 그때처럼 닫히고, 창문도 그때처럼 밀폐되어 버리면, 그야말로 파리 한 마리도 들고날 수 없는 것이오!"

"정말입니다! 그 말이 맞아요"

룰르따비유는 흥분 때문에 땀이 흐르는지 여전히 이마를 닦아가며 동의했다.

"이야말로 어마어마하기 이를 데 없고 기괴하기 짝이 없는, 아주 멋진 수수께끼입니다."

"그 신주님이란 놈이라도"

작끄 노인이 뭔가 입속으로 중얼대듯 말했다.

"그 신주님이란 놈이라도, 만일 그 놈이 하수인이었다면, 절대로 도망치지 못했을 것이다…… 잠깐 저 소리를 들어보세요, 들립니까, 저 소리가? 쉿, 조용히!……"

작끄 노인은 우리에게 말하지 말라고 몸을 흔들어 보이고, 한 손을 벽쪽 다시 말해 가까운 숲쪽으로 내밀며 우리 귀에는 들리지 않는 어떤 소리에 귀를 기울였다.

"가버렸군."

마침내 노인은 말했다.

"정말이지 죽여 버렸으면 좋으련만…… 아무래도 불길해서, 제기랄…… 하지만 어쨌든 신주님이니, 매일 밤 꼬박꼬박 성 주느비에브 님의 무덤에 기도를 올리러 가는데, 무서워서 아무도 손을 대는 사람이 없답니다. 아주느 노파가 주문이라도 욀까 봐……."

"크기는 얼마만 합니까, 그 신주님이란 것이?"

"아마도 큰 개 한 마리만 할 겁니다. 정말 도깨비 같아요. 저는 몇 번이나 그런 생각을 했는지 모릅니다. 그놈이 아가씨의 목을 발톱으로 긁은 게 아닌가 하고요. 하지만 신주님이란 놈은 신발을 신지도 않았고 권총을 쏠 수도 없고 그런 손도 없습니다."

벽 위 새빨간 손자국을 가리키며 작끄 노인이 흥분된 목소리로 말했다.

"그놈도 사람이나 마찬가지로 이쪽 눈에 띄었을 것이고, 역시 사람이나 다름없이 이 방에서나 별채에서 밖으로 나갈 수 없었을 것입니다!"

"정말 그래요"

내가 말했다.

"나도 처음에는 자세한 사정을 몰라 직접 노랑방을 보기 전까지는 그런 생각을 해봤었지요. 어쩌면 아주느 노파의 고양이가……."

"당신까지!"

룰르따비유가 소리쳤다.

"자네는 어떻게 생각하나?"

나는 물었다.

"나는 그렇게 생각 안 해요. 정말이지 단 1초도 그런 생각은 하지 않았어요. 마땡 지의 기사를 읽을 때부터 이것은 짐승의 짓은 아니라는 것을 알고 있었어요! 내기를 걸어도 좋습니다. 사건의 밑바닥에는 뭔가 무서운 비극이 있을 것입니다. 그런데 그 자리에서 발견된 베레모나 손수건에 대한 말은 일체 나오지 않은 모양이죠, 작끄 노인?"

"그것은 판사님이 가지고 갔어요."

노인은 약간 망설이듯 대답했다. 룰르따비유는 아주 무게있는 목소리로 노인에게 말했다.

"저는 말예요, 그 손수건이나 베레모를 아직 보지는 않았지만, 그것이 어떤 것인지 말할 수 있어요."

"그래요! 상당히 머리가 좋군요."

이렇게 대답하자 작끄 노인은 약간 난처한 듯이 헛기침을 했다.

"손수건은 푸른 바탕에 붉은 줄무늬가 있는 두툼한 것이고, 베레모는 바스끄풍의 낡은 것입니다."

"그것과 똑같은"

노인이 쓰고 있는 모자를 가리키며 룰르따비유는 말했다.

"맞아요, 정말 그래요. 대단한 실력이군요……."

그렇게 말하고 작끄 노인은 억지로 웃으려 했으나 웃음이 나오지 않는 모양이었다.

"어떻게 아셨죠, 손수건이 푸른 바탕에 붉은 줄무늬가 들어 있다는 것을?"

"그것은 푸른 바탕에 붉은 줄무늬가 든 것이 아니면, 손수건은 전혀 떨어져 있지 않았을 테니까요!"

그렇게 말하자, 그 뒤로는 작끄 노인에게는 상관도 하지 않고 룰르따비유는 주머니에서 백지 한 장을 꺼내어 가위를 벌려 그 발자국 위에 구부리고 앉아 발자국에 종이를 대고 발자국의 윤곽대로 오리기 시작했다. 이리하여 윤곽이 뚜렷한 발자국 모양이 생기자 그것을 나에게 잘 간직해 달라고 말하며 주었다.

그리고 그는 창문 쪽으로 돌아서더니 작끄 노인에게, 아까부터 줄곧 연못가를 떠나지 않고 있는 프레드릭 라루상의 모습을 가리키며, 저 탐정도 노랑방을 조사하러 왔었느냐고 물었는데, 아무래도 그것이 마음에 걸리는 모양이었다.

"오지 않았어요."

룰르따비유에게서 타다 남은 종이쪽지를 받은 이래, 그때까지 한마디도 말하지 않고 있던 로베르 다르작끄 씨가 대답했다.

"그 사람은 노랑방을 볼 필요는 없다는 거예요. 범인은 극히 자연스러운 방법으로 노랑방에서 탈출했다며, 그 점에 대해 오늘밤에 자기의 견해를 밝히겠다고 말하더군요."

로베르 다르작끄 씨의 그 말에 룰르따비유는——한 번도 없던 일인데——얼굴이 창백해졌다.

"프레드릭 라루상은 벌써 진상을 파악했구나. 나는 겨우 윤곽을 짐작했을 뿐인데!"

그는 중얼거렸다.

"프레드릭 라루상, 역시 대단한 솜씨군. 정말 훌륭한 솜씨야…… 정말 진심으로 존경하는 바이다. 그러나 오늘 필요한 것은 단순한 탐정을 한발 앞선 그런 일을 하는 것이다. 경험이 가르쳐 주는 일에서 한발 앞선 그런 일을 하는 것이다. 어쨌든 논리적이어야 한다. 그 논리적이라는 것도 즉, 2+2=4라고 할 때 신(神)이 논리적인 것과 뜻이 같은, 그런 논리적인 것이 되어야 한다. 중요한 것은 이성(理性)을 바르게 쓰는 일이다!"

그렇게 말하더니 신문 기자는, 그 위대한, 이름까지도 유명한 프레드가 자기보다 먼저 노랑방의 수수께끼를 해결하게 될지도 모른다는 그 생각에 마음을 걷잡을 수 없는지 갑자기 방에서 뛰어나갔다.

나는 별채의 입구에서 가까스로 그를 뒤쫓게 되었다.

"침착하게."

나는 말했다.

"그러니까 자네는 만족한 결과를 얻지 못한 건가?"

"아뇨."

그는 한숨을 크게 쉬며 솔직히 털어놓았다.

"아주 만족할 만한 결과를 얻었어요."

"정신적인 면에서 말인가 아니면 물질적인 면에서 말인가?"

"정신적으로도 몇 가지 있었지만 물질적으로도 한 가지 있었죠. 예를 들자면 이런 것 말입니다."

그는 그렇게 말하고 재빨리 조끼 주머니에서 종이 한 장을 꺼냈다. 그 종이 속에는 그가 침대 밑을 조사했을 때 집어넣은 듯한 여자의 금발머리털이 한 올 들어 있었다.

스땅제르송 양의 증언

5분 뒤, 룰르따비유는 뜰의 현관 창문 바로 밑에서 발견된 발자국 위에 몸을 굽히고 있었다. 그때 성에서 온 심부름꾼인 듯한 남자가 급히 이쪽으로 다가오다가 마침 별채의 현관을 내려오는 로베르 다르작끄 씨를 향해 큰 소리로 말했다.

"아시고 계시죠, 로베르 님, 예심판사가 아가씨를 신문하고 계십니다."

로베르 다르작끄 씨는 곧 우리 쪽을 보고 양해를 구하는 듯한 태도로 고개를 가볍게 숙여 보이더니 성 쪽으로 달려갔다. 그 남자도 뒤를 따라 달려갔다.

"시체가 말을 하게 된다면, 정말 재미있는 일이 되겠군."

나는 중얼거렸다.

"어쨌든 상태를 봐야죠. 곧 성으로 가봅시다."

룰르따비유는 말했다. 그는 나를 강제로 끌고가기라도 하듯 서둘렀다. 그런데 성에 다다르니 현관에 헌병 한 사람이 지키고 서서, 우리가 2층으로 올라가지 못하게 막았다. 결국 거기서 기다리고 있을 수

밖에 없었다. 그 사이 피해자의 방에서는 다음과 같은 일이 이루어지고 있었다. 스땅제르송 집안의 주치의는 스땅제르송 양의 상태가 꽤 좋아졌다고는 하지만, 다시 악화되어 그대로 회복될 수 없을지도 모른다고 했다.

그렇게 되면 영영 신문을 할 수 없게 될지도 모르기 때문에 의사로서의 의무상 이것을 예심판사에게 알려야 한다고 생각했다. 그래서 판사도 간단한 신문을 하기로 결정했다. 이 신문에는 드 마르께 씨, 서기, 스땅제르송 박사, 그리고 주치의가 입회했다. 나는 뒷날에 가서야 공판 때 이 신문 기록 원문을 입수했다. 다음이 그 전문이다.

문——어떻습니까, 몸에 무리가 가지 않는 한 당신이 당한 끔찍한 사건에 대해 몇 가지 사실을 말해 줄 수 있겠습니까?

답——이제 기분도 상당히 좋아진 것 같으니까, 제가 알고 있는 일을 말씀드리겠습니다. 방에 들어갔을 때는 아무 이상도 느낄 수 없었습니다.

문——잠깐, 상관없으시다면 질문은 이쪽에서 하겠으니 당신은 그 물음에 대답만 해주십시오. 그러는 편이 혼자서 죽 이야기하기보다는 힘도 덜 들테니까요.

답——그럼 그렇게 하세요.

문——그날 당신의 일과는 어떠했습니까? 정확하게, 세밀한 일까지 알고 싶습니다. 다시 말해 그날 당신이 취한 행동 일체를 모조리 더듬어 보려고 합니다. 그것이 당신에게 너무 무리한 주문이 안 된다면 말입니다만.

답——그날 아침은 일어나는 시간이 늦어져 10시였습니다. 왜냐 하면 아버지와 저는 전날 밤 필라델피아 과학원의 대표 사절단을 위해 대통령이 베푼 만찬회와 환영회에 참석했으므로 밤늦게 돌아왔습니다. 제가 10시 반에 방에서 나오니까, 아버지는 벌써 실험실에서 일을 하고 계셨습니다. 우리는 함께 정오까지 일을 했습니다. 그리고 함께 30분 가량 뜰 안을 산책했습니다. 점심은 성에 가서 먹었습니다. 그런 뒤 여느 때처럼 1시 반까지 30분 가량 산책을 했습니다. 그리고 아버지와 저는 또 실험실로 돌아왔습니다.

마침 제 하녀가 와서 제 방청소를 마쳤더군요. 저는 노랑방에 들어가 하녀에게 몇 가지 할 일을 말했는데, 특별히 중요한 일은 아니었습니다. 하녀는 곧 별채를 나갔고 저는 아버지와 함께 다시 일을 시작했습니다. 5시가 되자 우리는 별채를 나와 다시 산책을 하고 차를 마셨습니다.

문──5시에 나갈 때 방에 들어갔습니까?

답──제가 아니라 아버지가 제 방에 들어가셨어요. 제가 모자를 갖다 달라고 부탁을 해서요.

문──아버지께서는 뭐 수상한 점을 발견하지 못하셨습니까?

스땅제르송 박사──아무것도 못봤습니다.

문──그때는 아직 범인도 침대 밑에 들어가 있지 않았던 것 같습니다. 그것은 거의 확실한 일이라고 봅니다. 두 분이 산책을 나섰을 때 그 방문에는 자물쇠를 채웠습니까?

스땅제르송 양──아뇨. 전혀 그럴 필요가 없었으니까요.

문──그때 스땅제르송 씨와 당신은 몇 시간이나 별채를 비우셨습니까?

답──약 한 시간 가량입니다.

문──아마 그 한 시간 동안에 범인은 별채에 들어왔겠죠. 그러나 도대체 어떻게 들어왔는가? 그것은 모릅니다. 현관 창문으로 나간 발자국은 마당에서 발견되었는데 그곳으로 들어온 발자국은 전혀 찾아볼 수가 없습니다. 아버지와 함께 나갔을 때 당신의 기억으로는 별채 창문이 열려 있었다고 봅니까?

답──잘 기억할 수 없습니다.

스땅제르송 박사──닫혀 있었습니다.

문──돌아오셨을 때는?

스땅제르송 양──잘 모르겠습니다.

스땅제르송 박사──역시 닫혀 있었습니다. 이것은 분명히 기억하고 있습니다. 왜냐하면 돌아왔을 때 제가 이렇게 말했었으니까요, 참, 작끄 노인도, 우리가 없을 동안만이라도 창문을 열어놓지…….

문──이상하군요! 정말 이상합니다! 기억하고 계십니까, 스땅제르송 씨? 작끄 노인은 당신네들이 집을 비운 동안에 자기가 나갈 때 창문을 열어 놓고 나갔던 것입니다. 어쨌든 두 분은 6시에 실험실로 돌아와 다시 일을 하신 셈이군요.

스땅제르송 양──그렇습니다.

문──그리고 그때부터 당신이 당신 방에 들어갈 때까지 두 분은 실험실 밖으로 나간 일은 없으셨습니까?

스땅제르송 박사──딸이나 저나 전혀 나가지 않았습니다. 몹시 급한 일을 하고 있었으므로 단 1분간이라도 허투루 보낼 수 없었습니다. 그 일 때문에 다른 일은 일체 돌볼 겨를이 없을 정도였습니다.

문──저녁은 실험실에서 드셨습니까?

답──그렇습니다. 역시 같은 이유에서였습니다만.

문──저녁은 실험실에서 드시기로 되어 있습니까?

답──실험실에서 저녁을 먹는 일은 어쩌다 있을 뿐입니다.

문──범인이 그날 밤, 당신네들이 실험실에서 식사를 한다는 사실을 알 수 있으리라고는 생각지 않습니까?

스땅제르송 박사──저로선 그런 일이 일어날 수 있다고는 생각지 않았습니다. 그 일은 6시경 별채로 돌아오던 길에 딸과 함께 실험실에서 저녁을 먹기로 결정한 것입니다. 마침 그때, 산지기가 다가와서 말을 거는 바람에 잠깐 지체했습니다. 산지기는 벌채하기로 했던 장소를 함께 돌아보자고 말했습니다. 그때 저는 도저히 그럴 시간이 없었고 그 일은 다음 날로 미루기로 하고, 우리는 실험실에서 식사를 할 테니 그렇게 전해 달라고 부탁했습니다. 산지기는 그 길로 우리와 헤어져 저의 말을 전하러 갔고, 저는 딸의 뒤를 쫓아갔습니다. 딸은 먼저 들어가 있었는데 열쇠는 문 바깥쪽에 꽂힌 채로 있었습니다. 들어가니 딸은 벌써 일을 하고 있었습니다.

문——스땅제르송 양, 당신이 당신 방에 들어간 것은 몇 시였습니까. 그때 아버지는 아직도 일을 계속하고 계셨다는데요?

스땅제르송 양——정확히 밤 12시였습니다.

문——그날 밤 작끄 노인은 노랑방에 들어왔습니까?

답——네, 덧문을 닫으러 가서 꼬마램프에 불을 켜 주었습니다. 매일 밤 그렇게 하기로 되어 있었으니까요.

문——노인은 뭐 수상한 눈치를 못 챘던가요?

답——그런 눈치를 챘다면 저희들에게 말했을 것입니다. 작끄 노인은 충실한 사람이며 저를 끔찍이 아껴주고 있습니다.

문——스땅제르송 씨, 당신은 작끄 노인이 그 뒤 한 번도 실험실 밖으로 나간 일이 없다고 단언할 수 있으시단 말입니까? 다시 말해 그 동안 죽 당신 옆에 있었다는 겁니까?

스땅제르송 박사——틀림없습니다. 저로선 그 점에 대해서는 아무런 의심도 갖지 않습니다.

문——스땅제르송 양, 당신은 당신 방에 들어가자 곧 문을 잠그고 빗장을 질렀습니다. 이것은 아버지와 하인이 바로 옆방에 있는 것을 알면서도 꽤 조심을 하신 것으로 보이는데, 당신은 무엇을 두려워하고 계셨습니까?

답——아버지는 곧 성으로 돌아가실 것이고, 작끄 노인도 자기 방으로 가서 자게 될 테니까요. 그리고 사실은 뭔가를 두려워하고 있었습니다.

문──뭔가를, 그것도 굉장히 무서워하고 있었기 때문에 작끄 노인의 권총을 노인에게 말도 하지 않고 빌려온 것인가요?

답──그렇습니다. 아무에게도 괜한 걱정을 끼치기 싫어서요. 그리고 제가 두려워하고 있는 일은 전혀 쓸데없는 걱정인지도 모른다는 생각도 있었으니까요.

문──도대체 무엇을 그렇게 두려워하고 있었습니까?

답──꼬집어 뭐라고 말할 수는 없습니다만, 며칠 전부터 밤이 되면 뜰 안팎이며 별채 주위에서 이상한 소리가 나고, 때로는 발자국 소리와 나뭇가지를 꺾는 소리까지 들리는 것 같았습니다. 범인이 들어오기 전날 밤, 대통령 관저에서 돌아와 3시경까지 자지 않았던 밤의 일이지만, 저는 잠깐 창가에 서 있었습니다. 그러자 분명히 사람의 그림자 같은 것이 보였던 것 같습니다…….

문──몇 개였습니까? 그 그림자는?

답──그림자는 두 개로 연못 둘레를 서성거리고 있는 것 같았는데, 이윽고 달이 숨어 버려 아무것도 보이지 않게 되었습니다. 전 같으면 이맘때면 벌써 성으로 돌아가 예년과 다름없는 겨울 생활을 하고 있었을 것입니다.

그러나 올해는 아버지가 과학원에 제출하기로 되어 있는 '물질의 해리'에 관한 연구를 완성하실 때까지는 그 별채를 떠나지 말아야겠다고 마음속에 다짐하고 있었습니다. 저로서는 앞으로 삼사 일이면 완성될 이 중요한 일을 우리 두 사람의 습관이 다소라도 변함으로써 영향을 미치기 싫었던 것입니다. 제가 저의 어린애같은 걱정을 아버지에게 말씀드리지 않은 것도, 말을 들으면 참지 못하고 곧 지껄여 버리는 작끄 노인에게 그 사실을 말하지 않은 까닭도, 이것으로 아셨으리라 생각합니다.

어쨌든 그런 상황이었습니다만, 저는 작끄 노인이 언제나 나이트 테이블 서랍에 권총을 넣어 두고 있는 사실을 알고 있었으므로 낮에 노인이 밖에 잠깐 나간 사이에 재빨리 다락방으로 올라가 그 권총을 꺼내다 이번에는 저의 나이트 테이블 서랍에 감춰 두었던 것입니다.

문——당신에겐 원한을 살 만한 사람은 없습니까?

답——네, 한 사람도.

문——어쨌든 그렇게 유달리 조심을 했다는 것은, 아무래도 이상하다고밖에 볼 수 없다는 것을 알겠죠?

스땅제르송 박사——정말 그렇군, 그렇게까지 조심을 했다니 정말 이상한 일이구나.

답——이상할 것까지는 없어요. 어쨌든 이틀 밤은 공연히 불안하고, 도저히 마음놓을 수 없었어요.

스땅제르송 박사——그런 일이 있었으면 나한테 말을 하지 그랬니. 정말 큰 실수를 저지르고 말았구나. 말만 했으면 이렇게 불행한 일은 일어나지 않았을 것 아니냐.

문——스땅제르송 양, 당신은 노랑방의 문을 닫자마자 곧 잠자리에 들었습니까?

답——네, 너무 피곤했으므로 곧 잠이 들었습니다.

문——꼬마램프는 켜놓은 채였던가요?

답——네, 켜놓아도 불빛이 아주 약하니까요.

문——그 다음 무슨 일이 일어났는지 말해 줄 수 있겠습니까.

답——꽤 오래 잔 것 같았는데, 갑자기 눈이 떠졌습니다. 그리고 나도 모르게 큰 소리를 질렀습니다.

스땅제르송 박사——그래 정말 무서운 소리였다. "사람 살려!……" 지금도 그 소리가 귀에 쟁쟁하다.

문——큰 소리를 질렀다니요?

답——웬 남자가 방 안에 있었습니다. 그 남자는 나에게 덤벼들어 목을 죄어 죽이려고 했습니다. 숨이 끊어질 듯했습니다. 그때 급히 제 손이 반쯤 열린 나이트 테이블 서랍 속에서 가까스로 권총을 잡을 수 있었습니다. 권총은 미리 그곳에 넣어두었으며 언제든지 쏠 수 있게 해 놨습니다. 그 순간 그 남자는 저를 침대 밑으로 밀어붙이더니, 큰 망치 같은 것으로 제 머리를 내리쳤습니다. 그러나 저는 그 보다 먼저 방아쇠를 당겼고, 거의 동시에 호되게 얻어맞은 것을 느꼈습니다. 무서운 힘으로 머리를 후려친 것입니다. 정말 눈 깜짝할 사이에 일어난 일이었으며, 그 밖의 일은 통 모릅니다.

문——전혀 모릅니까? 범인이 어떻게 방에서 도망쳐 나갔는지, 거기에 대해 생각나는 것이 전혀 없습니까?

답——전혀 없습니다. 정신을 잃고 말았는데 제 주위에서 어떤 일이 일어났는지 어떻게 알겠습니까?

문——그 남자는 큰 사람이었습니까, 아니면 작은 사람이었습니까?

답——저에게는 사람의 그림자처럼 보였을 뿐이었는데, 아주 크게 보였습니다.

문——뭔가 뚜렷한 특징 같은 것은 생각나는 것이 없습니까?

답——정말 더 이상은 아무것도 모릅니다. 웬 남자가 저한테 덤벼들어서 저는 그 사람을 향해 권총을 쏘았다…… 그 밖에는 아무것도 모릅니다.

스땅제르송 양의 신문은 여기서 끝났다. 룰르따비유는 끈기있게 로베르 다르작끄 씨를 기다리고 있었다. 이윽고 다르작끄 씨가 나타났다.

다르작끄 씨는 스땅제르송 양이 있는 바로 옆방에서 신문을 듣고 있었다. 그리고 그것을 룰르따비유에게 전하러 온 것인데, 그 말이 아주 정확했으며 기억력도 뛰어났고, 게다가 더없이 고분고분함에 나는 놀랬다. 연필로 급하게 적어 놓은 노트를 참고해가며, 다르작끄 씨는 글자 하나 틀리지 않을 정도로 물음과 대답을 그대로 전해 주었다.

다르작끄 씨는 마치 룰르따비유의 비서 노릇을 하고 있는 것 같았고 무슨 일에 있어서나 룰르따비유에 대해서는 거절할 수 없는 사람처럼 행동하고 있었다. 마치 룰르따비유를 위해 일하고 있는 사람 같았다. '현관 창문이 닫혀 있었다'는 사실은 예심판사의 주목을 끌었던 것과 다름없이 룰르따비유의 주목도 끌었다. 룰르따비유는 사건 당일의 스땅제르송 부녀의 일과표를 스땅제르송 양과 박사가 판사 앞에서 밝혔던 대로 다시 한 번 말해 달라고 다르작끄 씨에게 부탁했다. 실험실에서 저녁 식사를 하게 되었을 때의 사정은 최고의 흥미를 끌었던지, 박사 부녀가 실험실에서 저녁을 먹게 된 일을 산지기만이 알았었다는 사실, 또 어떤 연유로 산지기가 그것을 알았느냐 하는 일을 분명히 해두고 싶다며 두 번씩이나 되풀이해서 말하게 했다.

나는 다르작끄 씨의 이야기가 완전히 끝났을 때 말했다.

"이 신문으로 그다지 문제가 진전됐다고 볼 수는 없군요."

"오히려 후퇴입니다."

다르작끄 씨가 맞장구를 쳤다.

"아뇨, 그래도 어느 정도는 확실해졌습니다."

생각에 잠긴듯 룰르따비유가 중얼거렸다.

신문기자와 탐정

우리 셋은 별채 쪽으로 되돌아갔다. 별채 건물에서 약 100미터 가량 떨어진 곳에서 룰르따비유는 다르작끄 씨와 나를 잡아세우더니, 숲이 우거진 오른쪽을 가리키며 말했다.

"범인은 저쪽에서 나와 별채로 숨어들었습니다."

해묵은 떡갈나무가 들어선 우거진 숲은 또 다른 곳에도 있었으므로, 나는 범인이 어째서 다른 숲을 택하지 않고 저 숲을 택했느냐고 물어보았다. 그러자 룰르따비유는 그곳 바로 옆 별채 입구로 이어지는 오솔길을 가리키며 이렇게 대답했다.

"이 오솔길에는 자갈이 깔려 있지 않습니까. 틀림없이 범인은 별채로 가기 위해 이곳을 통해 간 것입니다. 축축한 지면 위에 그가 간 발자국이 없으니까요. 그 남자도 날개가 달려 있진 않을 테니 제대로 걸어갔을 겁니다. 그러나 자갈 위를 걸어갔으므로, 발로 밟아도 발자국은 남지 않은 것이죠. 그리고 보면, 이 오솔길은 별채에서 성으로 가는 지름길이기 때문에 많은 사람이 이 자갈을 밟았을 겁니다. 한편 저 우거진 숲은 월계수나 참빗나무 같은 상록수들이 들어서 있으므로, 범인에게 적당한 시기를 기다렸다 별채로 들어가기 위한 적당한 은신처가 된 것입니다. 범인은 이 숲에 숨어서 우선 스땅제르송 부녀가 지나가고 다음으로 작끄 노인이 나오는 것을 보고 있었던 것이죠. 자갈은 현관 창문 앞까지 깔려 있습니다. 벽과 평행선을 그으며 남아 있는 남자의 발자국——아까 우리가 보았던 발자국으로, 나는 벌써 그 발자국을 조사해 보았지만——을 보면, 범인이 작끄 노인이 열어 놓은 현관의 창문 밑에 서려면 단 한 발자국만 떼어 놓으면 되었다는 사실이 확실합니다. 그 남자는 거기서 창문으로 기어올라가 현관으로 들어간 것입니다."

"결국 그렇게도 생각할 수 있겠지."

나는 말했다.

"결국 어떻다는 건가요, 결국 뭡니까!"

룰르따비유는 이쪽에선 별로 악의도 없이 한 말에 갑자기 화를 내고 소리쳤다.

"어떻게 그런 말을 할 수 있죠, 결국 그렇게도 생각할 수 있다뇨!"

나는 제발 화좀 내지 말라고 했으나, 그는 계속 퍼부었다. 어떤 자들——나 같은 사람을 말하는 것 같았다——은 가장 간단한 문제까지 어중간하게 취급하여 '이것은 이렇다'든가, '이것은 그렇지 않다'든가 하며 앞뒤를 재어가며 의심만 한다며 그 꼴이란 정말 혼자서 보기 아깝다느니, 덕분에 그들의 지능은 하늘이 그들의 두개골 속에 뇌수를 덜 넣어준 경우와 똑같은 결과밖에 얻을 수 없게 된다느니 하였다. 내가 언짢아하자 이 젊은 친구는 나의 팔을 잡고, 그는 전부터 특별히 나를 존경하고 있으며 지금 말한 것은 절대로 나를 두고 한 말이 아니다라고 말했다.

"어쨌든"

그는 또 말을 꺼내기 시작했다.

"그것이 될 수 있는 경우에 말입니다만, 이성을 제대로 움직이지 않는 일은 경우에 따라서는 죄악입니다. 내가 이 자갈에 대해 이렇게 추론을 하지 않는다면, 그야말로 기구(氣球)에 대해서라도 추론할 수밖에 없게 됩니다! 그러나 경향공기 조종술에 관한 과학은 아직 하늘에서 엄습해오는 범인 따위를 사고의 대상으로 취급할 정도로는 발달하지 않았어요. 그러므로 절대로 어떤 일이 그럴 수밖에 없다고 생각되는 경우에는, 그런 일도 생각할 수 있다고 말해서는 안 됩니다.

이것으로 범인이 어떻게 창문으로 들어갔는지도 알았고, 또 언제 들어갔는지도 알았어요. 그는 5시에 산책을 나갔을 때 그곳에 들어간 것입니다. 교수 부녀가 1시 반에 산책에서 돌아왔을 때, 노랑방의 청소를 마친 하녀가 실험실에 있었다는 사실로 미루어 보아도, 1시 반에는 범인이 아직 그 방 침대 밑에는 없었다는 것을 단정할 수 있습니다. 하녀가 공범이라면 몰라도……어떻게 생각하십니까, 로베르 다르작끄 씨?"

다르작끄 씨는 고개를 가로저으며 자기는 스땅제르송 양의 하녀가 충실하다는 것을 확신하며, 아주 성실하고 헌신적이라고 말했다.

"그리고 5시에는 스땅제르송 박사가 아가씨의 모자를 가지러 방에 들어가셨었고요."

그는 이렇게 덧붙여 말했다.

"그렇군요, 그런 사실도 있었군요."

룰르따비유는 중얼거렸다.

"범인은 결국 자네가 말하는 그 시간에 이 창문으로 들어갔다 치세. 그렇다면 왜 창문을 닫았을까. 그것은 분명히 창문을 열어 놓은 사람의 주의를 끄는 일이 될 텐데?"

내가 말했다.

"그 창문은 바로 닫힌 것이 아닐지도 모릅니다."

룰르따비유는 대답했다.

"그러나 만일 범인이 창문을 닫았다면 그것은 자갈이 깔려 있는 오솔길이 별채에서 25미터 되는 지점에서 굽이져 있기 때문이며, 또 마침 그곳에 세 그루의 떡갈나무가 있기 때문에 닫았을 것입니다."

"그것은 무슨 뜻인가요?"

우리 뒤를 따라오고 있던 로베르 다르작끄 씨가 물었다. 그는 룰르따비유의 말을 열심히 듣고 있었다.

"그것은 조금 뒤에 설명하겠습니다. 다르작끄 씨, 그것을 설명할 때는 스스로가 판단할 때입니다. 그러나 만일 저의 추정이 사실로 증명된다면 저로서는 이 사건에 대해 이보다 중대한 발언은 한 일이 없다고 생각합니다."

"그렇다면 당신의 추정이란 무엇입니까?"

"그것이 사실임이 밝혀질 때까지는 절대로 말할 수 없습니다. 어쨌든 너무도 중대한 결과를 초래하는 추정이므로 도저히 말할 수 없습니다."

"범인에 대해 짐작 가는 점이 있습니까?"

"아뇨, 누가 범인인지 저는 모릅니다. 그러나 로베르 다르작끄 씨, 걱정하실 것은 없습니다. 꼭 찾아내고 말테니까요."

나는 로베르 다르작끄 교수의 마음이 몹시 흔들렸음을 느꼈다. 그러자 룰르따비유의 이 단언이 교수를 기쁘게 해줄 수 있을까 하는 의문이 생겼다. 만일 교수가 실제로 범인의 발견을 두려워하고 있다면 (하고 여기서 나는 나 자신의 가슴에 대고 물어보았다) 왜 교수는 이때까지 룰르따비유의 범인 발견을 도와왔을까? 룰르따비유도 나와 같은 생각을 했던지 갑자기 대놓고 이렇게 말했다.

"로베르 다르작끄 씨, 제가 범인을 발견하는 일이 싫지는 않으시겠죠?"

"물론이죠, 나는 그놈을 이 손으로 죽이고 싶어요!"

내가 아연했던 만큼이나 갑자기 흥분한 말투로 스땅제르송 양의 약혼자는 소리쳤다.

"그러시겠죠!"

룰르따비유는 무게있게 말했다.

"그러나 당신은 저의 질문에 대답을 하시지 않았군요."

이때 우리는 조금 전에 룰르따비유가 화제로 삼았던 그 덤불숲 옆에 와 있었다. 나는 그 속에 들어가 그곳에 사람이 숨어 있던 것을 뚜렷이 나타내는 발자국을 가리켰다. 이번에도 또 룰르따비유의 말이 옳았다.

"그래요!"

그는 말했다.

"그렇단 말입니다! 우리는 제대로 뼈와 살을 갖춘 한 인간을 상대로 하고 있습니다. 그녀석이라고 우리와 다른 수단을 쓸 수 있는 것은 아닙니다. 그러니까 언젠가는 모든 것이 착착 들어맞을 겁니다!"

이렇게 말한 그는 아까 내가 맡아 놓았던 발자국 본을 꺼내라고 하더니 덤불 뒤에 뚜렷이 남아 있는 발자국에 그 본을 갖다대었다. 그리고 부시시 일어서며 중얼거렸다.

"역시……"

나는 이번에는 그가 범인이 도주한 발자취를 현관의 창 밑에서부터 죽 더듬어가고 있다고 생각했다. 그런데 그는 이런 진흙 위를 어정대고 있는 것은 쓸데없는 일이다. 범인이 도주한 길은 이제 다 알았다고 하며 우리를 왼쪽으로 꽤 떨어진 곳까지 끌고갔다.

"범인은 저기서 50미터 가량 되는 저 벽 근처까지 가서 거기서 생울타리와 도랑을 뛰어넘었습니다. 저기 좁은 길이 연못 있는 곳까지 나 있는 바로 그 정면이 되는 곳입니다. 그것이 저택 안에서 나와 연못으로 가는 지름길입니다."

"범인이 연못 있는 곳으로 갔다니, 그걸 어떻게 안단 말인가?"

"프레드릭 라루상이 오늘 아침부터 줄곧 연못 둘레에서 떠나지 못하고 있으니까 말이죠. 틀림없이 대단히 주목할 만한 단서가 저곳에 있을 것입니다."

우리는 몇 분 뒤에 연못 옆에 와 있었다.

그 연못은 수렁처럼 둘레가 갈대로 우거진 작은 연못으로, 수면에는 쓸쓸하게 시든 수련(睡蓮) 잎이 몇 잎 떠 있었다. 프레드는 틀림없이 우리가 오는 것을 보았을 텐데도 우리한테는 별 관심이 없는듯 보였다. 왜냐하면 우리 쪽은 전혀 쳐다볼 생각도 않고 여기서는 보이지 않는 뭔가를 여전히 막대 끝으로 건드리고 있었다.

"이것 보세요"

룰르따비유가 말했다.

"여기 또 범인이 도망간 발자국이 있습니다. 발자국은 여기서 연못을 한 바퀴 돈 다음 먼저 자리로 돌아와서 끝으로 연못 옆에서 없어졌어요. 마침 에삐네 가도로 나가는 이 오솔길 앞 부분에서 범인은 빠리로 향한 것입니다."

"도대체 무엇을 보고 그렇게 생각할 수 있나?"

내가 말참견을 했다.

"이 길에는 이제 범인의 발자국은 없지 않은가."

"무엇을 보고 그렇게 생각하느냐고요? 저기 있는 발자국을 보고요. 나는 그 발자국을 예상하고 있었어요"

그는 자그마하고 단정한 느낌이 있는 신발의 아주 뚜렷한 발자국을 가리키며 소리쳤다.

"이걸 봐요!"

그는 프레드릭 라루상에게 말을 걸었다.

"프레드 씨, 그 길에 나 있는 이 얌전한 발자국은 범행이 발견되었을 그때부터 있었던 것이죠?"

"그렇소, 그래서 벌써 조심스럽게 검증도 끝마쳤소."

프레드는 얼굴도 들지 않고 대답했다.

"보다시피 올 때의 발자국과 돌아갈 때의 발자국이 있소."

"그 사람은 자전거를 가지고 있었군요!"

룰르따비유가 소리쳤다.

여기서 오고간 자그마한 발자국을 따라 자전거 자국이 나 있는 것을 조사해 본 다음 나는, 나도 좀 말참견을 할 수 있을 것 같다는 생각을 했다.

"자전거를 탔다는 것으로 범인의 우악스런 큰 자국이 없어진 이유를 설명할 수 있군."

나는 말했다.

"우악스런 발자국의 범인은 자전거를 탄 것이라…… 공범인 자그마한 발자국의 사나이가 자전거를 가지고 연못가까지 데리러 와서. 그럼 범인은 자그마한 발자국의 사나이를 위해 범행을 저지른 것이라고 추정해도 되지 않겠는가?"

"그렇지 않아요!"

룰르따비유가 이상한 미소를 띠며 반박했다.

"나는 사건 초부터 이곳에 발자국이 남아 있을 거라고 예상했었고, 또한 다 파악하고 있었어요. 당신의 그 말에 속지 않아요. 이것은 범인의 발자국입니다!"

"그러면 또 하나의 발자국은 뭔가?"

"그것도 역시 범인의 발자국입니다."

"그렇다면 범인이 두 사람이란 말인가?"

"범인은 한 사람뿐이고 공범자는 없어요."

"잘 하는군! 꽤 알아냈는데!"

아까부터 있던 그 자리에서 프레드릭 라루상이 소리쳤다.

"아시겠어요?"

룰르따비유는 신발 뒤축으로 짓밟힌 지면을 가리키며 계속 말했다.

"범인은 이곳에 앉아서 경찰의 눈을 속이기 위해 신고 있던 큰 신을 벗어 버린 거예요. 그리고 일어섰을 때는 그 신은 안은 채 보통 발로 되돌아갔을 겁니다. 그리고 유유히 큰 도로까지 자전거를 끌고간 것이죠. 이 오솔길처럼 나쁜 길에서는 위험해서 자전거를 탈수 없었던 거예요. 그 첫째 증거로는, 지면이 이렇게 부드러운데 자전거 바퀴 자국이 흐릿하게 나 있는 걸 봐도 알 수 있죠. 자전거에 사람이 탔었다면 바퀴자국은 좀더 깊이 났을 것입니다. 남자는 혼자뿐이었어요. 다시 말해 걸어간 범인 한 사람뿐입니다!"

"브라보! 브라보!"

프레드가 또 소리쳤다.

그리고 갑자기, 그는 우리들이 있는 곳으로 오더니 로베르 다르작끄 씨 앞에 서서 이야기를 하기 시작했다.

"여기 자전거가 있다면 이 청년의 추론이 옳다는 것을 입증할 수 있겠는데요, 로베르 다르작끄 씨. 성에 한 대쯤 없을까요, 혹 모르십니까?"

"없습니다."

다르작끄 씨가 대답했다.

"제 자전거도 나흘 전에 빠리로 가지고 갔습니다. 사건이 일어나기 전 마지막으로 성에 왔을 때입니다."

"그것 참 분하게 됐군요!"

프레드는 몹시 냉담한 말투로 대꾸했다.

그리고 룰르따비유 쪽으로 돌아서더니 말했다.

"이런 식으로 가면 언젠가 우리 둘 다 같은 결론을 내게 될 것이오, 범인이 어떻게 노랑방에서 나왔을까, 거기에 대해 어떻게 생각하고 있지?"

"네, 조금은……"

룰르따비유는 말했다.

"나도 마찬가지지만"

프레드가 계속해서 말했다.

"틀림없이 짐작하는 바는 같을 것이오, 이 사건에 대한 생각이란 두 가지가 있을 수 없을 테니까. 나는 판사 앞에서 내 의견을 말할 작정으로 지금 총감(總監)이 오기를 기다리고 있소."

"그래요! 경시총감이 옵니까?"

"오늘 오후 예심판사 앞에서 이 참극에 관련된 사람들 모두를 실험실 안에서 대질시키기 위해서요, 대단히 흥미있는 대질이 되리라고 생각되는데, 당신이 그 자리에 참석하지 못한다는 것이 정말 섭섭하군요."

"저도 참석하겠습니다."

룰르따비유는 딱 잘라 말했다.

"정말, 당신 놀라운 사람이오…… 그 나이에!"

라루상 형사는 빈정대는 말투로 되받아 넘겼다.

"그야말로 훌륭한 탐정이 되겠는데, 좀더 규칙적으로 일을 하게 되면…… 직감과 머리의 작용에만 그렇게 의존하는 일이 없게 되면, 내가 벌써 여러 번 느낀 일이지만 룰르따비유 선생, 당신은 너무 추리에만 의존하고 있소, 눈으로 본 일을 바탕으로 해서 일을 밀고 나가는 능력이 아무래도 부족한 것 같아요. 피투성이의 손수건과 벽 위에 묻은 빨간 손자국, 그것을 어떻게 생각하오, 룰르따비유 선생? 보았겠죠, 벽에 남아 있는 그 빨간 손자국을? 나는 손수건밖에 못보았지만…… 어떻소, 당신 생각은……."

"그것은"

약간 허를 찔린 듯한 태도로 룰르따비유는 대답했다.

"스땅제르송 양의 권총으로 범인이 손에 상처를 입은 것입니다."

"그렇게 함부로 직감으로만 봐서야 되겠소. 조심해야 해요, 룰르따비유 선생, 당신은 너무도 순수하게 논리적이란 말이오. 논리라는 것을 그렇게 취급하면 언젠가는 그 논리 때문에 혼이 나게 될 거요. 논리란 놈은 너무 가까이 하지도, 그렇다고 너무 멀리하지도 말고 적당히 조정하여 취급해야 할 경우가 꽤 많아요.

룰르따비유 선생, 당신이 스땅제르송 양의 권총이라고 한 말은 분명히 맞는 말이오. 피해자가 권총을 쏜 것은 사실이오. 그러나 그 여자가 범인의 손에 상처를 입혔다는 당신 생각은 잘못이오."

"절대로 잘못이 아닙니다!"

룰르따비유는 소리쳤다.

프레드는 동요되는 기색 없이 그를 가로막으며 이렇게 말했다.

"관찰 부족이군…… 관찰이 모자라는 거요. 그 손수건을 조사해 봐요. 새빨간 작은 반점이 수없이 묻어 있는 그 핏방울 자국을 보란 말이오. 그것은 발자국을 따라, 그러니까 발이 바닥에 닿는 순간에 떨어져 있어요. 그것으로 보아 범인은 다친 것이 아니라 코피를 흘렸던 거요!"

프레드는 진지한 말투였다. 나는 놀라서 소리를 지르고 말았다.

룰르따비유는 자기를 심각한 얼굴로 쳐다보고 있는 프레드를 뚫어져라 쳐다보고 있었다. 그러자 프레드는 곧 하나의 결론을 내놓았다.

"그 남자는 코피를 손수건으로 막았다가 그 손을 벽에 문지른 것이오, 이 사실은 지극히 중요하오."

그는 덧붙여 말했다.

"왜냐하면 살인범은 손에 상처를 입지 않아도 살인은 할 수 있으니까!"

룰르따비유는 말없이 무엇인가를 생각하더니, 마침내 이렇게 말했다.

"프레드릭 라루상 씨, 이 세상에는 논리를 서툴게 취급하는 것보다 더 경계를 요하는 것이 있습니다. 어떤 탐정들에게 특유한 심리적 경향입니다만, 즉 자기는 올바르게 하고 있는 줄 알지만 그 논리란 놈을 자기가 생각하는 방향으로 억지로 끼워 맞추려고 합니다. 프레드 씨, 당신은 벌써 누가 범인인가 점찍어 놓으셨죠, 그렇죠?

그런데 말입니다, 그 범인이 손에 상처를 입었다면 당신의 생각은 바탕부터 무너집니다. 그래서 다른 것을 찾아 그것을 발견하게 된 것입니다. 프레드 씨, 처음부터 범인을 정해 놓고 거기에 필요한 증거를 찾으려는 일은 대단히 위험한 방법입니다. 그런 짓을 하면 큰 일을 저지르게 될지도 모릅니다. 조심하십시오, 프레드 씨, 수사상의 과오를 범하지 않도록. 자칫 잘못하다가는 거기 걸려듭니다!"

그렇게 말하고 룰르따비유는 다소 비웃는 듯한 얼굴로 두 손을 주머니 속에 넣더니 약간 놀리듯 장난기 있는 작은 눈으로 프레드를 뚫어져라 쳐다보았다.

프레드릭 라루상은 자기보다 일을 빠르고 재치 있게 잘 처리한다고 주장하는 이 젊은이를 잠자코 한동안 쳐다보고 있더니 어깨를 움츠리고 우리에게 가볍게 고개를 숙여 보인 다음 굵직한 막대기로 길 위의 돌멩이를 툭툭 치며 성큼성큼 사라져 버렸다.

룰르따비유는 사라져가는 탐정의 모습을 뚫어지게 쳐다보고 있었다. 그리고 우리 쪽을 돌아보더니, 이미 승부에는 이겼다는 환한 표정을 지으며 이렇게 말했다.

"나는 저 사람을 이겨 보이겠어요. 프레드가 아무리 솜씨가 있다 하더라도 반드시 이겨 보이겠어요. 저자들을 다 이겨 보이겠어요. 솜씨로 말하면 이 룰르따비유가 저자들보다는 윗길이니까요! 그렇게 유명한 대(大) 프레드라는 사람이, 그렇게 견줄 바 없이 훌륭한 프레드라는 사람이, 그 사고방식이 마치 다 떨어진 신발이나 다름없군요…… 정말 누더기 신발이에요! 헌 신발이나 다름없단 말입니다!"

룰르따비유는 기쁜 듯이 팔짝팔짝 뛰었다. 그러나 갑자기 중간에서 그 동작을 멈추었다. 나는 그의 시선이 쏠리고 있는 곳으로 눈을 돌렸다. 그의 시선은 오솔길 위의 자그마한 발자국과 그 옆에 나 있는 자기 발자국을 물끄러미 쳐다보고 있는 르베르 다르작끄 씨의 모습에 쏠리고 있었다. 발자국은 양쪽이 똑같았다!

우리는 다르작끄 씨가 정신을 잃고 쓰러지지나 않나 생각했다. 공포로 눈이 휘둥그레진 그는 한순간 우리를 외면한 채, 턱수염을 손으로 잡아뜯고 있었다. 그러나 겨우 마음이 가라앉자, 다르작끄 씨는 우리에게 인사를 한 다음, 아무래도 성으로 돌아가 봐야겠다고 쉰 목소리로 말하고 사라져 버렸다.

"이상하게 되었군……."

룰르따비유는 중얼거렸다.

그도 깜짝 놀란 모양이었다. 그리고 종이철에서 흰 종이를 한장 꺼내더니 가위로 범인의 발자국——그곳 땅바닥에 견본이 있었다———의 윤곽을 오렸다. 그리고 이 종이로 만든 새로운 신발 본을 다르작끄 씨의 목이 긴 구두 자국 위에 올려놓았다. 그것은 딱 일치했다.

룰르따비유는 이렇게 되뇌이며 일어섰다.

"이상하게 되었군······.

나는 한 마디도 말할 용기가 없었다. 그만큼, 그때 나에겐 룰르따비유의 부푼 머릿속에서 일어나고 있는 일은 참으로 중대한 일처럼 느껴졌던 것이다.

그는 말했다.

"나는 로베르 다르작끄 씨는 훌륭한 사람이라고 생각하고 있는데 ······."

그리고 룰르따비유는 나를 여인숙 천수루 쪽으로 끌고갔다. 그 여인숙은 그곳에서 약 1킬로미터 가량 떨어진 곳에 있는데, 그다지 울창해 보이지 않는 나무숲 옆으로 뚫린 큰길가에 모습을 보이고 있었다.

이윽고 불고기를 먹게 되겠지

여인숙 천수루의 겉모습은 그렇게 당당해 보이지는 않았다. 그러나 나는 세월과 난로 연기로 검게 그을은 대들보를 지닌 이런 쓰러져 가는 집——마침내는 하나의 추억이 되고 말 것으로 이미 기울어져 가는 이런 건물, 합승 마차 시절의 시골 여인숙——이 좋다. 그런 건물은 과거로 연결되고, 역사와 결부되고, 무엇인가를 관련짓고 있으므로 한 길에 갖가지 사건이며 모험이 있었던 무렵의 옛 여행담을 생각케 하는 것이다.

천수루는 적어도 2백 년, 또는 그 이상의 세월을 거친 것이었다. 돌이며 회벽이 떨어져 나가 군데군데 탄탄하게 짜인 나무 뼈대가 드러나 보인다. X자 형과 V자 형의 도리는 낡고 오래된 지붕을 아직도 튼튼하게 받치고는 있으나, 마치 주정뱅이 이마 위에 모자가 비스듬히 걸려 있듯, 그 지붕은 지주(支柱) 위에 비스듬히 걸려 있었다. 출입문 위에 있는 쇠 간판이 가을바람에 삐걱삐걱 소리를 내고 있다. 간판에는 그 마을의 기술자 솜씨로, 글랑디에의 성에 있는 것과 같은, 뾰족한 지붕과 하나의 탑이 달린 망루 같은 것이 그려져 있었다.

간판 밑 입구 문지방 위에는 까다로워 보이는 사나이가 있었는데, 이마의 주름과 미간을 여덟팔자로 찌푸리고 있는 것으로 보아 꽤 침울한 생각에 잠겨 있는 것 같았다. 우리가 바로 옆에까지 가자, 그는 그제서야 우리를 쳐다보고 무슨 일로 왔느냐고 물었다. 이 사람이 풍취어린 집의 무뚝뚝한 주인인 모양이었다. 우리가 점심을 좀 먹게 해 달라고 말하니, 양식이 떨어져 그렇게 할 수가 없다고 대답했다. 그렇게 말하며 우리를 뚫어져라 쳐다보는 눈초리가 몹시 경계하는 눈치였는데, 왜 그러는지 도저히 짐작할 수 없었다.

"괜찮습니다, 경찰이 아니니까요."

룰르따비유가 말했다.

"경찰이 뭐가 무섭소, 누가 와도 무서울 건 하나도 없어요."

그 남자는 대답했다.

나는 무리하게 굴지 않는 것이 상책이라 여기고 룰르따비유에게 눈짓을 하고 있었는데, 이 시골 여인숙에 들어가 보고 싶어 하던 그는 주인 옆으로 빠져나가 방 안으로 들어가 버렸다.

"들어와 보세요, 여기 아주 기분이 좋군요."

룰르따비유가 나에게 말했다.

난로에는 장작이 활활 타오르고 있었다. 우리는 난로 앞으로 다가가 활활 타는 난롯불에 손을 쬐었다. 왜냐하면 그날 아침은 겨울이 다가온 것을 느낄 정도로 싸늘했기 때문이다. 그 방은 꽤 넓었다. 두 개의 두툼한 나무 테이블과 몇 개의 의자가 있고, 시럽과 술병이 늘어선 카운터가 설치되어 있다. 큰길 쪽으로 창문이 세 개 나 있다. 벽에 붙어 있는 천연색 광고에는 컵을 높이 쳐들고 있는 빠리 아가씨가 새로 나온 베르무트가 반주로 얼마나 좋은가를 강조하고 있다. 높은 벽난로 위에는 주인이 놓아둔 듯한 도기 항아리며 주전자가 즐비하게 놓여 있었다.

"참 멋진 난로군, 통닭을 구워먹기 좋겠는데요."

룰르따비유가 말했다.

"공교롭게도 닭이 없어요, 닭은커녕 토끼 한 마리 없어요."

주인이 말했다.

"알고 있어요."

나를 놀래게 할 정도의 비웃는 목소리로 룰르따비유가 대답했다.

"알고 있어요, 드디어 불고기를 먹게 되겠지."

솔직히 말해 룰르따비유가 한 이 말을 나는 조금도 이해할 수 없었다. 도대체 왜 그는 이 남자에게 '드디어 불고기를 먹게 되겠지'라는 말을 했을까? 그리고 또 어째서 여인숙 주인은 룰르따비유가 한 이 말을 듣는 순간 화가 나는 듯 투덜대더니 꾹 참아가며 고분고분하게 우리의 주문을 받기 시작했을까. 마치 로베르 다르작ⁿ 씨가 '사제관의 즐거움은 조금도 변함 없고 그 뜰의 싱그러움도 여전하도다'라는, 뭔가를 암시하는 듯한 그 말을 들었을 때와 똑같았다.

나의 친구 룰르따비유는 분명히 여러 사람들을 상대로 전혀 뜻을 알 수 없는 문구를 사용해서 자신을 알리는 재능이 있었던 것이다. 내가 그 사실을 지적하자, 그는 다만 미소를 지을 뿐이었다. 나로서는 뭐라고 설명을 해줬으면 했는데 그는 입에 손가락을 대고 있었다. 이것은 분명히 그 자신이 자기 입을 봉한다는 뜻만이 아니라 그보다도 잠자코 있으라는 뜻이었다.

그러는 동안에 주인은 작은 문을 열고 달걀 반 줄과 등심고기를 가지고 오라고 큰 소리로 외쳤다. 달걀과 고기를 가지고 온 사람은, 아주 애교있는 블론드 머리의 멋진 젊은 여자였다. 그녀는 부드럽고 아름다운 큰 눈으로 우리의 모습을 이상한 듯 쳐다보았다. 주인은 우락부락한 목소리로 그 여자에게 말했다.

"저쪽에 가 있어! 잘못하다 녹색 옷을 입은 녀석이라도 오면 안

돼. 네 낯짝을 보이고 싶지 않단 말이야!"

여자는 모습을 감췄다. 룰르따비유는 그릇에 담아온 달걀과 접시에 담아 온 고기를 집어들더니 난로 앞으로 다가갔다. 그리고 난로 위에 매달려 있던 냄비와 꽂이를 뺐었다. 그리고는 비프스테이크가 구워지기를 기다리며 그 사이에 오믈렛용의 달걀을 젓기 시작했다. 룰르따비유는 또 주인에게 고급 시드르를 두 병 주문했는데, 주인이 룰르따비유에게 조금도 마음을 쓰지 않는 것처럼 룰르따비유 또한 주인의 일은 조금도 염두에 없는 모양이었다. 주인은 어떤 때는 눈을 가늘게 뜨고 룰르따비유 쪽을 쳐다보는가 하면 또 어떤 때는 내가 있는 쪽을 쳐다보며 불안한 모습을 보이곤 했다.

그는 우리들에게 마음대로 요리를 만들게 해놓고 우리들의 밥그릇을 창가 테이블 위에 늘어놓았다.

갑자기 그의 투덜대는 소리가 귀에 들어왔다.

"아이쿠! 왔다!"

그러더니 갑자기 얼굴 표정이 달라지며, 온통 증오에 찬 모습으로 창가에 몸을 딱 붙이고 한길 쪽을 내다보았다. 룰르따비유는 내가 알릴 필요도 없었다. 그는 벌써 만들던 오믈렛을 내버려두고 주인과 나란히 창가에 서 있었다. 나도 그 자리에 한몫 끼었다.

아래 위 다 녹색 벨벳 옷을 입고, 같은 빛깔의 둥근 제모를 쓴 한 사나이가 파이프를 피워 물고 한길을 천천히 걸어오고 있었다. 엽총을 어깨에 멘 그 태도에는 여유가 있어 보였다. 겉으로 보기에 남자의 나이는 45세쯤 되어 보였다. 머리칼이고 수염이 다 희끗희끗 반백을 이루고 있었다. 꽤 사람의 눈길을 끄는 호인이었다. 코안경을 쓰고 있었다. 천수루 옆을 지나칠 때 그는 들어갈까말까하고 약간 망설이더니 우리 쪽을 흘깃 쳐다보고 파이프의 연기를 몇 모금 뿜어낸 다음 전처럼 유연한 발걸음으로 산책을 계속했다.

룰르따비유와 나는 주인 얼굴을 쳐다보았다. 번뜩이는 눈, 불끈 쥔 주먹, 와들와들 떨고 있는 입매 따위가 그의 마음을 뒤흔들고 있는 폭풍우같은 감정을 뚜렷이 말해 주고 있었다.

"오늘은 들어오지 않아서 다행이군!"

주인은 쉰 목소리로 나직이 말했다.

"저 사람은 누굽니까?"

오믈렛용 달걀을 저으며 룰르따비유가 물었다.

"녹색 옷의 사나이오!"

주인이 화가 난 듯이 말했다.

"저 사람을 모르나요? 몰라서 다행이군요. 저런 자와는 가까이 지내지 않는 것이 상책이니까요. 저 자는 스땅제르송 선생네 산지기라오."

"당신은 저 사람을 좋아하지 않는군요."

룰르따비유는 오믈렛용 달걀을 프라이팬에 부으며 말했다.

"저 자를 좋아하는 사람은 이 고장에는 한 사람도 없어요, 나리. 아주 거만한 놈이에요. 그래도 옛날엔 잘 살았던 모양이에요. 그러니까 살아가기 위해 어쩔수 없이 남의 고용살이를 하는 꼴을 남에게 보이는 게 화가 나서 못견디는 거죠. 산지기라도 역시 남의 하인이니까요, 안 그래요! 그런데, 글랑디에의 주인은 바로 자기라는 낯짝을 하고 있으니 정말 기가 찰 노릇이죠. 땅이고 숲이고 다 자기 것인 양 우쭐대고 있으니. 저녀석은 그야말로 거지가 풀밭에서 점심으로 빵을 먹으려해도, 그녀석의 풀밭에서는 못 먹게 할 녀석이에요."

"가끔 이 가게에도 옵니까?"

"오고말고요. 이번에 오기만 하면 나는 네놈의 낯짝도 보기 싫다고 분명히 말해 줄 작정이었죠. 한 달 전만 해도 저런 녀석한테는 별로 신경을 쓰지 않았어요! 천수루야 싸구려 집이니까 그런 자의 눈에 차기나 하겠어요, 그럴 겨를이 없었죠! 생미셸의 '세 백합'의 여주인에게 몸이 달아 있었으니까요, 그런데 지금은 두 사람이 싸우고 헤어져 버렸으니 어디 다른 곳에서 시간을 보내려고 두리번거리고 있는 거예요, 여자라면 죽고 못사는 미친놈이에요, 정신이 올바로 박힌 사람으로, 저녀석을 눈감아 줄 사람은 한 사람도 없어요, 왜 그 성의 문지기 내외말입니다, 그 내외도 녹색옷을 입은 놈이라면 꼴도 보기 싫다는 거예요,"

"성의 문지기 내외는 그럼 정신이 올바로 박힌 사람이란 말이군요, 주인?"

"마튜 영감이라고 불러 주세요, 제 이름입니다, 저는 사실 그 사람들을 착실한 사람으로 보고 있어요, 그것은 제 이름이 마튜라는 사실과 다름없는 진실된 이야기랍니다,"

"하지만 둘다 체포되지 않았소,"

"그것이 무슨 이유가 됩니까? 하지만 나는 남의 일에 끼어들고 싶지 않으니까……"

"그럼 그 범행을 어떻게 생각하고 있소?"

"불쌍한 아가씨가 살해될 뻔했다는 그 사건 말인가요? 훌륭한 아가씨죠, 그래요, 그 근처에 사는 사람은 그녀를 모두 좋아했어요, 제가 어떻게 생각하느냐 그 말인가요?"

"그렇소, 당신이 그것을 어떻게 생각하느냐 그 말이오,"

"별로, 뭐…… 여러 가지 생각을 하기는 했지만…… 하지만 그런 일이야 아무도 모를 일이니까요,"

"나도 그렇단 말이오,"

룰르따비유는 끈질기게 다그쳐 물었다.

주인은 룰르따비유를 곁눈질로 노려보며 중얼거렸다.

"당신인들……"

오믈렛은 벌써 다 되어 있었다. 우리가 식탁 앞에 앉아 말없이 식사를 하고 있는데, 그때 출입문이 열리며 웬 노파가 모습을 나타냈다. 누더기를 걸치고 지팡이에 기대어 체머리를 흔들며 헝클어진 백발이 꾀죄죄한 이마 위를 덮고 있다.

"아아, 왔군, 아주느 할멈! 오랫동안 보이지 않더니."

주인이 말했다.

"병이 들어 죽을 뻔했수."

노파가 대답했다.

"신주님에게 줄 만한 찌꺼기라도 없나 하고……."

노파는 그렇게 말하며 이 시골 여인숙으로 들어왔다. 노파 뒤에는 이렇게 큰 고양이가 정말 있을 수 있을까 하는 생각이 들 정도로 어마어마하게 큰 고양이가 있었다. 그 고양이는 우리를 흘깃 쳐다보더니 소름이 쪽 끼칠 정도로 아주 슬픈 목소리로 울었다. 나는 지금까지 이처럼 기분 나쁜 울음소리를 들어본 적이 없었다.

마치 이 울음소리에 끌려들어오기라도 한 듯, 웬 남자가 노파 뒤에서 들어왔다. 녹색 옷의 사나이였다. 그는 모자 차양에 손을 대고 우리에게 굽신 절을 하더니 식탁 옆에 와 앉았다.

"시드르를 한 병 주시오, 마튜 씨."

녹색 옷의 사나이가 들어오자, 마튜 영감은 가슴 속에서 치밀어오르는 격한 감정을 억누르며 이렇게 대답했다.

"시드르는 이제 없어요, 두 병 남은 것을 그 손님들에게 드려서……."

"그럼 백포도주를 주시오."

조금도 놀라는 기색이 없이 녹색 옷의 사나이는 말했다.

"백포도주도 없어요, 이젠 아무것도 없어요!"

마튜 영감은 퉁명스런 목소리로 되뇌었다.

"이젠 아무것도 없어요!"

"부인은 어떻소?"

주인은 녹색 옷의 사나이가 이렇게 묻자, 주먹을 불끈 쥐고 남자쪽으로 돌아섰다. 그 표정은 금방이라도 때리고 덤빌 것 같이 험했다. 그러나 그는 말했다.

"잘 있소. 염려해 줘서 고맙군."

그러고 보니 우리가 아까 보았던, 눈이 서글서글하고 상냥한 젊은 여자는 이 무뚝뚝하고 인상이 나쁜 시골 사람의 마누라였던 것이다. 그리고 이 남자의 육체에 나타난 모든 결점도, 결국 질투라는 도덕적 결점의 표현인 것 같았다.

녹색 옷의 사나이가 노파에게 물었다.

"아주느 할멈, 어디가 아팠소, 그럭저럭 일주일이나 못 본 것 같은데?"

"네, 산지기 나리, 아팠어요. 수호신인 성녀 주느비에브 님에게 소원을 빌러 가느라고 세 번 일어났을 뿐, 죽 누워 있었답니다. 병간호를 해주는 것이라고는 이 신주님뿐이었죠."

"죽 할멈 옆에 있었단 말이오?"

"네, 밤이나 낮이나."

"그게 분명하오?"

"그야말로 천국이 있다는 사실이나 다름없이 분명합니다."

"그렇다면 도대체 어떻게 된 거요, 아주느 할멈. 신주님의 울음소리가 범행이 있었던 그날 밤, 밤새껏 들려온 것은?"

아주느 노파는 산지기 바로 앞에 버티고 서서 지팡이를 쾅 짚으며 말했다.

"나는 전혀 모르는 일이예요. 하지만 꼭 듣고 싶다면 말하겠는데

그런 울음소리를 내는 고양이는 이 세상 어디에도 없어요. 그런데 ·
나도 그 사건이 있던 날 밤에 '신주님'의 울음소리가 밖에서 나는
것을 들었어요. 이 고양이는 내 무릎에 틀림없이 있었는데요, 나
리, 그리고 단 한 번도 운 일이 없어요. 맹세하지만, 나는 그 소리
를 들었을 때, 마치 악마의 소리를 들은 것처럼 성호를 그었어
요!"

나는 산지기가 이 마지막 질문을 하고 있을 때, 그의 모습을 뚫어
져라 쳐다보고 있었다. 그리고 비웃는 듯한 야릇한 미소가 산지기 입
술에 떠오른 것을 보았다.

이때 무섭게 싸우는 소리가 우리가 있는 곳까지 들려왔다. 두들겨
패는 듯한, 누구를 마구 내려치는 듯한 둔한 소리가 들려왔다. 녹색
옷의 사나이는 일어서자 결심이라도 한 듯 난로 옆에 난 문으로 달려
갔는데, 그때 그 문이 열리며 주인의 모습이 나타나더니 산지기에게
이렇게 말했다.

"놀랄 것 없소, 산지기 양반. 집사람이 이가 아파서 그러는 거니
까."

그렇게 말하고 그는 비웃는 듯한 웃음을 지어 보였다.

"자, 아주느 할멈. 고양이에게 줄 내장이오."

그는 노파에게 꾸러미를 내주었다. 노파는 나꿔채듯 그 꾸러미를
받아들더니 고양이를 데리고 나가 버렸다.

녹색 옷의 사나이가 물었다.

"나한텐 아무것도 안 주는 거요?"

마튜 영감도 더 이상 참지 못하고 감정을 얼굴에 드러내보이며 말
했다.

"당신에겐 아무것도 줄 수 없어! 아무것도 못 주겠단 말이오! 썩
나가 주시오!"

녹색 옷의 사나이는 침착하게 파이프에 담배를 담고 불을 붙이더니 우리에게 꾸뻑 인사를 하고 나가 버렸다. 그가 문 밖에 나서자마자 마튜 영감은 그의 등 뒤로 쾅 하고 문을 닫았다. 그리고 우리 쪽을 보더니 핏기어린 눈으로 입에는 거품을 물고 문을 향해 주먹을 휘두르며 쉰 목소리로 이렇게 말했다.

"당신네들이 어떤 분이신지 모릅니다만, 어쨌든 '드디어 불고기를 먹게 되겠지'라는 말을 했는데, 귀가 있으면 들어 두시오. 범인은 저놈입니다!"

마튜 영감은 이렇게 말하더니 곧 다른 곳으로 가버렸다. 룰르따비유는 난로 앞으로 되돌아가 이렇게 말했다.

"자, 비프스테이크를 굽기로 할까. 시드르 맛이 어때요? 약간 떫은 맛이 나지만, 나는 그 맛이 좋아요."

그날 우리는 마튜의 모습을 다시 볼 수 없었다. 우리가 식사대로 5프랑을 식탁 위에 놓은 채 밖으로 나갔을 때도 이 시골 여인숙은 조용했다.

룰르따비유는 그뒤 곧 나를 데리고 스땅제르송 박사 소유지 둘레를 10리 가량 걸었다. 성 주느비에브의 숲이 에삐네에서 꼬르베이로 통하는 큰길에 부딪쳐, 숯굽는 오두막이 여러 채 서 있는 근처로 접어들었을 때, 바로 옆 그을음으로 꺼매진 오솔길 모퉁이에서 룰르따비유는 10분 가량 걸음을 멈추고 서 있었다. 그리고 큰 신발의 상태로 보아 범인은 저택 안에 몰래 들어가 덤불이 있는 곳까지 가서, 숨기 전에 분명히 이 오솔길을 지나갔을 것이라고 그의 의견을 말했다.

"그럼 자네는 산지기가 사건에 관계하고 있다고는 믿지 않는군?"

나는 말참견을 했다.

"그 일은 좀 뒤에 조사하기로 하죠."

그는 대답했다.

"천수루의 주인이 아까 그 사람에 대해 한 말은 계산에 넣고 있지 않습니다. 증오심에 못 이겨 한 말이니까요. 천수루에 가서 점심을 먹자고 한 일은 그 녹색 옷의 사나이 때문이 아닙니다."

룰르따비유는 이렇게 말하더니 아주 조심조심 발소리를 죽여가며 (나도 그의 뒤를 살금 살금 따라갔지만) 바깥문 옆에 있는, 그날 아침 체포된 문지기 내외가 살고 있는 건물로 다가갔다. 룰르따비유는 열려 있는 뒤 천장으로 사뿐히 뛰어올라 그 작은집 안으로 들어갔다. 그리고 10분쯤 있다가 "역시!" 하고 중얼거리며 나왔다. 그의 입에서 입버릇처럼 나오는 이런 말은 참으로 여러 가지 뜻을 나타내는 것이다.

마침 우리가 성 쪽으로 걸어가려고 했을 때 바깥문 근처가 소란스러워졌다. 마차가 한 대 도착했고 성 안에서는 마중나온 사람들이 이쪽으로 오고 있는 중이었다. 그 마차에서 내려오는 한 사람을 룰르따비유는 손가락으로 가리켰다.

"경시총감입니다. 드디어 프레드릭 라루상의 뱃속에 있는 것을 보게 되었군요. 그리고 그가 정말 뛰어난가 어떤가도……."

경시총감이 탄 마차 뒤에 신문 기자들이 꽉 들어찬 세 대의 마차가 달려왔다. 신문 기자들도 들어가겠다고 야단들이었다. 그러나 바깥문 쪽에 헌병이 두 사람 배치되어 있어 아무도 못 들어가게 했다. 경시총감은 수사의 진행을 방해하지 않는 범위 안에서의 정보를 오늘 저녁 즉시 제공하기로 약속하고 신문 기자들의 서둘러대는 마음을 가라앉혔다.

라루상의 추리

내가 보관하고 있는 노랑방의 수수께끼와 관련된 대량의 서류, 기록, 메모, 오려낸 신문 조각, 법정 서류 등속에 대단히 흥미있는 얘기 한 편이 들어 있다. 그것은 스땅제르송 박사의 실험실에서 경시총감을 앞에 놓고 그날 오후 이루어진 관계자와의 그 유명한 신문 조서이다. 이 조서는 서기 마레느 씨에 의해 씌어진 것이다. 이 서기도 드 마르께 예심판사나 마찬가지로 틈만 나면 펜을 잡는 사람이다. 이 한 편은 결국 간행되지 못했지만 〈나의 신문〉이라는 제목을 붙여 한 권의 책의 일부를 형성할 것으로 작성되었던 것이다. 이 한 편의 조서는 법정기록 중에서도 그 유례를 볼 수 없었던 이 공판이 전대미문의 결말을 지은 뒤 얼마 안 되어 마레느 서기에게 직접 받은 것이다.

다음에 소개하는 것이 바로 그것이다. 이것은 질문과 응답이라는 무미건조한 일을 적은 그런 단순한 것이 아니다. 마레느 서기는 여기에 종종 개인적 감상을 써넣고 있다.

서기의 기술

한 시간 전부터 (서기는 이렇게 서두를 꺼내고 있다) 우리, 즉 예심 판사와 나는 청부업자 (스땅제르송 박사의 설계에 따라 별채를 지은) 와 함께 노랑방 안에 있다. 청부업자는 직공 한 사람을 데리고 왔다. 드 마르께 씨는 벽을 완전히 치우게 했다. 다시 말해 벽에 붙인 벽지 전부를 그 직공을 시켜 벗겨내게 한 것이다. 두 종류의 곡괭이로 이곳저곳 구멍을 뚫어본 결과, 빠져나갈 만한 구멍은 한 군데도 없었다. 오랜 시간에 걸쳐 천장과 마루청을 조사했다. 그러나 아무것도 발견할 수 없었다. 발견될 만한 것은 하나도 없었다. 드 마르께 판사는 만족스러운 태도로 계속 이렇게 되뇌었다.

"얼마나 이상한 사건이오, 건축가 양반! 정말 기가 막힌 사건이죠! 두고 보시오, 범인이 어떻게 이 방을 빠져나갔는지 절대로 알 수 없을 테니."

전혀 흔적을 발견할 수 없다는 사실에 기뻐하고 있던 드 마르께 판사도 그것을 반드시 알아내야 한다고 생각했던지 헌병을 불러들였다.

"성에 가서 스땅제르송 선생과 로베르 다르작끄 씨에게 실험실로 와 달라고 말해 주게. 작끄 노인도 오라고 하고, 그리고 자네 부하에게 문지기 내외도 연행해 오라고 하게."

그가 이렇게 말한 5분 뒤에 그 사람들이 다 실험실에 모이게 되었다. 글랑디에에 도착한 지 얼마 안 되는 경시총감도 그때 우리와 함께 있었다. 나는 언제든지 서기의 일을 시작할 수 있도록 준비를 하고 스땅제르송 선생의 책상 앞에 앉아 있었다. 그때 드 마르께 판사가 색다르게 인사말을 하였다.

"여러분, 신문이 아무런 성과도 거두지 못하므로 상관없으시다면 나는 이번 한 번만 신문이라는 낡은 형식을 지양해 보려고 합니다. 당신네들을 번갈아가며 내 앞에 불러내는 일은 하지 않겠습니다. 그런 일은 그만두겠습니다. 우리는 전원이 이 방에 남아 있기로 합시다. 스땅제르송 씨도, 로베르 다르작끄 씨도, 작끄 노인도, 문지기 부부도, 경시총감께서도, 서기도, 그리고 나도! 그리고 우리는 모두 이곳에 같은 자격으로 있는 것입니다. 문지기 내외도 자기네들이 체포된 몸이라는 것을 잠시 동안만 잊어 주기 바랍니다. 우리 다 함께 이야기를 해봅시다. 우리는 이야기를 나누기 위해 모인 것입니다. 우리는 범행 현장에 있는 셈입니다. 그렇다면 그 범행에 대해 말하지 않고 무엇을 말할 수 있겠습니까?

자, 그 일에 대해 말합시다! 우리 다같이 말해 봅시다! 구변 좋은 말솜씨로 명확 신속하게, 또는 어수룩하게 말해 봅시다. 머리속에 떠오른 일은 무엇이나 다 말해 버립시다! 방식 같은 것은 따지지 말고 말합시다. 방식대로 해봐도 별것 아니니까요, 나는 우연히 신에게, 우리들의 생각에서 우연히 생겨나는 것에 열렬한 기도를 드리고 싶습니다! 그럼 시작합시다!"

판사는 내 앞을 지나가며 낮은 목소리로 이렇게 말했다.

"어떤가! 이렇게 훌륭한 정경을 믿을 수 있겠는가! 이런 일을 자네는 상상해 본 일이 있는가! 이것을 소재로 삼아 보드빌 극장을 위한 가벼운 1막짜리 작품을 쓸 수 있을 것 같네."

그렇게 말하고 판사는 기쁜 듯이 손을 비벼댔다.

나는 스땅제르송 선생을 쳐다보았다. 스땅제르송 양이 부상을 이겨내어 목숨을 건지게 될지도 모른다는 취지를 명백히 밝힌, 의사들의 보고에 의해 희망을 가졌을 스땅제르송 박사의 품위있는 얼굴에는 아직도 심각한 슬픔의 흔적이 사라지지 않았다.

이 사람은 자기 딸이 이미 죽은 것으로 생각하고 있었다. 그리고 아직 그 일로 받은 마음의 상처가 아물지 않은 것이다. 그처럼 부드럽고 맑았던 박사의 푸른 눈은 끝없는 슬픔을 띠고 있었다. 나는 공식 석상에서 여러 번 스땅제르송 선생의 모습을 볼 기회가 있었다.

처음부터 나는 선생의 맑게 빛나는 어린애 같은 눈에 마음을 빼앗겼었다. 선생의 눈은 몽상적인 눈이었으며, 발명가나 광인(狂人)이 갖는 숭고하고 물질의 그림자가 깃들지 않은 그런 눈이었다.

이런 공식 석상에선, 선생의 뒤나 옆에는 반드시 박사의 따님이 있었다. 왜냐하면 두 사람은 오랜 세월에 걸쳐 공동으로 연구를 해왔고, 결코 따로따로 행동을 하는 일이 없었기 때문이다.

그 무렵 35세였지만, 잘 봐야 30세로밖에 보이지 않았던 이 처녀는 과학에 모든 것을 바치고 시간과 온갖 구애를 이겨내어 주름 하나 없이 완전한 아름다움을 고스란히 지니고 있어 찬탄의 대상이 되었다. 내가 서류를 들고 그녀의 머리맡에 서서, 직무 중에 들은 사건 가운데 가장 신비롭고, 가장 악마적인 사건을, 숨을 헐떡이며 간신히 우리들에게 설명하는 그녀의 모습을 내가 보게 되리라고 도대체 누가 그 무렵 말할 수 있었겠는가. 또 자기 딸을 죽이려던 범인이 어떻게 빠져나갈 수 있었는가를 납득하려고 애쓰고 있는, 비탄에 잠긴 아버지로서의 스땅제르송 선생과 내가 얼굴을 대할 줄이야 누가 예언할 수 있었겠는가? 이런 사느냐 죽느냐 하는 큰 재난——그것은 보통, 도회지의 격한 숨결을 추구하는 자들과 어울리고 있는 사람들만이 봉착하는 일이다——에서 자신의 몸을 안전하게 지킬 수 없다면 박사처럼 남의 눈에 띄지 않는 깊숙한 숲속에서 조용히 연구를 한다 해도, 그것이 도대체 무슨 의미가 있겠는가?

(나는 마레느 서기의 문장을 그대로 옮겨 쓰고 있을 뿐이며 그 문장의 화려함도, 거드름을 피운 어조도, 절대로 고치거나 하지 않았다.)

"자, 그럼 스땅제르송 씨."

드 마르께 판사가 다소 거드름을 피우는 태도로 말했다.

"아가씨가 자기 방에 들어가려고 당신 곁을 떠나갔을 때, 당신이 계셨던 장소 말씀인데요, 어디쯤인가 정확히 그 자리에 서봐 주십시오."

스땅제르송 박사는 일어서서 노랑방의 문에서 50센티쯤 떨어진 곳에 서더니 아무런 억양도 없는 목소리로, 그야말로 죽어가는 사람처럼 이렇게 말했다.

"저는 이곳에 있었습니다. 실험실의 화덕 위에서 간단한 화학 실험을 마친 다음, 11시 경이었는데 저는 제 책상을 이곳까지 옮겨왔습니다. 왜냐하면 작끄 노인이 밤이 되면서 줄곧 실험 도구를 몇 가지 치우고 있었으므로 내 뒷자리를 다 비워줘야 했던 것입니다.

딸은 저와 같은 책상에서 일을 하고 있었습니다. 그애는 저에게 잘 자라는 키스를 하고 작끄 노인에게 잘 자라는 말을 한 다음, 제 방에 들어가는데 제 책상과 문 사이를 가까스로 빠져나가야만 했습니다. 일부러 이런 말을 하는 것은, 범행이 이루어지려던 장소에서 아주 가까운 곳에 제가 있었다는 사실을 확실히 해두고 싶기 때문입니다."

"그래, 그 책상은?"

나는 옆에서 말참견을 했는데 그것은 나도 이 이야기 모임에 한몫 끼라는 드 마르께 판사의 희망에 따르려는 의도에서였다.

"그래 그 책상은, 스땅제르송 선생님, 선생이 '살인자!' 하는 소리를 들으시고 권총 소리가 울려 왔을 때, 그 순간 이 책상은 어떻게 되었습니까?"

작크 노인이 대답했다.

"우리는 그 책상을 벽 쪽으로 밀어붙였습니다. 그러니까 이만치, 지금 있는 곳과 거의 같은 곳으로, 문으로 달려가는데 걸리적거렸기 때문이죠, 서기님."

나는 본디 여기서는 가설 정도밖에 인정하지 않았지만 어쨌든 자기 추리를 그대로 밀고 나갔다.

"다시 말해 방에서 아주 가까운 곳에 책상이 있었던 셈이군요. 범인이 방에서 몸을 구부리고 나와서 책상 밑으로 기어들었다고 하면 그것이 보이지 않을 정도였습니까?"

"이번에도 또 잊어버리고 계신 모양인데."

스땅제르송 선생이 아주 지겹다는 듯이 말을 했다.

"딸은 열쇠와 빗장으로 그 문을 잠가 놓았었고, 문은 줄곧 잠긴 채로 있었습니다. 딸이 범인과 격투를 벌였을 때부터, 우리는 이 문을 흔들어대고 있었습니다. 가엾게도 범인과 몸싸움을 하고 있을 때, 우리는 방문 앞에 와 있었던 것입니다. 몸싸움하는 소리가 아직도 들려왔고 불행하게도 딸이 지르는 비명 소리도 들려 왔던 것입니다. 저 목소리에 피투성이의 자국이 남아 있는 저 손가락입니다. 범인은 공격을 급히 서둘고 있었는데 우리도 질세라 재빠르게 행동하여 현재 범행이 이루어지고 있는 방문 앞으로 곧 달려갔던 것입니다."

나는 자리에서 일어나 다시 한 번 꼼꼼히 조사하기 위해 문 쪽으로 갔다. 그리고 일어서서 실망한 듯한 몸짓을 해보였다.

"가령 이런 일도 상상할 수 있다고 하고 문 밑의 널빤지 부분만을 ——반드시 문을 열지 않고 말입니다——떼낼 수 있었다면 어떻겠습니까. 그러면 문제는 해결될 것입니다. 그러나 안타깝게도 이 최후의 가정도 문을 조사해보니 인정할 수 없다는 것을 알았습니다. 왜냐하면 문은 단단한 떡갈나무에 두꺼운 통판으로 되어 있어 완전히 이음매가 없는 외판입니다. 문을 부셨으므로 다 조각이 났지만 그 사실은 일목요연합니다."

"이것은 성의 오래된 튼튼한 문을 이곳으로 옮겨 단 것입니다. 지금은 이런 문을 짤 수 없어요."

작끄 노인이 말했다.

"그것을 부수는데 이 쇠몽둥이를 동원했으니까요. 그것도 네 사람이…… 문지기 아주머니도 함께 거들어 준 셈입니다. 그런데 부인은. 판사님! 문지기 내외가 갇히게 되다니 정말 불행한 일입니다! 이런 때에!"

작끄 노인이 이 동정과 항의의 말을 마치기도 전에 문지기 부부는 눈물을 흘리며 우는 소리를 내기 시작했다. 이렇게 눈물을 잘 흘리는 피고는 처음 보았다. 나는 혐오감을 느꼈다.

가령 문지기 부부의 무죄를 인정한다 해도 인간이 재난에 대해 이렇게까지 줏대가 없다는 것은 이해가 되지 않았다. 이럴 때에는 태도를 확고하게 하는 것이 눈물이나 비탄——그런 것은 반드시라고 말해도 좋을 정도로 겉치레이고 위선인 것이다——보다 훨씬 유효하다.

"아이고, 또 시작이군."

드 마르께 판사가 소리쳤다.

"그렇게 흐느껴 우는 것은 이제 딱 질색일세! 그러기보다 아가씨가 살해당할 뻔했을 때 별채 창문 밑에서 당신네가 하고 있던 일을 말해보란 말이오! 작끄 노인과 만났을 때 당신네는 별채 바로 옆에 있었으니 말이야."

"무슨 일이 일어난 것 같아 달려온 것입니다."

두 사람은 징징 짜는 소리를 했다. 그리고 부인은 흐느끼며 째지는 목소리로 말했다.

"정말이지, 만일 그녀석을 잡기만 하면 그런 흉악한 놈은 우리가 살려두지 않을 거예요!"

이번에도 둘이 한꺼번에 지껄이는 바람에 뜻이 통하는 말을 들을 수가 없었다. 그들은 한 방의 권총 소리를 들었을 때 잠자리에 들었다며 하느님과 모든 성자(聖者)를 증인으로 세운다면서 한사코 부정했다.

"한 방이 아냐, 권총 소리는 두 방이야. 거짓말을 하고 있는 것이 분명하다니까. 한 방 쏘는 소리를 들었으면 또 한 방 쏘는 소리도 들었을 것 아닌가!"

"당치도 않은 소리 마십시오! 우리는 분명히 두 발째 소리밖에 못 들었습니다, 판사님. 처음에 한 방을 쏘았을 때는 우리는 잠이 들어 있었습니다."

"총을 두 발 쏜 것만은 틀림없어요!"

작끄 노인이 말했다.

"제 권총은 분명히 탄창이 꽉 차 있었는데 탄피가 두 개 발견되고 총알도 두 발 발견되었지요. 그리고 우리는 방안에서 권총이 두 발 울리는 소리를 들었습니다요, 안 그렇습니까, 나리?"

"그렇소"

스땅제르송 박사가 말했다.

"권총 소리는 두 발이었습니다. 처음 것은 둔탁한 소리였고 나중 것은 울려 퍼져나가듯 큰 소리였습니다."

"왜 계속 거짓말을 하는 거요?"

드 마르께 씨가 문지기 부부를 돌아다보고 말했다.

"경찰을 당신네와 같은 바보라고 생각하는 거요! 당신네가 범행이 있던 시각에 밖에 나와 별채 옆에 서 있었다는 것은 모든 사실이 증명하고 있소. 도대체 밖에서 무엇을 하고 있었소? 말하고 싶지 않다 이 말이지? 입을 다물고 있는 것은 공범의 증거요! 게다가 나로서는"

판사는 스땅제르송 박사를 돌아다보았다.

"나로서는 말입니다. 이 두 공범자가 범인을 도와주었다고 생각하지 않고서는 범인의 탈출을 설명할 수 없습니다. 스땅제르송 씨, 문이 부서지자마자 당신이 불행을 당한 아가씨에게 매달려 있을 때 문지기 부부는 범인이 쉽게 탈출하도록 도와준 것입니다. 범인은 그들 뒤로 살짝 빠져나가 현관 창문까지 간 다음 그곳을 통해 뜰로 뛰어내린 것입니다. 문지기는 범인이 뛰어내리자 곧 창문과 덧문을 닫았습니다. 왜냐하면 덧문이 저절로 닫힐 수는 없기 때문입니다! 이상이 내가 도달한 생각입니다. 어느 부분이든 다른 생각을 가진 분이 계시다면 말씀해 주십시오."

그러자 스땅제르송 박사가 곧 입을 열었다.

"당신이 하신 말씀은 도저히 있을 수 없는 일입니다! 저는 문지기 부부가 유죄라고도, 공범이라고도 생각하지 않습니다. 한밤중인 그 시간에 두 사람이 뜰에서 무엇을 하고 있었느냐 하는 것은 저도 이해가 잘 안 갑니다. 제가 있을 수 없는 일입니다, 하고 분명히 말씀드리는 이유는 문지기 부인은 램프를 들고 방문 앞에 선 채 한 발자국도 움직이지 않고 있었기 때문입니다. 그리고 또 문이 부서지자 곧 저는 딸에게 달려가 그 옆에 무릎을 꿇고 있었으므로 딸의 몸을 타넘으며 저를, 바로 저를 말입니다, 밀쳐 버리지 않고는 이 문을 통해 방에서 나갈 수도 없으며 방으로 들어올 수도 없었던 것입니다. 작끄 노인과 문지기도 그렇습니다——이것은 저도 방에 들어서자 그렇게 말했습니다만——이 방안과 침대 밑을 싹 훑어보았습니다만 방안에는 빈사 상태인 딸 이외엔 아무도 없다는 것을 확인한 셈이니까 당신이 말씀하신 그런 일은 있을 수 없습니다."

"다르작끄 씨, 어떻게 생각하십니까, 당신은? 당신은 아직 아무 말씀도 하지 않았는데?"

판사가 물었다. 다르작끄 씨는 별로 이렇다 할 생각도 없다고 대답했다.

"그럼, 경시총감께서는 어떠십니까?"

경시총감 다끄쓰 씨는 이때까지 전적으로 다른 사람의 말만을 듣고 현장을 조사하기도 했다. 총감은 그제야 조용히 입을 열었다.

"범인은 머지않아 발견된다고 보고, 범행 동기를 발견하는 일이 필요할 것입니다. 그러면 수사도 진전될 것입니다."

"경시총감, 범행은 비열한 정욕에 의한 것으로 보입니다."

드 마르께 판사가 대답했다.

"범인이 남긴 발자국, 싸구려 손수건, 게다가 꾀죄죄한 베레모 같은 것으로 보아, 범인은 상류 사회의 사람은 아닌 것 같습니다. 이 점에 대해서는 문지기 부부에게 물어보면 잘 가르쳐 줄 것입니다."

경시총감은 스땅제르송 박사 쪽을 보며 냉담한 어조로 말을 계속했다.

"아가씨는 머지않아 결혼할 예정이 아니었습니까?"

스땅제르송 박사는 로베르 다르작끄 씨를 애처롭게 쳐다보았다.

"그렇습니다, 저의 친구하고요. 그 사람을 저의 자식이라 부르게 되었다면 얼마나 기쁘겠습니까마는…… 로베르 다르작끄 군하고……"

"따님의 용태는 꽤 좋아진 모양이며, 상처도 곧 낫겠죠. 결국 결혼식이 연기되었을 뿐이죠. 그렇지 않습니까, 선생?"

경시총감이 다시 물었다.

"그러기를 바라고 있습니다만……"

"아니 그럼! 그것이 확실하지 않다는 말씀입니까?"

스땅제르송 박사는 입을 다물고 말았다. 로베르 다르작끄 씨는, 시계줄을 들고 있는 손이 떨리고 있는 것으로 보아 (나는 하나도 빼놓지 않고 다 보았다) 마음이 흔들리고 있는 모양이었다. 다끄쓰 씨는 드 마르께 판사가 난처할 때 하는 것처럼 잠깐 헛기침을 했다.

"스땅제르송 선생, 이것은 양해하고 계시리라 생각합니다만 이처럼 복잡한 사건이고 보면 우리로선 사소한 일이라도 적당히 지나칠 수는 없습니다. 피해자에게 관계 되는 일은 아무리 작고 하찮은 일이라도 알아둘 필요가 있습니다. 언뜻 보기에 아무것도 아닌 듯한 일까지 말입니다. 이제 와서, 우선 따님의 용태를 안심할 수 있다는 사실이 확실해진 이제 와서 말입니다, 이 결혼은 성립할 수 없을지도 모른다는 그런 생각을 어떻게 하게 된 것입니까? 선생은 '그러기를 바라고 있습니다만' 하고 말씀하셨는데, 왜 그렇게 생각하십니까?"

스땅제르송 박사는 자기 마음을 이겨 보려고 애쓰는 모습을 역력히 나타내 보이더니, 가까스로 입을 열었다.

"지당한 말씀이십니다. 제가 숨기고 말하지 않으면 무슨 중대한 일로 생각하실 테니, 이 일은 알아두시는 편이 좋겠죠. 아마 다르작끄 군도 저와 같은 의견일 겁니다."

차마 볼 수 없을 정도로 창백해진 다르작끄 씨가 스땅제르송 박사의 말이 옳다는 듯한 태도를 지어 보였다. 나로서는 스땅제르송 씨가 몸짓으로만 대답을 한 것은, 다르작끄 씨가 그때 한 마디도 할 수 없었기 때문이라고 생각한다.

"그럼, 경시총감님"

스땅제르송 박사가 계속해서 말했다.

"딸은 절대로 나와 떨어져 있을 수 없다고 고집을 부려 왔으며, 제가 아무리 부탁해도 그 고집을 버리지 않고 버티어 왔습니다. 그러나 저는 저의 당연한 의무로서 어떻게든지 딸이 결혼을 결심하게끔 노력을 해 왔습니다. 우리 부녀는 오래 전부터 로베르 다르작끄 군을 알고 있습니다.

다르작끄 군은 저의 딸을 사랑하고 있습니다. 제가 보기엔, 딸도 한때는 다르작끄 군을 사랑하였다고 믿을 수 있습니다. 왜냐하면 최근 딸이 결혼에 동의했기 때문입니다. 저는 이제 나이도 먹고 하여, 제가 애정을 품을 수 있고, 고결한 마음과 학식을 존경하고 있는 사람에게, 우리의 공동 연구를 계속하게 하고 딸을 사랑해 주는 사람을, 제가 죽은 뒤 딸이 의지하고 살게 되겠지 하는 생각이 들었을 때 그야말로 말할 수 없는 기쁨을 느낄 수 있었습니다. 그런데 경시총감님, 사건 이틀 전입니다. 왜 마음이 변했는지, 딸은 로베르 다르작끄 군과 결혼을 하지 않겠다고 말한 것입니다."

숨막힐 듯한 침묵이 계속되었다. 참으로 긴장되는 순간이었다. 다끄쓰 총감이 입을 열었다.

"그래 따님은 아무 설명도 없었단 말입니까. 왜 그렇게 되었다는 설명도 없었습니까?"

"여러 가지 이유를 들어 말했습니다. 결혼하기엔 너무 나이가 많다, 너무 오래 기다리게 했다, 이것은 잘 생각한 다음에 하는 말이다…… 로베르 다르작끄 군을 존경하고 있으며, 사랑도 하고 있다…… 그러나 그 이상의 관계는 맺고 싶지 않다…… 이대로 지금까지의 생활을 계속해 가기로 하겠다, 로베르 다르작끄 군과 우리 부녀의 순수한 우정이 한층 더 긴밀한 형태로 세 사람을 결부시켜 준다면, 정말 기쁘게는 생각하겠지만, 결혼이야기는 앞으로 절대로 꺼내지 말아달라 이렇게 말합디다."

"이건 또 기묘한 이야기군요!"

다끄쓰 총감이 중얼거렸다.

"정말 기묘합니다."

드 마르께 판사가 되풀이 말했다.

얼어붙은 듯한 힘없는 미소를 띠고 스땅제르송 박사가 말했다.

"이런 식으로는 결코 범행 동기를 알아낼 수 없습니다."

다끄쓰 총감이 초조한 듯한 목소리로 말했다.

"어쨌든 절도는 아닙니다!"

"물론 그것은 확실한 사실입니다!"

예심판사도 말했다. 이때 실험실 문이 열리고 헌병 반장이 예심판사에게 메모 한 장을 가지고 왔다. 드 마르께 씨는 그 메모를 들여다보더니 자못 놀란듯 중얼거렸다.

"거 참, 정말 놀랬군!"

"뭡니까?"

경시총감이 물었다.

"에쁘끄 지의 애송이 기자 조제프 룰르따비유의 메모인데, '범행 동기의 하나는 절도였습니다!'라고 쓰여 있습니다."

경시총감은 씽끗 웃으며 말했다.

"아, 그래요! 그 애송이 룰르따비유 말이군요. 소문은 벌써부터 들었지요. 머리가 보통이 아닌 모양이더군요. 예심판사님, 어디 그 자를 들어오라고 해 보십시오."

이리하여 룰르따비유가 불려들어왔다.

이날 아침, 나는 우리가 에삐네 쉬르 오르쥐로 타고 온 기차 안에서 그를 알게 되었다. 그는 내가 못 들어가게 하는데도 막무가내로 우리 찻간으로 뚫고 들어온 셈인데, 언행이라든가, 건방지게 구는 꼴이라든가, 사법 당국도 갈피를 못잡고 있는 사건에 대해 자기만은 뭔가를 알고 있다고 자부하고 있는 꼴이라든가, 모든 것이 나에게 혐오감을 품게 했다는 사실을 여기서 말해두자고 한다.

나는 신문 기자를 좋아하지 않는다. 그들은 꼭 페스트처럼 피해야 할 성가시고 뻔뻔스러운 자들이다. 이런 자들은 자기네들은 무슨 일이나 다 할 수 있게 특별대우라도 받고 있는 것처럼, 아무도 존경할 생각을 하지 않는다. 불행하게도 그들에게 모든 것을 허락하고, 그들이 다가오는 대로 내버려두었다가는 이쪽은 아주 녹초가 되고 만다. 그야말로 얼마나 성가신 꼴을 당하게 되는지 모르며, 무슨 일을 겪게 될지 모르니까 단단히 각오를 해야 된다. 룰르따비유라는 자는 기껏해야 20세 밖에 안 되어 보이는데, 건방지게 우리에게 질문을 하고 우리와 토론을 벌이려는 뻔뻔스러움이 나로 하여금 특별히 혐오감을 갖게 하는 것이다. 그리고 또 그의 말투에는 우리를 짓밟고 업신여기는 기미가 뚜렷했다. 나는 에쁘끄 지는 영향력 있는 신문이라, 서로 손잡고 잘해 나가야 한다는 것쯤은 충분히 알고 있다. 그러나 그 신문사가 아직 젖비린내나는 기자를 편집국에 채용한 일은 못마땅했다.

이윽고 룰르따비유는 실험실에 들어오자 우리에게 인사를 하더니 드 마르께 판사가 설명을 요구해 오기를 기다렸다.

"자네는 범행 동기를 알고 있다고 했는데, 그 동기가 아주 명백한 반증을 갖고 있는데도 역시 절도라고 말할 수 있단 말인가?"

판사가 말했다.

"그렇진 않습니다, 예심판사님. 저는 그런 말을 한 기억이 없습니다. 저는 범행동기가 절도라는 말도 한 일이 없고 또 그런 말을 믿지도 않습니다."

"그럼, 이 메모는 뭐란 말인가?"

"범행 동기 중 한 가지는 절도였다는 뜻입니다."

"도대체 어떤 점에서 그렇다는 것인가?"

"이것입니다! 잠깐 다들 이리와 보십시오."

그가 함께 현관으로 가자고 하기에 우리는 그대로 따라갔다. 현관으로 나가자 그는 세면실 쪽으로 간 다음, 판사님에게 자기처럼 무릎을 꿇어 달라고 했다. 그 세면실은 유리문으로 광선이 들어오게끔 되어 있어 문을 여니 세면장 안이 완전히 환해졌다. 드 마르께 판사와 룰르따비유는 문지방 위에 무릎을 꿇었다. 룰르따비유가 타일의 한 부분을 가리키며 말했다.

"세면소의 타일은 얼마 전부터 작끄 노인이 청소를 하지 않았습니다."

그는 말했다.

"타일 위의 먼지로 보아 그것을 알 수 있습니다. 그런데 여기를 보십시오, 큰 발자국 두 개와 범인의 발자국에 반드시 묻어 있는 검은 재가 남아 있습니다. 이 재는 다른 것이 아닙니다. 에삐네 숲을 빠져 나와 곧장 글랑디에로 오게 되면, 도중에 가로지르는 오솔길에 잔뜩 쏟아져 있는 목탄 가루입니다. 아시다시피 그곳에는 숯을 굽는 작은 마을이 있습니다. 범인도 틀림없이 그 길로 온 것 입니다. 그리고 그 날 오후 별채에 아무도 없는 틈에 이리로 들어와 훔칠 준비를 갖춘 것입니다."

"그러나 무엇을 훔쳤나요? 무엇이 없어졌단 말입니까? 무슨 증거가 있습니까, 도난 당했다는?"

우리는 일제히 소리쳤다.

"그 절도에 대한 단서를 잡게 해 준 것은……"

신문기자가 말을 계속 하려하자

"이것이군!"

여전히 무릎을 꿇고 있던 드 마르께 판사가 그 말을 이어받듯 이렇게 말했다.

"그렇습니다."

룰르따비유가 대답했다.

판사는 타일에 쌓인 먼지 위에, 신발 자국 두 개와 나란히 무거워 보이는 네모진 짐을 놓은 듯한 자국이 나 있으며, 게다가 그 짐을 묶은 끈 자국도 쉽게 식별할 수 있다고 설명했다.

"그러면 룰르따비유 군, 자네는 이곳에 왔었군. 작끄 노인에게 아무도 안에 못 들어가게 하라고 일러 두었는데. 틀림없이 별채를 지켰을 텐데."

"작끄 노인을 나무라지 마십시오. 저는 로베르 다르작끄 씨와 이곳에 온 것입니다."

"아아! 그래요 ……"

드 마르께 판사는 약간 못마땅한 얼굴로 말하더니 다르작끄 씨 쪽을 흘깃 쳐다보았는데, 다르작끄 씨는 여전히 잠자코 있었다.

"신발 자국 옆에 짐 자국이 나 있는 것을 보았을 때, 저는 절도가 이루어졌다는 사실은 의심할 여지가 없다고 생각했습니다."

룰르따비유가 말했다.

"훔치러 오는 자가 짐을 들고 올리는 없습니다. 도둑은 이 장소에서 자기가 훔친 물건을 꾸린 것입니다. 그리고 나중에 도망칠 때 가지고 갈 예정으로 짐보따리를 이 구석에 놓아둔 것입니다. 도둑은 또 그 짐 옆에 큰 신발도 나란히 놓아 두었던 것입니다. 왜냐하면 보십시오, 이 신발 자국이 난 곳부터는 발자국이 하나도 나 있지 않으며, 마치 신지 않고 벗어 놓은 신발처럼 양쪽 신발 자국이 나란히 나 있습니다. 이상으로 범인이 노랑방에서 도망쳐 나올 때 실험실이나 현관에 발자국을 남기지 않은 이유를 아시겠죠.

노랑방 속까지 신을 신고 들어간 뒤, 아마 그 신이 걸리적거렸거나 또는 되도록 소리를 내지 않으려고 범인은 그곳에서 신을 벗은 것입니다. 현관과 실험실을 가로질러 들어갔을 때의 그의 발자국은 작끄 노인이 청소를 했으므로 그때 다 씻겨 버린 것입니다.

그런 일로 미루어 생각해 보면 작끄 노인이 처음에 집을 비운 뒤, 5시 반에 마루 청소를 하기까지 그 사이에 범인은 열려 있던 현관 창문을 통해 별채로 들어온 것입니다! 범인은 신을 벗은 다음, 그것이 걸리적거리자 들고 세면실까지 와서, 그곳에 신을 놓은 것입니다. 어째서 그런가 하면 세면실 바닥 위에는 맨발자국도 없고 양말을 신은 발자국도 없으며, 또 다른 신발 자국도 없기 때문입니다. 결국 범인은 신을 짐 옆에 나란히 놓아둔 것입니다. 이때는 이미 도둑질을 한 뒤입니다.

그리고 그런 다음에 범인이 노랑방으로 되돌아가 그 때 침대 밑으로 들어간 것입니다. 침대 밑에와 마루 위, 그리고 마루 위에 깔아 놓은 양탄자 위에까지도——범인이 누웠던 자리만 약간 걷어 올려지고 비비적댄 자국이 나 있습니다만——범인이 있었던 자국이 뚜렷이 나 있습니다. 뜯어낸 지 얼마 안 되어 보이는 지푸라기까지 떨어져 있어, 범인이 침대 밑에 쑤시고 들어갔음을 증명하고 있습니다."

"맞아요, 그것은 우리도 조사해서 알고 있소."

드 마르께 판사가 말했다.

"범인이 침대 밑으로 되돌아갔다는 사실은"

룰르따비유 기자는 말을 계속했다.

"이 사실은, 절도가 범인이 들어온 유일한 동기는 아니라는 것을 맹백히 말해 주고 있습니다. 별채로 돌아오는 작끄 노인이나, 아니면 스땅제르송 부녀의 모습을 범인이 현관 창문을 통해 보고, 허둥지둥 침대 밑으로 모습을 숨겼다고는 볼 수 없습니다. 만일 범인의 계획이 탈출할 일만 남았다면 다락방에 올라가 숨어서 도망칠 기회를 기다리는 편이 훨씬 쉬웠을 것입니다. 그런 것이 아닙니다! 다른 생각이 있었습니다! 범인은 노랑방에 있을 필요가 있었던 것입니다."

여기서 경시총감이 입을 열었다.

"추리는 그럴 듯한 데가 있군! 정말 대단하네. 그러니까 범인이 어떻게 나갔느냐 하는 문제는 모른다 하더라도, 이것으로 범인이 이곳에 들어왔을 때의 발자취는 밝혀진 셈이군. 그리고 범인이 한 일도 밝혀졌고, 즉 훔쳤다는 것이지. 그런데 도대체 범인은 무엇을 훔친 것인가?"

"대단히 귀중한 것입니다."

룰르따비유가 대답했다. 이때 실험실에서 요란스럽게 악을 쓰는 소리가 들려왔다. 모두 달려가보니 그곳에 스땅제르송 박사가 있었다. 박사는 눈빛이 달라져 손발을 떨며, 지금 막 열어본 듯한 서류함을 가리키는 것이었다. 보니 그 서류함 속은 텅 비어 있었다.

그러자 박사는 누군가가 책상 앞으로 밀어놓았던 큰 안락의자에 쓰러지듯 주저앉아 버렸다. 그리고 신음하듯 중얼거렸다.

"도둑까지 맞았구나……"

그러더니 눈물이, 주먹만한 눈물이 한 방울 박사의 볼을 타고 흘러내렸다.

"딸에게는 무슨 일이 있어도 이 말을 하지 말아 주십시오, 딸이 이 일을 알았다가는 나보다 더 슬퍼할 테니까요……"

박사는 한숨을 쉬고, 고뇌에 찬 어조로 이렇게 말했다.

"이런 일은 아무래도 좋아요, 어쨌든 딸의 목숨을 건질 수만 있다면……."

"괜찮을 겁니다."

로베르 다르작끄 씨가 묘하게 사람의 가슴을 뭉클하게 하는 목소리로 말했다.

"그리고 도둑맞은 물건도 우리가 찾아드리겠습니다."

다끄쓰 총감이 말했다.

"그런데 이 서류함 속에는 무엇이 들어 있었습니까?"

"저의 20년간의 생명입니다."

더없이 고명한 스땅제르송 박사는 다 죽어가는 목소리로 대답했다.

"아니, 우리 두 사람의 20년간의 생명입니다. 딸과 제가 20년 동안 연구한 가장 소중한 자료와 우리의 실험과 연구에 관한 극비 기록이 그 속에 들어 있었습니다. 이 방에 꽉 찰 만한 자료 속에서 그야말로 고르고 고른 소중한 것만이 들어 있었습니다. 우리에게, 아니 한발 나아가 과학계에 있어서도 정말 돌이킬 수 없는 손실입니다. 제가 여러 가지 단계를 거쳐 물질의 소멸에 대한 결정적인 확증에 도달하기까지의 모든 단계가 상세히 적혀 있고, 해설과 주를 달았으며, 사진과 도표도 첨부해 놓은 것입니다.

한 가지는 미리 대전(帶電)시켜 두었던 물체에 자외선을 방사하여 소모의 정도를 연구하는 장치였습니다. 또 하나는 불꽃 속의 가스체에 포장되어 있는 해리 물질이 입자의 힘에 의한 전기적(電氣的)인 파괴 작용을 가시적(可視的)인 상태로 만드는 장치입니다. 세째 장치는 대단히 정교한 것으로 신안(新案)의 차동축전식 검전기(差動蓄電式檢電器)입니다. 또 가량성(可量性) 물질과 불가량성 에테르와의 중간적 물질의 기본 성질을 나타내는 갖가지 곡선을 기입한 전체적인 도표와 아직 알려지지 않은 원자 화학 및 물질의 균형에 대한, 20년간에 걸친 실험 기록이 들어 있었습니다.

그리고 제가 〈금속은 괴로워하고 있다〉라는 제목을 붙여 출판하려던 원고도 있었습니다. 도대체 어떻게 된 것인지 나 스스로도 갈피를 못 잡겠습니다. 이곳에 들어왔던 자는 모든 것을…… 딸도, 나의 연구도, 나의 마음과 영혼도 그야말로 모든 것을 나에게서 빼앗아간 것입니다……"

그렇게 말하고 이 위대한 학자는 어린아이처럼 울기 시작했다.

우리는 박사의 끝없는 슬픔에 가슴이 아파 아무런 말도 못하고 그를 둘러싸고만 있었다. 박사가 쓰러진 안락의자에 팔꿈치를 괴고 있던 로베르 다르작끄 씨는 아무리 감추려고 애를써도 도저히 못참겠는지 눈물을 줄줄 흘리고 있었다. 그래서 나는 한순간 다르작끄 씨에게 호감을 가질 뻔했었다. 실은 그때까지 다르작끄 씨의 묘한 태도며 가끔 보이는 설명할 수 없는 미묘함에서 그 인품에 대해 본능적인 혐오감을 품고 있었다.

그런 경황에도 단 한 사람, 룰르따비유만은 마치 지상에서의 자기의 사명과 귀중한 사건을, 인간의 불행 따위에 언제까지나 얽매이게 할 수는 없다는 듯이 아주 냉정한 태도로 텅 빈 서류함 앞으로 다가갔다. 그리고 경시총감에게 그 서류함을 가리키며, 우리가 위대한 스땅제르송 박사의 절망을 정중하게 지켜보고 있던 종교적이라고 할 정도의 침묵을 깨고 말았다. 룰르따비유는 몇 가지 설명을 우리에게 해주었다. 즉 앞서 말한 세면실 안의 발자국과 실험실 안의 그 소중한 서류함이 텅 비었다는 사실을 동시에 발견하고, 절도가 있었다고 믿게 된 그 줄거리를 설명한 것이다.

그의 말에 의하면, 그는 실험실을 지나갔을 뿐이지만, 우선 이상하게 생각한 일은 그 서류함의 생김새가 이상한 점과, 튼튼해 보이는 점, 그리고 화재도 막을 수 있는 철제라는 점, 그리고 또 틀림없이 무엇보다도 소중한 물건을 넣어 두었을 이런 가구가 그 철제문에 열쇠가 꽂힌 채 있었다는 사실이었다.

"금고 설비가 있을 정도라면 보통은 열어 놓지 않는 법입니다."

결국 복잡하기 이를데없는 형태를 한, 손잡이가 구리로 된 이 작은 열쇠가 룰르따비유의 주의를 끈 모양이었다. 우리는 그 열쇠 때문에 오히려 주의를 하지 않게 되었는데. 우리처럼 어린애가 아닌 자에게는 가구에 열쇠가 꽂혀 있는 것은 오히려 안전감을 갖게 하는데, 룰르따비유에겐——조제 뒤뛰가 그의 저서 《검투사(劍鬪士)의 5억만》 안에서 "얼마나 훌륭한 천재냐! 얼마나 훌륭한 치과의사냐!" 한 것과 같은, 그런 천재인 이 청년에겐——자물쇠에 열쇠가 꽂혀 있다는 사실이 도둑을 연상게 한 모양이었다. 머지않아 우리도 그 이유를 알게 되었다.

그러나 여러분에게 그 이유를 알리기 전에 드 마르께 판사가 이 애송이 기자 덕분에 수사가 일보 전진한 것을 기뻐할 것인가, 아니면 그 일보 전진이 판사 자신의 활동으로 이루어지지 않은 일을 한탄할 것인가를 알 수 없어 적지않이 당황해야 했던 사실을 얘기해 두지 않으면 안 된다. 우리 같은 직업을 가진 사람은 이런 일이 있은 뒤 으레 욕을 먹게 마련이지만, 우리는 이러쿵저러쿵 사적인 말을 할 권리는 없으며, 공중의 복지에 관계 되는 경우엔 아예 자존심도 발로 짓밟아 버려야 하는 것이다. 그러기 때문에 드 마르께 판사도 그 자신의 기분을 억누르고, 룰르따비유에게 찬사를 아끼지 않는 다끄쓰 총감에게 용감하게 동조하여, 마침내 룰르따비유에게 찬사를 보낼 마음이 우러난 모양이다. 청년은 잠깐 어깨를 움츠리며 말했다.

"그렇게까지 말씀하실 건 없습니다!"

나는 그 낯짝을 후려쳐 주었으면 가슴이 후련해질 것 같다는 생각을 했다. 그가 이렇게 말을 했을 때는 더욱 그런 마음이 들었다.

"판사님, 평소 이 열쇠를 보관하고 있던 사람은 누구였는지, 스땅제르송 박사께 물어 보아 주시면 좋겠습니다."

"딸입니다."

스땅제르송 박사가 대답했다.

"이 열쇠는 딸이 언제나 몸에 지니고 있었습니다."

"그래요! 그렇게 되면, 좀 사정이 달라져, 룰르따비유 선생의 해석이 들어맞지 않게 되는군요."

드 마르께 판사가 소리쳤다.

"따님이 이 열쇠를 지니고 있었다면 범인은 따님의 열쇠를 훔치기 위해 그날 밤, 따님의 방에서 기다리고 있었던 것이 됩니다. 그러면 범행 뒤에 훔쳤다는 결과가 나오게 됩니다! 그런데 범행 뒤에는 실험실에 네 명이란 사람이 있었습니다. 나로선 도저히 갈피를 못 잡겠군!"

드 마르께 판사는 이렇게 말하고 절망적인 몸짓으로——그것은 판사에겐 기실 더 바랄 수 없는 환희였겠지만——

"통 모르겠는걸……"

하고 되뇌었다. 왜냐하면 이미 말을 했는지는 모르지만, 자기가 모른다는 말을 할 때만큼 판사가 기뻐할 때는 없는 것이다.

"절도는 범행 전에 이루어졌을 것입니다"

룰르따비유가 말을 받았다.

"판사님이 믿고 있는 이유로 보나 또 제가 생각하고 있는 다른 이유로 보나 이 사실은 의심할 여지가 없는 일입니다. 범인이 별채에 뛰어들었을 때 그는 이미 그 구리 손잡이의 열쇠를 가지고 있었습니다."

"그럴 리가 없습니다!"

스땅제르송 박사가 부드럽게 입을 열었다.

"그럴 수 있는 일입니다, 박사님, 여기 그 증거가 있습니다."

이 괴상한 청년은 그때 주머니에서 10월 21일자 에뽀끄 지를 꺼냈다(범행은 24일부터 25일 밤중에 걸쳐 일어났다는 점을 다시 지적해 둔다). 그리고 우리에게 어떤 광고를 보이며 그것을 읽었다.

"루브 백화점에서 어제 검은 비단 핸드백을 분실. 핸드백 안에는 구리 손잡이가 달린 작은 열쇠가 다른 물건과 함께 들어 있음. 발견자에겐 사례금 드림. 제40국 M·A·T·H·S·N으로 알려 주기 바람."

"이 머리글자는 스땅제르송 양을 나타낸 것이 아닐까요?"

룰르따비유는 이야기를 계속했다.

"이 광고에 나와 있는 구리 손잡이의 열쇠란, 눈 앞에 있는 이 열쇠가 아닐까요? 저는 매일 광고란을 꼭 보고 있습니다, 판사님. 판사님의 직업도 그러하시겠지만, 저와 같은 직업은 개인적인 3행 광고를 매일 봐둘 필요가 있습니다. 때로는 여러 가지 음모가 그곳에서 발견됩니다. 그리고 그 음모를 해결하는 열쇠도요! 그 열쇠는 반드시 구리 손잡이가 달린 것은 아니겠지만, 그렇다고 해서 그보다 흥미가 없는 것이라고 단정지을 수는 없습니다.

이 광고는 열쇠같이 신문에 관계될 우려가 없는 물건을 분실한 부인이, 자기 신분을 뭔가 비밀스럽게 감추고 있는 점이 특별히 저의 눈을 끌었습니다. 이 부인이 얼마나 그 열쇠를 찾고자 하는가! 얼마나 많은 사례금을 약속하고 있는가! 그래서 저는 M·A·T·H·S·N이라는 여섯 자를 생각했습니다. 처음 네 자는 곧 세례명이라는 것을 알았습니다. '분명히 Math, 마떨드이다. 핸드백과 그 속에 넣어 둔 구리 손잡이 열쇠를 분실한 부인은 마떨드라는 이름이다!' 나는 그렇게 생각했습니다.

그러나 마지막 두 자는 아무래도 짐작이 가지 않았습니다. 그래서 나는 그 신문을 내버려둔 채 다른 일에 전념한 것입니다. 그러자 그로부터 나흘 뒤의 일입니다. 석간을 보니, 마떨드 스땅제르송 양의 사건이 큰 표제 아래 보도되어 있지 뭡니까. 순간 이 마떨드라는 이름은 기계적으로 저에게 그 광고의 문자를 생각케 했습니다. 무슨 일이 있을 것 같기에 저는 회사 관리부에 가서 그 날짜의 신문을 보여달라고 했습니다. 저는 S·N이란 마지막 두 글자를 잊어버렸던 것입니다.

S·N이란 두 자를 다시 보았을 때, 저는 저도 모르게 '스땅제르 송이다!' 하고 소리쳤답니다. 저는 역마차를 타고 제 40국으로 달려갔습니다. 'M·A·T·H·S·N 앞으로 가는 편지는 없습니까!' 하고 물어보았습니다. 직원 하나가 '없습니다!' 하고 대답하더군요. 그래서 다시 찾아봐 달라고 간곡히 부탁하니 국원은 '왜 이럽니까, 당신 지금 나를 놀리는 겁니까! M·A·T·H·S·N란 머리 글자의 편지는 한 통 있었지만 사흘 전에 부인이 찾아갔습니다.

그런데 오늘 또 당신이 그 편지를 찾으러 온 것입니다. 그저께도 신사 한 사람이 와서 역시 성가시게 그 편지를 요구하더니만! 이런 장난은 딱 질색입니다.' 이렇게 말했습니다. 저는 이 편지를 찾으러 왔던 두 인물에 대해 그에게 물어보고 싶었지만 그는 직업상의 비밀이라는 금제(禁制)를 엄수하려고 생각했던지 ——틀림없이 아까부터 너무 지껄였다고 속으로 생각했던 모양입니다——아니면 흔히 있는 장난에 걸려 들었다고 생각하고 정말 화가 났는지, 다시는 대답을 하지 않았습니다."

룰르따비유는 입을 다물었다. 우리는 모두 침묵을 지키고 있었다. 이 기괴한 우편물 이야기로부터 저마다 자기 나름의 결론을 지으려 하고 있었다. 사실, 이제는 이 종잡을 수 없는 사건에 대해서도 능히 추구해 갈 만한 확고한 한 가닥 실마리가 파악되었다는 느낌이었다.

스땅제르송 박사가 말했다.

"지금 그 이야기를 듣고보니, 딸이 이 열쇠를 잃어버린 일도, 나에게 걱정을 끼치지 않으려고 말을 하지 않으려던 일도, 그리고 남자이건 여자이건 열쇠를 찾는 사람이 있으면 우체국 앞으로 알려 달라고 한 일도 대체적으로 확실한 일인 것 같습니다. 주소를 알리면 사건이 표면화되어, 열쇠를 잃은 일이 나에게 알려질까 봐 딸은 분명히 그 점을 우려한 것입니다. 이것은 아주 앞뒤가 제대로 맞는 이야기이고 억지가 없는 일입니다. 왜냐하면 저는 전에도 도둑을 맞은 일이 있기 때문입니다."

"그것은 언제 어디서의 일입니까?"

경시총감이 물었다.

"아니, 아주 오래된 일로 미국의 필라델피아에서의 일입니다. 제 실험실에서 그야말로 온 나라의 사람들을 풍족하게 할 만한 두 가지 발명의 비밀을 도둑맞은 것입니다. 끝내 훔친 자가 누구인지 알 수 없었을 뿐 아니라, 그뒤 그것이 어떻게 되었는지에 대해서도 통 아무런 소식도 들을 수 없었습니다. 아마 제것을 훔쳐간 인간의 속 셈을 허사로 하기 위해 스스로 그 두 가지 발명의 특허권을 포기하고 그 절도를 무효로 했기 때문일 것입니다.

그때부터 저는 아주 의심 많은 사람이 되었으며, 일을 할 때는 사방을 엄중히 닫아걸고 하게 된 것입니다. 이곳 창문에 이렇게 쇠창살을 해 단 것도, 이 별채가 완전히 고립되어 있는 것도, 이런 서류함을 스스로 설계한 것도, 이런 특별한 자물쇠며 독특한 열쇠를 만든 것도 다 그런 슬픈 경험에 의해 생긴 제 공포심 때문입니다."

다끄쓰 총감은 "참으로 흥미있는 사실이군!"하고 중얼거렸다. 룰르따비유는 문제의 핸드백에 대한 소식을 물었다. 스땅제르송 박사도 작끄 노인도 요 며칠 동안 핸드백을 보지 못했다고 했다. 몇 시간 뒤에 우리는 핸드백을 도둑맞은 것인가, 잃어버린 것인가를 스땅제르송 양으로부터 직접 듣게 되었는데, 그뒤의 경과도 아버지의 말대로였다. 그 아가씨는 10월 23일에 제40국에 가서 편지 한 통을 받았는데, 그것은 장난 편지였기 때문에 그 편지를 곧 불살라 버렸다고 했다.

다시 우리들의 신문으로 이야기를 돌리자.

핸드백을 잃어버렸던 10월 23일에 아가씨가 어떤 상태로 빠리에 갔는가를 경시총감이 스땅제르송 박사에게 물어본 결과, 아가씨는 로베르 다르작끄 씨──그는 이때부터 사건이 있었던 다음 날까지 성에 나타나지 않았다──와 함께 빠리로 갔다고 한다. 핸드백이 없어졌을 때 로베르 다르작끄 씨가 루브 백화점에서 아가씨 옆에 있었다는 것은 중요한 사실이었다.

사법 관계자, 피해자, 증인, 그리고 신문기자 사이에서 이루어진 이상과 같은 이야기가 막 끝나려고 했을 때, 그야말로 연극의 클라이맥스라 할 수 있는 장면의 급전이 일어났다. 이것은 드 마르께 판사에게 있어 결코 유쾌한 일은 아니었다. 헌병 반장이 찾아와서 프레드릭 라루상이 참여하고 싶어한다는 말을 전한 것이다. 이 소청은 곧 받아들여졌다. 라루상은 흙투성이의 큰 신발을 한 짝 들고 들어와서는 실험실 안에 집어던졌다.

"이것이 범인이 신고 있던 신입니다!"

그가 말했다.

"작끄 노인, 이 신을 본 일이 있습니까?"

작끄 노인은 더러운 신을 들여다보았다. 그러더니 놀란 표정으로 이것은 분명히 자기 신이며, 꽤 오래 전에 폐품으로 다락방 구석에 팽개쳐 둔 것이라고 말했다. 노인은 마음의 동요를 감추기 위해 코를 풀 정도로 완전히 제정신이 아니었다.

그때 작끄 노인이 쓰고 있는 손수건을 가리키며 프레드릭 라루상이 말했다.

"아니, 노랑방에서 발견된 것과 너무도 같은 손수건이군요."

"네! 그것은 저도 알고 있었습니다. 꼭 같은 것이라······"

작끄 노인은 벌벌 떨며 대답했다.

"끝으로 한 가지만 더"

프레드 라루상이 이어서 말했다.

"역시 노랑방에서 발견된 바스끄 풍의 베레모도 전에는 작끄 노인이 쓰고 있던 것인지도 모르겠군요. 이것은 총감님, 그리고 예심판사님, 제가 보는 바로는──걱정 말고 마음을 놓아요, 노인!"

그는 정신을 다 잃게 된 작끄 노인에게 말했다.

"이것은 다 제가 보기에는 범인이 자신의 본 모습을 감추려고 했던 증거입니다. 그것도 아주 서툰 방법입니다만, 적어도 우리 눈에는 그렇게 보입니다. 왜냐하면 범인은 작끄 노인이 아니라는 것이 확실하기 때문입니다. 노인은 스땅제르송 선생 옆을 떠나지 않았으니까요.

그러나 다음과 같은 일을 가정해 보십시오. 스땅제르송 선생은 그날 밤 더이상 일을 계속하지 않고, 아가씨가 방으로 들어간 다음 곧 성으로 돌아가시어 실험실에는 아무도 없고, 작끄 노인은 다락방에서 잠이 들었을 때, 아가씨가 범인의 공격을 받았다고 가정한다면 작끄 노인이 범인이라는 것은 누가 보나 의심할 여지가 없었겠죠! 아마 범인은 사방이 너무 조용했기 때문에 실험실에는 사람이 없는 줄 알고 결행 시간이 되었다고 믿어 참극이 계획보다 빨리 이루어졌던 것 같습니다. 그래서 작끄 노인은 구원을 받은 것입니다. 이곳에 그렇게 감쪽같이 들어와, 작끄 노인을 모함하기 위해 그렇게 여러 가지 준비를 갖출 수 있었던 그 사람은 이 집안과 친밀한 사이의 사람이었을 것입니다.

범인은 정확히 몇 시에 이곳에 들어온 것일까요? 오후일까요? 밤이 된 뒤 일까요? 그것은 알 수 없습니다. 이 별채의 사람과 사물에 그처럼 친숙하였으니 틀림없이 언제고 좋은 시간에 노랑방에 들어갔을 것입니다."

"그렇기는 하지만 실험실에 사람이 있을 때는 그곳에 들어갈 수 없었을 텐데!"

드 마르께 판사가 말했다.

"그것은 그렇게 단정지을 수 없는 일입니다. 이렇게 생각해 보십시오!"

라루상이 반박했다.

"실험실에서 저녁을 드셨다고 하니까 급사들이 드나들기도 했을 것입니다. 아무래도 10시부터 11시 사이에는 그 연소대(燃燒臺) 둘레에서, 그곳 높은 난로 구석에서 스땅제르송 선생, 아가씨, 그리고 작끄 노인 이렇게 셋이서 화학 실험을 하신 모양입니다. 범인은 이 집안과 친숙한 사람입니다! 아시겠습니까, 범인이 세면실에서 신을 벗은 다음 노랑방으로 들어가기 위해 이 시간을 이용하지 않았다고 누가 단언할 수 있겠습니까?"

"그것은 좀처럼 있을 수 없는 일입니다!"

스땅제르송 박사가 말했다.

"하기야 그렇습니다. 그러나 전혀 불가능한 일은 아니기 때문에 이렇다 하고 단언은 하지 않겠습니다. 그러나 범인의 탈출이 문제가되면 이야기가 달라집니다! 범인은 어떻게 탈출할 수 있었을까요?"

프레드릭 라루상은 한순간 말을 끊었다. 그 한순간이 우리에겐 아주 오랜 시간으로 생각되었다. 우리가 그 입을 열기를 몹시 기다렸던 기분은 충분히 알 수 있을 것이다. 프레드릭 라루상은 말을 시작했다.

"저는 노랑방에 들어가 보지는 않았습니다. 그러나 문을 통하지 않고는 그 방에서 나올 수 없다는 사실은 여러분도 잘 아시리라 생각합니다. 범인도 문으로 나갔습니다. 어쨌든 그렇게밖에 생각할 수 없는 일이며, 또 실제로도 그랬을 것입니다! 범인은 범행을 저지르고 문으로 나간 것입니다! 그럼 언제 나갔나! 그것은 그가 가장 나가기 쉽던 때입니다. 즉 그 일을 가장 잘 설명할 수 있는 상태였을 때 방에서 나간 것입니다. 그럼 범행이 이루어진 직후의 몇 가지를 검토해 봅시다.

우선 첫번째 상황입니다. 스땅제르송 선생과 작끄 노인 둘이서 범인이 도망갈 길을 막으려고 문 앞에 있었습니다. 두 번째 상황은 작끄 노인이 잠깐 없어졌으므로 스땅제르송 선생이 혼자서 문 앞에 있었습니다. 다음으로 세 번째, 문지기가 찾아와서 스땅제르송 선생과 함께 있었습니다. 네 번째, 스땅제르송 선생, 문지기, 문지기 부인, 그리고 작끄 노인이 문 앞에 있었습니다. 끝으로 다섯 번째, 문이 부서지고 노랑방 속으로 사람들이 들어갔을 때입니다. 탈출이라는 것을 가장 잘 설명할 수 있는 상황은 문 앞에 서 있는 사람이 가장 적은 바로 그 때입니다.

그런데 혼자만 있게 되는 때가 한 번 있습니다. 즉 스땅제르송 선생이 문 앞에 혼자 남아 있을 때입니다. 작끄 노인이 선생과 공모하여 입을 다문다면 별문제입니다만, 저는 그렇게 믿지는 않습니다. 왜냐하면 만일 문이 열리고 범인이 나가는 것을 노인이 보았다면, 일부러 노랑방의 창문을 살펴보기 위해 별채에서 나가거나 하지는 않았을 것이기 때문입니다. 따라서 문은 스땅제르송 선생이 혼자 있을 때 열리고 범인은 탈출한 것입니다. 여기서 우리는 스땅제르송 선생이 범인을 잡으려 했거나 또는 잡지 않으려 한 유력한 이유가 있었다고 인정하지 않으면 안 됩니다. 왜냐하면, 선생은 범인이 현관 창문이 있는 곳까지 가는 것을 그대로 내버려두고 범인이 나간 다음에 창문을 닫은 것입니다!

그러자 작끄 노인이 돌아왔고 노인에게 그전 상태대로 보이게 할 필요가 있었으므로, 심한 상처를 입었던 아가씨도, 아마 아버지에게 꾸중을 들어서 그러했겠지만 있는 힘을 다해, 빈사 상태로 마루 위에 쓰러지기 전에 자물쇠와 빗장으로 노랑방의 문을 다시 닫아 놓은 것입니다.

누가 이 범행을 저질렀는지 우리는 모릅니다. 즉 우리는 스땅제르송 선생 부녀가 어떤 증오할 인간의 밥이 되고 있는지 모르는 것입니다. 그러나 선생 부녀가 범인을 알고 있으리라는 것은 의심할 여지가 없습니다! 이 비밀은 아버지가 빈사 상태의 딸을, 딸이 다시 닫은 그 문 안쪽에 그대로 서슴없이 내팽개쳐 둘 정도로, 또 딸을 죽이려던 범인이 도망가게 내버려둘 정도로, 아주 무서운 비밀일 것입니다. 그렇지 않고서는 범인이 노랑방에서 탈출한 사실을 설명할 도리가 없습니다!"

이 극적이고 명석한 설명 뒤에 밀려온 침묵에는 몹시 고통스러운 그 무엇이 있었다. 프레드릭 라루상의 냉혹한 논리에 의해 자신의 고난의 진상을 우리에게 토로하는가, 아니면 침묵을 지키든가 양단 간에 하나를 결정지어야 할 난처한 처지에 놓인 박사를 위해 우리는 모두 마음아파하고 있었다. 이윽고 박사가 일어서는 것을 보았다. 그가 고뇌에 찬 모습으로 일어서서 엄숙한 태도로 손을 내뻗는 것을 보자, 우리는 뭔가 성스러운 모습을 접했을 때처럼 저절로 고개를 숙였다. 그때 박사는 있는 힘을 다해 귀가 찢어질 정도로 카랑카랑한 목소리로 말했다.

"저는 죽어가고 있는 딸의 목숨을 걸고 맹세합니다만, 딸의 죽을 듯한 비명 소리를 들은 그 순간부터 그 문 옆을 결코 떠나지 않았습니다. 또 재차 혼자 실험실 안에 있는 동안에도 그 문은 절대로 열리지 않았습니다. 끝으로 세 하인과 제가 노랑방 안으로 뛰어들었을 때 범인은 이미 그곳에 있지 않았습니다! 맹세합니다. 저는 범인을 모릅니다!"

이처럼 엄숙하게 맹세한 선서에도 불구하고 우리는 스땅제르송 박사의 말을 거의 믿지 않았다고 해야 한단 말인가? 프레드릭 라루상이 금방 진상을 보여 주었다. 그렇게 된 이상 그렇게 곧 사라질 리는 없는 것이다.

드 마르께 판사가 우리에게 이야기 모임이 끝났다고 말했다. 우리가 실험실을 나갈 준비를 하고 있을 때 청년 기자 조제프 룰르따비유는 스땅제르송 박사 옆으로 다가가서 최고의 경의를 표하며 박사의 손을 잡았다. 그가 이렇게 말하는 소리가 들렸다.

"저는 선생님을 믿고 있습니다!"

내가 꼭 소개해야겠다고 생각했던 꼬르베이 재판소 서기 마레느 씨의 기술 인용은 이상으로 끝을 맺기로 한다. 이때 실험실 안에서 있었던 모든 일은 룰르따비유가 즉시 정확하게 나에게 전해 주었다.

라루상의 스틱

    내가 성을 떠난 것은 저녁 6시 무렵이었다. 나는 로베르 다르작끄 씨가 제공해 준 작은 객실에서 룰르따비유가 급히 쓴 기사를 가지고 나왔다. 룰르따비유는 로베르 다르작끄 씨가 보인 알 수 없는 호의를 받아들여 성에 머물기로 했다. 스땅제르송 박사는 이런 슬픈 일이 생기자 집안의 모든 일을 다르작끄 씨에게 일임하고 있었다. 룰르따비유는 에삐네 역까지 나를 바래다 주겠다고 말했다. 정원을 가로지르며 그는 나에게 이렇게 말했다.

    "프레드릭 라루상이란 사람은 유능한 사람입니다. 그의 명성도 그저 뜬소문만은 아닙니다. 그 사람이 작끄 노인의 신을 찾아낸 수완은 당신도 알고 계시죠. 단정한 발자국이 있고 그 무지막지한 신발 자국이 없어졌던 그 장소 가까이에 있는, 아직 흙이 촉촉한 장방형으로 파인 자국은 그곳에 최근까지 돌멩이 하나가 있었다는 증거예요. 라루상은 그 돌을 찾아보았으나 눈에 띄지 않았죠. 그러자 곧 그 돌은 범인이 그 신발을 연못 속에 집어넣기 위해 쓴 것이라고 생각해 낸 것입니다. 프레드의 추측은 그대로 들어맞아 연못 속을 찾아본 결과 신발이 나온 것입니다. 이 점을 저는 못 보고 놓쳐 버린 것입니다.

그러나 실은, 저의 머리는 이미 다른 방면으로 달리고 있었다고 말해야 되겠죠. 왜냐하면, 범인이 도중에 남기고 간 가짜 증거가 너무 많다는 점과 그리고 내가 노랑방 마루 위에서 슬쩍 눈치채지 않도록 재어 본 작끄 노인의 발의 치수와 검은 발자국의 치수가 일치했다는 점에서 범인이 작끄 노인에게 혐의를 두게 하려고 했다는 사실이 이미 나의 눈에는 역력히 띈 것입니다. 그렇기 때문에 당신도 아직 기억하고 있는지 모르지만 저는 노인에게 이렇게 말할 수 있었던 것이죠. 그 숙명적인 방에서 발견된 베레는 노인의 것과 비슷할 것이라고요.

그리고 또 노인이 쓰고 있는 손수건을 보아 두었다가 범인이 남기고 간 손수건의 모양을 맞춰 내기도 한 것입니다. 라루상과 저는 거기까지는 의견이 일치되고 있으나, 그 다음부터가 다릅니다.

그런데 바로 그것이 참으로 골치 아픈 일이 되고 있습니다. 왜냐하면 그는 그렇게 단정짓고서 결론을 향해 치닫고 있는데, 저는 그것을 맨주먹으로 두들겨부숴야 하니 말입니다."

나의 젊은 친구가 이 마지막 말을 했을 때의 심각하고 엄숙한 태도에 나는 놀랐다.

그는 재차 되뇌었다.

"정말 골치 아픈 일이야. 아주 성가신 일이란 말예요……. 그러나 자기 머릿속에 있는 것을 무기로 싸우는 일이 과연 맨주먹이라 아무것도 부술 수 없다는 말이 될까요?"

이때 우리는 성 뒤쪽을 지나가고 있었다. 어둠이 차츰 깔리기 시작했다. 2층 창문 하나가 조금 열려 있었다. 희미한 불빛이 그곳으로 새어나오고 무슨 소리가 들려왔다. 우리는 그 창문 밑 문 구석까지 다가갔다. 이 창문 안이 스땅제르송 양의 방이라는 것을 룰르따비유는 낮은 목소리로 나에게 알려 주었다. 우리의 발길을 멈추게 한 소리는 그치는가 싶더니 조금 있다 또다시 들려왔다. 그것은 소리죽여 울고 있는 울음소리였다. 그중 똑똑히 들을 수 있던 말은 겨우 세 마디로 "나의 불쌍한 로베르"라고 하는 말이었다. 룰르따비유는 나의 어깨에 손을 얹고 귓가에다 속삭였다.

"만일 저 방 속에서 하는 말을 알 수 있다면 저의 수사도 곧 끝이 날 텐데요……."

그는 사방을 둘러보았다. 밤의 어둠이 우리를 둘러싸고 있었다. 나무가 삥 둘러선 좁은 잔디밭이 성 뒤에 가로놓여 있어서 사방은 캄캄했다. 울음소리는 다시 그쳤다.

"말을 들을 수는 없다 하더라도 모습이라도 보고 싶군요."

룰르따비유가 속삭였다. 그리고 그는 발소리를 내지 말라고 손짓을 하며 잔디밭 저쪽으로 어둠 속에 희끄무레하게 돋보이는 자작나무 밑으로 나를 끌고 갔다. 이 나무는 마침 문제의 그 창문을 향해 치솟아 있고, 제일 밑에 있는 굵은 가지가 2층 높이와 거의 비슷했다. 이 가지 위로 올라가면 스땅제르송 양의 방안에서 무슨 일이 일어나고 있는지 볼 수 있을 것이다. 룰르따비유도 바로 그런 생각을 한 모양이다. 그는 나에게 움직이지 말고 가만히 있으라고 말한 다음 젊고 늠름한 그 팔로 나무를 잡고 기어올라갔다. 마침내 그의 모습은 우거진 가지 속으로 사라져 버리고 깊은 정적이 사방을 지배했다.

아까 그곳에 정면으로 보이는 반쯤 열린 창문에는 여전히 불이 켜져 있었다. 사람의 그림자가 그 빛을 막지는 못했다. 머리 위로 우거진 나무는 조용했다. 나는 계속 기다리고 서 있었다. 갑자기 내 귀에 나무 위에서 하는 말이 들려왔다.

"먼저 내려가요."

"당신이 먼저 내려가십시오!"

나의 머리 위에서 말이 오고갔다. 서로 양보하고 있는 것이다. 매끄러운 나무 줄기 위에 두 사람의 그림자가 나타났는데 이윽고 땅 위로 내려선 것을 보자 나는 깜짝 놀랐다. 룰르따비유는 혼자 올라갔는데 다른 사람과 함께 내려온 것이다.

"생끌레르 씨, 안녕하십니까!"

그것은 프레드릭 라루상이었다. 나의 젊은 친구가 자기 혼자인 줄 알고 있을 때, 그는 이미 나무 위에 자리를 차지하고 있었다. 그런데 둘 다 내가 놀라는 것쯤 전혀 아랑곳도 하지 않았다. 나는 알 수 있을 것 같았다. 침대에 누워 있는 스땅제르송 양과, 그 머리맡에 무릎을 꿇고 있는 다르작끄 씨와의 사이에 애정과 절망에 찬 장면이 전개되고 있는 광경을 그들은 나무 위에서 보고 온 것이다.

그리하여 이미 두 사람은 그곳에서 저마다 다른 결론을 신중하게 찾고 있는 것으로 보였다. 이 장면이 룰르따비유의 마음에는 로베르 다르작끄 씨에게 유리하게 작용하는 성질의 감명을 주었고, 라루상의 마음에는 스땅제르송 양 약혼자의 탁월한 테크닉에 의한 완전한 위선을 증명하는 일에 불과한 것으로 비쳤다는 것을 짐작하기는 쉬운 일이었다.

정원 문 앞까지 왔을 때 갑자기 라루상이 우리를 잡으며

"앗! 스틱!" 하고 소리쳤다.

"스틱을 잊어버리고 오셨습니까?"

룰르따비유가 물었다.

"네."

그가 대답했다.

"저기 나무 옆에 두고 왔어요……"

그는 곧 뒤따라가겠다고 하며 우리 옆을 떠나갔다.

"프레드릭 라루상이 스틱을 갖고 있는 것을 알았습니까?"

우리 둘만 남았을 때 룰르따비유가 나에게 물었다.

"새 스틱인데……지금까지 가지고 있는 것을 한 번도 본 일이 없는 것이었어. 그는 그 스틱에 대단한 애착심을 가지고 있더군. 잠시도 손에서 떼지를 않아. 마치 다른 사람의 손에 들어갈까 봐 두려워하고 있는 것 같아. 오늘날까지 프레드릭 라루상이 스틱을 가지고 있는 것을 나는 한번도 본 일이 없네. 도대체 어디서 그 스틱을 발견했을까?

한 번도 스틱을 짚은 일이 없는 사람이 글랑디에 사건이 있던 다음 날부터 스틱 없이는 한 발자국도 걷지 않게 되었다는 사실은 아무래도 정상적이 아닐세. 우리가 성에 도착했던 날, 그는 우리를 보자마자 시계를 주머니 속에 넣고 밑에 놓여 있던 스틱을 집어들었네. 그 행위를 전혀 눈여겨보지 않은 것은 나의 잘못이었는지도 모르네!"

우리는 이미 정원 밖으로 나와 있었다. 룰르따비유는 침묵을 지키고 있었다. 그의 머리에서는 프레드릭 라루상의 스틱이 떠나지 않았을 것이다. 에삐네의 언덕길을 내려가며 그가 이렇게 말했을 때, 나는 그 사실을 확실히 알게 되었다.

"프레드릭 라루상은 저보다 먼저 글랑디에에 도착했어요. 그리고 저보다 먼저 조사를 시작했습니다. 따라서 그는 제가 모르는 사실을 알아볼 여유가 있었고 제가 모르는 것을 발견할 수도 있었습니다. 그 스틱을 도대체 어디서 찾아냈을까……"

그는 말을 계속했다.

"그처럼 곧장 로베르 다르작끄 씨에게 걸고 있는 그의 혐의——혐의라기보다 오히려 추정(推定)이라고 하는 편이 옳겠지만——그것은 그가 직접 접촉할 수 있던 어떤 사물을 단서로 잡고 있기 때문일 것입니다. 이런 것은 능히 있음직한 일이니까요, 즉 그는 확실히 잡고 있는데, 저는 그것을 잡지 못하고 있는 그런 것입니다. 그것이 저 스틱일까? 도대체 어디서 저런 스틱을 발견했을까……"

에삐네에선 기차를 20분이나 기다려야 했다. 우리는 한 선술집으로 들어갔다. 우리가 들어서자 곧 뒤에서 다시 문이 열리고 프레드릭 라루상이 그 스틱을 흔들며 나타났다.

"찾았어요!"

그는 웃으며 말했다.

한 테이블에 넷이 함께 앉았다. 룰르따비유는 스틱에서 눈을 떼지 않았다. 그는 완전히 스틱에 정신을 빼앗기고 있었으므로 라루상이 어떤 역원에게 슬쩍 눈짓을 하는 것도 모르고 있었다. 그자는 손질을 하지 않은 블론드빛 염소수염을 기르고 있는 젊은이였다. 역원은 일어서서 계산을 마치고 인사를 한 다음 나갔다.

며칠 뒤 이 이야기의 가장 비극적인 장면에 블론드 염소수염이 다시 나타났을 때, 내 기억에 그 일이 떠오르지 않았다면 나자신도 그런 눈짓을 했던 일은 전혀 대수롭지 않게 넘겨 버렸을 것이다. 나는 그때 이 블론드 염소수염이 라루상의 부하로 에삐네 쉬르 오르쥐 역을 왕래하는 여객을 감시하는 소임을 맡고 있다는 것을 알았다. 어쨌든 라루상은 자기 일에 도움이 되는 일은 무엇 하나 소홀히 하지 않는 사람이었다.

나는 다시 룰르따비유 쪽으로 눈을 돌렸다.

"잠깐 실례하겠습니다, 프레드 씨."

그는 말했다.

"당신은 언제부터 스틱을 들고 다니게 되었습니까? 언제나 두 손을 주머니 속에 넣고 걸어다니셨는데요……"

"이것은 선물로 받은 거요."

"그렇게 오래된 일이 아니군요."

룰르따비유는 다그쳐 물었다.

"런던에서 받은 것이라오."

"아, 그러고 보니 당신은 런던에서 돌아오셨죠, 프레드 씨. 좀 구경해도 되겠습니까?"

"그러죠 뭐……"

프레드는 룰르따비유에게 스틱을 건네 주었다. 그것은 손잡이가 T자형으로 되어 있고 금고리 장식이 달려 있는 노랑 큰 대나무 지팡이었다.

룰르따비유는 자세히 살펴보고 있었다.

"아니."

그는 얼굴을 들고 이상하다는 투로 말했다.

"런던에서 프랑스제의 스틱을 받으셨군요!"

"그럴지도 모르죠."

프레드는 아무렇지도 않다는 듯 대답했다.

"보십시오, 여기 〈오뻬라 거리 6번지의 을(乙) 까세뜨 상점〉이라는 작은 상표가 있습니다."

"속옷을 일부러 런던으로 보내어 세탁해 오는 자도 있으니, 영국인도 빠리에서 스틱을 사는 일도 있겠죠."

프레드가 말했다.

룰르따비유는 스틱을 돌려주었다. 이윽고 나를 기차 안 자리까지 바래다 준 그는 이렇게 말했다.

"주소는 외고 계시죠?"

"응, 오뻬라 거리, 6번지의 을, 까세뜨 상점. 나한테 맡겨두게. 내일 아침 몇 자 적어 보낼 테니."

사실 빠리로 돌아오자 나는 그날 밤 안으로 스틱과 양산가게를 하고 있는 까세뜨 씨를 만나보고 나의 친구에게 편지를 썼다.

"키도 그렇고, 약간 등이 굽은 데다 얌체수염을 기르고 있는 것으로나, 황회색 오버코트하며, 운두 높은 모자까지 로베르 다르작끄 씨로 오해할 정도로 인상 착의가 같은 남자가 사건이 일어난 날 밤 8시경에 그것과 똑같은 스틱을 사러 왔다고 하네.

까세뜨 씨는 그 같은 스틱은 요 2년 동안 판 일이 없다고 하네. 프레드의 스틱은 신상품이네. 따라서 그가 가지고 있는 스틱이 분명히 그것이네. 그는 그 무렵 런던에 있었으니 산 것은 그가 아니네. 자네와 마찬가지로 나도 그가 그것을 로베르 다르작끄 씨 신변 근처 어딘가에서 발견한 것이라는 생각을 하고 있네. 그렇다면, 만일 자네가 주장하는 것처럼 범인이 5시 내지 6시부터 노랑방 안에 들어가 있었다면, 참극이 이루어진 것은 밤 12시경이었으니까, 그 스틱을 샀다는 사실이 로베르 다르작끄씨의 확고한 알리바이가 되네."

수수께끼의 편지

사건이 있은 지 1주일 뒤, 11월 2일에 나는 다음과 같은 전보를 빠리의 자택에서 받았다.

〈급히 글랑디에로 오시오. 권총 지참 부탁함. 룰르따비유〉

이미 말한 일이지만 그 무렵 젊은 변호사 시보(試補)로 사건 의뢰가 거의 없었던 나는 미망인이나 고아의 변호를 하기보다는 오히려 직업상의 근무에 익숙해지기 위해 재판소를 드나들고 있었다. 그러므로 룰르따비유가 이렇게 나의 시간을 마음대로 빼앗아도 별로 놀라운 일이 아니었다. 그리고 그는 내가 그의 저널리스트로서 겪는 사건 전반에 대해, 그리고 특히 글랑디에 사건에 대해 얼마나 흥미를 느끼고 있는가를 잘 알고 있었다. 요 일주일 동안 이 사건에 대해 나의 수중에 들어온 뉴스를 꼽아보면, 여러 신문의 무수한 엉터리 기사와 메모로 전해지는 것뿐이었다. 룰르따비유의 메모란 흉기로 쓰인 양뼈에 대한 특종 기사로, 분석에 의하면 양뼈 위에서 사람의 피가 검출되었다는 것, 거기에는 스땅제르송 양의 핏자국도 있었다는 것, 그 외에 다른 범죄로 묻은 것 같은 오래된 핏자국도 있다는 것 등을 보도한 것이다.

이 사건은 말할 나위도 없이 전세계 신문에 훌륭한 기사를 제공했다. 유명한 범죄 사건으로, 아직까지 이처럼 사람들의 호기심을 자아낸 것은 없었다. 그럼에도 불구하고 내가 보기엔 수사의 진행 상황이 제자리걸음을 면치 못하고 있었다. 그러므로 만일 전문에 〈권총 지참〉이란 한 마디가 포함되어 있지 않았다면 글랑디에로 와 달라는 나의 친구의 초대는 몹시 기쁜 일이었을 것이다.

이 한 마디는 상당히 여러 가지 일을 생각하게 했다. 룰르따비유가 권총을 가지고 오라는 전보를 친 것은, 다시 말해 권총을 쓸 기회가 있을 것으로 생각하고 그런 것이다. 이 경우는 틀림없이 곤경에 빠져 있는 친구가 나의 원조를 바라고 부른 것이다. 나는 주저하지 않았다. 내가 가지고 있던 한 자루의 권총에 총알이 제대로 들어 있는가를 확인한 다음, 나는 오를레앙 역으로 향했다. 길을 가며 나는 생각했다. 한 자루의 권총으론 한 사람밖에 무장할 수 없다. 룰르따비유의 전보는 권총을 복수로 요구했다. 나는 한 총포 가게에 들어가 아주 멋진 소형 권총을 한 자루 구입했다. 친구에게 기꺼이 제공할 수 있는 대단히 훌륭한 물건이었다.

룰르따비유가 에삐네 역까지 마중을 나왔으리라고 기대하고 있었는데 그의 모습은 보이지 않았다. 그러나 말 한 마리가 끄는 이륜마차가 나를 기다리고 있어 곧바로 글랑디에에 도착했다. 문 앞에는 아무도 없었다. 성 입구에 와서야 겨우 룰르따비유의 모습을 볼 수 있었다. 그는 반갑게 나를 맞이하더니 얼싸안고는 다정한 목소리로 그동안의 안부를 물었다.

내가 요전에 말했던 그 낡고 작은 객실로 들어가자 룰르따비유는 나를 앉게 한 다음 곧 말을 꺼냈다.

"아무래도 좋지 않아요."

"뭐가 좋지 않단 말인가?"

"모든 것이오."

그는 내쪽으로 몸을 가까이하며 귀에다 대고 속삭였다.

"프레드릭 라루상이 로베르 다르작끄 씨를 노리고 있어요."

스땅제르송 양의 약혼자가 자기 발자국을 앞에 놓고 안색이 달라진 것을 본 이후 그런 일은 나를 놀라게 할 만한 일이 못 되었다.

그래도 나는 곧 되물었다.

"그런데 그 스틱은 어떻게 되었나?"

"여전히 프레드릭 라루상이 가지고 있어요, 한시도 놓는 일 없이……"

"그것이 바로 로베르 다르작끄 씨의 알리바이를 입증시키는 게 아닌가?"

"그게 뜻대로 안돼요. 제가 슬그머니 물어봤더니 다르작끄 씨는 그 날 밤에도 그렇고 그 전 날 밤에도 까세뜨 상점에서 스틱을 산 일이 없다는 거예요. 그것은 그렇다 하고, 여하튼 현재의 나로선 무엇 하나도 단언할 수 없어요. 다르작끄 씨는 참으로 기묘한 침묵을 보일 때가 있어 그의 말을 어떻게 생각해야 할지 정확히 알 수 없으니 말입니다."

"프레드릭 라루상으로선, 틀림없이 그 스틱은 대단히 귀중한 스틱, 즉 증거품이 될 스틱이겠지…… 그러나 무슨 증거가 될까? 그것을 산 시간으로 보면 그것이 범인의 손에 있었던 것도 아닌데……"

"시간 따위는 라루상에게 문제가 될 수 없어요. 범인이 노랑방 안에 5시에서 6시 사이에 들어갔다고 보는 점에서 출발하는 나의 추리 방식을, 그가 꼭 채용할 필요는 없으니까요. 그는 밤 10시부터 11시 사이에 범인이 침입했다고 생각하고 있어요. 그 시각에 스땅제르송 부녀는 마침 작끄 노인의 시중을 받으며 실험실 연소대 근처에서 흥미있는 화학 실험을 하고 있었어요. 라루상은 범인이 그들 뒤로 몰래 들어왔다고 말했겠죠. 정말 도저히 있을 수 없는 일인데…… 그는 이미 그것을 예심판사에게도 말했을 정도예요. 자세히 검토해 보면 이 추론은 어처구니가 없는 것이에요.

왜냐하면 이 집 사정을 잘 아는 사람이라면 박사가 머지않아 별채에서 나가리라는 것도 알고 있었을 것이고, 따라서 사정을 잘 아는 범인으로서는, 박사가 나갈 때까지 범행 때를 연장시키는 방법이 있었을 것입니다. 왜 그는 박사가 있을 때 실험실을 지나갔을까요? 그리고 또 범인은 어느 결에 별채 안으로 들어갔단 말인가요? 라루상의 환상을 인정하기 전에 이런 갖가지 의문을 해명해야 합니다. 나는 그런 일로 시간을 헛되이 보낼 생각은 없어요. 나에게는 틀림없는 방식이 있어요. 그런 쓸데없는 일에 매달려 있을 틈이 없습니다. 다만 나는 당분간 침묵을 지키고 있어야만 하는데, 라루상은 가끔 발언하게 되므로…… 마침내는 모든 것이 다르작끄 씨에게 불리하게 되어갈지도 모릅니다, 만일 제가 없으면!"

룰르따비유는 자랑스럽게 덧붙여 말했다.

"왜냐하면 그 밖에도 그 스틱 건과는 또 다른 뜻으로 두려워할 몇 가지의 외면적인 흔적이 다르작끄 씨에게 불리한 증거로 작용하고 있기 때문이죠. 그 스틱에 대한 일은 나로서도 이해할 수 없는 일입니다. 그런데 라루상은 다르작끄 씨의 소유였던 그 스틱을 가지고 조금도 거리낌없이 당사자인 다르작끄 씨 앞에 나타나니 더욱 알 수 없어요. 라루상이 하는 일에 대해선 꽤 여러 가지를 알게 되었지만 그 스틱만은 아직도 영문을 모르겠어요."

"프레드릭 라루상은 여전히 성에 있나?"

"그래요, 거의 성을 떠난 일이 없어요. 나처럼 성에서 묵고 있는 것이죠. 스땅제르송 박사의 부탁으로, 로베르 다르작끄 씨가 저에게 베풀어 주고 있는 일을 스땅제르송 박사는 그에게 베풀어 주고 있는 셈이죠. 범인을 알고 있으면서도 도망가게 내버려 두었을 것이라는 프레드릭 라루상의 말을 듣고 스땅제르송 박사는 그런 말을 하는 상대방에게 진상을 발견하기 위한 모든 편의를 꼭 제공해 줘야겠다는 생각을 한 거죠. 나에게는 로베르 다르작끄 씨가 같은 일을 해주고 있고요."

"그러면 자네는 로베르 다르작끄 씨의 무죄를 확신하고 있는 건가?"

"저도 한때는 그의 짓이 아닌가도 생각했어요. 그것은 우리가 이곳에 처음으로 왔을 때의 일입니다. 마침 기회가 좋은 것 같군요. 다르작끄 씨와 저 사이에 무슨 이야기가 이 방에서 오고 갔나 말해 드리죠."

여기서 룰르따비유는 이야기를 중단하고 나에게 권총을 가지고 왔느냐고 물었다. 나는 그에게 두 자루의 권총을 내보였다. 그는 그것을 살펴본 다음, "됐어요. 이 정도면 문제없어요!" 하며 두 자루를 다 나에게 돌려주었다.

"이것이 필요하게 될 것 같은가?"

나는 물었다.

"오늘 밤쯤. 우리는 오늘 밤 여기서 지내야 합니다. 괜찮겠죠?"

"여부가 있겠나."

이렇게 대답하며 내가 얼굴을 찡그려 보이자 룰르따비유도 덩달아 웃었다.

"웃고 있을 때가 아닙니다. 진지하게 이야기합시다. 당신은 수수께끼에 쌓인 이 성의 '열려라 참깨야!'가 된 문구를 기억하고 있겠죠?"

"물론 기억하고 있지."

나는 대답했다.

"사제관의 즐거움은 조금도 변함이 없고 그 뜰의 싱그러움도 여전하도다, 이런 것 아닌가. 이 문구는 또 실험실의 숯불 속에서 자네가 발견한 타다 남은 종이쪽지에도 씌어 있었네."

"그래요. 그리고 그 종이 밑에 '10월 23일'이란 날짜가 가까스로 불길을 면하고 남아 있었죠. 우선 이 중요한 날짜를 잘 기억해 주세요. 그럼 이제 이 이상한 문구에는 어떤 사연이 있는가 말하겠습니다. 어쩌면 알고 계실지도 모르겠군요.

사건이 있던 전전날, 즉 23일에 스땅제르송 부녀는 대통령 관저의 리셉션에 참석했습니다. 두 사람은 만찬회에도 참석했을 거예요. 어쨌든 두 사람이 리셉션에 있었던 것만은 사실이죠. 직접 제가 그 자리에서 두 사람의 모습을 보았으니까요. 저는 일이 있어바로 자리를 떴는데 그날 주빈이었던 필라델피아 아카데미 학자와인터뷰가 있었기 때문이죠. 그때까지 나는 스땅제르송 박사와 스땅제르송 양을 전혀 본 일이 없었어요. 나는 대사관실 바로 앞에 있는 홀에 앉아, 수많은 고귀한 분들 사이에서 이리저리 부대끼는 바람에 지쳐서 멍하니 걷잡을 수 없는 몽상에 잠겨 있었는데, 그때흑의부인의 향기가 지나가는 것을 알아차렸어요.

흑의부인의 향기란 도대체 무엇이냐고 물을지도 모르겠군요. 그것은 내가 어렸을 때 엄마같은 호의를 나에게 보여줬던 어느 부인의 향수 냄새인데, 언제나 그 부인은 검은 옷을 입고 있었어요. 그래서 내가 대단히 좋아하게 된 향수 냄새라고 말해 두면 되겠죠. 그날 이 흑의부인의 향기를 은은히 풍기고 있던 부인은 흰 옷을 입고 있었어요. 기막힌 미인이었죠. 나는 얼떨결에 일어서서 부인과 향내 뒤를 뒤쫓았어요. 이 부인은 어떤 노인의 팔을 끼고 있었어요. 두 사람이 지나가자 모든 사람이 돌아다보더군요. 그리고 '스땅제르송 박사와 따님이야!'하고 소곤대는 소리가 들려왔어요. 그래서 내가 뒤쫓고 있는 사람이 누구인가를 알게 된 거죠. 두 사람은 나도 안면만은 있는 로베르 다르작끄 씨와 만났어요. 스땅제르송 박사는 아더 윌리엄 랜스라는 미국 학자에게 붙잡혀 큰 복도의 안락의자에 앉게 되자, 다르작끄 씨가 스땅제르송 양을 온실 안으로 데리고 갔죠.

나는 여전히 뒤를 쫓아갔어요. 그날 밤은 아주 포근하여 정원 문이 열려 있었어요. 스땅제르송 양이 그때 얇은 숄을 어깨에 두른 모습으로 보아 그녀가 사람이 없는 정원으로 나가자고 다르작끄 씨를 권유해서 데리고 나왔다는 것을 알 수 있었죠. 로베르 다르작끄 씨가 그때 보였던 동요에 흥미를 느껴 나는 다시 뒤를 쫓았습니다. 마리니 거리로 향한 벽을 따라 그들은 천천히 걸어갔어요. 나는 가운데로 난 오솔길로 가기로 했죠. 두 사람과 평행을 이루고 걸어간 셈입니다. 그러다 나는 그들과 엇갈려 가기 위해 잔디밭을 가로질렀어요.

사방은 캄캄하고 잔디밭이 내 발자국 소리를 감춰 줬어요. 그들은 흔들거리는 가스등 불빛 속에 서서 스땅제르송 양이 손에 들고 있는 종이쪽지를 보더군요. 대단히 관심 깊은 글을 읽고 있는 것 같더군요. 나도 걸음을 멈추었어요. 나는 어둠 속에서 죽은 듯이 서 있었죠. 그들은 나의 존재를 몰랐고, 나는 스땅제르송 양이 종이쪽지를 접으며 중얼거린 말을 똑똑히 들었습니다. 〈사제관의 즐거움은 조금도 변함이 없고 그 뜰의 싱그러움도 여전하도다〉.

이 문구를 심한 조소와 절망이 교차된 투로 말했어요. 그런데 그러고 나서 그 여자는 몹시 신경질적인 목소리로 웃더군요. 이 문구는 일생 동안 나의 귀에서 사라지지 않을 것처럼 이상했어요. 그런

데 또 한 가지 다른 말이 들려왔어요. 이번에는 로베르 다르작끄
씨였는데 '당신을 얻기 위해서 나는 범죄를 저질러야만 하나요?'
로베르 다르작끄 씨는 몹시 흥분하고 있었어요. 그는 스땅제르송
양의 손을 잡고, 오랫동안 자기 입술에 대고 있었어요. 그의 어깨
가 움직이는 것으로 보아 나는 그가 울고 있다고 생각했어요. 그리
고 그들은 멀어져 갔어요."

룰르따비유는 말을 계속했다.

"내가 복도로 돌아갔을 때는 로베르 다르작끄 씨의 모습은 보이지
않았고, 다시는 만날 수 없었습니다, 사건 뒤 글랑디에에서 만나기
까지는. 그러나 스땅제르송 양, 스땅제르송 박사, 필라델피아의 사
절단들의 모습은 다 보였습니다. 스땅제르 양은 아더 윌리엄 랜스
옆에 있더군요. 그는 열심히 말하고 있었는데, 이야기하는 도중 그
의 눈은 묘하게 번뜩이고 있었어요. 스땅제르송 양은 아더 윌리엄
랜스가 무슨 말을 하고 있는지 듣고 있지도 않은 것 같았어요. 그
녀의 얼굴은 완전히 무심한 표정을 나타내고 있었으니까요.

아더 윌리엄 랜스라는 사람은, 붉은 얼굴에 붉은 코를 가진 사람
으로 진(gin)을 무척 좋아하는 모양이더군요. 스땅제르송 부녀가
나가 버리자 그는 간이식당 쪽으로 가서 다시는 그곳을 떠나지 않
았어요. 나는 그가 있는 곳으로 가서 혼잡한 가운데서 몇 가지 서
비스를 해줬죠. 그는 나에게 고맙다며, 자기는 사흘 뒤 즉 사건 다
음 날이 되는 26일에 미국으로 떠날 예정이라고 일러 주었어요.

나는 필라델피아의 이야기를 했어요. 그는 필라델피아에 25년
전부터 살고 있으며, 유명한 스땅제르송 박사와 그 딸을 알게 된
것도 거기서였다고 말하더군요. 말이 끝나자 또 진을 마시기 시작
했는데, 그렇게 먹다가는 밤새도록 마실 것 같더군요. 내가 그와
헤어질 때 그는 완전히 취해 있었어요. 이것이 그날 밤 내가 겪은

일입니다.

그날 밤 내내 로베르 씨와 스땅제르송 양의 모습이 이중으로 나타나 뇌리를 떠나지 않았는데, 무슨 예감이 들어서 그랬는지 나로서는 알 수가 없어요. 스땅제르송 양이 피습당했다는 뉴스를 들었을 때, 내가 어떤 느낌을 받았는지 그것은 상상에 맡기겠어요. '당신을 얻기 위해서 나는 범죄를 저질러야 하나요?' 하는 그 말이 생각날 수밖에 없었죠. 그러나 글랑디에에서 로베르 다르작끄 씨를 만났을 때 내가 한 말은 이 말이 아닙니다. 스땅제르송 양이 들고 있던 종이쪽지에 씌어 있던 것으로 보이는 그 사제관과 싱그러운 뜰 운운하는 문구를 입에 담았을 뿐인데 성문은 우리에게 활짝 열린 거예요. 그때 나는 로베르 다르작끄 씨가 범인이라고 생각하고 있었을까요?

아뇨, 나는 그렇다고 완전히 믿었다고는 생각지 않아요. 그때는 무엇이고 이렇다 하게 생각하려 들지 않았어요. 나로선 이렇다할 예비 지식도 없는 형편이었으니까요. 그래도 그가 손을 다치지 않았다는 것을 곧 증명해 주는 것이 나에게는 필요했어요. 이윽고 둘만이 있게 되었을 때 나는 그에게 대통령 관저의 정원에서 그가 스땅제르송 양과 나눈 대화를 우연히 듣게 된 경위에 대해 말했지요. '당신을 얻기 위해서 나는 범죄를 저질러야 하나요?'라는 말을 들었다고 하니까 그는 허둥댔지만 솔직히 말해 '사제관'의 글귀를 들었을 때가 더 크게 당황했던 것 같아요. 그를 정말 어리벙벙하게 한 것은 나의 입에서 이런 말을 듣게 된 일이었어요.

대통령 관저에서 스땅제르송 양과 만난 날 오후, 스땅제르송 양은 제40우체국에 가서 편지 한 통을 가지고 왔는데, 그것은 아마 그들이 대통령 관저 뜰에서 읽었던 편지로, 그 편지는 '사제관의 즐거움은 조금도 변함이 없고, 그 뜰의 싱그러움도 여전하도다'라는 말로 끝을 맺었다고 왜 언제 내가 말한 것 같은데요. 그 뒤 당신도 기억하고 있겠지만 실험실의 숯불 속에서 그 편지의 일부를 발견했으므로 내 이 가설이 옳다고 확신했어요. 그곳에는 10월 23일이란 날짜가 적혀 있었어요. 편지가 우편함에 들어갔던 그날, 우체국에서 찾아온 거예요. 그날 밤 대통령 관저에서 돌아온 스땅제르송 양이 곧 이 위험한 종이쪽지를 태워 버리려고 했다는 것은 의심할 여지가 없죠. 이 편지가 사건과 무슨 관계가 있는 사실은 로베르 다르작끄 씨가 아무리 부정해도 소용없는 일이라고 나는 그에게 말했어요. 이처럼 아리송한 사건은 비록 사소한 일이라도 그 편지 건을 경찰 당국에 숨겨 둘 권리는 당신에게 없다고.

나는 이 편지에는 상당히 중요한 뜻이 있는 것으로 확신하고 있다는 말도 했고, 스땅제르송 양이 그 운명적인 글귀를 입에 담았을 때의 절망적인 태도, 로베르 다르작끄 씨의 눈물, 그가 편지를 읽은 뒤 말했던 범죄를 예고하는 듯한 말 등, 그런 점을 생각해볼 때 그 편지의 중요성은 의심할 여지가 없다고 말해 버렸어요.

로베르 다르작끄 씨는 점점 당황한 눈치더군요. 그래서 나는 이 유리한 형세를 이용하려고 결심했죠. '당신네들은 결혼하기로 되어 있었죠'하고 나는 상대방의 얼굴을 보지 않고 마치 아무래도 좋다는 투로 말했어요. '그런데 갑자기 그 결혼이 편지를 쓴 남자 때문에 불가능하게 된 것입니다. 왜냐하면 그 편지를 읽는 순간 당신은 스땅제르송 양을 얻기 위해서 범죄를 범해야 할 것 같다는 말을 했기 때문입니다. 다시 말해 당신과 스땅제르송 양 사이를 어떤 남자가 가로막고 있는 것입니다. 그 여자가 결혼하지 못하게 결혼하면 죽인다고 말하는 남자가 말입니다.' 나는 약간 나무라듯 여기까지 말하고는 끝으로 이렇게 끝을 맺었죠. '그러니까 다르작끄 씨. 이렇게 된 이상 이제 범인의 이름을 나에게 밝혀 주셔야만 하겠습니다 ! ' 나는 그런 줄도 모르고 심한 말을 마구 퍼부었던 것입니다.

그제야 시선을 다르작끄 씨에게 돌리니, 그의 얼굴과 이마에는 비지땀이 흐르고 눈은 공포에 질려 있었어요. 그는 이렇게 말하더군요. '당신에게 한 가지 부탁이 있습니다. 틀림없이 당신은 어리석은 짓이라고 생각하겠지만 그럴 수만 있다면 내 목숨을 내놓아도 좋습니다. 제발 무슨 일이 있어도 당신이 대통령 관저의 뜰에서 보고 들은 이야기를 경찰에 알리지 말아 주세요 ! 경찰에는 물론, 어떤 사람에게도 말하지 마십시오. 나는 결백하다는 것을 맹세합니다. 당신은 그것을 믿어 주리라는 것을 잘 알고 있으며, 뚜렷이 느끼고 있습니다.

그러나 '사제관의 즐거움은 변함이 없고 그 뜰의 싱그러움도 여전하도다'라는 그 문구가 당국의 의혹을 사게 된다면, 나는 오히려 범인으로 인정되고 맙니다. 이 문구는 경찰에는 절대로 알리지 말아야 합니다. 룰르따비유, 이 사건을 아무리 조사해도 상관없어요. 그러나 대통령 관저에서 있었던 그날 밤의 일만은 제발 잊어주세요. 그런 방법을 쓰지 않아도 범인을 발견하는 길은 얼마든지 있을 것입니다.

내가 그 길을 열어 주고 도와 주겠어요. 이곳에서 묵으시오. 이곳 주인이 된 셈으로 무엇이나 말해 주세요. 여기서 먹고 자며 나의 행동과 모든 사람의 행동을 감시하는 겁니다. 이 글랑디에에서 주인처럼 행동해도 상관없습니다. 그 대신 대통령 관저에서 있었던 일만은 제발 잊어 주십시오. '라고……."

룰르따비유는 여기서 한숨 돌리기 위해 이야기를 중단했다. 그에 대한 로베르 다르작끄 씨의 알 수 없는 태도며, 그가 범죄 현장에 쉽게 묵을 수 있게 된 사정을 그제야 나도 알게 되었다.

이리하여 지금까지 들은 모든 사항은 나의 호기심을 북돋아 주었다. 그래서 내가 알고자 하는 일에 대해 좀더 말해 달라고 룰르따비유에게 부탁했다. 지난 일주일 동안 글랑디에선 도대체 무슨 일이 일어났는가? 라루상이 발견한 스틱은 또 다른 뜻에서 두려워 할 몇 가지 외면적인 행적이 다르작끄 씨에게 불리한 증거로 작용하고 있다는 말은 무슨 뜻인가.

"모든 것이 그에게 불리하게 되어가고 있습니다."

룰르따비유는 대답했다.

"사태는 상당히 중대해졌어요. 로베르 다르작끄 씨는 그 일에 그렇게 신경을 쓰지 않지만, 그것은 잘못이에요. 그의 관심을 끄는 일이란 스땅제르송 양의 상태밖에 없는 모양이에요. 상태는 날로 회복되어가고 있지만, 그러는 새 노랑방의 수수께끼보다 더 기기괴괴한 사건이 돌발했어요."

"농담 말게!"

하고 나는 소리쳤다.

"노랑방의 수수께끼보다 더 기괴한 사건이 있을 수 있겠나."

"우선 로베르 다르작끄 씨의 이야기로 되돌아가죠."

룰르따비유는 흥분하는 나를 가라앉히며 말했다.

"모든 것이 그에게 불리해지고 있다고 말했었죠. 프레드릭 라루상이 검출한 조그만 발자국은 분명히 로베르 다르작끄 씨의 발자국입니다. 자전거 자국도 그의 자전거 자국인지도 모르고요. 이 점도 상세히 검토된 셈이죠. 그는 이 자전거를 구입한 뒤에 줄곧 성에 놓아 두었었는데, 왜 마침 그때 빠리로 가지고 갔을까? 성으로는 다시 가지고 오지 않을 작정이었던가? 약혼이 깨어지자 스땅제르송 집안과의 교제까지 끊기로 한 것인가? 교제는 그대로 계속하기로 되어 있었다고 관계자가 단언하고 있다. 그렇다면 도대체 어떻게 되는 것인가?

프레드릭 라루상은 이 교제 관계는 완전히 끝난 것이라고 생각하는 거예요. 로베르 다르작끄 씨가 스땅제르송 양과 함께 루브 백화점에 갔던 날로부터 사건 다음 날까지, 로베르 다르작끄 씨는 한 번도 글랑디에에 오지 않았어요. 다르작끄 씨와 함께 나갔을 때 스땅제르송 양이 핸드백과 구리 손잡이가 달린 열쇠를 잃어버렸다는 사실을 생각해 봐야 해요. 그날 이래, 대통령 관저의 리셉션 시간까지 교수와 스땅제르송 양은 만난 일이 없어요. 그러나 서신 왕래는 있었겠죠. 스땅제르송 양은 제40국으로 우편물을 가지러 갔고요. 라루상은 그것을 로베르 다르작끄 씨가 쓴 것으로 알고 있어요. 대통령 관저에서 일어난 일을 전혀 모르고 있는 그는 핸드백과 열쇠를 훔친 것은 로베르 다르작끄 씨이고, 그것으로 스땅제르송 교수의 비장 서류를 훔쳐내어 결혼해 주면 돌려보내 주겠다는 조건으로 스땅제르송 양을 강제 설득할 작정이었다고 생각하려는 겁니다.

하지만 그 외에 또 다른 사실, 아주 중대한 다른 사실이 존재하지 않았다면, 이상의 추정은 황당무계합니다. 이것은 라루상 자신도 나에게 그렇게 말했을 정도니까요. 첫째, 나로서는 아직 설명을 할 수 없는 기괴한 일이 있어요. 다르작끄 씨 자신이 일부러 24일 우체국으로 편지를 찾으러 간 모양이에요. 그 전날, 스땅제르송 양이 이미 가져간 편지를 말입니다. 창구로 얼굴을 내민 남자의 모습은 다르작끄 씨의 특징과 딱 일치되고 있어요. 예심판사가 단순히 사실을 알아둘 뿐이라고 하며 다르작끄 씨에게 질문을 했는데, 그는 우체국에 갔던 일을 부정했어요. 나도 다르작끄 씨가 하는 말이 사실이라고 생각해요. 왜냐하면 비록 그 편지를 쓴 사람이 그 자신이라고 해도——나는 그렇게 생각하지 않지만——그는 스땅제르송 양이 이미 그것을 받았다는 사실을 알고 있었단 말입니다. 대통령 관저의 정원에서 그녀의 수중에 그 편지가 있었던 것을 보았으니까요. 따라서 그가 24일에 제40우체국에 가서 이미 찾아간 줄 알고 있는 편지를 요구할 까닭이 있겠어요.

내가 생각하기엔 다르작끄 씨와 비슷하게 생긴 사람이 한 짓인 것 같아요. 그녀석이 틀림없이 핸드백을 훔쳤고, 그 편지를 써서 핸드백 주인인 스땅제르송 양에게 무엇을 요구했을 거예요. 그 요구한 일이 무엇인가는 들을 수 없었어요. 그녀석은 일이 이상하게 되자 어안이 벙벙했겠죠. 그리하여 겉봉에 M·A·T·H·S·N이라 써서 낸 편지가 제대로 전달되지 않은 줄 안 거예요. 그래서 우체국에 가서 끈질기게 편지를 요구한 거죠. 그 사람은 화가 나서 돌아갔대요. 편지는 전달되었는데 자기 요구는 받아들여지지 않았으니까요. 그는 무엇을 요구하였을까? 스땅제르송 양 이외에는 그것을 알고 있는 사람은 없어요. 어쨌든 그 다음 날 스땅제르송 양이 밤중에 살해될 뻔했다는 뉴스가 전해졌고, 동시에 교수도 또 문제의 열쇠를 도난당했죠.

이 사실은 내가 사건 다음 날 발견한 일이지만, 우체국으로 보낸 그 편지가 노랑색이라는 것은 바로 그 열쇠인 셈이죠. 그러므로 우체국에 왔던 그 사람이 범인일 거예요. 그 사람이 우체국에 온 이유에 대해서는 이런 추리가 가장 논리적일 것이고, 프레드릭 라루상도 그것을 수긍하고 있지만 다만 그는 이 추리를 로베르 다르작끄를 상대로 하는 거예요. 말할 나위도 없이 예심판사며 라루상이며 나 자신도 10월 24일의 기괴한 인물에 대해 정확하고 자세한 사실을 알기 위해 우체국에 가서 여러 모로 알아보았죠. 그런데 그 사람이 어디서 왔으며 어디로 갔는지 전혀 알 수 없는 거예요. 로베르 다르작끄 씨와 비슷하다는 사실 이외엔 아무것도 알 수 없었어요.

나는 여러 신문에 광고를 냈죠. 〈10월 24일 오전 10시경 제40

우체국까지 손님을 태우고 간 마부를 찾음. 고액 보수 사례. 에쁘 끄 편집국 내 R씨.〉이런 광고에도 아무런 반응이 없었어요. 결국 그 사람은 걸어간 모양이에요. 그러나 그는 서두르고 있었을 테니 까 차로 갔나 하고 일단 조사해 볼 만큼은 다 해봤습니다. 그 시각 에 제40국으로 손님을 태우고 간 마부는 다 와주려니 생각하고 나 는 그 광고에 손님의 인상 착의를 쓰지 않았는데, 단 한 사람도 찾 아오지 않았어요. 그래서 나는 46시간 내내 생각을 했죠. 로베르 다르작끄 씨와 비슷하고, 더구나 현재 라루상이 가지고 있는 스틱 을 산 남자하고도 일치되는 그 사람은 도대체 누구일까?

그 중에서도 가장 중대한 일은, 그 비슷한 남자가 우체국에 나타 난 시각에 소르본느 대학에서 강의를 했어야 할 다르작끄 씨가 강 의를 하지 않았다는 사실입니다. 친구가 대신 강의를 한 것이에요. 그런데 그 시각에 무엇을 하고 있었느냐는 질문에 그는 불로뉴 숲 으로 산책을 갔다는 거예요. 불로뉴의 숲으로 산책을 가기 위해 강의를 대신 부탁하는 그런 대학 교수를 생각할 수 있겠어요?

끝으로 이 말도 해둬야 하겠군요. 로베르 다르작끄 씨는 24일 오전에 불로뉴 숲으로 산책을 갔다고 고백하고 있지만, 24일부터 25일에 걸친 밤에는 무엇을 했는지 전혀 대답을 못하고 있어요! 이 점에 대해 질문한 라루상에게 그는 빠리에서 자기가 어떻게 시 간을 보내고 있었느냐는 것은, 다른 사람에게는 관계없는 일이라고 아주 태연한 태도로 대답하더군요. 그에 대해 라루상은 다르작끄 씨가 그 시간을 어떻게 보냈는가, 자기 혼자의 힘으로 밝혀 보겠다 고 분명히 다짐했어요.

이런 여러 가지 사실이 라루상의 추정을 어느 정도 형태 있는 것 으로 만들어가는 것 같아요. 노랑방 속에 로베르 다르작끄 씨가 있 었다고 가정하면, 스땅제르송 박사가 스캔들이 두려워 범인을 그대로 도망치게 했다는 범인의 도주 방법에 대한 라루상의 해석이 옳은 것이 되므로 그의 추정은 진실성을 띠게 되는 겁니다. 내가 보기엔 잘못이라고 생각되는 이 추정이 프레드릭 라루상에게 길을 잘못 들게 만들었고, 이 사실은 죄없는 사람이 그 일에 관계되지만 않았다면 나로서는 그다지 언짢은 기분이 드는 일이 아니에요."

"그럼 프레드릭 라루상이 이 추정으로 정말 길을 잘못 든 것인가?"

"그래요! 바로 그겁니다! 그것이 문제란 말입니다!"

"그건 프레드릭 라루상의 설이 옳을는지도 모르네!"

나는 룰르따비유의 말을 가로막았다.

"자네는 분명히 다르작끄 씨가 무죄라고 생각하나? 나로선 아무래도 불리하게 들어맞는 점이 너무 많은 것 같아……"

"들어맞는 점이 진실의 최대 적입니다."

룰르따비유는 대답했다.

"예심판사는 그점을 어떻게 생각하고 있나?."

"예심판사 드 마르께 씨는 아무런 확실한 증거도 없이 다르작끄 씨를 표면으로 끌어내는 일을 주저하고 있습니다. 그런 짓을 했다가는 소르본느 대학은 물론 세론(世論) 전체를 적으로 삼을 뿐 아니라, 스땅제르송 부녀까지도 적으로 삼게 될 테니까요. 스땅제르송 양은 다르작끄 씨를 뜨겁게 사랑하고 있어요. 아무리 범인의 모습을 흘깃 잠깐 보았다 하더라도 공격해 온 상대방이 만일 로베르 다르작끄 씨였다면, 그녀가 그것이 로베르 다르작끄 씨인 줄 몰랐다고 한들 세상 사람이 그 말을 믿을 것 같아요? 노랑방은 어두웠겠지만 그래도 꼬마램프가 켜져 있었다는 사실을 잊어서는 안 됩니다. 그리고 사흘 전, 아니 사흘 밤 전에 그 전대미문의 사건이 일어난 것입니다."

예언

"당신을 현장으로 안내해야겠군요"

룰르따비유는 말했다.

"당신도 이해할 수 있도록, 아니 그러기보다 오히려 이해를 할 수 없다는 사실을 납득케 하기 위하여. 나로선 모든 사람이 아직도 알아내지 못하고 있는 노랑방에서 달아난 범인의 탈출 방법을 제대로 발견한 셈입니다. 한 사람의 공범자도 없고, 스땅제르송 박사가 한몫 끼었다는 사실도 없어요. 범인이 누구라는 것을 확실히 밝히지 못하는 한, 나의 추정이 어떤 것인지 말할 수는 없으나 나의 추정은 옳다고 생각하며, 어쨌든 그것은 꽤 자연스러운 해석으로 간단명료한 것이죠.

그런데 사흘 전 밤에 이곳 성에서 일어난 일이란, 처음 24시간은 나도 그것이 모든 상상을 초월하는 사항이라고 생각했어요. 더구나 현재 나의 마음 속에 생기고 있는 해석이란 것이 너무 부조리하므로 그렇다면 오히려 하나도 제대로 이해를 할 수 없게 되는 편이 나으리라는 생각이 들 정도예요."

이렇게 말한 청년기자는 나를 데리고 밖으로 나갔다. 그리고 둘이서 성 둘레를 한 바퀴 돌았다. 낙엽이 우리의 발에 밟혀 바삭바삭 소리를 냈다. 그것이 나의 귀에 들려 오는 유일한 소리였다. 성은 마치 아무도 사는 사람이 없이 방치되어 있는 느낌이 들었다. 고색창연한 돌, 천수루를 둘러싼 도랑에 괴어 있는 물, 지난 여름의 유물로 덮여 있는 황량한 지면, 나목(裸木)의 거무스름한 해골과 같은 모습. 모든 것이 하나같이 도저히 손을 댈 수 없는 수수께끼에 휩싸인 이 음산한 장소에 더없이 불길한 기운을 더하고 있었다. 마침 천수루가 있는 곳을 돌아가려고 할 때 우리는 산지기인 녹색 옷의 사나이를 만났다. 그는 마치 너희들 같은 것쯤 아랑곳없다는 듯 우리에게 인사도 않고 그대로 지나쳐갔다. 그는 내가 마튜 영감의 여인숙 창문 너머로 처음 보았을 때와 똑같은 모습이었다. 여전히 어깨에 총을 메고 파이프를 물었으며 코안경을 끼고 있었다.

"이상한 놈이군."

룰르따비유가 작은 목소리로 말했다.

"저녀석하고 이야기를 나누어 보았나?"

내가 물었다.

"네. 그러나 아무것도 알 수 없었어요. 뭐라고 혼잣말을 중얼대며 어깨를 움츠리고 가버렸어요. 평소 그는 천수루 2층, 옛날에 예배실로 쓰던 넓은 방에 살고 있어요. 그곳에 곰처럼 들어앉았다 나올 때는 반드시 총을 메고 나와요. 상냥하게 대하는 것은 여자아이들 뿐이에요. 밀렵자를 지킨다며 곧잘 밤중에 일어나지만 실은 그녀석이 밀회를 하고 있는 것이 아닌가 해요. 스땅제르송 양의 하녀 시르비와 그렇구 그런 사인가 봐요. 현재 여인숙 주인 마튜 영감의 마누라에게 열을 올리고 있는 모양이지만, 영감이 마누라를 워낙 엄중히 감시하고 있기 때문에 녹색 옷도 도저히 마튜 영감 마누라만은 가까이 할 수 없나 봐요. 그래 그 녀석은 점점 말수가 적어지고 침울하게 된 것 같아요. 아주 남자다운데다 몸치장도 단정하게 하고, 한 마디로 멋쟁이라서 그야말로 여기저기의 여자들이 놈에게 사족을 못쓰는 판이죠."

건물의 왼쪽 부분 끝에 있는 천수루를 돌아 우리는 성 뒤로 나왔다. 나에게도 낯익은 스땅제르송 양의 방 창문을 가리키며 룰르따비유가 말했다.

"당신이 사흘 전 밤중에 이곳을 지나갔다면, 사다리를 놓고 저 창문으로 들어가려는 나의 모습을 볼 수 있었을 텐데요."

그 같은 밤중의 광대놀이에 내가 놀라는 눈치를 보이자, 그는 성 밖에서 본 구조를 잘 주의해 보아 두라고 다짐했다. 그 일이 끝나자, 우리는 다시 건물 안으로 들어갔다.

"이번에는 오른쪽 부분이 되는 2층으로 당신을 안내해 드리죠. 내가 묵고 있는 곳입니다."

현장 상황을 이해할 수 있도록 그 오른쪽 부분인 2층 조감도를 독자에게 제시한다. 이것은 이제부터 상세히 말할 이상한 사건이 일어난 다음날 룰르따비유가 작성한 것이다.

룰르따비유는 앞장서서 둘로 꺾어진 널따란 계단을 올라갔다. 2층이 층계참으로 되어 있었다. 이 층계참에서 곧장 복도를 통해 성의 좌우 양쪽으로 갈 수 있다. 천장이 높고 폭이 넓은 이 복도는 건물 전체에 따라 뻗쳐 있고, 성의 북향 정면에서 햇살이 스며들게 되어 있다. 남쪽으로 창문이 난 방마다 출입구는 이 복도로 나 있다. 스땅제르송 박사는 건물 왼쪽에, 스땅제르송 양은 건물 오른쪽에 있는 방을 쓰고 있었다. 우리는 오른쪽 복도로 걸어갔다. 거울처럼 반짝거리게 닦아놓은 마루에는 폭이 좁은 융단이 깔려 있어 발자국 소리도 들리지 않았다. 조심해서 걸으라고 룰르따비유가 작은 소리로 나에게 주의를 주었다.

스땅제르송 양의 방 앞을 지나가고 있었던 것이다. 그녀가 사용하고 있는 방은 거실, 대기실, 작은 욕실, 휴게실, 그리고 객실로 되어 있다는 것을 룰르따비유가 나에게 설명해 주었다. 물론 그 방들은 서로 내부로 통하게 되어 있어 왕래하는데 복도로 돌아갈 필요는 없다. 그 중 복도 쪽으로 출입구가 나 있는 방은 객실과 대기실 뿐이다. 이 복도는 곧장 동쪽 끝까지 이어지고 있으며, 그 동쪽 끝부분에는 높은 창문이 있고 그곳으로 바깥 햇살이 들어오게 되어 있다(도면 2의 창문). 복도의 3분의 2쯤 되는 곳에 이와 직각으로 교차하는 또 하나의 복도가 있다. 성의 오른쪽 부분이 여기서 구부러져 나간다.

이야기가 혼동되지 않도록, 계단에서 동쪽 끝 창문까지 뻗쳐 있는 복도를 직선복도, 성의 오른쪽 부분과 함께 꺾여 직선복도와 직각으로 연결되어 있는 짧은 복도를 기역자(ㄱ) 복도라 부르기로 하자. 이 두 복도가 만나는 모퉁이에 룰르따비유의 방이 있고, 나란히 프레드릭 라루상의 방이 있다. 그들 두 사람의 방 출입구는 기역자 복도쪽으로 났고, 스땅제르송 양이 차지하고 있는 거처의 출입구는 모두 직선 복도로 나 있다(도면 참조).

룰르따비유는 자기 방문을 열고 나와 함께 들어가자 곧 문을 잠가 버렸다. 내가 아직 그의 방을 둘러보기도 전에 그는 깜짝 놀라며 손가락질을 했다. 작은 탁자 위에 코안경이 놓여 있었다.

"이게 도대체 뭐지?"

그는 고개를 갸웃거렸다.

"이놈의 안경이 내 테이블 위로 무엇을 하러 왔지?"

나보고 그 대답을 하라고 했어도 무척 애를 썼을 것이다.

"혹시…… 어쩌면……."

그는 중얼거렸다.

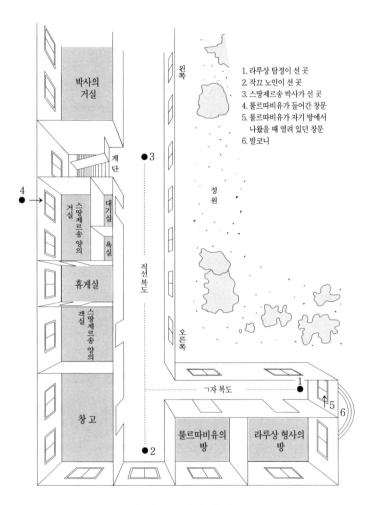

박사의
거실

계단

스땅제르송의
거실

대기실

욕실

휴게실

스땅제르송의
객실

창고

룰르따비유의
방

라루상 형사의
방

ㄱ자 복도

직선복도

왼쪽

오른쪽

정원

발코니

3

2

4

1

5

6

1. 라루상 탐정이 선 곳
2. 작끄 노인이 선 곳
3. 스땅제르송 박사가 선 곳
4. 룰르따비유가 들어간 창문
5. 룰르따비유가 자기 방에서
   나왔을 때 열려 있던 창문
6. 발코니

2층 오른쪽에서 본 구조

"그렇다면 말이 되는데…… 이 코안경이 바로 내가 찾고 있는 것인 …… 즉…… 즉…… 이것은 노안용 코안경인가……."

그는 문자 그대로 그 코안경에 덤벼들었다. 그의 손가락이 렌즈를 쓰다듬었다. 그리고 그는 무서운 표정으로 나를 쳐다보았다.

"오오! ……오오! ……."

그리고 자기 머리 속에 떠오른 생각 때문에 놀라움을 금치 못하겠다는 듯이, 그는 오오! 오오! 소리를 되풀이했다.

그는 일어서자 나의 어깨 위에 손을 얹으며 실성한 사람처럼 씁쓸한 웃음을 지었다. 그리고 이렇게 말했다.

"아아, 이 코안경 때문에 미칠 것 같군요! 수학적으로 말하면 있을 수 있는 일이지만, 인간적으로 말하면 도저히 있을 수 없는 일이니까요. 아니면…… 아니면…… 아니면……."

누가 방문을 약하게 두 번 두드렸다. 룰르따비유는 문을 빼꼼히 열었다. 얼굴 하나가 들여다보았다. 신문을 받기 위해 별채로 연행될 때 나의 앞을 지나갔던 그 문지기 부인이라는 것을 알았을 때 나는 매우 놀랐다. 그녀는 지금까지 갇혀 있는 줄만 알았기 때문이다. 그 부인이 아주 낮은 소리로 말했다.

"마루 가장자리 틈 사이에!"

"고마워요!"

룰르따비유가 대답하자 얼굴은 사라져 버렸다. 룰르따비유는 문을 조심스럽게 잘 닫고 내가 있는 쪽으로 돌아서더니 아주 심각한 얼굴로 알 수 없는 말을 했다.

"그것이 수학적으로 있을 수 있는 일인 이상, 어째서 인간적으로 있을 수 없는 일이겠는가! 그러나 그것이 인간적으로 있을 수 있는 일이라면 사건은 참으로 두려운 것이다."

나는 룰르따비유의 독백을 가로막았다.

"문지기 내외는 석방되었군, 벌써?"

"네, 내가 석방시켰어요. 신뢰할 수 있는 사람이 필요해서요. 부인은 나에 대해 완전히 헌신적이고, 주인도 나를 위해서라면 목숨까지 버릴 거예요. 이 코안경이 노안경인 이상, 그야말로 목숨이라도 던질 헌신적인 사람이 반드시 필요해질 겁니다."

"거참, 농담을 하고 있는 얼굴도 아닌데 그래 목숨을 던질 필요는 언제 찾아온단 말인가?"

"오늘밤에요! 이것은 미리 말해 둘 일이지만, 나는 오늘밤 범인이 오기를 기다리고 있는 겁니다!"

"아니 그게 무슨 말인가! 오늘밤 범인이 오기를 기다리고 있다니 …… 정말 오늘밤 범인이 오기를 기다리고 있단 말인가? 그럼 자네는 범인을 알고 있군?"

"네! 그래요! 나도 이제는 범인을 알고 있는지도 몰라요. 알고 있다고 단언한다면 그야말로 실성한 거죠. 그러나 내가 수학적으로 추리해 낸 범인의 정체는 그야말로 무섭고 어쩔 수 없는 괴물이라, 이렇게 된 마당에도 그런 나의 생각이 잘못되었기를 바라고 있을 정도랍니다! 정말이에요! 꼭 그렇게 되었으면 좋겠어요……."

"5분 전까지도 범인을 몰랐던 자네가 어떻게 오늘밤 범인을 기다리고 있다는 말을 할 수 있단 말인가?"

"범인이 당연히 찾아올 것이라는 사실을 나는 알고 있기 때문이죠."

룰르따비유는 파이프에 천천히 담배를 담고 불을 붙였다.

그의 이런 태도로 보아 이제부터 아주 흥미있는 이야기가 시작되리라는 것을 예상할 수 있었다. 마침 그때 누군가가 복도로 걸어와 우리 방 앞으로 지나갔다. 룰르따비유는 귀를 기울였다. 발자국 소리는 멀어져갔다.

"프레드릭 라루상은 방에 있는가?"

나는 칸막이 벽을 가리키며 말했다.

"아뇨, 지금은 없어요. 오늘 아침에 빠리에 갔을 거예요. 다르작끄 씨의 뒤를 빈틈없이 쫓고 있는 거죠. 다르작끄 씨도 오늘 아침 빠리엘 갔거든요. 결국 좋지 않은 결말이 오고 말 겁니다. 내가 예상하는 바론 일주일 이내에 다르작끄 씨는 체포될 거예요. 가장 곤란한 일은 사건도, 사실도, 주위 사람들 모두가 짜고 그 불행한 인물을 적대시하고 있는 것처럼 느껴지는 일입니다. 그야말로 시시각각 다르작끄 씨에게 불리한 사실이 나타나고…… 예심판사는 그것을 잔뜩 끌어안고 눈앞이 캄캄한 거죠. 눈앞이 캄캄한 것도 무리는 아니라고 생각되지만…… 장님이 되지 않기 위해선 단 한 가지……."

"하지만 프레드릭 라루상은 그렇게 출발한 것은 아닐텐데……."

"난 라루상은 훨씬 유능한 사람인 줄 알았어요."

룰르따비유는 약간 모멸하듯 입을 일그러뜨리며 말했다.

"물론, 흔히 볼 수 있는 사람은 아니에요. 나도 그의 일하는 방식을 실제로 알기까지는 굉장히 존경했었으니까요. 그런데 그 방식이야말로 정말 가엾게 봐야 할 거였어요. 그의 평판은 오로지 그 노련함 때문이에요. 그에게는 철학이 부족해요. 수학적으로 사물을 생각하는 힘도 아주 빈약하고요……."

나는 룰르따비유의 얼굴을 바라보았다. 겨우 18세인 이 청년이 유럽 굴지의 명탐정으로 능란하게 그 수완을 보여온 50대의 사람을 붙잡고 마치 어린아이 취급하는 것 같은 말을 하는 것을 듣고 있자니 나는 그만 웃지 않을 수 없었다.

"웃고 있군요."

룰르따비유는 말했다.

"그러나 웃는 건 큰 잘못입니다. 나는 맹세컨대 반드시 그를 이기고 말 것입니다. 그야말로 세상을 깜짝 놀라게 하는 방법으로요. 그러나 어쨌든 서둘러야 해요. 그쪽에선 나를 아주 멀리하고 있어요. 그것도 결국은 다르작끄 씨가 그렇게 만든 것이지만, 오늘 밤도 또 다르작끄 씨 덕분에 나는 다시 멀리 떨어져나갈 것 같군요. 글쎄 생각해 보란 말이에요. 범인이 성에 올 때마다 로베르 다르작끄 씨는 공교롭게도 집을 비우게 되고, 더구나 그동안의 행동을 명백히 밝히기를 거부한단 말예요!"

"범인이 성에 올 때마다라니!"

나는 소리쳤다.

"그럼 범인은 또 왔었군!"

"그래요. 문제의 괴사건이 일어났던 그날 밤에요."

이제야 룰르따비유가 30분 전부터 계속 운만 뗄 뿐 도무지 상세한 이야기를 해주지 않았던 그 문제의 괴사건이란 것을 들을 수 있을 것 같았다. 그러나 룰르따비유에게 이야기를 시키려면 절대로 재촉하지 말아야 한다는 것을 나는 잘 알고 있었다. 그는 자기가 마음이 내켰을 때, 또는 그렇게 하는 편이 좋다고 판단했을 때라야 이야기를 한다. 그것도 남이 듣고 싶어하거나 말거나 개의치 않고 오히려 자기자신을 위해 자기의 관심을 끄는 중대한 사건을 완전하게 요약하고 있다고 해도 과언이 아니었다.

이윽고 그는 매우 간단하게 그 사실을 말해 주었는데, 그것은 나를 더욱 어리둥절하게 만들 뿐이었다. 왜냐하면, 네 사람이 뒤쫓아 이제 손이 막 닿으려는 순간에 범인의 육체가 사라져 버렸다. 이런 사실은 이를테면 현재도 아직 미지의 과학인 최면술의 입장에서 볼 때도 전혀 불가사의한 일이 아니겠는가. 여기서 최면술을 언급한 것은, 그것이 전기와 마찬가지로, 그 성질도 전혀 알려져 있지 않고 그 법칙도 조금밖에 모른다는 점을 말한 것인데 그때로서는, 이 사건을 설명하려면 결국 이렇게밖에 설명할 수 없었던 것이다. 즉 이미 알려진 자연법칙의 권외(圈外)에 있는 어떤 작용에 의한 것으로 인정할 수밖에 없다고 생각된 것이다.

그러나 만약 나에게 룰르따비유의 두뇌가 있다면, 나도 그와 마찬가지로 '무리가 없는 자연스러운 해석을 흐릿하게나마 예감할' 수 있었을 것이다. 왜냐하면 글랑디에의 수많은 불가사의 중에서도 가장 흥미있는 불가사의란 바로 '룰르따비유가 그 수수께끼를 풀기 위해 사용한 자연스러운 사고방식'이었던 것이다. 그러나 그때나 지금이나 누가 도대체 룰르따비유만한 두뇌를 가지고 있다고 자부하겠는가? 이상하게 느껴질 정도로 툭 튀어나온 이마, 나는 아직도 그와 같은 이마를 본 일이 없다. 만약 있다면 룰르따비유만큼 유별나지는 않지만 프레드릭 라루상의 이마가 있을 정도이다. 그것도 그 유명한 탐정의 이마의 특이함을 알아내려면 잘 쳐다본 뒤라야지만, 룰르따비유의 이마의 윤기는 약간 지나친 표현을 쓴다면 눈으로 뛰어들어오는 것이다. 사건 뒤 룰르따비유가 나에게 주었던 서류 속에 한 권의 수첩이 있었다. 거기에는 '범인의 현실적 육체가 사라졌다는 괴사실'에 대한 상세한 보고와 그것에 대한 룰르따비유의 추리가 적혀 있었다.

룰르따비유와 나의 대화를 재현하기보다, 이 기록을 읽는 편이 좋으리라고 나는 생각한다. 왜냐하면, 이같은 종류의 이야기에서 가장 엄밀한 진실을 전하는 말이 아닌 것을 한 마디라도 덧붙이는 일이 있어서는 안 될 것이기 때문이다.

함정

조제프 룰르따비유의 수첩 발췌

어젯밤, 10월 29일에서 30일에 걸친 밤 1시경에 잠이 깼다. 불면증 때문일까, 아니면 외부의 소음 때문일까. 뜰 안쪽에서 신주님이 불길한 울음소리를 내고 있었다. 나는 일어나서 창문을 열었다. 차가운 바람, 그리고 비, 칠흑 같은 어둠, 정적. 나는 창문을 닫았다. 그러자 다시 기묘한 울음소리가 어둠을 찢었다. 나는 재빨리 바지와 윗옷을 입었다. 고양이를 밖에 내놓을 만한 날씨는 아니다. 이런 밤중에 성 바로 가까이에서 아주느 노파가 키우는 고양이 울음소리를 흉내내고 있는 것은 도대체 누구일까?

나는 나의 유일한 무기인 굵은 몽둥이를 들고 소리가 나지 않도록 살그머니 문을 열었다. 복도로 나갔다. 복도에는 구석구석 반사갓을 단 램프가 비추고 있다. 그 램프의 불꽃이 바람이 불어오고 있는 것처럼 흔들리고 있다.

나는 공기의 흐름을 느꼈다. 돌아다보니 나의 등뒤에 있는 창문이 하나 열려 있었다. 프레드릭 라루상과 내 방 앞의 복도——스땅제르송 양의 방으로 향한 직선 복도와 구별하기 위해 이것을 기역자 복도라 부르기로 했었다——그 복도의 막다른 곳에 있는 창문이다. 이 두 복도는 직각으로 교차되고 있다. 도대체 누가 이 창문을 열어 놓았을까? 아니면 누가 방금 연 것일까? 나는 창가에 서서 밖을 내다보았다. 이 창문에서 1미터 가량 밑에는 1층의 외부로 튀어나온 작은 방의 지붕을 이룬 테라스가 있다. 마음만 먹으면 창문을 통해 이 테라스 위로 뛰어내려, 거기서 성 정면의 광장으로 미끄러져 내려갈 수도 있다. 이런 경로를 밟은 사람이 있다면 그 사람은 분명히 현관문의 열쇠가 없는 사람일 것이다.

그러나 왜 그런 한밤중의 광대놀이 같은 장면을 상상해 보곤 할까? 창문이 열려 있어서인가? 아마 하인이 잊어버리고 닫지 않은 것이겠지. 창문이 열려 있는 것을 보고 곧 활극을 그리는 자신을 생각하니, 웃음이 나와 나는 쓴웃음을 지으며 창문을 닫았다. 그때 또 신주님의 울음소리가 어둠 속으로 울려퍼졌다. 그 뒤로는 다시 조용해졌다. 유리창을 두드리는 빗소리는 이제 그쳤다. 성안은 조용했다. 나는 복도에 깔린 카펫 위를 살금살금 걸어가 직선복도로 나가는 모퉁이에서 목을 늘여 조심스레 내다보았다. 직선복도에도 반사 램프가 하나 있어 그곳을 환하게 비쳐 주고 있다. 세 개의 안락의자와 벽에 걸린 그림이 몇 개 있다. 나는 무엇을 하려고 하는 것인가!

성이 이처럼 조용했던 일은 없다. 모든 것이 편안히 잠들고 있다. 대체 스땅제르송 양의 방쪽으로 나를 밀어대는 이 충동 같은 것은 무엇일까? 무엇이 나를 그녀의 방 쪽으로 가게 하는가? 무슨 이유로 스땅제르송 양의 방까지 가라고 나의 마음속의 소리가 외치고 있는 것일까? 나는 문득 발밑에 깔린 카펫으로 시선을 떨구었다. 그러자 스땅제르송 양의 방으로 향하는 나의 발걸음이 이미 그곳을 지나간 어떤 발자국에 이끌려 간다는 것을 알게 되었다. 카펫 위에는 진흙묻은 발자국이 있고 나는 그 발자국을 따라 그녀의 방으로 가고 있었던 것이다. 오오, 얼마나 무서운 일인가! 그것은 전에 본 기억이 있는 발자국이었다. 범인의 발자국인 것이다! 범인은 이렇게 날씨가 좋지 않은 밤인데도 밖에서 찾아온 것이다. 테라스가 있어 복도에서 창문을 넘어 밖으로 내려갈 수 있다면, 반대로 밖에서 안으로 기어올라올 수도 있을 것이다.

범인은 아직 성안에 있다. 왜냐하면 발자국은 아직 돌아가지 않았기 때문이다. 기억자 복도 끝에 열려 있던 창문으로 내부에 침입한 그는 프레드릭 라루상의 방 앞을 지난 다음, 나의 방 앞을 지나 직선 복도를 오른쪽으로 꺾어, 스땅제르송 양의 방으로 들어간 것이다.

나는 스땅제르송 양의 방문 앞, 즉 대기실 문 앞에 섰다. 문은 조금 열려 있었다. 나는 소리를 내지 않고 그 문을 밀었다. 그리고 대기실 안으로 들어갔다. 그녀의 거실 문 밑으로 한 줄기 빛이 새어나오고 있다. 나는 귀를 기울였다. 아무 소리도 들리지 않았다. 그야말로 숨소리조차 들리지 않았다. 아아, 이 문 저쪽의 침묵 속에서 무엇이 이루어지고 있는지 알 수 있다면!

열쇠 구멍으로 들여다보았으나 문이 잠겨 열쇠가 꽂힌 채 있었다. 범인이 안에 있을지도 모르는 마당에! 아니 분명히 안에 있을 것이다! 이번에도 또 놓치고 만단 말인가? 모든 것은 내가 할 탓이다! 침착하게, 침착하게 마음을 가라앉히고, 무엇보다 함부로 서투르게 행동하는 일이 없도록 행동해야 한다! 우선 방안을 볼 필요가 있다. 스땅제르송 양의 객실 쪽으로 들어가 볼까?

그러면 또 휴게실을 지나가야만 한다. 그 동안에 범인은 복도 문으로 도망쳐 버릴지도 모른다, 내가 지금 서 있는 이 문으로, 내가 보기에는 오늘 밤은 범죄가 일어나지 않은 것 같다. 그렇지 않고서는 이렇게 휴게실이 조용할 리가 없다. 휴게실에는 두 간병인이 스땅제르송 양이 완쾌할 때까지 밤낮없이 머물고 있었다.

범인이 실내에 있는 것을 확신하면서도 나는 왜 곧 소리칠 생각을 하지 않는가? 범인을 놓칠 우려는 있지만 스땅제르송 양을 구해낼 순 있지 않은가. 하지만 오늘 밤의 범인은 살해가 목적이 아니라면?

문이 열려 있다. 범인이 들어오기를 기다린 것이다. 누가 그랬을까? 그리고 다시 문을 잠근 것이다. 누가 그랬을까? 오늘 밤의 범인은 분명히 안으로 잠겼을 문을 통해 들어간 것이다. 왜냐하면 스땅제르송 양은 매일 밤 자기가 지내는 방의 문이란 문은 다 꼭꼭 잠그고 간병인과 함께 있으니까. 범인을 들어가게 하기 위해 이 방문 열쇠를 돌린 사람은 누구일까? 간병인들인가? 그 충실한 두 하인, 하녀인 노파와 그의 딸 시르비인가? 그런 일은 있을 수도 없다. 두 사람은 휴게실에서 자고 있다. 게다가 로베르 다르작끄 씨의 말로는, 스땅제르송 양은 몹시 불안해하며 조심을 하게 되었고 방안을 조금씩 걷게 되면서부터는——방에서 나온 것은 한 번도 본 일이 없지만——자기 스스로가 신변의 안전을 위해 신경을 쓰고 있다지 않은가. 다르작끄 씨를 놀라게 한 그녀의 그 불안한 모습과 조심성에 나는 또 이것저것 생각을 했던 것이다.

노랑방 사건 때, 피해자가 범인을 기다리고 있었던 일만은 의심할 여지가 없다. 오늘 밤 또 그녀는 기다리고 있단 말인가? 그렇지 않다면 도대체 '지금 안에 있는 범인'을 들여 보내기 위해서 열쇠를 돌린 자는 누구인가? 만약 그것이 스땅제르송 양 자신이라면? 그러니까 결국 그녀는 범인이 찾아오는 것을 두려워하고 있는지도 모르지만, 틀림없이 두려워하고 있겠지만, 그러면서도 범인에게 문을 열어 줘야만 하는 이유, 열어 주지 않을 수 없는 이유가 있는지도 모른다. 그렇다면 이것은 얼마나 무서운 기다림이란 말인가? 범죄를 위한 기다림인가? 분명히 연인을 기다리는 것은 아니다. 스땅제르송 양이 다르작끄 씨를 진심으로 사랑하고 있음은 내가 잘 알고 있다. 이 모든 상념이 헛되이 어둠속을 비치는 번개처럼 나의 뇌리를 스쳐갔다. 아아, 알수만 있다면…….

이 문 안쪽이 이처럼 조용한 것은 아마도 조용해야 할 필요성이 있어서이리라! 내가 주제넘게 참견을 하는 것은 좋은 결과보다 오히려 보다 나쁜 결과를 가져올 원인이 될지도 모른다. 전혀 알 수 없는 일이다. 나의 개입이 순간적으로 범행을 일으키는 결과가 되지 않는다고 누가 감히 말할 수 있겠는가? 아아, 정적을 깨지 않고 볼 수 있는 방법은 없단 말인가!

나는 대기실에서 나왔다. 그리고 가운데 계단으로 내려갔다. 그곳은 현관이다. 별채의 사건이 있은 뒤부터 작끄 노인이 자고 있는 1층 작은 방으로 나는 되도록 소리나지 않도록 뛰어 갔다.

그는 준비를 다 갖추고 있었다. 아주 무서운 모습이라 해도 지나친 말이 아닐 만큼, 눈을 크게 뜨고 있었으며, 나를 보고도 별로 놀라는 기색이 없었다. 그의 이야기로는 신주님의 울음소리가 들리더니 뜰에 발자국 소리가 났으며, 그 발자국 소리가 그의 방 창문 앞을 살금살금 지나가는 것을 듣고 일어났다고 했다. 그래서 창문 쪽을 보게 되었는데, 지금 금방 검은 그림자 하나가 지나가는 것이 보였다는 것이다.

권총 같은 것을 가지고 있느냐고 나는 물었다. 예심판사에게 그 권총을 빼앗긴 뒤로는 무기가 될 만한 것은 아무것도 가지고 있지 않다고 했다. 나는 그를 데리고 나갔다. 우리는 작은 뒷문을 통해 뜰로 나갔다. 그리고 성의 건물을 따라 스땅제르송 양 방 바로 아래까지 갔다. 나는 그 벽에 작끄 노인을 바싹 붙어 서게 하고 움직이지 말고 그대로 있으라고 이른 다음, 나 자신은 마침 달이 구름 속에 숨었으므로 그 틈을 타 창문 앞면으로 나아갔다. 창문이 반쯤 열려 있었으므로 그곳으로 새어나오는 불빛에 몸이 드러나지 않도록 조심했다.

창문을 열어놓은 것은 조심하기 위해서인가? 어쩌다 누가 문으로 들어오기라도 한다면 재빨리 창문으로 빠져나갈 수 있게 하기 위해서인가? 글쎄, 어떨까!

이 창문으로 뛰어내린다면 목뼈가 부러지고도 남을 것이다! 그러나 범인은 밧줄을 가지고 있지 않다고 장담할 수는 없다. 틀림없이 모든 경우를 생각하여 완벽하게 준비했을 것이다. 아아, 무슨 수를 써서라도 이 방에서 이루어지고 있는 일을 알고 싶다! 이 방의 침묵의 정체를 알고 싶다! 나는 작끄 노인이 있는 곳으로 되돌아가 짧게 귓속말을 했다.

"사다리."

처음부터 1주일 전에 전망대로 사용했던 그 나무를 생각하지 않은 것은 아니지만 이번에는 창문이 다른 쪽으로 열려 있어 나무 위로 올라가도 방안에서 무슨 일이 일어나고 있는지 전혀 보이지 않으리라는 것을 나는 곧 알아차린 것이다. 게다가 그냥 보기만 하는 것이 아니라, 대화도 듣고 필요한 행동을 취해야 한다고 생각한 것이다.

작끄 노인은 와들와들 떨 정도로 몹시 흥분하고 있었는데 모습이 사라졌는가 싶더니 곧 되돌아왔다. 그는 사다리는 가지고 오지 않고 멀리서 팔을 마구 흔들며 빨리 오라는 신호를 보냈다. 그는 내가 다가가자 "이리 오세요"라고 속삭였다.

그는 천수루를 돌아 성 반대쪽으로 나를 끌고 갔다.

"저는 사다리를 가지러, 정원사와 제가 광으로 쓰고 있는 천수루의 큰 방으로 갔단 말입니다. 그런데 천수루의 문이 열려 있고 사다리가 없어졌잖아요. 뛰어나와 살펴보니 저기 있는 것이 보였어요. 그 사다리가!"

그렇게 말하며 그는 성 저쪽 끝을 가리켰다. 사다리는 내가 열려 있는 것을 발견한 그 창문 밑 테라스를 받치고 있는 가로대에 걸쳐 있었다. 테라스의 그림자에 가려 있어 창문으로는 그 사다리가 보이지 않았던 것이다. 이 사다리가 있으면 2층 기역자 복도로 들어가기는 아주 쉬운 일이었을 것이다. 나는 수수께끼의 남자가 들어온 코스가 바로 여기일 거라고 확신했다.

우리는 사다리가 있는 쪽으로 달려갔다. 사다리를 떼려고 할 때 작끄 노인이 나에게 아래층 작은 방 입구가 살짝 열려 있는 것을 가리켰다. 그것은 성의 오른쪽 끝이 바깥으로 불거져나온 곳에 있는 방으로, 그 천장에 해당되는 부분이 앞서 말한 그 테라스로 되어 있다. 작끄 노인은 그 문을 조금 밀고 안을 들여다보았다. 그리고 재빨리 나에게 속삭였다.

"그녀석이 없어요."

"누가요?"

"산지기 말예요!"

그의 입이 다시 한번 내 귀에 닿았다.

"알고 계시죠, 천수루의 수리가 시작되면서부터 그녀석은 여기서 자고 있거든요."

그리고 자못 의미심장한 몸짓으로 반쯤 열린 문과, 사다리와, 테라스와, 내가 아까 닫았던 기역자 복도의 창문을 차례차례 손가락질해 보였다.

나는 그때 어떻게 생각했던가? 무슨 생각을 할 만한 여유가 있었단 말인가? 나는 생각했다기보다 오히려 느낀 것이었다.

나는 다음과 같이 느꼈다. 만약 저 방안에 있는 것이 산지기라면 그 사다리와 텅 빈 산지기의 방을 제외하고는 이때 그를 의심할 수 있는 단서는 아무것도 없었다. 그것이 산지기라면 분명히 그는 이 사다리를 타고 그곳 창문으로 침입할 수밖에 없었을 것이다. 왜냐하면, 그가 쓰고 있는 방 뒤에 있는 방들은 하인장(下人長)과 요리사 한 가족과 조리장이 차지하고 있으므로 그가 건물 내부를 통해 현관이나 계단으로 갈 수는 없기 때문이다. 만약 저 창문으로 침입한 것이 산지기라면 어떤 핑계를 대서라도 어젯밤 복도로 가서 안에서 양쪽 문짝을 살짝 닫아 둘 정도의 일이야 그로선 쉬운 일이었을 것이다. 그렇게 해두면 밖에서 밀기만 하면 창문이 열리고 복도로 침입할 수 있는 것이다.

창문을 안에서 잠글 필요가 없었다는 것은 범인의 신분에 대한 의혹의 범위를 대폭 좁혀 준다. 범인은 집안 사람이어야 한다는 것이다. 단 공범자가 있으면 이야기는 달라지지만, 공범자는 없는 것으로 생각된다. 물론 스땅제르송 양 자신이 그 창문을 안에서 잠그지 않도록 했다면 다른 문제지만. 그러나 자기 몸을 가해자로부터 지켜줄 장애를 스스로 치워야만 하는 비밀이 그녀에게 있다면 도대체 그것은 얼마나 무서운 비밀일까?

사다리는 내가 들고 우리는 성 뒤쪽으로 향했다. 그 방 창문은 여전히 반쯤 열린 채로 있었다. 커튼이 쳐 있었지만, 제대로 꼭 닫혀 있지 않았다. 그곳으로 한 줄기 폭넓은 광선이 우리 발치의 잔디밭 위를 비추고 있다.

나는 방 창문 아래에 사다리를 세웠다. 아무 소리도 내지 않고 감쪽같이 했다. 그리고 작끄 노인을 사다리 밑에 대기시켜 놓고 나는 몽둥이를 들고 살금살금 기어올라갔다. 나는 숨소리를 죽이고 발을 옮기는 일에 온통 주의를 기울였다. 갑자기 검은 구름이 몰려오더니 다시 비가 쏟아졌다. 이때가 기회다!

그러나 그때 느닷없이 신주님의 불길한 울음소리가 들려왔다. 나는 사다리 중간쯤에서 멈춰섰다. 내 귀에는 그 울음소리가 나의 등뒤 몇 미터 지점에서 들려오는 것 같았다. 만약 이 울음소리가 신호라면! 누군가 범인과 한패인 자가 사다리를 기어올라가는 나의 모습을 보고

만 것이라면! 이 울음소리를 듣고 그 사나이는 창가로 달려올는지도 모른다! 분명히 그럴 것이다! 아뿔사, 그녀석이 창가로 왔다! 머리 위로 그녀석의 모습이 느껴진다. 그녀석의 숨소리가 들린다.

그러나 나는 그를 볼 수 없다. 머리를 조금이라도 움직이면 마지막이다. 발각될 것인가? 머리를 내밀고 어둠 속을 내려다볼까? 살았다! 그녀석은 되돌아갔다. 아무것도 보지 못한 것이다! 나는 그가 살금살금 방 안을 걸어가는 것을 발소리로 들었다기보다는 오히려 낌새로 알아차렸다. 다시 서너 단을 기어올라갔다. 머리가 창틀 받침대에 닿고 이마가 그 위로 솟았다. 커튼 사이로 내 눈은 보았다.

남자가 있다. 스땅제르송 양의 작은 테이블 앞에 앉아 무엇을 쓰고 있다. 그는 나에게 등을 보이고 있다. 한 자루의 촛불이 켜져 있다. 그러나 그 촛불은 불꽃 위에 그가 고개를 숙이고 있으므로 차단된 빛이 그의 그림자를 이상하게 일그러지도록 만들고 있다. 내 눈에 비친 것은 구부리고 있는 괴물같은 널따란 등뿐이었다.

놀랍게도 스땅제르송 양이 없었다! 그녀의 침대는 흐트러져 있지 않았다. 그렇다면 오늘밤은 어디서 자고 있을까? 아마 하녀들과 함께 옆방에서일 것이다. 그렇게 추정된다. 사나이 혼자 있다니 고마운 일이다. 침착한 마음으로 함정을 준비할 수 있다.

그런데 도대체 지금 눈 앞에 있는 저자는 누구일까? 마치 자기 방에 있는 것처럼 유유히 책상에 앉아 무엇을 쓰고 있다. 만약 복도의 카펫 위에 범인의 발자국이 없었다면, 그 창문이 열려 있지 않았다면, 그 창문 밑에 사다리가 걸려 있지 않았더라면, 나로서도 저자는 당연히 이곳에 있을 수 있는 사람이라고 생각했을지도 모른다. 누군가 내가 아직 모르는 그럴 만한 이유가 있어 또 그럴 만한 일로 이곳에 있는 것이라고 생각했을지도 모른다. 그러나 이 기괴한 미지의 사나이가 노랑방의 사나이임에는 의심할 여지가 없다! 스땅제르송 양이 그 이름을 말할 생각도 않고, 그 흉악한 손아귀에서 모든 일을 감수해야 하는, 그 수수께끼의 사나이임에 틀림없다. 아아, 저녀석의 얼굴이 보고싶다! 갑자기 쳐들어가 붙잡아 버리고 싶다!

지금 방안으로 내가 뛰어들면 그는 대기실 쪽이나 또는 휴게실로 통하는 오른쪽 문으로 도망쳐 버릴 것이다. 휴게실에서 객실을 가로질러 복도로 나가게 되면 놓쳐 버리고 만다. 그러나 붙잡고 말 것이다. 이제 5분만 지나면 새장 안에 갇힌 새나 다름없다. 그런데 저녀석은 혼자서 무엇을 하고 있는 것일까. 스땅제르송 양의 방에서.

무엇을 쓰고 있는 것일까? 누구에게 쓰고 있는 것일까? 나는 아래로 내려가 사다리를 땅바닥에 눕혔다. 작끄 노인이 뒤에서 따라왔다. 성안으로 되돌아가 나는 스땅제르송 박사를 깨우라고 노인을 보내며, 박사의 방에서 나를 기다리라고 했다. 내가 갈 때까지 박사에겐 아무 말도 하지 말라고 해놓고 나는 프레드릭 라루상을 깨우러 갔다. 나로선 아주 싫은 일이었다. 가능하면 나는 라루상이 자고 있는 코 앞에서 혼자 그를 상대하여 사건의 해결을 독점하고 싶었다.

그러나 작끄 노인이나 스땅제르송 박사는 나이가 많은데다 나도 완전히 성장한 사람이라고는 할 수 없을지도 모른다. 아마 노련함이 부족할 것이다. 라루상이라면 범인을 때려눕히고, 발로 걷어차고, 수갑을 채워 끌어내는 일에 숙달되었을 것이다. 라루상은 잠에서 덜깬 모습으로 문을 열었다. 그러나 애송이 기자의 이야기는 전혀 들으려 하지도 않고 귀찮아하는 눈으로 나를 쫓아보내려고 했다. 나는 그 남자가 성안에 들어와 있다고 말해줄 수밖에 없었다.

"그것 참 이상하군."

그는 말했다.

"나는 오늘 오후 틀림없이 빠리에서 그 사람과 헤어졌다고 생각하는데!"

그는 부랴부랴 옷을 입고 권총을 들었다. 우리는 복도로 빠져나왔다. 라루상이 물었다.

"그녀석이 어디 있나?"

"스땅제르송 양의 방입니다."

"그럼, 스땅제르송 양은?"

"그 방에는 없습니다!"

"좋아, 가보세!"

"서두르면 안 돼요! 조금이라도 눈치를 채게 되면 그녀석은 곧 도망치고 맙니다. 도망칠 길이 세 군데나 있습니다. 문과 창문과 하녀들이 있는 휴게실."

"쏴버리지 뭐……."

"하지만 빗맞으면 어떻게 합니까? 슬쩍 다치게 할 정도라면 어떻게 합니까? 놈은 역시 도망치고 맙니다. 게다가 그녀석도 틀림없이 무기를 가지고 있을 테니까요. 안 됩니다, 제가 하는 대로 내버려두십시오. 생각해둔 일이 있으니, 어떤 결과가 생겨도 책임은 제가 지겠습니다."

"그럼. 마음대로 해보게."

그는 상당히 호의적인 말투로 말했다.

그래서 나는 복도의 두 창문이 굳게 닫혀 있는 것을 확인한 뒤 프레드릭 라루상을 기역자 복도 끝이 되는, 아까 열려 있기에 닫아 놓았던 그 창문 앞에 있게 했다. 나는 라루상에게 말했다.

"절대로 제가 부를 때까지는 이 자리를 떠나지 마십시오. 그 사나이는 쫓기게 되면 우선 틀림없이 이 창문 앞으로 와서 이리로 도망치려고 할 것입니다. 그는 이리로 들어 왔으며, 나갈 때도 이리로 나가려고 준비를 해놓았으니까요. 당신이 있어야 할 이 자리는 매우 위험합니다."

"자네가 있을 곳은 어딘가?"

"저는 방으로 뛰어들어 그놈을 당신이 있는 쪽으로 몰아낼 것입니다!"

"내 권총을 가지고 가게. 나는 자네의 몽둥이를 갖기로 하지."

"이거 참, 미안합니다. 고마우신 배려군요."

나는 프레드의 권총을 받아들었다. 그 방으로 뛰어들면, 방 안에서 무엇을 쓰고 있는 자와 맞서게 될 것이므로 이 권총은 정말 고마웠다.

그래서 나는 도면 5의 창문 위치에 프레드를 세워두고, 성의 왼쪽 부분에 있는 스땅제르송 박사의 방으로 여전히 숨을 죽여가며 걸어갔다. 스땅제르송 박사는 작끄 노인과 함께 있었다. 노인은 시킨대로 주인에게 옷을 빨리 입고 기다리라는 말만 해두었다. 그래서 나는 스땅제르송 박사에게 당면한 사정을 대강 말했다. 박사는 자기도 권총을 들고 내 뒤를 따랐다. 우리 세 사람은 곧 복도로 나왔다. 이같은 일은 범인이 책상 앞에 앉아 있는 것을 본 뒤 10분도 되기 전에 이루어진 일이다.

스땅제르송 박사는 곧 범인이 있는 곳으로 뛰어들어 총을 쏘려고 했다. 그야말로 간단한 일이 아니냐고 말하는 것이다. 나는 박사에게 나의 생각을 말하고 놈을 죽이려다 오히려 산 채로 도망치게 하는 위험은 피해야 한다는 것을 납득시켰다. 스땅제르송 양은 침실에 없으니까 그녀에겐 아무런 위험이 없다는 것을 맹세코 보증한다고 하니, 박사도 그제야 마음을 가라앉히고 하라는 대로 하겠다고 말했다. 나는 그래서 또 내가 부르든가, 권총을 쏠 때까지는 오지 말라고 두 사람에게 주의를 주었다. 그리고는 직선복도의 끝에 있는 창문 앞에 (도면 2의 창문) 작끄 노인을 세워 놓았다. 그를 이 자리에 세워 놓은 것은 방에서 쫓긴 범인이 복도를 따라 도망쳐 미리 열어두었던 창문으로 탈출하려고 달려가다 복도가 꼬부라진 곳에서 라루상이 기억자 복도 끝에 있는 창문을 지키고 있음을 알면 직선복도를 그대로 달려갈 거라 생각했기 때문이다. 작끄 노인을 그곳에 서 있게 하면 범인이 직선복도 끝의 창문을 통해 뜰로 뛰어내리는 것을 막을 수 있다.

범인이 성의 구조를 잘 알고 있다면(이 추정은 나로서는 의심할 여지도 없는 것이다) 그는 이런 경우 분명히 나의 생각대로 움직일 것이다. 사실 그 창문 밑에는 일종의 벽같은 것이 있다. 복도에 있는 다른 창문은 도랑을 향해 아주 높은 곳에 있어 뛰어내리면 십중팔구는 목이 부러질 것이다. 직선복도 끝에 있는 골방까지 포함해서 모든 문과 창문은 꼭 닫혀 있었다. 그것을 나는 재빨리 확인했다.

지금 말한 것처럼 작끄 노인에게 그자리에 서 있으라고 이르고, 그가 그곳에 서 있는 것을 확인한 다음, 이번에는 스땅제르송 박사를 딸의 대기실에서 가까운 계단 층계참 앞에 서게 했다. 모든 정황으로 미루어 내가 방에서 범인을 쫓아내면 범인은 휴게실 쪽이 아니라 대기실을 통해 도망칠 것이라고 예상되었다. 휴게실에는 하녀들도 있고 또 만약 내가 생각했듯이 스땅제르송 양이 자기한테 오기로 되어 있는 범인을 만나지 않으려고 그 휴게실로 피한 것이라면 그녀는 분명 그곳 문을 잠가 놓았을 것이다.

어쨌든 범인은 우리편이 모든 출구를 지키고 있는 복도로 뛰어들게 되는 셈이다. 복도에 나간 순간, 그녀석은 왼쪽 바로 코 앞에 스땅제르송 박사를 발견한다. 그러면 오른쪽으로 달려 기억자 복도로 향할 것이다. 본디 그곳이 미리 준비해 두었던 코스인 것이다.

두 복도의 교차점까지 와서 그는 앞서 설명한 것처럼, 왼쪽에 기억자 복도 끝에는 프레드릭 라루상이, 동시에 전면 직선복도 끝에는 작끄 노인이 버티고 서 있는 것을 알게 된다. 그때 스땅제르송 박사와 내가 뒤쫓는다.

이젠 우리의 것이다! 이미 우리 손아귀를 벗어날 수는 없다! 나에게는 이 계획이 가장 현명하고 가장 확실하고, 그리고 가장 간단한 것으로 여겨졌다. 만약 우리 넷 중 누구를 침실로 통하는 휴게실 문 뒤에 직접 배치할 수 있다면, 남자가 있는 방의 두 문, 즉 휴게실 문과 대기실 문을 직접 습격하는 편이 간단할 것이라고 깊이 생각지 않은 사람들은 그렇게 생각할지도 모른다.

그러나 휴게실에 들어가려면 객실을 통할 수밖에 없다. 객실 문은 스땅제르송 양이 조심스럽게 안으로 잠근 것이다. 그러므로 그런 방법은 누구나 쉽게 생각할 수 있는 문제지만 실행불가능한 일이었다. 그러나 깊이 생각할 수밖에 없는 나로서는 비록 휴게실을 마음대로 드나들 수 있었다 하더라도, 지금 내가 말한 방법을 그대로 취했을 것이다. 왜냐하면 문제의 방문을 하나하나 직접 공격하는 방법은 다 범인과 싸우는 순간에 우리가 따로따로 떨어져 있게 되기 때문이다. 내가 말한 방법은 거의 수학적인 정밀함을 갖고 결정된 한 장소에 전원의 공격력을 집중시킬 수 있는 것이다. 그 장소란 바로 두 복도의 교차점이다.

이상과 같이 네 사람을 나누어 놓은 다음, 나는 성을 빠져나가 사다리가 있는 곳으로 달려간 다음 사다리를 다시 벽에 세웠다. 그리고 권총을 손에 들고 기어올라갔다.

이렇게 용의주도함을 비웃는 사람이 있다면 노랑방의 풀 수 없는 수수께끼와 놀라운 범인의 교활함을 증명하는 과거의 모든 사실을 생각해 주기 바란다. 또 동작과 결단과 행동과 행동의 신속함에 모든 것을 집중해야 할 이 순간에, 쓸데없이 세밀하고 지리한 고찰을 하고 있다고 생각하는 사람이 있다면, 나는 이렇게 대답할 것이다.

나는 재빨리 생각하고, 실행한 그 공격 계획의 전모를 여기서는 상세하고 완전하게 보고하려 하기 때문에 그 재빠름과는 반대로 나의 펜의 움직임이 느리게 보이는 것이다. 이 기괴한 현상이 일어난 모든 조건을 하나도 빼놓지 않았다고 확신할 수 있게 하기 위해, 나로서는 이처럼 진지한 엄밀함을 택했던 것이다.

이 현상은 아주 새로운 사태에서도 생겨, 자연스러운 해명이 주어지는 일이라도 있다면 몰라도, 현재로 보아 '물질의 해리'——물질의 갑작스런 해리라고까지 말하고 싶을 정도이지만——라는 것을 그야말로 스땅제르송 박사의 모든 학설보다도 더 훌륭하게 증명하고 있는 것이라고 나는 생각하는 바이다.

물질 해리
조제프 룰르따비유의 수첩 발췌(이어서)

나는 다시 창문가에 이르렀다. 나의 머리가 저절로 다시 창문 받침틀 위로 올라가려고 했다. 내 눈은 본래의 위치를 바꾸지 않은 커튼 틈으로 들여다보려고 했다. 범인은 어떤 자세로 있을까, 궁금했다. 등을 보이고 있으면 좋으련만! 아직도 테이블에 앉아 무엇을 쓰고 있으면 좋으련만…… 어쩌면 이제 없을지도 모른다. 없다면 어떻게 도망치게 되었을까? 그가 쓴 사다리는 내가 가져오지 않았는가? 침착해라, 침착해, 나는 스스로를 타일렀다. 다시 고개를 내밀었다. 들여다보았다. 있다! 촛불 그림자 때문에 이상하게 변형된 그 괴물 같은 등을 나는 다시 보았다. 다만 그는 이제 아무 것도 쓰고 있지 않았고, 촛불도 이제는 작은 테이블 위에는 없었다. 촛불은 마루 위에 있고 그는 바로 그 앞에서 등을 구부리고 있었다. 기묘한 위치이지만 나에겐 유리했다. 나는 호흡을 가다듬었다. 다시 올라가기 시작해 사다리 마지막 단까지 이르렀다. 왼손이 창틀 받침대를 잡았다. 잘 되어간다고 생각한 순간에 나의 심장은 두방망이질을 치듯 마구 뛰었다. 나는 권총을 입에 물었다. 그리고 이번에는 오른손도 창틀 받침대를 잡았다. 그리고 손목에 힘을 주고, 아무래도 좀 무리한 동작이 되겠지만 상반신을 힘껏 들어올리면 창문 위에 설 수 있다. 사다리가 튼튼할까?

예상했던 일이 일어나고 말았다. 사다리에 걸친 다리를 아무래도 어느 정도 힘있게 걷어차야만 했고, 발이 떨어지자마자 사다리가 기우는 것을 나는 느꼈다. 사다리는 벽을 주르르 타고 내려가서 쓰러졌다. 그러나 이미 나의 무릎은 창틀 받침대에 다다랐고, 나는 나 자신도 놀라울 정도로 민첩하게 창틀 받침대 위에 섰다. 그러나 범인 쪽도 빨랐다. 그는 벽을 따라 쓰러져 내려간 사다리 소리를 들은 것이다. 순간 괴물같은 등이 꼿꼿이 펴지더니 그 사나이는 일어서서 돌아다보았다. 나는 그의 얼굴을 보았다.

분명히 그의 얼굴을 보았다고 할 수 있을까? 마룻바닥에 있는 촛불은 그의 발치만을 비추고 있었다. 그래서 작은 테이블의 높이보다 위쪽의 실내는 완전히 그림자와 어둠에 싸였던 것이다. 나의 눈에 비친 것은 머리가 길고 수염이 덥수룩한 얼굴이었다. 형형하게 빛나는 눈, 짙은 수염에 뒤덮인 창백한 얼굴, 수염은 어둠 속에서 순간적으로 식별한 바로는 붉은색이었다. 나의 눈에 비친 바로는, 내가 생각한 바로는…… 그 얼굴은 낯익은 얼굴이 아니었다. 흔들리는 어둠 속에서 잠깐 본 모습은 내가 처음 보는 얼굴이었다. 나로서는 이 얼굴을 본 일이 없다. 또한 그것이 누구인지 분간할 수가 없었다!

자, 빨리 해야 한다! 질풍과 같은 기세로 해야만 한다! 그러나 분하게도 내가 다음 발을 디딜 곳을 찾고 있는, 그 어쩔 수 없는 순서를 밟고 있는 틈에 창문 위의 내 모습을 발견한 그 낯선 사내는 몸을 홱 돌려 예상했던 대로 대기실 문으로 뛰어가 열쇠를 돌린 다음 도망칠 여유가 있었다. 그러나 그때 나도 이미 그의 등에 권총을 대고 뒤쫓고 있었다.

"이쪽입니다!"

나는 큰 소리로 외쳤다.

쏜살같이 방을 달려가는 순간, 나는 테이블 위에 한통의 편지가 놓여 있는 것을 보았다. 대기실에서 나는 그자를 거의 붙잡기에 이르렀다. 그자는 그곳 문을 열기 위해 적어도 1초를 소모한 것이다. 거의 손이 닿게 되었다! 그자는 복도로 나가는 문을 바로 내 코앞에서 꽝하고 닫았다. 그러나 나는 날개가 돋아 있었다. 나는 3미터쯤 뒤처져 복도를 달리고 있었다. 스땅제르송 박사도 나와 어깨를 나란히 하고 뒤쫓았다. 그자는 예측대로 복도 오른쪽으로 구부러졌다. 미리 준비했던 코스를 택한 것이다.

"이리 와요, 작끄! 이쪽이오, 라루상!"

나는 소리쳤다. 이제 독안에 든 쥐다! 나는 환희에 찬 소리로 외쳤다. 거친 승리의 외침을. 그 흉칙한 자는 우리보다 2초를 앞섰을까 했을 때 두 복도가 마주치는 곳에 이르렀다. 그리고 내가 예상했던 대로 모두가 그곳에서 마주치게 되었다. 필연적으로 일어나게 마련인 충돌이 생겼다! 우리는 전원이 그자리에서 부딪쳤다. 스땅제르송 박사와 나는 직선복도 끝에서, 작끄 노인은 같은 복도의 반대쪽에서, 프레드릭 라루상은 기역자 복도에서 바로 뛰어와서 우리는 벌렁 나가떨어질 정도로 세게 부딪쳤다.

그러나 그자는 그곳에 없었다!

'범인이 없다!'는 이 비현실적인 사실을 앞에 놓고 우리는 멍한 눈길로 서로의 얼굴을 쳐다보았다. 어디로 갔나? 어디로 갔나? 어디로 갔단 말인가? 우리는 얼떨떨해하며 연방 '어디로 갔느냐?'고 되뇌고 있었다.

"그놈은 도망갈 데가 없다!"

전율이 지나쳐 솟구치는 분노에 못이겨 나는 소리쳤다.

"나는 그놈의 몸에 손이 닿았었네."

프레드릭 라루상이 소리쳤다.

"그놈은 조금 전까지 그곳에 있었어요, 내 얼굴에 숨결이 닿을 정도였는걸요!"

작끄 노인이 말했다.

"우리도 놈의 몸에 손이 닿았었네."

스땅제르송 박사와 나도 같은 말을 되풀이했다.

어디로 갔나? 어디로 갔느냐 말이다, 대관절 어디로?

우리는 모두 미친 사람처럼 양쪽 복도를 뛰어다녔다. 문과 창문도 확인해 보았으나 다 닫혀 있었다. 단단히 닫혀 있다. 그 문이 열렸을 리는 없다, 지금 이 눈으로 보아 제대로 닫혀 있으니까. 만약 그자가 그렇게 쫓기면서 우리의 눈을 피해 문이나 창문을 열었다면, 그것은 그자신이 사라진 일보다 더 불가사의한 일이 아닌가?

어디로 사라졌을까? 어디로?

그는 문으로나 창문으로나 그 밖에 어느 곳으로나 탈출할 수는 없었을 것이다. 우리 네 사람 사이를 빠져나갈 수도 없었다.

＊룰르따비유로 인해 이 비밀이 자연스럽게 해명되었을 때──이 청년은 비범한 논리의 도움밖에 빌지 않았다──범인은 문과 창문은 물론 계단으로도 지나가지 않았다는 것이 확증되었다. 이 일이야 말로 바로 경찰 관계자가 확인해 보려고 하지 않은 사항이었다.

솔직히 말하지만, 나도 그 순간에는 그저 벙벙해져서 뭐라 말해야 할지를 몰랐다. 복도는 밝았고 그 복도에는 비밀 출구도 없었고, 벽에 장치한 비밀 통로도 없었으며, 사람이 숨을 곳이라고는 아무리 찾아봐도 한 군데도 없었다. 우리는 의자를 이리저리 옮겨놓아 보기도 하고 벽에 걸린 그림을 들어보기도 했다. 그러나 전혀 아무것도 없었다. 그곳에 꽃병이 있었다면 우리는 그속까지 들여다 보았을 것이다!

복도의 불가사의

조제프 룰르따비유의 수첩 발췌(이어서)

대기실 문 앞에 스땅제르송 양이 모습을 나타냈다. 우리는 도저히 믿기 힘든 현상이 일어난 복도를 우왕좌왕하며 그 문 가까이에 있었다. 사고력이 사방팔방으로 도망가는 듯한 기분이 드는 순간이 있는 법이다. 머리를 한 대 얻어맞고 두개골이 부서지고 논리가 파괴되고 이성은 박살이 난다…… 분명히 그때 나의 느낌은 그랬다. 모든 것이 평형을 잃었다는 느낌, 사고력을 가진 나의 머리도 이것으로 끝장인가, 이런 느낌으로 나는 기력을 잃고 빈 껍데기가 되어가고 있었다. 이성이 쌓아올린 정신적 노고가 붕괴됨과 아울러 눈은 여전히 똑똑이 보이는데도 생리적 시력의 현실적인 붕괴가 겹치고 있었던 것이다. 정수리에 얼마나 무서운 타격을 받았는지 모른다. 마띨드 스땅제르송 양이 대기실 앞에 나타난 것은 다행한 일이었다. 그녀의 모습을 보자 혼란스러워하던 사고력이 제자리로 돌아왔다.

나는 그녀의 향내를 맡았다. '흑의부인의 향내'를 맡은 것이다. 그리운 흑의부인, 그리운 흑의부인, 다시는 만날 기회가 없을 것이다! 아아! 생애의 10년, 나의 인생의 절반을 나는 그녀와 재회하기 위해 기다렸던 것이다! 그러나 슬프게도 다시는 그녀를 만나지 못했다! 다만 때때로, 그것도 약간, 아주 약간, 내가 젊었던 무렵*의 응접실 안에서 나만이 느낄 수 있던 그 향내를 접한 일이 있을 뿐이다. 그것과 거의 같은 향내를 다시금 맡고 있는 것이다! 지금 불가사의한 복도 앞에 서 있는 희고 몹시 창백한, 참으로 아름다운 여인 쪽으로 나를 끌어당기는 것은, 흑의부인이여, 그것은 그리운 당신의 향내에 대한 무의식의 기억입니다.

그녀는 목덜미 위에 아름다운 금발을 감아올리고 있어 관자놀이에 빨간 별모양이 보였다. 자칫했다가는 그녀의 목숨을 앗아갈 뻔했던 상처이다. 이 사건에 대해 내가 가까스로 이성적으로 움직이려고 했을 때 나는 수수께끼의 노랑방에, 스땅제르송 양이 머리를 갈래머리로 하고 있으리라 생각했다. 하지만 노랑방에 들어가 보기 전까지는 갈래머리를 상정하지 않고야 어떻게 추리를 할 수 있었겠는가?

그런데 '불가사의한 복도'의 사건에 맞닥뜨린 지금 나의 이성은 움직이지 못하고 있었다. 파리하게 질린 얼굴이었지만 그래도 아름다운 스땅제르송 양을 앞에 놓고 나는 정신나간 사람처럼 멍하니 서 있었다. 그녀는 꿈꾸는 듯한 새하얀 옷을 입고 있었다. 마치 유령이나 환상 같은 느낌이 들었다. 아버지는 그녀를 두 팔로 꼭 끌어안았다. 다시 자기 품안에 무사히 돌아왔다는 듯이. 아버지의 입장에서는 그녀를 또한번 잃을 뻔했던 것이다. 박사는 감히 물어볼 용기가 나지 않았던지 그녀를 그대로 방으로 데리고 들어갔다. 우리도 뒤를 따라 들어갔다. 어쨌든 사실을 알아봐야만 하는 것이다! 휴게실 문이 열려 있다. 두 간병인이 겁에 질려 우리를 쳐다보고 있다. 스땅제르송 양은 왜 이렇게 소란스러우냐고 물었다.

"하긴 늘 그렇지, 별 일 아니에요!"

그녀는 이렇게 말했다. 하기야 아무일도 아니지, 사실! 그녀는 그날 밤 자기 침실에서 자고 싶은 마음이 없어 간병인들과 함께 휴게실에서 잤다는 것이다. 그리고 셋이서 휴게실에 들어가 문을 잠갔다. 사건이 있던 날 밤부터 그녀가 불안해 하거나 갑자기 겁을 먹거나 한다는 것은 누구나 쉽게 이해할 수 있는 일이 아니겠는가? 그러나 어떻게 그녀석이 오기로 된 이 밤에 아주 기막힌 우연으로 그녀가 간호원이 자는 방으로 들어가게 되었는가를 이해할 수 있는 사람이 있을까? 겁먹은 딸을 위해 그녀의 객실에 가서 자줄까 하는 스땅제르송 박사의 호의를 그녀가 거절한 이유를 이해할 수 있는 사람이 있을까? 조금전에 이 방 테이블 위에 있었던 편지가 벌써 그곳에 없는 것은 어떻게 된 일인지 이해할 수 있는 사람이 있을까?

그런 것을 이해하는 사람이라면 이렇게 말할 것이다. 스땅제르송 양은 범인이 다시 찾아오리라는 것을 알고 있었던 것이라고, 그녀로선 그 일을 막을 수 없었던 것이다. 범인을 다른 사람에게 알리고 싶지 않았기 때문에 그녀는 아무에게도 그 사실을 말하지 않은 것이다. 자기 아버지에게도 알리고 싶지 않은 것이다. 로베르 다르작끄를 제외한 그 밖의 누구에게도 범인을 알리고 싶지 않은 것이다. 다르작끄 씨는 이미 그를 알고 있을 테니까. 아니면 전부터 알고 있던가. "당신을 얻기 위해 나는 범죄를 저질러야 한단 말입니까?" 그가 대통령 관저의 뜰에서 한 말을 생각해 보라. 범죄란 장해물에 대해, 다시 말해 범인에 대해서가 아니라면 도대체 누구에 대해 범한다는 말인가? 또 나의 질문에 대한 다르작끄 씨의 말을 생각해 볼 일이다.

"별로 싫지는 않겠죠, 내가 범인을 알아내려는 일이?"

"정말이지! 그녀석을 이 손으로 찔러 죽이고 싶어요!"

그래서 나는 그에게 되짚어 말했다.

"그것은 저의 질문에 대한 대답이 아닙니다!"

그것은 사실이었다. 틀림없이 다르작끄 씨는 범인을 잘 알고 있고,

죽여 버리고 싶다고 생각하면서도 내가 그것을 알게 될까봐 두려워하고 있는 것이다. 그가 나의 수사에 편의를 제공한 이유는 두 가지가 있다. 첫째는 그렇게 할 수밖에 없도록 내가 유도했기 때문이며, 둘째는 나의 수사를 보다 잘 감시하기 위해서다.

나는 그 범인을 이 방안에서 쫓아낸 것이다. 그녀의 방안에서. 나는 그녀의 얼굴을 쳐다보았다. 그리고 또 조금 전까지 편지가 놓여 있던 장소를 바라보았다. 그 편지를 집은 것은 스땅제르송 양이다. 분명히 그녀에게 보낸 편지인 것이다, 분명히!

아아, 불행한 그녀가 떠는 모습은 차마 볼 수 없었다. 범인이 그녀의 방에 있었으므로, 그자를 잡으려고 모두가 뒤쫓았다는 기괴하기 짝이 없는 이야기를 아버지에게서 들은 그녀는 와들와들 떨고 있었다. 그러나 눈에 띄게 알아차릴 수 있는 일이었지만, 범인이 전대미문의 마술을 써서 도망쳐 버렸다는 말을 똑똑히 들을 때까지는, 완전히 마음을 놓지 못하는 것 같았다.

잠깐 침묵이 흘렀다. 뭐라 말할 수 없는 침묵이었다. 우리는 모두 그녀를 쳐다보고 있었다. 아버지, 라루상, 작끄 노인, 그리고 나도, 그녀를 둘러싼 이 침묵 속에서 저마다 어떤 생각에 잠겨 있는가? 오늘 밤의 사건이 있은 뒤, '불가사의한 복도'의 신비가 있은 뒤, 그녀의 방에 범인이 있었다는 놀라운 사실을 목격한 모든 사람의 생각이, 자끄 노인의 머리속에 움직이고 있는 생각에서부터, 스땅제르송 박사의 머리 속에 생겨나기 시작한 생각에 이르기까지 모두 그녀에 대한 다음과 같은 말로 표현할 수 있었을 것이다.

"너는 비밀을 알고 있는 것이 아닌가. 분명히 말을 해다오, 그러면 우리가 너를 구해줄 수 있을지도 모른다!"

아아, 어떻게든지 그녀를 구해주고 싶다. 그녀 자신으로부터 또 범인으로부터 그녀를 구해주고 싶다. 그렇게 생각하니 울고 싶어진다.

사실을 이렇게까지 불쌍하게 감춰야 하는 남모르는 사정에 대해 나는 눈물이 글썽해져옴을 느꼈다.

그녀는 눈앞에 있다. 그리운 향기를 지닌 그 여성은——마침내 나는 그녀를 만난 것이다——그녀의 집에서, 그녀의 방에서, 나를 들여보내지 않으려던 이 방에서 그녀가 입을 다물고 말하지 않는 지금도 계속 침묵을 지키고 있다, 이 방에서. 노랑방의 그 운명적인 한순간이 있은 뒤 모습도 나타내지 않고 입도 열지 않으려는 이 여성의 주위를 빙빙 돌며 우리는 그녀가 알고 있는 일을 알려고 해왔다. 그것을 알려고 하는 우리들의 욕망, 우리의 의지가 그녀에게 있어서는 이중의 고통임에 틀림없다.

만약 우리가 그 일을 알면, 그녀의 비밀이 알려졌다는 사실이, 이 집에서 이미 일어났던 사건보다 더 무서운 사건을 불러일으키는 도화선이 되지 않는다고 누가 장담하겠는가? 그 때문에 그녀가 죽게 되지 않는다는 보증을 누가 하겠는가? 그녀는 자칫하다가는 죽을 뻔했고, 우리는 아무것도 모르고 있다. 아니 그보다는 아무것도 모르는 사람도 있다고 하는 편이 나을 것이다. 그러나 나만은…… 범인이 누구인가를 알면 그것으로 모든 것을 알게 되는 것이다. 누구냐? 누구냐 말이다. 그것은 그것이 누구인지를 모르는 이상 나는 입을 다물고 있지 않으면 안 된다. 그녀를 가엾게 여기기 때문이다. 왜냐하면 그녀는 그가 노랑방에서 어떻게 탈출했는가를 분명히 알고 있을 텐데, 입을 열지 않으니 말이다. 어떻게 내가 말을 하겠는가? 누구인지 알게 되면, 나는 그녀석에게 말해 주겠다, 당사자인 그녀석에게!

그녀는 그제야 우리를 쳐다보고 있다. 그러나 그녀의 눈길은 초점 없이 마치 우리가 방안에 있는 것 같지 않은 눈길이다. 스땅제르송 박사가 앞으로는 딸이 있는 방에서 절대로 떠나지 않겠다고 단언했다. 그녀는 이 확고부동한 결의에 반대했으나 헛일이었다. 스땅제르송 박사의 뜻은 완강했다. 내일로 미룰 것이 아니라 오늘 밤부터 당장 이곳에서 자겠다고 박사는 말했다. 그렇게 말하고 이번에는 오로지 딸의 건강을 걱정하는 마음에서 딸이 일어난 것을 나무라고, 그리고 갑자기 어조를 바꿔, 딸에게 어린애에게나 하는 설교를 시작하는가 싶더니 계속 미소짓기도 했다. 자기가 무엇을 하고 있는지, 무슨 말을 하고 있는지 자신도 잘 모르는 모양이었다. 이 명성 높은 교수가 완전히 침착성을 잃고 정신의 혼란을 나타내는 조리없는 말을 마구 되풀이하는 것이었다. 우리도 마찬가지였다.

스땅제르송 양이 그때, 참으로 비통한 목소리로 "아버지! 아버지!" 하는 말만 되뇌었으므로, 아버지는 그만 소리를 내어 울어 버렸다. 작끄 노인은 코를 풀고, 프레드릭 라루상까지도 감정을 감추기 위해 외면을 하는 판국이었다. 나도 더 이상은 참을 수 없게 되었다. 나는 이미 아무것도 생각지 않고 아무것도 느끼지 못하는 식물 이하의 존재였다. 이런 나 스스로가 싫어지고 말았다.

프레드릭 라루상도 나나 다름없이, 노랑방의 괴사건 이래 스땅제르송 양과 얼굴을 대하기는 처음이었다. 나와 마찬가지로 그도 이 가련한 여성을 신문하겠다고 주장하고 있었는데 역시 그녀에게 거부당하고 말았다. 그에 대해서나 나에 대해서나 그에 대한 대답은 으레 같은 대답이었다. 스땅제르송 양은 몸이 너무 약해서 우리를 만날 수 없다. 예심판사의 신문만으로도 몹시 피곤해 한다는 것이었다. 우리의 수사에 협력하려는 성의는 조금도 보이지 않았다. 나는 그런 태도에 조금도 놀라지 않았지만, 프레드릭 라루상은 늘 이상하게 생각하고 있었다. 라루상과 나는 사건의 해석이 전혀 다르긴 했지만.

그들은 울고 있다. 문득 정신을 차리고 보니, 나는 아직도 마음속으로 같은 말을 중얼대고 있었다. 그녀를 구하는 것이다! 설령 그녀의 뜻에 어긋나는 한이 있더라도 구해 주는 것이다! 그녀에게 누를 끼치는 일 없이 구해 주는 것이다! 놈에게 입을 벌리지 못하게 하는 방법으로 구해 주는 것이다! 놈이란 누구냐? 다시 말해 그 남자, 범인이다. 놈을 붙잡아서 놈의 입을 막아 버리는 것이다!

그러나 다르작끄 씨도 이런 뜻이 포함된 말을 하지 않았던가. "놈의 입을 봉하기 위해서는 놈을 죽여야 한다!"고. 확실히 그렇게 말한 것은 아니지만, 다르작끄 씨의 말투에서 느낄 수 있는 논리적 귀결은 그런 것이다. 스땅제르송 양을 죽이려고 했던 범인을 죽일 권리가 나에게 있단 말인가? 없다! 그러나 그녀석이 그 기회만이라도 주었으면 좋겠다. 그자도 정말 뼈와 살로 이루어졌는가를 보기 위해! 그자를 사로잡을 수 없을 바엔 그자의 시체라도 확인하기 위해!

그러나 우리 쪽을 쳐다보지도 않는 이 여성, 자신의 공포와 아버지의 슬픔에 완전히 마음을 빼앗기고 있는 이 여성을 향해, 나는 그녀를 구하는 일이라면 무슨 일이라도 하겠다는 사실을 어떻게 이해시키면 좋단 말인가? 음, 그렇다, 다시 한 번 자신의 이성을 올바르게 움직여 보도록 하자. 그리고 기적을 실현해 보이자.

나는 그녀 쪽으로 다가갔다. 나는 말하고 싶었다. 나를 믿어 달라고 그녀에게 부탁해 보고 싶었다. 그리고 그녀와 나만이 알 수 있는 말로 알려 주고 싶었다. 범인이 노랑방에서 어떻게 탈출했는지를 내가 알고 있다는 것을. 내가 그녀의 비밀 태반을 알고 있다는 사실, 또 내가 그녀를 진심으로 동정하고 있다는 사실을. 그러나 그녀는 은연중에 혼자 있기를 원하고 있었으며, 피로해서 곧 쉬어야만 하겠다는 눈치를 보이고 있었다. 스땅제르송 박사는 우리에게 방으로 돌아가 줄 것을 부탁했으며, 고맙다는 치사를 하고 우리를 내보냈다. 프레드릭 라루상과 나는 인사를 하고 복도로 나왔다. 작끄 노인도 따라나왔다.

"이상하다, 이상해!" 하고 라루상이 중얼거렸다. 그는 자기 방 앞까지 오자 나보고도 들어가자고 눈짓을 했다. 방문 앞에서 그는 작끄 노인 쪽을 돌아보며 물었다.

"당신 그녀석을 똑똑히 보았소?"

"누구 말이오?"

"그자 말이오."

"보는 게 다 뭡니까! 짙은 붉은 수염에 머리칼이 붉고……."

"그렇게 봤어요, 나도."

내가 말했다.

"나도 그렇게 봤어."

라루상이 말했다.

프레드와 나는 그의 방에서 단둘이 앉아 사건에 대한 이야기를 나누었다. 한 시간에 걸쳐 사건을 여러 각도에서 검토했다. 프레드가 문제를 제시하고 해석을 내리는 방법으로 미루어보아 그는 범인이 프레드의 눈과 나의 눈, 그리고 모든 사람의 눈이 번뜩이고 있는데도 전부터 알고 있던 비밀 통로를 통해 사라진 것으로 확신하고 있는 것이 명백했다.

"어쨌든 그는 성안을 잘 알고 있단 말이야, 정말 잘 알고 있어……."

그는 말했다.

"키가 큰 편이고, 아주 늘씬한 사람이었죠."

"그러면 꼭 그런 모습일 텐데……."

프레드는 중얼거렸다.

"당신이 말하는 뜻은 알겠지만…… 그러나 붉은 수염과 머리는 어떻게 설명하시겠습니까?"

"수염도 너무 많고 머리도 눈에 거슬려, 가짜야."

프레드릭 라루상이 말했다.

"그렇게 말한다면 간단하지만…… 당신은 여전히 로베르 다르작끄 씨만 염두에 두고 계신 모양인데…… 그 생각은 좀 떨쳐버릴 수 없습니까? 저는 그에게 혐의가 없다고 확신하고 있는데요."

"그렇다면 오죽이나 좋겠나! 나도 그러기를 원하고 있네. 그러나 모든 사실이 그에게 혐의를 던져 주고 있으니 말일세…… 자네 그 카펫 위에 난 발자국을 보았나? 잠깐 같이 가보려나?"

"나도 봤습니다. 연못가에 있던 자그만 발자국입니다"

"그것은 로베르 다르작끄 씨의 발자국이야. 자네도 아니라고는 말하지 않겠지?"

"그야 물론 분간할 수 없을 정도로 비슷하지만……"

"그 발자국이 돌아가지 않은 점을 알아차렸나? 그자가 우리에게 쫓겨 방에서 뛰어 나왔을 때는 발자국을 조금도 남기지 않았네"

"틀림없이 그녀석은 몇 시간 전부터 방에 있었습니다. 신발의 진흙도 말라버렸을 테고, 그렇게 빨리 발끝으로 뛰었으니 말입니다…… 그녀석이 도망치는 모습은 보였어도 발소리는 들리지 않았으니까요"

갑자기 나는 종잡을 수 없고, 비논리적이며, 우리에게 적합치 않은 이 이야기를 중단했다. 그리고 라루상에게 귀기울여 보라고 눈짓을 했다.

"아래에서 누군가가 문을 닫고 있어요……"

나는 일어섰다. 라루상도 따라왔다. 우리는 아래층으로 내려가 밖으로 나갔다. 기역자 복도의 창문 밑에 있는 돌출된 방으로 나는 라루상을 데리고 갔다. 아까까지 열려 있던 작은 방의 문이 지금은 닫혀 있고, 문틈으로 빛이 새어나오는 것을 나는 손가락질했다.

"산지기야."

프레드가 말했다.

"가봅시다!"

나는 속삭였다.

그리고 결심했다. 그러나 무엇을 결심했는지는 나 자신도 확실히 알 수 없었다. 산지기가 수상하니 알아봐야겠다는 결심을 한 것인가? 과연 그렇게 단언할 수 있을까? 나는 문 앞으로 다가가 갑자기 노크를 했다.

산지기 방에 진작 와봤어야 했다고 생각하는 사람이 있을지도 모른다. 범인이 복도에서 사라진 것을 확인한 뒤 우리가 우선 했어야 할 일은, 그 밖의 모든 장소, 성의 주위나 뜰 같은 곳을 두루 살펴보는 일이었다고 생각하는 사람이 있을 수도 있다.

그같은 것을 지적하는 사람이 있으면, 우리는 다음과 같이 대답할 수밖에 없다. 범인이 복도에서 사라진 상황은 이미 범인은 어디를 찾아도 발견되지 않을 것이라는 생각이 들 정도의 상황이었다. 우리 모두가 손을 내밀어 거의 그의 몸에 닿으려는 순간 그는 사라져 버린 것이다. 우리에게는 아주 캄캄한 뜰 가운데서 그를 발견할 수 있으리라는 생각을 할 만한 기력이 전혀 없었던 것이다. 게다가 나는 이미 말했듯이, 이 범인이 사라짐으로써 그야말로 뒤통수를 한 대 얻어맞은 것 같은 상태였던 것이다!

노크를 하자 곧 문이 열렸다. 산지기는 우리에게 무슨 일이냐고 태연한 목소리로 물었다. 그는 셔츠만 입고 있었다. 막 잠자리에 들어가려던 참인 것 같았다. 침대는 잘 정돈된 채 있었다.

우리는 안으로 들어갔다. 나는 깜짝 놀랐다.

"아니! 아직 자지 않았었군요?"

"그렇소."

그는 퉁명스럽게 대답했다.

"정원과 숲을 한바퀴 돌고 왔소. 지금 막 돌아온 길이오. 졸려서 이제 자야겠소, 어서 가 쉬시오!"

"잠깐 할 말이 있어요."

내가 말했다.

"아까 당신 방 창문 옆에 사다리가 있던데……."

"무슨 사다리요? 사다리는 본 일도 없소, 어서가 쉬시오!"

그렇게 말하고 그는 우리를 밀어냈다. 문 밖에서 나는 라루상의 얼굴을 바라보았다. 그가 무엇을 생각하고 있는지 종잡을 수가 없었다.

"어떻습니까?"

나는 말했다.

"어떻습니까라니?"

라루상이 되물었다.

"뭔가 새로운 게 떠오르지 않습니까."

그가 기분이 언짢은 것만은 사실이었다. 성으로 들어가며, 그가 불쾌한듯 중얼거리는 소리가 들려왔다.

"내가 그렇게 터무니없이 보았다면 정말 이상하다고 말할 수밖에 없겠군……."

이 말은 자기 자신에게 말한다기보다 오히려 나에게 하는 말 같았다.

그는 덧붙여 말했다.

"어쨌든 두고 보면 알 일이지만 머지않아 결말이 나게 되겠지. 내일 아침이면 대충 해결의 실마리가 잡힐 것 같네."

---

* 룰르따비유는 이때 18세였다. 그러면서 '젊었던 무렵'이라는 말을 쓰고 있다. 나는 그의 원문을 존중했다. 그러나 여기서 독자에게 잠깐 말해 둘 것이 있다. '흑의부인의 향기'에 관한 삽화는 반드시 '노랑방의 수수께끼'

와 관계되는 일이 아니다. 일부러 말할 것까지는 없는 일이지만, 여기에
인용한 기록 속에서 룰르따비유가 가끔 '젊었던 무렵'의 회상에 잠기는
일이 있더라도 그것은 나의 탓이 아니다.

원을 그리다
룰르따비유 수첩 발췌(이어서)

    우리는 문 앞에서 우울하게 악수를 나누고 헤어졌다. 방법적인 것은 아니지만 독창적이고 매우 지적인 두뇌의 라루상에게, 자기가 잘못 생각하고 있을지 모른다는 정도의 의심을 갖게 했다는 사실이 나로선 기뻤다. 나는 잠들지 않았다. 날이 새기를 기다려 성안으로 내려왔다. 나가고 들어온 모든 발자국을 살피며 나는 집둘레를 한 바퀴 돌았다. 그러나 발자국은 마구 섞여 분간하기 어려웠으므로 아무런 수확도 없었다. 게다가 범행 도중에 남게 되는 외적 징후에 과대한 중요성을 부여하는 습관을 나는 갖지 못했다는 점을 여기서 말해 두고자 한다. 발자국을 보고 범인을 추정한다는 방법은 아주 원시적이다.

    같은 발자국은 얼마든지 있다. 최초의 단서를 발자국에서 얻어야 하는 경우가 없는 것은 아니지만, 그것을 증거로 본다는 것은 어떤 경우에서나 도저히 있을 수 없는 일이다. 그것은 내버려두고라도, 정신에 대혼란이 일어났으므로 나는 맞은편 광장으로 가 그곳에 있는 모든 발자국 위에 엎드려 지금 말한 최초의 단서라는 것을 찾았다.

그만큼 나는 사리에 어긋남이 없는 것, 불가사의한 복도의 사건에 대해 내가 이성으로 판단할 수 있는 것에 의지하고 싶었다. 어떻게 이성을 쓸 것인가? 어떻게 생각할 것인가?

아, 이성을 올바르게 쓰자! 나는 절망하여 아무도 없는 정면 광장 돌 위에 앉았다. 나는 도대체 한 시간 동안이나 무엇을 하고 있는 것인가. 가장 평범한 탐정으로서 쓸데없는 일만 하고 있는 것은 아닌가. 흔히 볼 수 있는 형사들처럼 나 또한 과시해 보려고 했던 일을 믿게끔 하는 발자국 같은 데 속으려 하고 있는 것이다.

나의 지능지수는 작가들이 그려내는 탐정들보다도, 에드거 앨런 포나 코난 도일의 소설에서 방법을 배운 형사들보다도 못하지 않은가. 나는 내 몸을 돌이켜보며 그렇게 생각했다. 정말이지, 소설 속의 형사들이란…… 모래밭 위에 난 발자국 하나, 거기에 남은 단 하나의 손자국을 바탕으로 하여 어리석은 추론을 계속 전개해 나가는 것이다!

당신을 말하는 것이오, 프레드릭 라루상! 소설 속의 형사란 바로 당신을 말하는 것이오! 당신은 코난 도일을 너무 많이 읽었소. 셜록 홈즈 덕분에 당신은 어리석은 짓을 하는 것이오. 소설에도 없는 어리석은 이론을 전개하는 것이오. 결국은 죄없는 사람을 체포하고 마는 것이오. 당신은 코난 도일 방식으로 예심 판사며, 경시총감이며, 모든 사람을 설득하고 바야흐로 최후의 증거가 나타나기를 기다리고 있소. 최후 증거가 나타나기를 기다리고 있는 것이오, 최후의 증거가! 최후의 증거? 최후가 되기는 커녕, 최초의 증거라 하면 어떻소, 안 된 일이지만…… 대개 지각으로 파악되는 것은 증거가 될 수 없다! 나도 지각으로 파악할 수 있는 흔적 위에 몸을 굽혀 보았지만, 그것은 다만 나의 이성이 그린 원 속에 그것이 제대로 들어갈 수 있도록 하기 위해서였다. 그 원은 참으로 좁았던 일도 있다. 그야말로 대단히 좁았던 일도, 그러나 아무리 좁다고는 하지만 그래도 역시 넓었다. 그 이유는 이 원은 다만 진실만을 담고 있었기 때문이다! 나는 한 마디로 단언한다. 지각으로 파악할 수 있는 흔적은 나의 노예에 지나지 않았다. 결코 나를 지배하는 주인이었을 때는 없었다. 나는 그런 것 때문에 맹인 이상으로 무섭고 그 불길한 것, 잘못된 견해를 갖는 사람이 된 일은 없다! 프레드릭 라루상이여, 당신의 오류, 당신의 동물적인 사고방식에 내가 지지 않는 까닭도 그 점에 있는 것이다!

그런데 무슨 꼴이냐! 어젯밤 처음으로 그 불가사의한 복도에서, 나의 이성이 그리는 원 속에 전혀 들어가지 않은 것처럼 보이는 사건이 일어났기 때문에 나는 이렇게 헤매다니며, 시궁창 속에서 닥치는 대로 먹이가 될 오물을 찾고 있는 돼지처럼 허리를 굽히고 땅에 코를 박고 걷고 있는 것이다. 자, 룰르따비유 군, 머리를 들어라! 그 불가사의한 복도의 사건이 너의 이성에 의해 그려진 원 밖에 있다니, 있을 수 없는 일이다. 너는 알고 있는 것이다! 그런 일은 있을 수 없다는 걸 알고 있는 것이다! 그렇다면 머리를 들어라. 이마의 두 혹을 두 손으로 눌러 봐라. 그리고 생각해 내는 것이다, 종이 위에 도형을 그리듯 자기 뇌리 속에 뚜렷이 원을 그렸을 때, 너는 이성을 올바르게 움직였다는 것을!

자, 이제 걸어야 한다. 그리고 프레드릭 라루상이 스틱에 의지하듯 너의 올바른 이성에 의지하며 불가사의한 복도로 다시 올라가라. 그러면 그 프레드 선생이 한낱 바보에 지나지 않는다는 것을 곧 증명할 수 있을 것이다.

조제프, 룰르따비유 10월 30일 정오

나는 이렇게 생각하고, 그대로 행동했다. 현기증나는 머리를 안고 그 복도로 다시 올라갔다. 그러자 어젯밤 거기서 본 것 이외의 것이라고는 하나도 발견된 것이 없는데도 나의 올바른 이성이 참으로 어처구니 없는 한 가지 사실을 지적했다.

그것은 참으로 어이없는 일이라서 나는 쓰러지지 않도록 몸을 지탱하기 위해 올바른 이성 그자체를 붙잡고 있어야만 했다. 그러나 이제부터 나는 더욱 힘을 다해 노력하지 않으면 안 된다. 이마의 두 혹 사이에 내가 그린 큰 원 속에 들어갈, 틀림없이 들어갈, 지각으로 파악할 수 있는 증거를 발견하기 위해!

조제프 룰르따비유
10월 30일 한밤

범인의 방문을 예고

　그 수수께끼의 밤이 지난 다음 날 아침, 불가사의한 복도의 현상을 상세히 적은 이 수첩이 룰르따비유의 손에서 나의 손으로 넘어온 것은 훨씬 뒷날의 일이다. 나는 지금 독자가 읽은 내용을 내가 글랑디에로 불려 가던 날, 그의 방에서 다 들었다. 그 밖에, 그가 빠리로 가서 두세 시간을 지냈을 때의 행동도 상세히 말해 줬는데 결국 도움이 될 만한 것은 아무것도 알 수 없었다고 한다. 불가사의한 복도의 사건은 10월 29일부터 30일에 걸친 밤에, 다시 말해 오늘이 11월 2일이니까 내가 성을 다시 찾아오기 사흘 전에 일어났다. 권총을 가져오라는 친구의 전보를 받고 내가 글랑디에로 다시 찾아온 것은 11월 2일인 것이다. 지금 나는 룰르따비유의 방에 있다. 그는 이야기를 이제 다 마쳤다.

　그는 이야기하고 있는 동안 작은 탁자 위에서 발견한 코안경의 렌즈를 계속 만지고 있었다. 이 안경의 렌즈를 기쁜 듯이 만지작거리는 그의 모습을 보고, 나는 이것이야말로 그의 올바른 이성에 의해 그려진 원 속에 들어갈 운명의 증거가 되는 흔적, 곧 지각으로 파악할 수 있는 흔적임이 분명하다는 것을 깨달았다. 이처럼 그가 자기의 사고에 적절한 말을 써서 자기 표현을 하는 독특한 방법에 나는 새삼스레 놀라지는 않았다. 그러나 이따금 그의 생각을 알고 있지 않으면 그의 말을 이해할 수 없을 때가 있었다. 더구나 조제프 룰르따비유의 생각을 꿰뚫어보는 일은 쉬운 일이 아니었다.

이 청년의 추리법은 지금까지 내가 관찰한 진기한 사항 중에서도 가장 진기한 것 가운데 하나였다. 그는 이 추리법을 내세우고, 길을 가다 그것을 대하는 사람들이 놀라리라고는 생각지도 않고 인생을 살고 있었던 것이다. 구태여 말하자면 대하는 사람은 단순히 놀랄 뿐 아니라 당황하는 것이다. 길에서 특이한 사람을 만나면 멈춰서서 그 뒷모습을 언제까지나 바라보고 있는 것처럼, 사람들은 룰르따비유가 생각하는 방식을 깨달으면 돌아서서 물끄러미 그것이 옆을 지나쳐 멀리 사라져가는 것을 쳐다보았다.

사람들은 "어디서 온 친구지, 저녀석은 ! 어디로 가는 거지 ? "하고 소곤대듯, "조제프 룰르따비유의 생각은 어디서 온 것이냐, 그리고 어디로 가느냐 ? "하고 마음속으로 중얼대는 것이었다. 그가 자기 생각의 독창성을 느끼지 못하고 있는 사실을 나는 알아차렸다. 그러므로 그것은 그가 남처럼 인생을 살아가는 데 있어 그를 하등 곤혹케하는 일은 없었다. 자기의 색다른 복장을 전혀 아무렇지도 않게 생각하는 사람이 어느 자리엘 나가나 태연한 것은 마찬가지였다.

따라서 자신의 초자연적 두뇌에 무관심한 이 청년은 실로 자연스럽고 담담한 태도로, 복잡하게 뒤얽힌 내용을 압축된 논리에 의해 표현하는 것이었다. 그리고 그 논리가 무섭게 압축되어 있으므로 우리 같은 보통 사람에겐, 우리의 경탄의 눈에 대해 그가 직접 그것을 연장시키고 보통 모양으로 만들어 정면에서 보여 주는 범위 안에서만 그 윤곽을 잡을 수 있는 것이다.

룰르따비유는 내가 자기 이야기를 듣고 어떻게 생각하느냐고 물었다. 그렇게 말해도 나는 당황할 뿐이라고 대답하니 이번에는 나에게 이성을 올바르게 움직이도록 노력해 보라고 말했다.

"그렇다면 말하네만, 나로선 이렇게 생각하네."

나는 말했다.

"자네들이 뒤쫓은 범인이, 그 뒤쫓는 동안 복도에 있었다는 것은 의심할 여지가 없네. 그곳에 추론의 출발점을 두어야만 하네."

이렇게 말하자 나는 말이 막혔다.

"대단히 훌륭하게 출발했으면서 그렇게 빨리 멈출 거야 없지 않습니까."

그는 말했다.

"조금 더 말해 보세요."

"해보세. 범인이 복도에 있다. 그자리에서 사라졌다. 그런데 문이나 창문으로는 나갈 수 없었다니, 그녀석은 어딘가 다른 출구로 도망쳤겠지."

룰루따비유는 딱하다는 듯이 나를 쳐다보며 미소를 지었다. 그리고 그자리에서 내가 멀쩡한 얼굴로 헌신짝 같은 형편없는 생각을 하고 있다고 말했다.

"아니, 헌신짝 같기는! 그야말로 프레드릭 라루상 같은 생각이지. 당신 생각은!"

왜냐하면 룰르따비유는 라루상에 대해 존경과 모멸의 감정을 번갈아가며 품고 있었던 것이다. 나도 분명히 알고 있지만, 라루상의 발견이 그의 추리를 확증하는 결과가 되느냐, 부정하는 결과가 되느냐에 따라 어떤 때는 "그 사람은 정말 유능하다!"라고 외치는가 하면, 또 어떤 때는 "정말 둔하기 짝이 없군!"하고 말하는 것이다. 그것은 이 비상한 청년이 지니고 있는 진지한 성격에서 옥에 티라고 할 수 있었다.

우리는 일어섰다. 그는 나를 뜰로 데리고 갔다. 출입문을 향해 정면 광장을 걷고 있을 때 덧문이 열려 벽에 부딪치는 소리가 나기에 우리는 돌아다보았다. 성의 왼쪽 2층에 있는 창문에 내가 모르는 남자가 있었다.

──붉은 얼굴에 수염이 없다.

"아니! 저건 아더 윌리엄 랜스잖아!"

룰르따비유가 중얼거렸다.

룰르따비유는 땅바닥을 쳐다보고 부지런히 걸었다. 그리고 입속으로 혼잣말을 했다.

"그럼 어젯밤에 성에서 잤었나?…… 무얼하러 왔지?"

성에서 꽤 멀어졌을 때 나는 그에게 아더 랜스가 누군지, 어떻게 알고 있는지 물었다. 그러자 룰르따비유는 그날 아침 그가 한 말을 나에게 상기시켰다. 아더 윌리엄 랜스란 사람은 필라델피아의 미국인으로 대통령 관저의 만찬회 때 그와 함께 술잔을 기울였다는 그 사람이었다.

"하지만, 그는 곧 프랑스를 떠난다고 말하지 않았나?"

나는 물었다.

"그래요, 그래서 나도 그를 보고 놀란 거죠, 아직 프랑스에 있는 것도 이상하지만, 하필이면 이 글랑디에에 있다는 것은 더욱 이상하군요, 오늘 도착한 것도 아니고 어젯밤에도 아닌데. 그렇다면 저녁 식사 전에 도착했기 때문에 나의 눈에 띄지 않은 것이군."

문지기 부부가 어째서 나에게 일러주지 않았을까?

문지기 부부의 이야기가 나온 김에 나는 그들을 어떻게 석방시켰느냐에 대해서는 아직 아무 말도 듣지 못했음을 말했다.

마침 우리는 문지기네 집 가까이에 와 있었다. 베르니에 부부는 우리가 오는 것을 쳐다보고 있었다. 혈색 좋은 그들의 얼굴에 상냥한 미소가 감돌고 있었다. 미결 구류의 불행한 지난날의 감정을 조금도 지니고 있지 않은 것 같았다. 아더 랜스가 언제 도착했느냐고 룰르따비유가 물었다.

그들은 이렇게 대답했다. 아더 랜스 씨가 성에 있는 줄 몰랐다. 아마 어젯밤에 온 모양이다. 그러나 그들은 문을 열어 줄 필요가 없었다. 왜냐하면 랜스 씨는 걷기를 좋아하기 때문에 차로 마중나오는 일을 싫어한다. 언제나 생미셸 마을의 역에서 내려 거기서부터 숲속을 가로질러 성까지 걸어온다. 성녀 주느비에브 동굴을 지나 성쪽으로 오는 것이다. 동굴 속으로 내려가, 작은 철책을 넘어오면 정원 안으로 들어서게 된다는 것이다.

베르니에 부부의 이야기가 진행됨에 따라 룰르따비유의 표정엔 일종의 불만이 드러나기 시작했다. 틀림없이 그자신에 대한 불만이다. 그자리에서 일을 보고 있고, 글랑디에의 모든 대인 관계를 세심하게 조사했음에도 불구하고, 아더 랜스가 가끔 성에 온다는 사실을, 이제야 남에게 물어서 알게 되었다는 점에 그는 분명히 화를 내고 있었다.

불쾌한 얼굴로 그는 설명을 요구했다.

"아더 랜스가 곧잘 성을 찾아온다고 했죠. 그럼 마지막 온 것이 언제가요?"

"정확히 말하기는 힘듭니다."

베르니에가 대답했다.

"우리가 갇혀 있는 동안의 일은 알 수 없으며, 그리고 그 사람은 성에 올 때나 갈 때나 이곳 문으로는 나가지 않으니까요."

"그럼 그가 처음 찾아온 것은 언제인지 알고 있나요?"

"알고말고요! 9년 전입니다."

"그러니까 그는 9년 전에 프랑스에 왔었군!"

룰르따비유가 말했다.

"그래 그때 당신네들이 알기론 몇 번이나 찾아왔었죠?"

"세 번입니다."

"당신네들이 알고 있는 범위에서 오늘 말고 그가 글랑디에를 마지막으로 왔던 것은 언젠가요?"

"노랑방 사건이 일어나기 약 일주일 전입니다."

룰르따비유는, 이번에는 특별히 문지기 부인 쪽을 보고 질문을 했다.

"마룻바닥 가장자리 틈이 있는 곳이었지요?"

"마루 틈입니다."

부인이 대답했다.

"알았어요. 그럼 오늘 밤의 준비를 해주시오."

룰르따비유가 말했다.

그는 이 마지막 말을, 입에 손가락을 대며 말했다. 아무에게도 말하지 말고 비밀을 굳게 지키라는 신호이다.

우리는 저택 밖으로 나가 여인숙 천수루로 향했다.

"자네는 저 여인숙으로 식사를 하러 가나?"

"가끔요."

"그러나 성에서도 식사를 할 것 아닌가?"

"아아, 라루상과 나는 어떤 때는 그의 방에서 어떤 때는 나의 방에서 함께 식사를 하지요."

"스땅제르송 박사는 한 번도 자네들을 식사에 초대하지 않던가?"

"한 번도 없었어요."

"자네들이 묵고 있어 진저리를 내는 것이 아닌가?"

"글쎄요. 그러나 어쨌든 별로 괴로워하는 얼굴은 아닌 것 같아요."

"자네들에게 무슨 질문을 하는 일은 없나?"

"전혀 없어요! 딸이 죽어갈 때 노랑방 문 앞에 서서, 문을 부수고 들어가 보니 범인의 그림자도 없었다, 그런 일을 겪은 사람의 심리 상태가 아직도 계속되고 있는 셈이지요. 그자신 범행 현장에 있었으면서 아무것도 발견하지 못한 정도이니까 우리 같은 사람이 무엇을 발견할 수 있겠느냐고 생각하는 거죠. 그러나 라루상의 가정 아래 자기의 당연한 입장으로서 우리 마음대로 하는 억측에 결코 거역하지 않으려고 하는 셈이죠."

룰르따비유는 다시 입을 다물고 생각에 잠겼다. 그러나 가까스로 명상 상태에서 벗어나자, 문지기 부부를 어떻게 풀어주었는가에 대한 일을 나에게 설명했다.

"나는 최근 종이 한 장을 들고 스땅제르송 박사를 만나러 갔었어요. 그리고 그 종이에 '나는 나의 두 충실한 고용인, 베르니에와 그의 아내를, 그들이 무슨 말을 하더라도 우리 집에서 계속 고용할 것을 보증합니다'라고 써서, 거기 서명해 달라고 말했지요. 이 보증이 있으면 문지기 부부의 입을 열게 할 수 있을 것이라고 설명해 준 거예요. 그리고 그들이 범죄와는 아무런 관계도 없다는 것을 나는 확신하고 있다고 단언했어요. 본디 그 점에 있어선 나는 그런 의견을 갖고 있었으니까요.

예심판사가 서명이 든 이 종이쪽지를 베르니에 부부에게 보이니 곧 그들은 입을 열기 시작했어요. 직업을 잃을 염려가 없게 되자 내가 예상했던 대로 그날 있던 일을 안심하고 말하게 된 거예요. 그들은 스땅제르송 박사의 소유지에서 밀렵을 하고 있었던 거예요. 그리고 사건이 일어났을 때 그들이 별채 가까이에 있었던 것은 마침 그날 밤, 밀렵에 나갔었기 때문이었다고 고백했어요. 이리하여 스땅제르송 박사의 눈을 속여 잡은 토끼는 천수루 주인이 사가고 주인은 그것을 손님에게 팔기도 하고 빠리로 새어나가기도 했던 거예요.

진상은 그러했고, 나로선 처음부터 알고 있었던 일이었죠. 천수루에 갔을 때 내가 '드디어 불고기를 먹게 될 것이다!'라고 한 말을 기억하고 계세요? 이 말은 그날 아침 우리가 성문 앞에 도착했을 때 들은 말입니다. 당신도 들었지만, 당신은 그 중요성을 느끼지 못한 거죠. 우리가 문 가까이 왔을 때 성벽 앞을 계속 시계를 보며 왔다갔다하는 사람이 있어 우리가 잠깐 서서 쳐다봤던 일을 기억하시죠. 그 사람이 프레드릭 라루상이었고, 그는 이미 활동을 하기 시작한 셈이죠. 그때 우리 뒤에서 여인숙 주인이 입구에 서서 안에 있는 누군가를 향해 '드디어 불고기를 먹게 될 것이다!'라고 말한 거예요.

왜 '드디어'인가? 현재의 나처럼 복잡하게 얽힌 진상을 살피고 있는 중에는 보는 것과 듣는 것 어느 하나도 허술하게 지나쳐 버리는 일이 없는 법이죠. 모든 사항에, 하나하나의 뜻을 발견하지 않으면 안 됩니다. 우리는 범죄 사건으로 시끄러운 좁은 고장에 와 있습니다. 누구 입에서 나온 어떤 말이든 사건과 관계가 있을지도 모른다고 의심해 보는 일은 당연한 일이 아니겠어요. '드디어'란 나에게는 '사건이 일어난 이상, 이제부터는'을 뜻하고 있었어요. 그래서 수사 초부터 나는 이 말과 사건의 관계를 알려고 한 거죠.

우리가 천수루에 점심 식사를 하러 간 일이 있잖습니까. 나는 느닷없이 그 문구를 말해 버렸죠. 그러자 마튜 영감이 놀라 난처한 표정을 짓기에 그 말이 그에게는 분명히 중대하다는 것을 안 것이죠. 나는 그때 문지기 부부가 체포된 것을 알고 있었어요. 마튜 영감은 문지기 부부에 대해 진실한 친구를 말하듯 그리워하는 말투로 말하고 있었지요. 관념의 필연적 연결이라고 할까, 나는 마음속으로 중얼거렸어요. '드디어' 문지기 부부가 체포된 이상 '불고기를 먹게 되겠지'. 문지기 부부가 없어지면 사냥해 잡은 짐승도 구할 수 없게 된다는 뜻이죠. 어째서 사냥해 잡은 짐승이라는 생각이 뚜렷이 떠올랐을까? 스땅제르송 박사의 산지기에 대해 마튜 영감이 품고 있는 적의, 문지기 부부도 그를 미워하고 있다는 마튜 영감의 말, 그것이 나의 마음속에, 밀렵이라는 단어를 자연히 떠오르게 한 것입니다. 문지기 부부는 사건이 일어났을 때, 분명히 침대에 없었어요. 그렇다면 무엇 때문에 그날 밤 밖에 나가 있었을까? 사건에 관계가 있어서일까? 그렇게 생각하고 싶은 마음은 조금도 없었어요. 왜냐하면 그 이유는 언젠가 이야기하게 되겠지만. 이 사건의 범인에겐 공범자는 없다고 생각하고 있었기 때문이지요. 이 사건은 스땅제르송 양과 범인 사이에 비밀이 숨겨져 있지, 문지기 부부와는 아무런 관계가 없다고 생각하고 있었기 때문이죠.

문지기에 대해선 밀렵이라는 일로 모든 설명이 되었어요. 나는 그런 추리에 입각하여 문지기네 집에서 증거를 찾았어요. 당신도 알고 있듯이 나는 그들 집에 몰래 들어가 침대 밑에서 덫과 놋쇠로 된 철사를 발견했어요. 역시! 그들이 밤중에 정원에 있었던 이유는 이것이라고 생각했어요. 그러니 그들이 판사 앞에서 입을 다물고 있었던 것도 당연한 일이죠. 사건의 공범자라는 중대한 혐의를 받아도 밀렵을 고백할 리가 없었던 거죠. 밀렵이면 중죄재판소행은 면하게 되지만 성에서 쫓겨납니다.

그들 생각으론 사건에 대한 무죄는 분명하니까 자기네들의 무죄는 곧 증명될 것이고 밀렵 사실도 탄로되지 않고 끝나게 되리라고 한 가닥 희망을 걸고 있었던 셈이죠. 사실을 털어놓는 일은 막다른 경우에 가서 해도 늦지 않을 거라고 생각한 거예요. 그러므로 나는 스땅제르송 박사의 서약서를 가지고 가서 자백을 빨리 받은 거죠.

그들은 필요한 증거를 다 내보이고 석방되었어요. 그리고 나를 대단히 고맙게 생각했죠. 왜 좀더 빨리 석방시키지 않았나 하면, 그들의 관계가 밀렵에만 해당되는지 나도 그때는 확신이 없었기 때문이죠. 그래서 저절로 뚜렷해지기를 기다리며 사정을 잘 조사해 보려고 생각한 거죠. 날이 감에 따라 나의 확신은 점점 굳어져 갔어요. '불가사의한 복도'의 사건이 있던 다음 날, 이 집에서 믿을 만한 사람이 필요했으므로 그들을 석방시켜서 곧 내 편을 삼아야겠다고 결정한 셈이죠. 대강 이런 상황입니다! "

조제프 룰르따비유는 이렇게 말했다. 그가 문지기 부부 공범 문제의 진상을 이렇게 간단한 추론으로 해결한 데는 또 한 번 놀라지 않을 수 없었다. 분명히 이 문제는 극히 사소한 사건에 틀림없었지만 나는 마음속으로 이렇게 생각했다. 룰르따비유는 반드시 가까운 시일 안에 '노랑방' 사건과 '불가사의한 복도'의 기이하기 짝이 없는 사건도 마찬가지로 간단히 밝혀 주리라고.

우리는 여인숙 천수루에 도착하여 안으로 들어갔다. 이번에는 마튜 영감의 모습은 보이지 않았고, 대신 부인이 환하게 웃으며 우리를 맞이해 주었다. 이 홀에 대한 이야기는 벌써 한 바 있고, 부드러운 눈길을 가진 금발의 예쁜 부인에 대한 말도 앞서 말했지만, 그 부인이 이내 우리의 식사준비를 하기 시작했다.

"마튜 씨는 좀 어떻습니까? "

룰르따비유가 물었다.

"아무래도 시원치 않아요. 여전히 누워 있답니다. "

"관절염이 낫지 않는 거죠? "

"그래요. 어젯밤도 모르핀 주사를 맞아야만 했어요. 이젠 그 주사밖에 없어요. 그이의 아픔을 멎게 해 주는 것은. "

부드러운 목소리로 그녀는 말했다. 그녀의 몸에 갖추어진 것은 하나에서 열까지 모두가 부드러움으로 차 있었다. 그녀는 정말 미인이었다. 약간 태평스러운 모습이었고, 큰눈 언저리는 그늘을 이루고 있다. 사랑을 하고 있는 여자의 눈이다. 마튜 영감은 관절염을 앓지 않았을 때는 정말 행복한 주인이었을 것이다. 그러나 그녀는 이 까다로운 관절염 환자를 상대로 행복한 기분으로 살고 있는 것일까? 우리가 전에 목격한 장면으로 미루어보아 그런 것 같지는 않았다. 그 여자의 태도에는 별로 절망스러워하는 구석이 없어 보였다. 그녀는 테이블 위에 고급 시도르를 갖다 놓고, 우리의 식사 준비를 하기 위해 부엌으로 사라졌다. 룰루따비유는 컵에 술을 따르고 파이프에 담배를 담은 다음 불을 붙였다. 그리고 서서히 권총을 가지고 글랑디에로 오라는 전보를 치게 된 이유에 대해 말하기 시작했다.

"그래요."

하고 자기 파이프에서 품어나오는 연기를 물끄러미 쳐다보며 그는 말했다.

"그래요. 나는 오늘 밤 범인이 오기를 기다리고 있어요."

그러고 나서 잠깐 입을 다물었다. 나는 그 침묵을 방해하지 않으려고 조심했다. 그는 다시 입을 열었다.

"어젯밤, 내가 막 자려고 하는데 로베르 다르작끄 교수가 나의 방문을 노크하더군요. 문을 여니까, 내일 아침, 그러니까 오늘 아침이죠. 빠리로 가야한다고 하더군요. 이 여행을 결심하게 된 이유는 어쩔 수 없는 성질의 것이긴 하지만 아울러 분간하기 어려운 점도 있었어요. 어쩔 수 없다는 것은, 교수는 이 여행을 꼭 해야 한다는 것이며, 분간하기 어렵다는 것은, 여행 목적을 나에게는 말할 수 없다는 거예요.

교수는 이렇게 말했어요. '나는 출발합니다. 그러나 지금 스땅제르송 양 곁을 떠나지 않아도 되는 일이라면 그야말로 목숨의 절반

쯤은 내던져도 좋을 것 같은 기분입니다.' 교수는 그녀의 몸에 또
다시 위험이 다가오고 있다는 의심을 감추지 않았어요. '내일 밤,
무슨 일이 일어났다 하더라도 나는 조금도 놀라지 않습니다. 그런
데 나는 떠나야 하는 것입니다. 글랑디에는 모레 아침이라야 돌아
오게 됩니다.' 교수는 그렇게 털어놓았어요. 나는 설명을 해달라고
했지요. 교수의 설명은 이랬어요. 위험이 다가온다는 생각은, 다만
자기가 없을 때와 스땅제르송 양이 일을 당하게 되는 때가 묘하게
일치된다는 점으로 미루어보아 그런 생각이 든 것이래요. '불가사
의한 복도' 사건이 있던 날 밤, 교수는 글랑디에를 떠나야만 했대
요. '노랑방'의 사건이 있던 날 밤에, 교수는 글랑디에에 있고 싶어
도 있을 수 없는 사정이 있었다는군요. 사실 우리는 교수가 없었다
는 사실을 알고 있어요. 적어도 그의 진술에 의해 공식적으로 알고
있는 바로는 그래요.

그같은 생각을 품고 있으면서도 오늘 또 집을 비운다는 것은, 교
수는 자기 의사로 간다기보다 강압적인 의사를 따르지 않으면 안
되었던 것이에요. 이것은 내가 생각한 일이지만 교수에게도 그렇게
말해 줬습니다. 교수도 '그럴지도 모릅니다'하고 대답하더군요. 당
신 의사보다 더 강압적인 의사란 스땅제르송 양의 뜻이냐고 나는
물어 보았죠. 교수는 절대로 그렇지 않다는 거예요. 자기가 떠나는
것은 자기 자신이 정한 일로 스땅제르송 양의 의사와는 전혀 관계
가 없다는 겁니다. 요컨대 범인이 또 찾아올 가능성이 있다는 것
은, 다만 이상하게 일치하고 있기 때문이라고 교수는 거듭 말하더
군요.

그것은 교수만이 느낀 점이 아니라 예심판사도 교수에게 그 점을
지적했다나 봐요. '만일 스땅제르송 양에게 무슨 일이 일어나면 그
것은 그녀에게나 나에게나 무서운 일이 될 겁니다'라고 교수는 말

하는 거예요. '그녀에게 또다시 목숨에 관한 일이 생긴다면 그녀를 지켜주지 못했다는 죄책감만이 아니라, 내가 어디서 그 밤을 지냈느냐고 문책을 당해도 뭐라고 말을 할 수 없는 처지에 놓이게 될 테니까요. 나도 내 자신이 용의자로 지목받고 있다는 사실은 알고 있습니다. 예심판사와 프레드릭 라루상 씨는──라루상 씨 같은 사람은 오전에 내가 빠리에 갔을 때, 나를 미행해 와서 그를 따돌리느라고 얼마나 혼이 났는지 모릅니다──이 두 사람은 십중팔구 내가 범인이라고 믿고 있어요.' 나는 갑자기 소리를 질렀죠. '왜 당신은 범인의 이름을 밝히지 않습니까? 알고 있으면서!' 넘겨짚은 나의 말에 다르작끄 교수는 몹시 당황한 모습을 보였어요. '내가! 범인의 이름을 알고 있다고? 누가 가르쳐 줬다는 겁니까?' 나는 그자리에서 되받아 줬어요. '스땅제르송 양이요!' 그러자 교수는 기절이라도 할 듯 창백해지더군요. 그것을 보니 내 짐작이 바로 들어맞았다는 것을 알았어요. 스땅제르송 양과 그는 범인의 이름을 알고 있는 겁니다! 잠깐 마음을 가라앉힌 교수는 말했어요. '그럼, 가보겠어요. 당신이 이곳에 와 있는 동안 나는 당신의 비범한 두뇌와 비할 데 없이 교묘한 수완을 충분히 보아왔습니다.

당신께 부탁하고 싶습니다. 내일 밤 위험한 일이 일어날 것 같다는 나의 생각은 지나친 생각인지도 모릅니다. 그러나 어떻든 만전을 기해야만 하며, 당신의 힘으로 그런 위험이 절대로 일어나지 않도록 힘써 주기 바랍니다. 스땅제르송 양에게 아무도 가까이 가지 못하도록, 그녀를 지키기 위해 필요한 모든 조치를 취해 주십시오. 그녀의 방에 누구도 침입하지 못하도록 해주십시오. 그녀의 방 주위를 충실한 개처럼 지켜주십시오. 자서는 안됩니다. 1초의 휴식도 취하지 마십시오.

우리가 두려워하고 있는 자의 교활함은 놀라울 정도입니다. 아마

이 세상에 아직껏 그런 예가 없을 것입니다. 당신이 감시해 주면 그의 그 교활함이 그녀를 구해 줄 것입니다. 그처럼 약은 꾀가 있는 자가 당신의 감시를 알아차리지 못할 리가 없습니다. 그리고 당신이 지키고 있다는 것을 알게 되면 그자도 손을 대지 못할 겁니다.' '당신은 이 사실을 스땅제르송 박사님께 말씀드렸습니까?' '아뇨.'——'왜 말씀하시지 않았습니까?'——'당신이 아까 말한 '당신은 범인의 이름을 알고 있다!'라는 말을 스땅제르송 박사에게서 듣고 싶지 않았기 때문이죠.

범인이 틀림없이 내일 찾아오겠죠 하는 내 말을 듣고 당신은 놀랐습니다. 하물며 스땅제르송 박사께 똑같은 말을 한다면 얼마나 놀라실지 모르는 일입니다! 아마 박사는 나의 불길한 예언이 그 일치점에 입각해 있는 줄은 모르고, 마침내 박사 자신도 묘한 노릇이라고 나를 의심하게 될 겁니다. 룰르따비유 씨, 내가 이런 말도 숨기지 않고 다 말하는 것은 당신을 깊이 믿고 있기 때문입니다. 당신은, 당신만은 나를 의심하고 있지 않다는 사실을 잘 알고 있습니다!……' 이 가엾은 교수는 나의 질문에 있는 힘을 다해 대답을 하고는 있었지만, 전혀 갈피를 잡을 수 없었어요."

룰르따비유의 이야기는 계속되었다.

"교수는 괴로워하고 있었어요. 나는 동정했죠. 스땅제르송 양이 '노랑방'과 '불가사의한 복도'의 범인 이름을 밝힐 정도라면, 오히려 그의 손에 죽기를 원하게 되리라는 것과 마찬가지로 교수도 나에게 범인의 이름을 자백할 정도라면 오히려 죽음을 당하는 것이 낫다고 생각하고 있다는 사실을 잘 알고 있었기에 보다 더 가엾은 생각이 들었지요. 범인은 무서운 방법으로 그녀를 꼼짝 못하게 묶어 놓은 것입니다. 아니 그녀와 다르작끄 교수 두 사람을 묶어 놓은 거예요. 더구나 딸이 범인에게 매여 있다는 사실을 스땅제르송 박사가 알게 될까 봐, 두 사람은 매우 두려워하고 있는 것입니다.

　나는 다르작끄 교수에게 나의 마음을 전하고, 이제 충분한 설명을 들었고 더 이상 들을 말도 없으니까 그만 말해도 된다고 말했어요. 그리고 밤을 새워 감시할 것을 약속했죠. 그러자 교수는 다시 다짐하듯 스땅제르송 양의 방 주위, 두 간병인이 자고 있는 휴게실 주위, '불가사의한 복도' 사건 이래 스땅제르송 박사가 자고 있는 객실 주위, 요컨대 그녀가 차지하고 있는 거처 전체의 주위에 물샐틈없는 방어진을 쳐달라고 되풀이 부탁했어요.

　이렇게 간곡하게 다짐을 받아가며 부탁하는 일로 미루어보아 다르작끄 교수는 범인을 스땅제르송 양의 방으로 다가오지 못하게 하는 일만을 원하고 있는 것이 아니라, 범인의 내습이 불가능하다는 것을 뚜렷이 보여줌으로써 범인이 곧 후회하여 아무런 형적도 남기지 않고 사라져 주기를 원하고 있었던 거예요. 교수가 헤어지기 직전에 한 마지막 말——'내가 떠난 뒤, 스땅제르송 박사를 비롯해 작끄 노인, 프레드릭 라루상, 그 밖에 성 안에 있는 모든 사람들에게 내일 밤에 대해 당신이 느낀 바를 말해도 상관없습니다. 그렇게 해서 모든 사람에게 당신 혼자의 의견이라는 것을 알리고, 내가 돌아올 때까지 경계진을 펴주십시오.' 이 말은 내 속으로 역시 다르작끄 교수의 그런 기분을 나타낸 말이라고 해석했어요.

　정말 가엾은 사람입니다. 나의 침묵 앞에서, 당신의 비밀을 짐작하고 있노라고 큰 소리로 외치고 있는 나의 눈 앞에서 교수는 갈피를 못 잡는 듯한 얼굴로 가버렸어요. 사실 그래요. 그런 때 나에게 부탁을 하러 와서, 자신의 부재와 범인의 방문이 일치한다는 생각을 품고 있으면서도 스땅제르송 양을 혼자 남기고 간 것을 보면, 교수는 차마 어쩔 수 없는 입장에 놓여 있었던 것 같아요.

　교수가 사라진 뒤 나는 곰곰이 생각해 봤어요. 그리고 이렇게 생각했어요, 어떤 교활함에도 지지 않도록 이쪽에서도 교활해지지 않으면 안 된다. 그자가 오늘밤, 스땅제르송 양의 방을 찾아오는 것이라면, 이쪽에서 그자의 모습을 경계하고 있을지도 모른다는 그런 눈치는 절대로 보이지 않도록 해야 한다. 물론 그자가 들어온다면 죽여서라도 막아야만 한다. 그러나 적당히 방치해 두었다 죽이건 사로잡건 그자의 얼굴을 분명히 보아두어야 한다. 어쨌든 끝장을 내야 한다. 스땅제르송 양을 눈에 보이지 않는 이 죽음의 위험에서 해방시켜야 한다 ! "

룰르따비유는 파이프를 테이블 위에 놓고 컵에 든 술을 마신 다음, 딱 잘라 말했다.

"정말 그래요, 그자의 얼굴을 똑똑히 봐야 합니다. 내가 올바른 이성으로 그린 원 속에 그 얼굴이 들어간다는 것을 확인하기 위해서입니다. "

그때 베이컨이 든 오믈렛을 가지고 여주인이 다시 모습을 나타냈다. 룰르따비유가 슬쩍 장난을 걸자 그녀는 더없이 애교있는 모습을 보였다. 그는 나에게 말했다.

"이 아주머니는 주인이 건강할 때보다, 관절염으로 침대에 묶여 있을 때가 훨씬 더 명랑하답니다. "

그러나 나의 마음은, 룰르따비유의 농담이나 여주인의 애교 있는 웃음과는 전혀 다른 곳을 향하고 있었다. 룰르따비유의 마지막 말과 로베르 다르작끄 씨의 기괴한 행동이, 나의 마음을 완전히 빼앗아가 버린 것이다.

룰르따비유가 오믈렛을 다 먹어치우고 다시 우리만 남자, 그의 이야기가 또 시작되었다.

"오늘 아침 일찍 당신에게 전보를 쳤을 때, 나의 생각은 '범인이 어쩌면 내일 밤에 올지도 모릅니다' 라고 말한 다르작끄 교수와 같았어요.

그러나 지금은 그는 반드시 온다고 단언할 수 있습니다. 틀림없어요. 나는 그를 기다리고 있는 것입니다."

"그 확신은 무엇으로 얻게 되었나? 어쩌면 그게 아닌가, 저……"

"가만히 계세요."

룰르따비유는 웃으며 가로막았다.

"말하지 않는 것이 좋습니다. 보나마나 어처구니없는 말을 할 테니까요. 범인이 찾아온다고 확신하게 된 것은 오늘 아침 10시 반의 일이었어요. 다시 말해 당신이 도착하기 전이니까 정면 광장에서 아더 랜스가 창문 앞에 있는 것을 확인하기 전이 되죠……"

"그래!…… 정말인가? 그래 어떤 이유로 10시 반부터 그렇게 확신하게 되었단 말인가!"

"그것은 오늘 밤 범인이 자기 방으로 들어올 수 있도록 스땅제르송 양이 열심히 공작하고 있다는 증거를 10시 반에 손에 넣었기 때문이죠. 한편으론 로베르 다르작끄 교수가 나를 찾아와 범인을 막아 달라고 간절히 예방 공작을 강의하고 갔는데 말입니다."

"그래! 그런 일이 있을 수 있을까!"

나는 소리쳤다. 그리고 목소리를 낮추어 말했다.

"스땅제르송 양이 로베르 다르작끄 씨를 진심으로 사랑한다고 자네는 말하지 않았는가?"

"그게 사실이니까 그렇게 말했죠."

"그렇다면 기괴하다는 생각이 안 드나?"

"이 사건에선 모든 것이 다 기괴하죠 뭐. 그러나 당신을 기다리고 있는 기괴함에 비하면 지금까지의 기괴함 따위는 아무것도 아니라는 것을 각오해야 해요!"

"그렇다면, 스땅제르송 양과 그녀를 노리는 남자하고 적어도 편지

왕래쯤은 있었다고 인정해야 되지 않겠나."

"인정하라고요! 인정을…… 그렇게 인정해도 그다지 분별없는 짓은 아닐 테니까요! 스땅제르송 양의 테이블 위에 있었던 편지 이야기는 했지요, '불가사의한 복도'의 사건이 일어났던 날 밤 범인이 두고 간 편지, 그리고…… 스땅제르송 양의 주머니 속으로 사라져 버린 그 편지 말예요…… 그 편지 안에서 범인이 스땅제르송 양에게 가까운 시일 안에 만날 기회를 만들어 달라고 강요하지 않았다고 누가 장담할 것이며, 또 범인이 다르작끄 씨의 출발을 확실히 알게 되자 오늘밤에 밀회를 그녀에게 알리지 않았다고도 장담할 수 없으니까요."

그렇게 말하고 그는 소리내지 않고 비웃는 듯한 표정을 지었다. 그는 가끔 나를 바보로 취급하고 있는 것이 아닌가 하는 생각을 하게 했다.

여인숙의 출입문이 열렸다. 룰르따비유는 의자에서 전류라도 통한 듯 갑자기 일어서며 "아더 랜스 씨!"하고 불렀다.

아더 랜스 씨가 우리들 앞에 서 있었다. 그리고 침착한 태도로 인사를 했다.

준비

"저를 기억하시겠습니까?"

룰르따비유가 아더 랜스에게 물었다.

"잘 기억하고 있지요."

그는 대답했다.

"그때 뷔페에서 만난 소년이죠. (소년이란 말에 룰르따비유의 안색이 분노로 벌개졌다) 그래서 자네와 악수를 하려고 이곳까지 온 거요. 자네는 꽤 유쾌한 소년이오."

미국인이 손을 내밀었다. 룰르따비유는 표정을 풀고 웃으면서 악수했다. 그리고 나와 아더 윌리엄 랜스 씨를 인사시킨 다음 랜스 씨에게 함께 식사를 하자고 권했다.

"고맙소, 스땅제르송 박사와 함께 식사를 하게 되어서."

랜스 씨가 구사하는 프랑스어는 조금도 어색함이 없이 완벽에 가까웠다.

"당신과 다시 만나게 될 줄은 몰랐습니다. 대통령 관저의 연회석에선 다음 날이나 다음다음 날에 프랑스를 떠난다고 하시지 않았습니까. "

룰르따비유와 나는 이 우연히 만난 사람끼리의 대화에 별로 관심이 없는 체하며 미국인의 한 마디 한 마디에 신경을 곤두세우고 있었다.

이 사람의 푸르죽죽하고 번들거리는 얼굴, 축 늘어진 눈꺼풀, 신경질적인 경련, 이런 모든 것이 알코올 중독을 증명하고 있었다. 이같이 불쌍해 보이는 인물이 어떻게 스땅제르송 박사에게 식사 대접을 받고 있을까? 어떻게 유명한 교수와 친해졌을까?

이삼 일 뒤 나는 프레드릭 라루상을 통해 그 사정을 알았다——라루상도 우리처럼 이 미국인이 성에 있는 것을 보고 놀라 의문을 품고 조사해 본 것이다——랜스 씨가 알코올 중독이 된 것은 약 15년 전으로 스땅제르송 부녀가 필라델피아에서 돌아온 이후의 일이었다. 스땅제르송 집안이 미국에 살았을 무렵 미국에서 가장 뛰어난 골상학자였던 아더 랜스와 알게 되어 매우 친하게 교제했다. 그는 새롭고 독창적인 실험법에 의해 가르(프란쯔 요제프 가르 1758~1828, 독일 의사, 골상학의 창시자)와 라바터(요한 가스파르 라바터 1741~1801 스위스의 철학자, 인상학의 창시자)의 학문에 장족의 진보를 가져오게 했다. 그래서 지금의 아더 랜스에 대해 첨부해 둘 말과, 또 그를 글랑디에에서 따뜻이 대해 주는 이유를 설명하는 말로 다음과 같은 사실을 기록해 두지 않으면 안 된다——그는 어느 날, 스땅제르송 양의 수레를 끄는 말이 날뛰게 되자 자진해서 생명의 위험을 무릅쓰고 날뛰는 말을 붙잡아 그녀를 위급에서 구해준 것이다. 이 사건이 있은 뒤 아더 랜스와 스땅제르송 양과의 사이에 한때 우정이 맺어지기도 했다. 그러나 거기에는 연애를 추측케 하는 요소는 전혀 없었다. 프레드릭 라루상은 도대체 어디서 이런 정보를 얻은 것일까? 그는 거기에 대해서는 아무 말도 없었지만 그러한 사실이 대개 확실하다고 생각하고 있는 모양이었다.

천수루에서 아더 랜스와 우리가 만나게 되었을 때 이 이야기를 알고 있었다면 그가 성에 있는 일을 그렇게 의심하지 않았을 것이다. 그러나 이 인물에 대해 우리가 품고 있던 흥미는, 어쨌든 그 때문에 '한층 더 중대되는' 결과가 되었다. 이 미국인은 45세쯤 되어 보였다. 그는 룰르따비유의 질문에 아주 자연스럽게 대답을 했다.

"그 사건 때문에 미국으로 돌아가는 일을 연기했어요. 출발하기 전에 스땅제르송 양이 이상이 없음을 확인하고 돌아가고 싶었던 것이죠. 그녀가 완전히 회복되기까지는 돌아가지 않을 작정이오."

아더 랜스는 그 뒤로 룰르따비유의 질문에 대답하기를 피하듯, 자기가 대화의 주도권을 잡으며 이쪽에서 묻지도 않는데 사건에 대한 자기의 개인적인 생각을 말했다.

그의 의견은 아무래도 프레드릭 라루상의 의견과 오십보 백보인 것 같았다. 이 미국인 또한 로베르 다르작끄 씨가 사건에 어떤 관계가 있을 것이라고 생각하고 있었다. 그가 다르작끄 씨를 지적해서 말하는 것은 아니었지만 그의 말은 바로 그런 뜻이었다. 노랑방 사건의 뒤엉킨 매듭을 풀기 위해서 룰르따비유 청년이 애쓰고 있다는 사실도 알고 있다고 그는 말했다. 불가사의한 복도에서 일어난 사건에 대해서는 스땅제르송 박사에게서 들었다고 했다. 아더 랜스의 말투로 보아 그는 모든 것이 로베르 다르작끄 씨에 의해 처리되고 있음을 나타내고 있었다. 그처럼 수수께끼 같은 사건이 생길 때마다 다르작끄 씨가 꼭 성을 비운 일은 유감스러운 일이라고 그는 몇 번이고 되풀이했지만 그가 하고 싶은 말이 무엇이라는 것을 우리는 잘 알 수 있었다. 끝으로 그는 이런 의견을 말했다.

다르작끄 씨가 스스로 조제프 룰르따비유 씨를 현장에 기거하게 한 일은 대단히 훌륭한 착상이었으며, 룰르따비유 군은 언제고 반드시 범인을 잡아낼 것이다. 분명히 비꼬아대는 말투로 이런 말을 남기더니 그는 자리에서 일어나 인사를 하고 나가버렸다.

룰르따비유는 멀어져 가는 그의 모습을 창밖으로 내다보며 말했다.

"묘한 자군요!"

나는 물어 보았다.

"그가 오늘밤, 글랑디에에서 잘 것 같은가?"

놀랍게도 청년기자는 "그런 일은 저에겐 아무래도 좋은 일입니다" 라고 대답했다.

우리가 오후를 어떻게 지냈는지 자세한 말은 줄이기로 한다. 우리는 숲속을 서성거렸다. 룰르따비유가 나를 성녀 주느비에브의 동굴로 데리고 갔다. 그리고 줄곧 나의 친구는 일부러 자기 마음속을 채우고 있는 사건과는 아무 관계도 없는 이야기만을 하고 있었다——이상과 같은 일을 알아주면 그것으로 충분하다——이럭저럭 해가 저물었다. 룰르따비유는 내가 기대하고 있던 준비를 전혀 할 생각도 않아서 나는 이상한 생각이 들었다. 어두워져 그의 방에 둘만이 있게 되었을 때 나는 그 일을 물어보았다.

그의 대답은 준비는 다 갖추어져 있다, 이번에야말로 범인을 놓칠 염려는 없다는 것이었다. 내가 범인이 복도에서 사라진 일을 상기시키며 같은 일이 또 일어나면 안 된다고 어느 정도의 노파심을 보이자 '그야말로 자기가 기대하는 바이며 오늘밤의 소원이라면 그것뿐이오' 라고 그는 대답했다.

나는 나 같은 사람이 아무리 귀가 아프게 말해도 소용없다는 것을 경험으로 알고 있었으므로 더 이상은 말하지 않았다. 그의 말로는 아침부터 그와 문지기 부부가 수배를 해놓아 누구든 성으로 다가오면 그의 눈에 꼭 띄게끔 지키고 있으며, 아무도 외부에서 찾아오는 사람만 없으면 되며, 내부 사람에 관한 일이라면 무슨 일이 일어나도 문제없다고 말하는 것이었다.

그때 시각은, 그가 조끼 주머니에서 꺼낸 시계를 보니 6시 30분이었다. 그는 일어서더니 나를 따라오라고 눈짓을 했다. 그리고 발소리를 죽이는 일도 없이, 조용히 하라고 나에게 주의하는 일도 없이, 성큼성큼 복도를 앞장서서 걸어갔다. 우리는 직선 복도로 나와 죽 걸어간 다음 계단의 층계참을 지나쳐갔다. 거기서 다시 스땅제르송 박사의 방 앞을 지나 왼쪽의 복도를 계속해 걸어나왔다.

이 복도 끝에, 그러니까 천수루로 넘어가기 직전에 아더 랜스가 묵고 있는 방이 있었다. 우리가 그것을 알게 된 것은 정면 광장이 내다보이는 창가에 그가 서 있는 것을 낮에 보았기 때문이다. 이 방의 출입구는 복도가 막다른 곳에 있었다. 왜냐하면 이 방이 복도 끝에 있기 때문이다. 요컨대 이방의 문은 요전 룰르따비유가 작끄 노인을 서 있게 했던 오른쪽의 직선 복도 끝에 있는 동쪽 창문과 정면으로 마주보고 있는 것이다. 이 문에 등을 보이고 선 사람——다시 말해 이 방에서 나오는 사람은 왼쪽 층계참, 오른쪽과 일직선으로 이 복도 전체를 내다볼 수 있다. 당연히 오른쪽의 기억자 복도 만은 보이지 않았다.

"기억자 복도는 내가 맡을 겁니다"

룰르따비유가 말했다.

"당신은 내가 말하거든 이곳에 와서 지키도록 해주세요."

아더 랜스의 방문 왼쪽에 복도의 구석을 비스듬히 가로막고 있는 삼각형의 작은 방이 있다. 그는 그곳으로 나를 들어가라고 했다. 이 구석에서는 아더 랜스의 방문 앞에 있는 것이나 다름없이 복도에서 일어나는 일은 무엇이나 다 볼 수 있게 되어 있으며 아울러 미국인의 문을 감시할 수도 있다. 나의 감시 장소가 될 이 작은 방의 문에 환히 내다보이는 유리를 끼워 놓았다. 램프가 다 켜져 있는 복도는 환했지만 이 작은 방 안은 어두웠다.

스파이에겐 안성맞춤인 장소였다.

나는 여기서 스파이나 변변치 못한 탐정노릇을 하는 것이다. 분명히 싫은 일이었다. 타고난 본능적인 감정은 별도로 하더라도, 나의 직업적인 자부심이 이같은 역할을 맡게 된 것을 허락지 않았다. 사실, 변호사회장이 이런 나를 본다면, 빠리의 재판소에 나의 행동이 알려진다면, 그들은 뭐라고 할까?

룰르따비유는 그가 부탁하는 일을 내가 거절할지도 모른다는 생각은 전혀 하지도 않는 모양이었다. 그리고 사실은 나도 거절하지 않던 것이다. 첫째로는 그로부터 겁쟁이라는 말을 듣고 싶지 않아서였으며, 그리고 진실을 사랑하는 자로써, 어디서 진실을 탐구하건 장소가 문제냐는 생각에서였지만, 결국은 물러날래야 이미 때는 늦어버린 것이다. 어째서 좀더 일찍 이런 생각을 하지 못했던가? 어째서 지금까지 주저하지도 않았던가? 나의 호기심이 모든 것을 잊게 한 것이다. 게다가 한 여성의 목숨을 구하는 일에 힘을 빌려주려는 의협심인 것이다. 이런 의협적인 기도를 금하는 직업상의 제약은 없을 것이다.

우리는 복도를 되돌아갔다. 스땅제르송 양의 방 앞까지 왔을 때 객실 문이 열렸다. 저녁 식사를 준비하고 있던 급사장이 연 것이다(스땅제르송 박사는 사흘 전부터 이층 객실에서 딸과 함께 저녁식사를 했다). 그리고 문이 꼭 닫히지 않고 빼꼼히 열려 있었으므로 우리는 그만 안을 들여다보게 되었는데, 스땅제르송 양이 급사장이 나간 사이를 이용하여 무엇을 일부러 떨어뜨린 다음 아버지에게 줍게 하여, 아버지가 머리를 숙인 틈에 서둘러 작은 유리병 속에 든 것을 스땅제르송 박사의 잔에 따라 넣었다. 우리는 그것을 똑똑히 보고 만 것이다.

잠복

나를 놀라게 한 스땅제르송 양의 행동은 룰르따비유의 마음을 그다지 동요시키지 않은 것 같았다. 우리는 다시 그의 방으로 들어갔다. 그는 방금 본 광경에 대해서는 일체 말도 않고 나에게 오늘밤의 일에 대한 마지막 지시를 했다. 우선 저녁 식사를 한다. 저녁 식사 뒤 나는 그 어둡고 작은 방으로 들어간다. 그리고 그곳에서 뭔가를 볼 때까지 기다리는 것이다.

"만일 당신이 나보다 먼저 발견하면, 나에게 알려줘야 해요."

내 친구는 설명했다.

"범인이 기역자 복도와는 전혀 다른 곳을 통해 직선 복도로 오는 경우는 당신이 먼저 보게 될 것입니다. 당신은 직선 복도 전체를 볼 수 있지만, 나는 기역자 복도밖에 볼 수 없으니까요. 나에게 알리려면 그 어두운 방에서 가장 가까운 곳에 있는 직선 복도의 창문 커튼을 묶은 끈을 풀어 놓기만 하면 돼요. 그렇게 하면 커튼은 저절로 드리워져 창문을 막아 버리게 되고, 복도는 불이 켜져 있으므로 지금까지 밝았던 하나의 창문이 갑자기 어두워진다 이겁니다.

그렇게 하려면 작은 방 밖으로 한 손을 내밀기만 하면 되죠. 직선 복도와 직각을 이루는 기역자 복도에 있는 나에겐 그곳 창문으로 직선 복도의 불빛이 다 보이므로 문제의 창이 어두워지면 신호가 왔다는 것을 금방 알게 되죠."

"그렇게 하면?"

"그렇게 하면 내가 기역자 복도 모퉁이로 나올 겁니다."

"그럼 나는 어떻게 하나?"

"당신은 곧 그자 뒤를 쫓아 내가 있는 곳으로 오면 됩니다. 그러나 그때는 이미 내가 그자에게 덤벼들어 똑똑히 볼 것입니다…… 그녀석 얼굴이 나의 원 속에 들어오는가를……"

"'올바른 이성에 의해 묘사된' 원 속에 말인가?"

나는 히죽이 웃으며 뒤에 할 말을 대신 해버렸다.

"왜 웃어요? 웃지는 말아야죠…… 한동안 웃지 못하게 될 테니까 지금 실컷 웃어 둬야겠죠. 분명히 말해두지만 이제 곧 웃을 틈도 없어질 겁니다."

"그런데 만일 그자가 도망쳐 버린다면?"

"그래도 상관없어요!"

룰르따비유는 침착하게 말했다.

"나는 그녀석을 무리하게 잡을 생각은 없어요. 그녀석은 계단을 뛰어내려 1층 현관으로 도망칠 수 있겠죠…… 그것도 당신이 층계참까지 오기 전에…… 당신은 복도 구석에 있으니까, 나는 그녀석의 얼굴을 똑똑히 보기만 하고 그대로 도망치게 내버려 둘 거예요. 내게 필요한 것은 그것뿐이니까요. 그녀석의 얼굴만 보면 되는 거예요. 그 다음은 그녀석이 살아 있어도 스땅제르송 양에겐 죽은 거나 다름없이 잘 처리해 줄 수 있어요. 만약 내가 그녀석을 사로 잡으면 스땅제르송 양도 로베르 다르작ᄁ 씨도 아마 영원히 나를 원망

할 것입니다！ 나는 그 사람들에게 나쁜 인상을 주고 싶진 않아요, 훌륭한 분들이니까요.

스땅제르송 양이 오늘밤 자기를 노리는 범인과 나누는 말로 아버지가 잠을 깰까봐, 아버지의 잔에 수면제를 타고 있는 현장을 본 이상, 만일 내가 '노랑방'과 '불가사의한 복도'의 사나이의 손을 묶어 입을 억지로 열게 한 다음 그녀의 아버지 앞으로 끌고 가면 과연 그녀가 무조건 나에게 감사할지, 그것은 당신도 알 수 있잖습니까！ '불가사의한 복도'의 사건이 있던 날 밤 그자가 마술을 부린 것처럼 온데간데없이 사라져 버린 것은 아주 다행한 일인지도 모릅니다. 그날 밤, 범인이 도망쳤다는 사실을 듣는 순간 스땅제르송 양의 얼굴이 갑자기 환해지는 것을 보았을 때 나는 그 사실을 깨달은 거예요. 그리고 가련한 그녀를 구하기 위해서는 그자를 잡기보다는 어떻게 해서든지 그자의 입을 막아야만 된다는 사실을 깨달은 겁니다.

그러나 어떻게 해서든지라고 말은 했지만 죽이게 되면, 사람 하나를 죽이게 되면 그건 큰일이죠！ 게다가 그런 일은 나하고는 거리가 먼 이야기고요. 그녀석 쪽에서 그렇게 하게끔 덤벼든다면 별문제이지만！

또 한 가지 문제는 스땅제르송 양의 입으로 비밀을 털어놓는 일 없이, 그녀석의 입을 막아 버린다는 일인데 이것은 본디 아무런 단서도 없는 데서 모든 것을 꿰뚫어보려는 일이죠！ 다행히도 나는 꿰뚫어보았어요. 아니 꿰뚫어보았다기보다 추리했죠. 그래서 오늘 밤 찾아올 자가 꼭 가져오기를 바라는 것은 뚜렷한 형태가 있는 얼굴뿐이죠. 그 얼굴은 딱······."

"원 속으로 들어온다 이거지."

"맞았어요. 또 그 얼굴은 나에게 그다지 뜻밖의 얼굴은 아닐 거예요."

"자네가 방으로 뛰어든 그날 밤, 이미 그자의 얼굴은 본 것으로 아는데……"

"잘못봤어요. 촛불이 마룻바닥 위에 놓여 있었고…… 그리고 그 수염으로는……"

"그럼, 오늘 밤은 수염은 달고 있지 않을 것이란 말인가?"

"달고 있다고 단언할 수 있지 않을까요. 그러나 복도는 환하고, 그리고 이제는 나도 다 알고 있어요…… 적어도 나의 머리가 알고 있어요. 그러므로 나의 눈으로도 알아볼 수 있을 거예요."

"그녀석을 보고 도망치게 내버려 둘 거라면…… 무엇 때문에 무기를 지니나?"

"그것은 '노랑방'과 '불가사의한 복도'의 사나이가 만일 나에게 들켰다는 것을 알게 되면 그녀석은 그야말로 무슨 짓을 할지 모르기 때문입니다! 그때는 이쪽에서도 몸을 지켜야 할 필요가 있으니까요."

"그러니까 그녀석이 오늘밤에 온다는 것만은 확실한 거지?"

"당신이 지금 그곳에 있다는 사실이나 다름없이 확실하죠!…… 오늘 아침 10시 반, 스땅제르송 양은 참으로 교묘하게, 오늘밤 두 간병인을 곁에 있지 못하도록 수단을 부렸어요. 즉 그럴 듯한 구실을 붙여서 그녀들에게 24시간의 휴가를 주고, 그녀들이 없는 동안 간병인 대신 아버지가 옆방 휴게실에서 자 주기만 하면 된다고 했으므로 스땅제르송 박사는 그야말로 기쁜 마음으로 그 새로운 임무를 맡은 거죠.

다르작끄 씨의 출발과 스땅제르송 양이 사람들을 쫓아낸 이례적인 조치와──다르작끄 씨의 말을 빌면──이 일치점을 생각해 보면, 더 이상 의심할 여지가 없어요. 다르작끄 씨가 두려워하고 있는 범인의 방문을 다름아닌 스땅제르송 양이 준비하고 있는 거예요!”

“무서운 이야기이군!”

“정말입니다.”

“우리가 본 그녀의 그 행위는 아버지를 잠들게 하기 위해 한 것이군?”

“그래요.”

“결국 오늘밤의 일은 우리 둘만이 하는 건가?”

“네 사람이요. 만일의 경우에 대비하여 문지기 부부가 지키고 있어요. 그들의 감시는 그녀석이 오기까지는 헛일이라고 생각하지만…… 그 뒤에 만일 죽이게까지 되는 경우에는 그 영감이 필요하게 될지도 몰라요.”

“그럼 죽이게 되리라고 생각하나?”

“그녀석이 원한다면 죽이게 되겠죠 뭐!”

“왜 작끄 노인에게 알리지 않았나? 노인은 이제 쓰지 않기로 했나, 오늘은?”

“쓰지 않겠어요.”

룰르따비유는 퉁명스럽게 대답했다.

나는 한동안 잠자코 있었다. 그리고 룰르따비유의 가슴 속을 알고 싶어 갑자기 물었다.

“아더 랜스에겐 왜 알리지 않나? 상당히 도움이 되리라고 생각하는데……”

“천만에요!”

룰르따비유는 불쾌한 듯 말했다.

“당신은 모든 사람에게 스땅제르송 양의 비밀을 알릴 작정인가요! 저녁이나 먹으러 갑시다. 이제 저녁 시간이 다 되었어요. 오늘밤엔 프레드릭 라루상의 방에서 먹게 됩니다. 그자가 아직도 로베르 다르작72의 뒤를 쫓아다니고 있다면 별문제이지만 어쨌든 뒤에 딱 붙어서서 한 발자국도 떨어지지 않으니까요. 그러나 만일 지금은 없다 하더라도 오늘밤에는 반드시 돌아옵니다! 오늘밤에는 그자의 코를 납작하게 해줘야지!"

그때 옆방에서 덜그럭대는 소리가 있었다.

"틀림없이 그 사람일 겁니다."

룰르따비유가 말했다.

"자네에게 물어본다는 것을 잊고 있었는데"

나는 말했다.

"탐정 앞에선 오늘밤의 모험은 입 밖에 내면 안 되는 거지?"

"물론이죠. 우리끼리만 하는 겁니다. 우리들만의 생각으로!"

"그리고 영광은 다 우리들의 것이다 이건가!"

룰르따비유는 웃으며 놀리듯 말했다.

"맞습니다! 바로 그 거죠!"

우리는 프레드릭 라루상의 방에서 그와 함께 식사를 했다. 그런데 우리가 그의 방에 도착했을 때 그는 지금 막 돌아오는 길이라며 우리를 식탁에 앉게 했다. 저녁식사는 아주 화기애애한 분위기 속에서 이루어졌다. 이것은 룰르따비유나 프레드릭 라루상이나 두 사람 다 저마다 드디어 진상을 잡았다는, 움직일 수 없는 확신에 차 있었기 때문이라는 것을 나도 곧 알 수 있었다.

룰르따비유는 사건의 경과를 알아 보기 위해 찾아온 나를, 마침 에뽀끄 지에 오늘밤까지 넘겨야 할 방대한 보고 기사가 있기에 도와달라고 붙잡아 둔 것이라고 프레드릭에게 설명했다. 그리고 나는 그의 원고를 가지고 오늘밤 11시 차로 빠리로 돌아가게 되었고, 그 원고는 글랑디에 사건의 주요 에피소드를 모아 엮은 것이라고 그에게 말했다.

라루상은 이 설명을 듣고, 그런 말에 속지는 않지만 자기한테는 관계없는 일이며, 조금이라도 탐색하는 듯한 눈치를 보이는 일은 예의상 하지 않겠다는 표정으로 미소를 지었다.

라루상과 룰르따비유는 아더 랜스 씨가 성에 있는 일이며, 미국에서의 그의 과거사를 말투에까지 몹시 신경을 쓰며 꽤 오랜 시간 동안 말을 나누었다. 둘은 모두 아더 랜스 씨의 과거사, 특히 스땅제르송 부녀와 그와의 미국에서의 관계를 더 깊이 알았으면 하는 생각이었다. 그러다 갑자기 라루상은 거북한 듯한 표정을 짓더니 씁쓸한 목소리로 말했다.

"룰르따비유 군, 우리는 이제 글랑디에에선 그다지 할일이 없어진 것 같네. 이제 여러 날 머물 필요는 없을 것 같군."

"저도 같은 의견입니다. 프레드 씨."

"그럼, 자네는 사건이 정리되었다고 생각하는 모양이군?"

"사실 사건은 정리되어 버렸고, 이제 우리가 해야 할 일은 아무것도 없다고 보는데요."

룰르따비유가 대답했다.

"범인은 짐작이 가나?"

라루상이 물었다.

"당신은요?"

"짐작이 가네."

"저도요."

룰르따비유가 말했다.

"동일인물일까?"

"그렇다고 생각지는 않습니다. 당신이 의견을 바꾸지 않는 한."

청년 기자가 말했다. 그리고 그는 힘을 주어 덧붙여 말했다.

"다르작끄 씨는 훌륭한 사람입니다!"

"확실한가?"

라루상이 말했다.

"내가 보기엔 정반대의 확신이 있네만 승부를 겨루게 되는 셈인가?"

"그렇습니다. 승부를 겨루는 일입니다. 꼭 당신을 이기고 말겠습니다. 프레드릭 라루상 선생."

"젊은 사람은 무서운 것이 없으니까."

프레드는 웃으며 이렇게 말하고 나에게 악수를 청했다.

룰르따비유는 메아리처럼 되받아 넘겼다.

"아무것도 무서운 것이라곤 없습니다!"

그러나 그때 우리에게 잘가라는 인사를 하려고 일어섰던 라루상이 갑자기 두 손으로 가슴을 누르고 비틀거렸다. 룰르따비유가 잡지 않았더라면 쓰러질 뻔했다. 금세 안색이 창백해졌다.

"아아! 이것이 도대체 어떻게 된 건가, 이것이!"

라루상이 말했다.

"독이 들어 있었나?"

그리고 그는 우리를 향해 무엇을 보고 있는지 알 수 없는 시선을 보냈다. 우리가 뭐라고 말을 붙여도 허사였고, 아무런 대답도 없이…… 안락의자에 푹 쓰러지더니, 아무 말도 하지 않았다. 우리는 그를 위해서나 우리를 위해서나 몹시 걱정이 되었다. 왜냐하면 우리도 프레드릭 라루상이 먹은 요리를 먹었기 때문이었다. 우리는 허둥대며 그를 둘러쌌다. 괴로워하는 눈치는 없었지만 머리가 어깨 위로 툭 떨어지고, 눈까풀이 축 처져 눈을 덮고 있었다. 룰르따비유는 그의 가슴 위에 엎드려 심장에 귀를 댔다.

몸을 일으킨 나의 친구의 얼굴은, 조금 전까지만 해도 허둥대던 얼굴과는 달리 아주 태연한 얼굴이었다.

"자고 있어요."

그는 말했다.

그리고 그는 나를 데리고 나와 라루상의 방문을 닫았다. 우리는 그의 방으로 들어갔다.

"수면제인가?"

내가 물었다.

"스땅제르송 양은 오늘밤 모든 사람을 재울 작정인가?"

"어쩌면……"

룰르따비유는 뭔가 다른 일을 생각하고 있는 모양으로 건성으로 대답했다.

"그러나 우리는 어떤가, 우리는!……"

나는 소리쳤다.

"우리도 그런 수면제를 먹지 않았다고는 말할 수 없네."

"기분이 언짢은가요?"

룰르따비유는 냉정한 말투로 물었다.

"아니 조금도!"

"졸린가요?"

"전혀."

"됐어요. 그럼 이 엽궐련이나 피워 봐요."

그렇게 말하더니 그는 다르작ㄲ 씨에게서 받은 고급 하바나를 하나 나에게 건네 주었다. 그도 역시 파이프에 불을 붙였다.

우리는 이렇게 10시까지 한 마디 말도 하지 않고 그의 방에 있었다. 룰르따비유는 안락의자 속에 푹 파묻혀 이맛살을 찌푸리고 먼 곳으로 시선을 보내며 계속 담배 연기를 뿜어 냈다. 10시가 되자 그는 신을 벗고 나에게 눈짓을 했다. 나보고도 신을 벗으라는 뜻이었다.

룰르따비유가 맨발로 목소리를 죽여가며 한 마디 했다. 나는 알아들었다기보다 육감적으로 깨달았다.

"권총!"

나는 윗옷 주머니에서 권총을 꺼냈다.

"공이치기를 올려요!"

그가 말했다. 나는 공이치기를 올렸다.

그 일이 끝나자 그는 문쪽으로 다가가 종기라도 만지듯 살짝 열었다. 문은 소리를 내지 않았다. 우리는 기억자 복도로 나왔다. 룰르따비유가 다시 신호를 보냈다. 그 어두운 방으로 들어가 감시하라는 말임을 알아차렸다. 내가 발을 옮기기 시작하자 룰르따비유가 쫓아와 나를 얼싸안았다. 그리고 그는 또 그 조심스러운 동작으로 방으로 들어갔다. 그가 얼싸안는 바람에 나는 놀라는 한편 불안하기도 했으나, 직선 복도로 나와 무사히 걸어갔으며, 층계참을 지나 복도 왼쪽으로 들어가 어두운 방 앞까지 왔다. 방에 들어가기 전에 그 창문의 커튼을 묶은 끈이 있는 곳으로 다가가 자세히 쳐다보았다. 손가락을 대기만 해도 무거운 커튼이 일시에 드리워져 룰르따비유에게 보내는 신호의 창문을 가리울 수 있었다.

그때 잠깐 발자국 소리를 듣고 나는 아더 랜스의 방문 앞에 멈춰섰다. 그는 아직 자고 있지 않았던 것이다! 그러나 어째서 아직도 성에 있을까. 스땅제르송 부녀와 함께 저녁을 먹지 않았는데? 적어도 스땅제르송 양이 이상한 행위를 했을 때는 그를 식탁에서 못 보았는데?

나는 어두운 방으로 들어갔다. 이것으로 완전히 나의 구역에 닿은 셈이다. 대낮처럼 환한 복도 전체를 일직선으로 내다볼 수 있었다. 물론 그곳에 무슨 일이 일어나건 다 볼 수 있었다. 그러나 도대체 무슨 일이 일어난단 말인가? 뭔가 아주 중대한 일이겠지. 룰르따비유의 포옹이 머릿속을 스쳐 불안한 마음이 들었다. 뭔가 새삼스러운 경우나 위험한 일일 때가 아니고는 그처럼 친구를 얼싸안거나 하지는 않을 것이다! 그렇다면 나는 위험 앞에 서게 되었단 말인가?

권총을 쥔 손이 떨렸다. 그러나 나는 계속 기다렸다. 나는 용사도 아니지만 겁쟁이도 아니다.

한 시간 가량 기다렸을까. 별다른 일이 없었다. 문 밖에는 9시쯤부터 무섭게 퍼붓던 비가 멎고 있었다.

아마도 12시나 1시경까지는 아무 일도 일어나지 않을 것이라고 룰르따비유는 나에게 말했었다. 그런데 11시 반이 될까말까 했을 때, 아더 랜스의 방문이 열렸다. 삐걱하는 경첩소리가 나의 귀에 들렸다. 안에서 상당히 조심스레 민 듯한 느낌이었다. 문은 잠깐 동안 열려 있었는데 그것이 나에게는 아주 긴 시간으로 생각되었다. 그 문은 복도 쪽으로, 즉 방 밖으로 열려 있으므로 나로선 방 안에서 무엇이 일어나고 있는지도 몰랐고, 문 뒤에서 무슨 일이 이루어지고 있는지도 전혀 보이지 않았다. 그때 뜰에서 이상한 소리가 들려왔다. 그것은 이것으로 벌써 세 번째 되풀이해 들리는 소리였는데 앞서 두 번은 통 위를 걸어가는 고양이 울음소리 정도려니 생각하고 대수롭게 여기지 않았다.

그런데 이번 세 번째 소리는 그 소리가 아주 뚜렷하고 독특한 울음소리였으므로 나는 갑자기 신주님의 울음소리에 대해 들었던 말이 생각났다. 그 울음소리는 지금까지 글랑디에에서 일어난 사건 때마다 꼭 들려왔던 소리라는 생각이 들자 소름이 오싹 끼쳤다. 그 순간 문 뒤에서 문을 닫으며 한 남자가 불쑥 나타났다. 처음에는 누구인지 분간을 할 수 없었다. 왜냐하면 그자는 내 쪽으로 등을 보이고 꽤 큰 짐 위에 몸을 구부리고 있었기 때문이다. 그자가 누구인지 확실히 알게 되었다. 이런 시간에 아더 랜스의 방에서 나온 사람은 산지기였던 것이다.

'녹색 옷의 사나이'였던 것이다. 글랑디에에 처음 왔을 때 천수루 앞의 거리에서 보았을 때 입었던 옷차림, 오늘 아침 룰르따비유와 내가 성에서 나가자 우연히 나는 그의 모습을 아주 뚜렷이 볼 수 있었다. 그의 얼굴에는 뭔가 불안해하는 표정이 역력했다. 문 밖에서 네 번째로 신주님이 울자, 그는 복도에 짐을 내려놓고 내가 있는 작은 방에서부터 세어 두 번째의 창가로 다가갔다. 나는 들키지 않으려고 숨을 죽였다.

창문 쪽으로 가더니 그는 이마를 유리에 대고 어두운 뜰을 바라보며 그대로 30초 가량 서 있었다. 문 밖은 밝은 달이 환하게 비치는가 하면 곧 검은 구름에 가리워지는 상태를 간헐적으로 되풀이하고 있었다. 녹색 옷의 사나이는 한쪽 손을 두 번 들어 무슨 신호를 보냈다. 그리고 창문을 떠나 짐을 들더니 복도를 따라 층계참 쪽으로 향했다.

"무슨 일을 보게 되면 묶은 끈을 풀어 줘요"

하고 룰르따비유는 부탁했는데, 나는 그 무슨 일을 보게 된 것이다. 이것이 룰르따비유가 기다리고 있던 것인가? 거기까지 생각하는 것은 내가 할 일이 아니다. 나는 명령만을 실행하면 되는 것이다. 나는 묶은 끈을 풀었다. 심장이 파열할 것처럼 두방망이질쳤다. 그자는 층계참에 이르렀다. 그러나 놀랍게도 복도쪽으로 가는가 했더니, 그는 현관으로 통하는 계단을 내려갔다.

도대체 웬일일까? 나는 망연히 창문을 덮고 있는 두꺼운 커튼을 바라보았다. 신호는 보냈는데도 기역자 복도 모퉁이에 룰르따비유의 모습은 나타나지 않았다. 아무 일도 일어나지 않았다. 사람이라곤 한 사람도 나타나지 않았다. 나는 어찌해야 좋을지 몰랐다. 그렇게 해서 30분이나 지났는데 나로선 그 30분이 백년이나 되는 것처럼 생각되었다.

"이번에는 어떻게 하면 된단 말인가? 또 무슨 일이 생긴다면?"

신호는 끝나 버린 것이다. 다시 한 번 되풀이할 수도 없다. 한편 또 여기서 눈 딱 감고 복도로 나가면 룰르따비유의 계획에 차질을 가져오는 것일지도 모른다. 아무리 생각해도 내가 잘못한 것이 아니다. 나의 친구가 예기치 않은 일이 생겼다면 그는 자기를 책할 수밖에 없을 것이다. 이렇게 있어도 그에게 신호를 보낼 수도 없었기에, 나는 운명에 맡기고 움직여 보려고 했다. 나는 작은 방에서 나와 역시 양말바닥으로 발소리를 죽이고 귀를 기울이며 기역자 복도 쪽으로 걸어갔다.

기역자 복도에는 아무도 없었다. 룰르따비유의 방문 앞에 가서 귀를 기울였다. 아무 소리도 들리지 않는다. 살짝 문을 두드려 보았다. 아무런 대답도 없다. 손잡이를 돌리니 문이 열렸다. 안에 들어가 보니, 룰르따비유는 정신없이 마룻바닥 위에 누워 있었다.

어떤 시체

　나는 말할 수 없이 불안해 하며 그의 몸 위로 엎드려 살펴보았다. 그는 잠이 들어 있었다. 그 사실을 확인하자 마음이 놓였다. 프레드릭 라루상의 경우와 마찬가지로 약에 의한 혼수상태였다. 그 또한 우리 음식 속에 누가 집어넣은 수면제로 맥을 못 추고 있는 것이다. 어째서 나만이 같은 운명에 빠져들지 않았는가? 나는 생각해 보았다. 그것은 포도주나 물에 타넣었을 것이다. 그렇다면 모든 것이 설명된다. 나는 식사 중에 음료수는 마시지 않는 습관이 있다. 나는 조기 비만증의 경향이 있으므로 식사를 물이나 술과 함께 하지 않는 식이 요법을 하고 있는 것이다.

　룰르따비유를 힘껏 흔들어 보았으나 그의 눈을 뜨게 할 수는 없었다. 그를 잠들게 한 것은 분명히 스땅제르송 양의 짓일 것이다. 그녀는 모든 것을 다 내다보고, 모든 것을 다 알고 있는 이 청년의 감시를 아버지 이상으로 경계하지 않으면 안 된다고 생각했을 것이다. 나는 급사장이 우리의 시중을 들며 고급 백포도주를 권했던 일을 생각했다. 그것은 분명히 교수 부녀의 식탁에 내놓았던 것이다. 그럭저럭

15분이나 지나버렸다. 어떻게든 눈을 떠야 할 다급한 경우였으므로 나는 무도한 방법을 취하기로 결심하고 룰르따비유의 얼굴에 하나 가득 든 주전자의 물을 부었다. 그제야 그는 눈을 떴다. 사물을 볼 힘도 없는 듯한 생기 없이 흐리멍덩한 눈을. 그러나 첫 단계는 이룩한 셈이다. 나는 이 기회다 싶은 생각이 들어 룰르따비유의 따귀를 두 번이나 후려치고 그를 잡아일으켰다. 고마운 일이다! 나의 양팔에 그의 몸이 꼿꼿해짐을 느꼈다.

"더 쳐줘요, 소리를 내지 말고!"

그가 중얼거렸다. 그러나 소리를 내지 않고 따귀를 때리는 일은 무리한 주문이었다. 나는 그를 꼬집고 마구 흔들었다. 마침내 그는 일어섰다. 우리는 살아난 것이다.

"잠이 들고 말았어요."

그는 말했다.

"잠들지 않으려고 15분 동안이나 악전고투했어요, 그러나 이제는 됐어요! 내 곁에 있어 줘요!"

그가 이 말을 마치기도 전에 귀를 찢는 듯한 무서운 소리가 성 안을 뒤흔들었다. 그야말로 단말마의 소리였다.

"아차!"

룰르따비유가 소리쳤다.

"늦었다!"

그는 입구 쪽으로 곧장 나아가면서 벽 쪽으로 비틀비틀 쓰러지려고 했다. 아직도 어지러웠던 것이다. 나는 급히 복도로 뛰어나가 권총을 손에 들고 스땅제르송 양의 방을 향해 미친 듯이 뛰어갔다. 내가 기역자 복도와 직선 복도의 모퉁이까지 왔을 때 스땅제르송 양의 방에서 한 남자가 뛰어나와 눈 깜짝할 사이에 층계참에 이르렀다. 나는 정신없이 방아쇠를 당겼다. 귀가 멍멍할 정도의 총소리가 울려 퍼졌다. 그러나 그자는 이미 계단을 미친 듯이 뛰어내려가고 있었다. 나는 소리치며 쫓아갔다.

"게 섰거라! 게 섰거라! 서지 않으면 쏜다!"

계단을 뛰어내려가려고 할 때 왼쪽 복도에서 뛰어온 아더 랜스의 얼굴과 마주쳤다.

"왜 그래? 왜?"

그는 소리치고 있었다. 랜스와 나는 거의 동시에 계단 아래로 뛰어내려갔다. 현관문이 열려 있었다. 도망쳐 가는 남자의 그림자가 뚜렷이 보였다. 본능적으로 우리는 그를 향해 권총을 쏘았다. 그자는 우리가 있는 곳에서 10미터도 떨어져 있지 않았다. 그는 발이 걸려 쓰러지려고 했다. 이미 우리도 창문을 뛰어넘고 있었다. 그러나 그자는 다시 일어나 정신 없이 뛰기 시작했다. 나는 양말 바람이었고 미국인은 맨발이었다. 권총의 탄환이 아니면 여간해서 쫓아가지 못할 것 같았다. 우리는 그를 향해 남은 총알을 쏘았으나 그는 여전히 뛰어가고 있었다. 이상하게도 그 남자는 정면 광장 오른쪽으로, 그러니까 성 오른쪽 끝으로 도망치고 있었다. 그쪽 구석은 도랑과 높은 울짱으로 둘러싸여 있어 도저히 도망칠 수 없는 곳이다. 그쪽으로는 현재 산지기가 살고 있는, 외부로 돌출된 작은 방의 출입문 외에는 도망칠 문이 없다. 분명히 우리의 총알로 다쳤을 텐데 그자는 우리를 20미터나 따돌리고 뛰어가고 있다. 갑자기 우리 뒤의 머리 위에서 복도의 창문이 열리며 룰르따비유가 마구 외치는 소리가 들렸다.

"쏴요, 베르니에! 쏴요!"

이때 하늘은 달빛으로 환했는데, 그곳에 한 가닥 빛이 번쩍 빛났다. 그 빛 속에 천수루의 문 앞에 총을 겨누고 서 있는 베르니에의 모습이 드러났다.

그는 충분히 겨냥을 하여 쏜 것이다. 그자는 쓰러졌다. 그러나 성의 오른쪽 끝에 이르고 있었으므로 건물 모퉁이 저쪽에 쓰러졌다. 다시 말해 사람이 쓰러지는 것은 우리의 눈에는 보이지 않았던 것이다. 베르니에, 아더 랜스, 나 이렇게 세 사람이 벽 저쪽으로 뛰어간 것은 20초 뒤의 일이었다. 그자는 우리 발치에 죽어 있었다.

우리의 외치는 소리와 총소리 덕분에 혼수상태에서 깨어난 모양이다. 라루상이 자기 방 창문을 열고 우리 쪽을 향해 소리쳤다.

"왜 그래? 왜?"

우리는 쓰러진 사람 위에, 수수께끼의 범인 시체 위에 엎드렸다. 이제 완전히 잠이 깬 룰르따비유가 이때 우리 쪽으로 뛰어왔다. 나는 그를 향해 소리쳤다.

"죽어버렸군! 죽어버렸어!"

"그것 잘 됐군요."

그는 말했다.

"성의 현관으로 운반해 줘요."

그러나 그는 다시 말했다.

"아니. 그렇지! 산지기 방으로 운반하기로 하죠."

룰르따비유가 산지기 방문을 두드렸다. 아무 대답이 없었다. 물론 나는 이상하다고 생각지 않았다.

"분명히 없어요."

룰르따비유가 말했다.

"그렇지 않으면 벌써 뛰어나왔을 텐데. 그럼 현관으로 옮깁시다."

우리가 죽은 사람이 있는 곳으로 뛰어갔을 때부터 먹장구름이 달을 가려 주위가 캄캄했으므로 우리는 시체를 만지기는 했어도 그 얼굴 모습을 분간할 수는 없었다. 그러나 우리는 빨리 알고 싶은 마음으로 조바심을 냈다! 그때 작끄 노인이 달려와 도와주었으므로 현관까지 시체를 운반할 수 있었다. 그곳까지 가자 우리는 시체를 첫째 계단에

눕혔다. 운반해 오는 도중 상처에서 흐르는 뜨스한 피가 나의 손에 느껴졌다. 작끄 노인이 조리장으로 뛰어가 등을 들고 나와 수수께끼의 시체 얼굴 위에 비쳤다. 산지기였다. 천수루의 영감이 '녹색 옷의 사나이'라 부르던 그 사람, 그리고 한 시간 전 짐을 들고 아더 랜스의 방에서 나온 그 사람인 것이다. 그러나 내가 본 사실은 룰르따비유 이외의 사람에게는 말하면 안 된다. 물론 그에게는 조금 뒤에 그 일을 보고했다.

그때 두 사람의 심한 놀라움——참혹한 실망이라 해도 무방할——이란 나로서 차마 뭐라고 말할 수 없는 충격적인 것이었다. 조제프 룰르따비유도, 우리가 현관에 있을 때 왔던 프레드릭 라루상도 같은 기분을 얼굴에 역력히 드러냈다. 두 사람은 연방 시체를 만져보기도 하고, 죽은 자의 얼굴과 녹색 옷을 쳐다보곤 했다. 그리고 둘 다 같은 말을 되뇌고 있었다.

"생각할 수 없는 일이다! 생각할 수 없는 일이다!"

룰르따비유는 이런 말까지 했다.

"정말이지 이런 대가리는 개밥을 만들어야 해!"

작끄 노인은 묘한 애도의 말을 하며 끈질기게 슬픔의 기분을 나타내고 있었다. 그리고 이것은 무슨 잘못이 있는 것이다. 산지기가 아가씨를 해롭게 할 리가 없다고 주장했다. 이윽고 우리도 더 이상 참을 수 없어, 이제 입을 다물어 달라고 말할 수밖에 없었다. 비록 자기 자식이 죽었다 하더라도 그는 이처럼 한탄을 하지는 않았을 것이다. 이처럼 자기의 슬퍼하는 마음을 나타내는 일은 이 극적인 참사를 자기가 기뻐하고 있다는 눈치를 남이 알아차릴까봐 걱정하기 때문이라고 나는 생각했다. 사실 작끄 노인이 산지기를 몹시 싫어했다는 사실을 아는 사람은 없었다. 우리 모두가 맨발이거나 양말바람이거나

자다 뛰어나온 어수선한 차림이었는데, 작끄 노인만은 옷차림이 단정한 것을 나는 알아차렸다. 그러나 룰르따비유는 아직도 시체에서 떠날 생각을 하지 않았다. 현관 바닥에 무릎을 꿇고 작끄 노인이 들고 있는 초롱불 아래서 산지기의 옷을 벗기고 있었다!

그리고 시체의 가슴을 풀어헤쳤다. 가슴은 피투성이였다.

그러자 갑자기 룰르따비유는 작끄 노인의 손에서 초롱불을 빼앗더니 빼끔히 입을 벌리고 있는 상처 가까이에 갖다 대었다. 그리고 그는 일어서며 거친 말투로 말했다.

"당신네들이 쏜 권총이나 엽총에 죽은 줄 알고 있는 이 사람은 단도에 심장을 찔려 죽은 것이에요!"

나는 다시 룰르따비유의 정신이 이상해진 줄 알았다. 그리고 나도 시체 위에 몸을 굽히고 들여다보았다. 산지기의 몸은 총알이 맞은 흔적은 하나도 없고 다만 심장부만이 예리한 칼로 찔려 있음을 확인한 것이다.

두 개의 발자국

이 놀라운 발견에 나는 어안이 벙벙하여 정신을 못 차리고 있는데, 룰르따비유가 나의 어깨를 두드리며 말했다.

"함께 갑시다."

"어딜?"

나는 물었다.

"내 방으로요."

"방에 가서 어떻게 하라는 건가?"

"잘 생각해 보는 거예요."

나는 잘 생각하기는커녕 단순히 생각하는 일조차 할 수 없는 상태임을 솔직히 털어놓았다. 이 비극적인 밤에 몹시 무섭고 지리멸렬한 사건이 일어난 뒤, 눈 앞에는 산지기의 시체가 있고 한쪽에선 또 스땅제르송 양이 죽게 되었는지도 모르는 이 마당에 룰르따비유가 잘 생각해 본다는 말을 하다니 나는 도저히 이해를 할 수가 없었다. 그러나 전쟁터에 선 위대한 지휘관처럼 냉정한 태도로 그는 그렇게 말한 것이다. 방문을 꼭 닫더니 그는 나에게 안락의자에 앉기를 권하고 자기도 내 앞에 걸터앉으며 늘 하듯 파이프에 불을 붙였다. 나는 그가 골똘히 생각하는 것을 보고 있었다. 그러나 얼마 안 있어 잠이 들어 버렸다. 번쩍 눈을 떠보니 해가 높다랗게 떠올라 있었다. 시계는 8시를 가리키고 있었다. 룰르따비유는 방에 없었다. 내 앞에 있는 그의 의자는 비어 있었다. 나는 일어서서 기지개를 켜고 있자니까 문이 열리고 룰르따비유가 돌아왔다. 그 얼굴 표정으로 내가 자고 있는 동안도 그는 헛되이 보내지 않았다는 것을 바로 알 수 있었다.

"스땅제르송 양은?"

나는 곧 물어보았다.

"지금으로는 매우 안정을 요하는 상태이지만, 절망적이라 할 수는 없을 것 같아요."

"자네는 이 방을 나간 지 오래 되었나?"

"날이 새자마자 곧."

"일은 했나?"

"많이 했지요."

"뭐 발견된 거라도?"

"뚜렷한 발자국 두 개, 나를 곤란한 지경으로 빠지게 했을지도 모를 발자국입니다……"

"그럼 이제 곤란한 지경에 빠져 있지 않다는 말인가."

"네, 그래요."

"그 발자국으로 뭘 알아냈나?"

"네."

"산지기의 시체에 관해서인가?"

"그래요 그 시체도 이제는 아주 당연한 것이 되었어요. 오늘 아침 성 주위를 돌아다니다 보니 뚜렷이 다른 발자국 두 개를 발견했는데, 둘 다 어젯밤 같은 때에 나타나 있던 것이었어요. 같은 때라고 했는데, 사실 같은 때가 아니고는 생각할 수가 없는 일이랍니다. 왜냐하면 발자국이 같은 길을 전후하여 나 있다고 하면 나중에 난 발자국이 앞서 난 발자국을 밟은 일이 여러 차례 있을 텐데 그런 흔적이 전혀 없어요, 뒤 발자국이 앞 발자국 위를 조금도 밟지 않았어요. 아니 오히려 이야기를 하며 걸어간 듯한 자국이랍니다. 이 두 개의 발자국은 다른 모든 발자국에서 떨어져, 정면 광장 복판을 지나 떡갈나무 뜰 쪽으로 향하고 있는 거예요.

내가 정면 광장에 나가 그 발자국을 뚫어져라 살피며 걸어가다 보니 프레드릭 라루상을 만났어요. 라루상은 곧 내가 하는 일에 많은 흥미를 가졌어요. 어쨌든 이 두 개의 발자국은 실제로 중시할 만한 가치가 있었으니까요. 다시 말해 '노랑방' 사건 때 났던 두 개의 발자국이 또 그곳에 남아 있었던 거예요. 그 큰 발자국과 자그만 발자국이 말입니다. 그러나 '노랑방' 사건 때는 큰 발자국이 자그만 발자국에 다가선 것은 연못가에서만이었고 바로 그 앞에서 사라져 버렸었는데——그때 라루상과 나의 결론은, 그 두 개의 발자국은 같은 사람의 것으로 다만 신을 바꿔 신은 것이라고 했었죠——이번에는 큰 발자국과 자그만 발자국이 나란히 서서 걸어가고 있어요.

이렇게 뚜렷한 사실을 목격하고 보니, 지금까지의 확신도 흔들리려고 해요. 라루상도 나와 같은 생각을 하고 있는 것 같아요. 그러므로 둘이서 발자국 위에 엎드려 그야말로 사냥개처럼 냄새를 맡았습니다. 나는 그 종이로 뜬 신발본을 꺼내 보았죠. 라루상이 발견한 작끄 노인의 신발자국에, 종이를 대고 오려둔 그 첫번째 신발본이에요. 즉 대단히 큰 신발자국인데, 이 첫번째 신발 본이 글쎄, 눈 앞에 있는 두 번째 신발 본도 또한 사람의 발자국과 일치되었는데, 다만 신발 끝부분이 다소 다를 뿐이었어요. 요컨대 이번의 자그마한 발자국은 연못가에 난 발자국과 발끝 부분만 약간 다를 뿐이었어요. 거기서 이 발자국이 같은 사람의 것이라는 결론은 내릴 수 없지만, 아울러 전혀 연관이 없다고 주장할 수도 없는 일이죠. 수수께끼의 남자가 이제 같은 신을 신고 있지 않을지도 모르니까요. 이 두 개의 발자국을 계속 따라가다 보니, 라루상과 나는 떡갈나무 뜰을 지나 첫 수사 때 라루상과 만났던 그 연못가로 나오게 되었어요.

그러나 이번에는 어느 발자국도 그곳에서 멈춰서지 않고, 오솔길로 빠져나가 에삐네 가도가 있는 곳까지 나 있었어요. 큰 길로 나가니, 최근 들을 덮어 새로 깐 길이었으므로 발자국은 완전히 없어져 버렸어요. 그래서 둘이서 성으로 돌아온 셈인데, 서로 한 마디의 말도 하지 않았답니다. 정면 광장까지 오자 우리는 헤어졌죠.

그러나 우리는 같은 생각을 했으므로 작끄 노인 방 앞에서 다시 만나게 되었어요. 노인은 잠자리에 들어가 있었는데, 곧 눈에 띈 것은 의자 위에 벗어 팽개친 옷이 형편없이 더러워져 있고, 그 신발과 똑같은 노인의 신발이 진흙투성이가 되어 있는 것이었어요. 광장에서 현관까지 산지기의 시체를 운반하는 일과 조리장으로 초롱불을 찾으러 가는 일 때문에 작끄 노인의 신이 이렇게 되고, 옷이 젖게 되지는 않았을 것입니다. 그때는 비가 오지 않았으니까요. 그러나 그보다 조금 전까지만 해도 비가 쏟아졌고 나중에도 또 비가 쏟아졌어요.

노인의 안색은 차마 볼 수 없는 상태였어요. 극도로 지친 듯한 얼굴로 연신 눈을 깜빡이며 처음부터 겁을 먹은 듯 우리를 쳐다보고 있었어요. 우리는 노인에게 물었어요. 처음에 노인은 급사장이 부르러 간 의사가 도착한 뒤 곧 잤다고 말하더군요. 그러나 우리가 끝까지 다그쳐 물으며 노인이 거짓말을 하고 있다는 걸 증명하니 생각했던 대로 성에서 나갔던 일을 순순히 자백한 거예요. 물론 성에서 나간 이유도 물어 봤죠. 노인의 말로는 머리가 아파서 바깥바람을 쐬려고 나갔지만 떡갈나무 뜰에서 나가지는 않았다고 말하더군요. 그래서 우리는 마치 보고 있던 것처럼 노인이 걸어간 길을 말해 봤죠. 노인은 자리에서 일어나 앉아 벌벌 떨기 시작하더군요. '당신은 혼자가 아니었지요!' 라루상이 이렇게 위협했어요. 그러자 작끄 노인은 '그자를 보았습니까?'하고 되묻더군요. '누구요, 그자라니?' 내가 물었죠. '검은 옷의 도깨비예요!' 작끄 노인이 말한 바로는 그 검은 옷의 도깨비를, 노인은 벌써 여러 날째 매일 밤마다 보았다는 거예요. 한밤중 12시가 되면 뜰에 나타나 놀라울 만큼 거침없이 나무 숲 사이를 지나간다고 해요. 마치 나무를 뚫고 나가는 것 같대요. 달빛 아래 그림자를 두 번이나 보게 된 작끄 노인은 자리에서 일어나, 용기를 내어 그 기괴한 도깨비를 뒤쫓은 것이래요. 그저께 밤에는 조금만 하면 붙잡을 뻔했는데 그자는 천수루 모퉁이에서 온데간데없이 사라져 버렸다고 하더군요. 그리고 간밤엔 또 범행이 저질러졌다면 하고 생각하니 웬일인지 마음에 걸려, 살펴보려고 성에서 나가보니 정면 광장의 복판에 불쑥 검은 옷의 도깨비가 나타났다는 거예요. 처음에는 조심스럽게 뒤를 쫓았는데, 차차 가까이 다가가며…… 그렇게 하여 떡갈나무 뜰에서 연못을 돌고 에삐네의 큰 길까지 갔다는 거예요.

그런데 거기서 도깨비의 모습은 자취를 감춰 버렸다는 겁니다. '얼굴은 보지 않았소?' 라루상이 물었지요. '못 보았어요! 검은 복면밖에 볼 수 없었어요…….' '그래 복도에서 그런 사건이 있은 뒤인데, 그자에게 덤벼들지 않았소?' ' 그럴 수 없었어요! 너무 무서워서…… 뒤를 쫓아가는 일만도 억지로 했는걸요……' '뒤를 쫓아가지 않은 거죠. 작끄 노인'하고 나는 말했어요. 위협하는 듯한 목소리를 냈죠, '그 도깨비하고 함께 에삐네의 큰길까지 손에 손을 잡고 간 거죠!' '그렇지 않습니다!' 노인은 소리쳤어요, '마침 비가 억수같이 쏟아져서…… 그대로 돌아와 버렸어요! 검은 옷의 도깨비가 어떻게 되었는지 저는 모릅니다……' 그러나 노인의 눈은 나를 외면했어요,

우리는 작끄 노인의 방을 나왔죠, 밖에 나오니 '공범일까요?' 나는 소리를 바꾸어 물으며, 라루상의 얼굴을 곧바로 쳐다보며 그의 마음속에 있는 것을 알아내려고 했지요, 라루상은 두 팔을 크게 들어 보였어요, '뭐라고 꼬집어 말할 수 없군…… 무슨 일이 없으란 법은 없지, 이런 사건이니까…… 24시간 전이라면 공범 여부는 없다고 단정했을 텐데!' 거기서 라루상은 곧 그 길로 성을 나가 에삐네로 간다며 나와 헤어졌어요,"

이상이 룰르따비유의 이야기였다, 나는 그에게 질문했다,

"그래? 그 정도라면 어떤 결론이 나오나?…… 나로선 전혀 짐작도 못하겠네만! 아무래도 납득이 안 가네! 결국 무엇을 알았단 말인가, 자네는!"

"모든 것을!"

그는 소리쳤다,

"모든 것을 알았어요!"

나는 룰르따비유의 얼굴이 이처럼 환하게 빛나는 것을 본 일이 없었다, 그는 일어서서 나의 손을 꼭 잡았다,

"그럼 어디 말좀 해보게,"

나는 부탁했다,

"스땅제르송 양의 상태를 물어보러 갑시다,"

그는 대답 대신 불쑥 이렇게 말했다,

다르작끄 교수의 체포

스땅제르송 양은 다시 죽임을 당할 뻔했다. 불행하게도 전보다 훨씬 상처가 심했다. 범인에게 가슴을 세 번이나 찔려 오랜 시간 동안 생사의 갈림길에서 헤매다가, 겨우 죽음을 이기고 또 무참한 운명을 면할 것 같은 희망을 갖게 되었다. 그러나 그렇게 되었을 때 사람들이 알게 된 일은 날이 갈수록 평소 감각은 돌아왔지만 이성을 움직이는 힘은 거의 회복할 가망이 없다는 것이었다. 그 무서운 참극에 대한 말을 조금만 비쳐도 곧 헛소리를 하는 형편이었으며, 산지기의 시체가 발견된 다음 날, 글랑디에의 성에서 로베르 다르작끄 씨가 체포됨으로써, 그녀 마음의 골은 더욱 깊어져서 그 훌륭한 지성도 그 속에 빠져버린 것이다.

로베르 다르작끄 씨는 9시 30분경에 성에 도착했다. 뜰을 뛰어오는 것이 보였는데, 머리고 옷이고 진흙투성이가 되어 추레한 모습을 하고 있었다. 얼굴도 죽은 사람처럼 창백했다. 룰르따비유와 나는 복도 창문에 팔을 괴고 있었다. 다르작끄 씨는 우리 두 사람을 보자, 우리 쪽으로 절망적인 소리를 질렀다.

"늦었다!"

룰르따비유는 그 말에 대해 큰 소리로 외쳤다.

"생명은 무사합니다!"

1분 뒤 다르작끄 씨는 스땅제르송 양의 방에 들어갔다. 들어가자 문 안쪽에서 그가 흐느끼는 소리가 들려왔다.

"어쩔 수 없는 운명이오!"

룰르따비유는 내 옆에서 신음하듯 말했다.

"도대체 이 집은 얼마나 무서운 신에게 저주를 받고 있단 말인가! 내가 수면제를 먹지만 않았더라도 스땅제르송 양을 범인의 손에서 구해 주고 영원히 범인의 입도 봉해버릴 수 있었을 텐데…… 그리고 산지기도 죽지 않았을 테고!"

이윽고 다르작끄 씨는 우리가 있는 곳으로 왔다. 얼굴은 눈물로 얼룩져 있었다. 룰르따비유는 모든 것을 말했다. 스땅제르송 양과 다르작끄 씨를 구하기 위해 어떤 준비를 했나, '범인의 얼굴을 확인한 다음' 영원히 쫓아버리려고 한 계획과 수면제 때문에 계획이 깨지고 유혈 참사가 일어난 것에 대해 말했다.

"아아, 당신이 정말 저를 믿어주셨다면."

룰르따비유는 낮은 목소리로 말했다.

"저를 믿고 있다고 스땅제르송 양에게 말해줬더라면…… 그러나 이집 안에서는 모두가 서로 경계하고 있는 것입니다…… 딸은 아버지를 경계하고! 약혼한 여자가 약혼자를 경계하고! 당신이 범인이 오는 것을 막는 일이라면 무슨 일이든 하겠다고 저에게 말했지만 그녀는 일부러 죽으려고 모든 준비를 하고 있었던 것입니다! 그리고 내가 왔을 때는 이미 때가 늦은 뒤였습니다…… 그것도 아직 잠이 덜 깬 상태로, 몸을 질질 끌고 그 방까지 가서 피투성이가 된 그녀의 모습을 보고나서야 겨우 완전히 정신을 차릴 수 있었습니다."

다르작끄 씨가 원하는 대로 룰르따비유는 현장의 상황을 말했다. 현관과 정면 광장에서 우리가 범인을 쫓고 있는 동안, 룰르따비유는 벽을 잡고 몸을 가누며 스땅제르송 양의 방으로 향했다. 대기실 문은 열려 있었으므로 실내로 들어갔다. 스땅제르송 양은 생기를 잃고 반은 책상에 기댄 모습으로 쓰러져 눈을 감고 있었다. 옷은 가슴에서 흘러내리는 피로 물들어 있었다. 약기운이 아직도 남은 탓인지, 룰르따비유는 무서운 악몽에서 깨어나지 못하고 있는 것 같은 느낌이 들었다.

그는 기계적으로 복도를 돌아가 창문을 열고 우리에게 범죄가 일어났음을 알리고 범인을 죽이라고 소리친 다음, 다시 방으로 되돌아왔다. 곧 아무도 없는 휴게실을 통해 문이 반쯤 열려 있는 객실로 들어가 긴의자에서 자고 있던 스땅제르송 박사를 흔들어 깨우고는 내가 룰르따미유에게 한 것처럼 정신을 차리게 했다. 스땅제르송 박사는 몽롱한 눈으로 룰르따비유에게 딸의 방까지 끌려가더니, 딸의 모습을 보고 날카로운 비명을 질렀다……. 아아, 그제야 박사도 잠이 깬 것이다. 잠에서 깨어난 것이다! 둘은 거기서 후들거리는 다리로 간신히 힘을 합쳐 스땅제르송 양을 침대로 옮겼다.

그리고 룰르따비유는 우리가 있는 곳으로 와서 확인하려고 했다. 확인하려고 한 것인데 방을 나가기 전에 책상 앞에서 발을 멈췄다…… 그곳 마룻바닥 위에 보따리가 있었던 것이다. 매우 부피가 큰, 꼭꼭 묶어 놓은 짐이었다. 이 보따리는 왜 그곳에 있었을까, 이런 책상 옆에…… 바깥쪽의 포장이 약간 풀려 있었다. 룰르따비유는 허리를 구부렸다. 또 서류가 나오고 사진도 나왔다. 그는 서류를 훑어 보았다. '차동축전식(差動蓄電式) 신형 검전기' '가량성(可量性) 물질과 불가량성 에테르와의 중간적 물질의 기본적 특성'…… 정말이지 이 수수께끼와 이 운명의 무서운 아이러니는 도대체 어떻게 된 것인가, 스땅제르송 박사에게 딸이 죽게 될지도 모르는 이때에, 아무 소용 없는 서류가 그대로 돌아오다니! 박사는 그것을 불 속에 던져 버렸다. 그 다음날로 완전히 태워 버린 것이다.

이 무서운 밤이 지난 다음 날 아침 드 마르께 판사와 그의 서기, 그리고 헌병들이 또 찾아왔다. 우리는 모두 신문을 받았으나 말할 나위도 없이 스땅제르송 양은 혼수상태였으므로 예외였다. 룰르따비유와 나는 잘 상의한 뒤, 말해도 좋을 것 같은 말만 했다. 나는 어두운 방에 있었던 일과 수면제 이야기는 하나도 하지 않았다. 요컨대 우리가 무엇을 기대하고 있었던 일을 눈치챌 만한 말도, 스땅제르송 양이 범인을 기다리고 있었다는 사실을 눈치챌 만한 말도 일체 안 하기로 했던 것이다. 그 불쌍한 여성은 아마 자기 생명을 걸고까지 범인을 수수께끼로 감싸려고 했던 것이다. 우리에겐 그만한 희생을 헛되게 할 권리는 없었다.

아더 랜스는 모든 사람 앞에서 아주 태연하게, 어이가 없을 정도로 태연하게, 마지막으로 산지기를 본 것은 어젯밤 11시경이었다고 말했다. 산지기는 랜스의 방으로 슈트케이스를 가지러 왔으며, 이것은 다음날 아침 생미셸 역의 1번 열차까지 옮겨다 주기로 되어 있었는데, 사냥 이야기와 밀렵 이야기로 꽤 늦어졌다고 말하는 것이었다. 아더 윌리엄 랜스는 사실 다음 날 아침 글랑디에의 성을 떠나 생미셸 역까지 걸어갈 예정이었던 것이다. 그런데 산지기가 마침 아침에 그 마을에 갈 일이 있다기에 자기 짐을 부탁한 것이라고 했다. 녹색 옷의 사나이가 아더 랜스의 방에서 나왔을 때 내가 본 것이 그 짐이라는 것이다. 결국 나는 그렇게 생각하게 되었다. 스땅제르송 박사가 이 이야기를 뒷받침했기 때문이다. 박사가 다시 덧붙여 한 말을 들으면, 지난 밤에 아더 랜스 씨가 5시경 딸과 자기에게 작별인사를 했으므로 아쉽게도 함께 식사를 못했다는 것이다. 랜스 씨는 몸이 좀 불편하다며 자기 방에서 차만 마셨다고 했다.

문지기 베르니에는 룰르따비유가 시킨 대로 증언했다. 자기는 그날 밤 산지기의 부탁을 받고 함께 밀렵자를 잡으러 갈 예정으로(산지기는 이미 그 말을 반박할 수 없는 몸이 되었다) 떡갈나무 뜰에서 그다지 떨어져 있지 않은 장소에서 만나 함께 떠날 약속이었는데 산지기가 아무리 기다려도 나타나지 않기에 찾으러 갔던 것이다. 천수루 근처까지 가서 정면 광장의 작은 문을 막 빠져나갔는데, 반대쪽인 성의 오른쪽으로 미친 듯이 도망치는 사람이 보였다. 동시에 권총소리가 그 도망쳐가는 자의 뒤에서 들려왔다. 그때 룰르따비유가 복도 창문에 나타났다. 룰르따비유가 소총을 가지고 있는 베르니에를 알아보고 쏘라고 소리쳤다.

그래서 베르니에는 언제든지 쏠 수 있게 잠금 장치를 풀어 두었던 방아쇠를 당겼다. 총알은 도망치는 자에게 분명히 맞은 것 같았다. 보기좋게 쏘아 죽였구나 하는 생각이 들 정도였다. 그리고 사실 룰르따비유가 총소리가 나자 쓰러진 시체의 윗옷을 벗겨보고 시체는 단도에 찔려 죽었다고 일러준 순간까지도 그렇게 믿고 있었다. 그러므로 그 꿈과 같은 이야기는 아직도 이해할 수가 없다. 쓰러져 있던 시체가 모두가 뒤쫓던 도망자의 것이 아니라면 도망자는 어딘가에 있어야만 하기 때문이다. 그런데 시체 둘레에 전원이 모인 이 뜰 한 구석에는, 우리의 눈에 띄지 않고 죽은 사람이건 산 사람이건 있을 수 있을 만한 여지가 없었던 것이다!

베르니에의 이야기는 이상과 같았다. 그러나 예심판사는 우리가 뜰 한 구석에 있었을 때는 어둠 속이라 캄캄해서 볼 수 없을 거라고 반론을 제기했다. 어쨌든 우리는 산지기의 얼굴도 알아보지 못하고 현관으로 시체를 옮긴 뒤에야 가까스로 산지기임을 알았을 정도였으니까. 이에 대해 베르니에는 그 밖에 또 한 사람의 시체나 산 사람의 몸이 있었다면 그것을 보지는 못했더라도 적어도 발에 밟히기는 했을 것이다. 그만큼 그 뜰은 좁았다고 대답했다. 결국 시체를 제외하고 그 뜰 구석에는 다섯 사람이 있던 셈이며, 여섯 번째의 사람이 우리 눈에 띄지 않았다면 참으로 기묘한 이야기가 된다. 이 뜰 구석을 향하고 있는 문은 단 하나 산지기의 방문이었는데 그 문은 닫혀 있다. 문 열쇠는 산지기 주머니 속에서 발견되었다.

베르니에의 추리가 어느 정도 계통이 서 있는 것 같기도 하고, 결국 단도에 찔려 죽은 남자를 총으로 쏴죽였다고 주장하는 일이 되어 보이므로 예심판사는 그 이야기를 적당한 곳에서 끊어 버렸다. 점심 무렵이 되자 판사가 내린 결론은 우리가 도망자를 잘못 잡아 사건하고는 아무런 관계도 없는 시체를 발견한 것이라는 거였다. 판사가 보는 바로는 산지기의 시체는 다른 사건이었다. 판사는 곧 이 사실을 증명하려고 했으나, 이 새로운 사건은 그동안 산지기의 행실이나 출입처나 여인숙 천수루 부인과의 최근의 관계 등에 대해 판사가 그동안 품고 있던 생각과 들어맞는 점이 있는 모양이었다.

또 이미 보고를 받고 있는 것으로 생각되는데, 산지기에 대해 부인의 남편 마튜가 죽인다고 위협했다는 소문을 뒷받침하기라도 하듯이, 오후 1시에 관절염으로 신음하고 있던 마튜는 부인의 항변에도 아랑곳없이 체포되어 엄중한 경계 아래 꼬르베이로 연행되었다. 그렇기는 했으나 마튜의 집에서는 수상한 것이라고는 하나도 발견되지 않았다. 그러나 지난밤도 수레꾼들에게 지껄였다는 말이 수레꾼들 입을 통해 전해졌고, 그의 침대 밑에서 녹색 옷의 사나이를 찔러죽인 단도가 발견된 이상 마튜의 입장은 불리하게 됐다.

이렇게 되어, 두려우면서도 불가해한 사건의 속출에 우리가 멍해져 있는데, 거기에 또 모두의 놀라움을 한층 더 자극이라도 하듯이 프레드릭 라루상이 성으로 왔다. 아까 예심판사와 회담을 가진 뒤 곧 나가는가 했더니, 철도 역원을 한 사람 데리고 돌아왔다.

우리는 그때 별관에서 아더 랜스와 함께 마튜가 산지기를 죽인 범인이라는 사실의 진위 여부를 놓고 토론을 벌이고 있었다.

(어쨌든 아더 랜스와 나만은 그 문제를 논의하고 있었고, 룰르따비유는 뭔가 끝없는 생각에 빠진 듯, 우리 두 사람이 말하고 있는 것은 전혀 듣고 있지 않았다.) 예심판사와 서기는 우리가 처음으로 글랑디에에 왔을 때, 로베르 다르작끄가 안내해 줬던 그 녹색의 작은 객실에 있었다. 작끄 노인이 판사의 부름을 받고 그 작은 객실로 들어갔다. 다르작끄 씨는 2층 스땅제르송 양의 방에서 스땅제르송 박사와 의사들과 함께 있었다. 프레드릭 라루상은 철도 역원을 데리고 현관으로 들어왔다. 룰르따비유와 나는 금발의 작은 염소 수염을 기른 그 역원이 누구인가를 곧 기억해낼 수 있었다.

"아니, 에삐네 쉬르 오르쥐의 역무원이다!"

나는 소리쳤다. 그렇게 말하고 프레드릭 라루상의 얼굴을 보니 그는 미소를 지으며 응해 왔다.

"그래요, 에삐네 쉬르 오르쥐의 역무원입니다."

그렇게 말하고 라루상은 방 입구에 서 있던 헌병에게 판사를 만나게 해달라고 했다. 곧 작끄 노인이 나오자 프레드릭 라루상과 역무원이 불려 들어갔다. 몇 분인가 지났다. 다시 10분쯤 흐르자 룰르따비유는 몹시 초조해하기 시작했다. 방문이 또 열렸다. 헌병이 판사에게 불려 방 안으로 들어갔다 나오더니 계단을 올라갔다 다시 내려왔다. 그리고 방문을 연 채 판사에게 말했다.

"판사님, 로베르 다르작끄 씨는 내려오지 않겠다고 합니다!"

"뭐라고, 싫다는 건가!"

마르께 판사가 소리쳤다.

"그렇습니다. 스땅제르송 양이 이런 상태에 처해 있는데 곁을 떠날 수 없다는 것입니다."

"좋아."

드 마르께 씨가 대꾸했다.

"그쪽에서 오지 않겠다면 이쪽에서 가기로 하지!"

드 마르께 판사와 헌병은 계단을 올라갔다. 판사는 라루상과 역무원에게 따라오라고 눈짓을 했다. 룰르따비유와 나는 맨 뒤에 따라갔다.

이리하여 복도 앞 스땅제르송 양의 대기실 문 앞까지 왔다. 드 마르께 씨가 문을 두드리자 하녀가 나왔다. 시르비라는 아직 어린 하녀로 엷은 갈색 머리카락이 마구 뒤엉켜 얼굴 위를 덮고 있었다.

"스땅제르송 박사님은 계신가?"

예심판사는 물었다.

"네. 계십니다."

"잠깐 할 말이 있다고 전해 주시오."

시르비는 스땅제르송 박사를 부르러 갔다.

박사가 비탄에 빠진 모습으로 눈물을 흘리며 나왔다.

"아직도 할 말이 남았습니까?"

박사는 판사에게 말했다.

"이런 때이니만큼 좀 조용히 놓아두는 편이 어떻겠습니까!"

"실은,"

판사가 말했다.

"로베르 다르작끄씨와 할 말이 있습니다. 아가씨의 방에서 나오도록 다르작끄 씨를 설득해 주시지 않겠습니까? 그렇게 안 되면 법적인 수단을 써서라도 방 안으로 들어가지 않으면 안 됩니다."

박사는 대답하지 않았다. 판사와 헌병은 물론이고 함께 따라 온 모든 사람을 죄인이 자기 형의 집행인을 보듯 쳐다보더니 방으로 들어가 버렸다.

곧 로베르 다르작끄 씨가 나왔다. 몹시 창백하고 여윈 모습이었다. 그러나 프레드릭 라루상 뒤에 역무원의 모습을 발견하자, 그 얼굴은 한층 더 긴장했다. 눈은 촛점을 잃고, 신음소리가 나오는 것을 어떻게 할 수 없는 모양이었다.

이 고뇌로 일그러진 얼굴에 나타난 비극적인 동요를 알아차린 우리는 동정의 한숨이 나오는 것을 막을 수가 없었다. 우리는 로베르 다르작끄 씨의 파멸을 결정하는 결정적인 어떤 일이 이제 곧 일어난다는 것을 느낄 수 있었다. 프레드릭 라루상만은 얼굴이 밝았으며 마침내 짐승을 잡은 사냥개와 같은 기쁜 표정을 보이고 있었다.

드 마르께 판사는 금발의 염소수염을 기른 젊은 역무원을 다르작끄 씨에게 가리키며 말했다.

"이 사람을 알고 있습니까?"

"알고 있습니다."

다르작끄 씨는 분명한 목소리로 대답하려고 애썼다.

"오를레앙 철도의 에삐네 쉬르 오르쥐 역의 역무원입니다."

드 마르께 판사는 계속 말했다.

"이 청년은 당신이 에삐네 역에서 내리는 것을 보았다고 증언하고 있는데요……"

"어젯밤 10시 반이죠…… 그렇습니다!"

다르작끄 씨는 대답했다.

잠시 침묵이 흘렀다.

"다르작끄 씨."

예심판사는 침통한 목소리로 말했다.

"다르작끄 씨, 당신은 어젯밤 스땅제르송 양이 죽을 뻔했던 장소에 서 몇 킬로밖에 떨어지지 않은 에쁘네 쉬르 오르쥐로 무엇을 하러 가신 겁니까?"

다르작끄 씨는 잠자코 있었다. 머리는 숙이지 않았지만 고통을 감 추려고 하는지, 눈동자에서 비밀을 알아차릴까봐 두려워하고 있는 것 인지 눈을 감고 있었다.

"다르작끄 씨."

드 마르께 판사는 또 말했다.

"어젯밤, 어떻게 시간을 보내셨는지 말씀해 주실 수 있습니까?"

다르작끄 씨는 눈을 떴다. 다시 평정을 되찾은 모양이었다.

"싫습니다!"

"잘 생각해 보십시오, 그런 납득할 수 없는 거부의 태도를 끝까지 취한다면 나로서는 당신을 구속해야만 하니까요."

"거절합니다."

"다르작끄 씨! 법의 이름으로 당신을 체포합니다!"

판사가 이렇게 말을 하기 시작하자 룰르따비유는 갑자가 몸을 움직 여 다르작끄 씨 쪽으로 가까이 가려고 했다. 분명히 무슨 말을 하려 고 했는데 다르작끄 씨는 입을 다물고 말았다. 게다가 헌병이 이미 다르작끄 씨 앞으로 다가가고 있었다. 이때 애처롭게 부르는 소리가 울려나왔다.

"로베르! 로베르……."

우리는 그것이 스땅제르송 양의 목소리라는 것을 알았는데, 그 비 통한 목소리에 모든 사람이 오싹함을 느꼈다. 라루상까지도 이때만은 얼굴이 파리해졌다. 다르작끄 씨는 그 소리를 따라 이미 방 안으로 뛰어들어가고 있었다.

판사와 헌병과 라루상도 그 뒤를 따라 들어가 둘레에 모여섰다. 룰르따비유와 나는 문이 있는 곳에 서 있었다. 참으로 가슴 아픈 장면이었다. 죽은 사람처럼 창백한 얼굴의 스땅제르송 양이 두 의사와 아버지가 말리는 것도 듣지 않고 침대 위에 일어나 앉아서 라루상과 헌병이 벌써 양쪽에서 그의 팔을 잡고 있는 로베르 다르작끄 쪽으로 떨리는 두 손을 내밀고 있었다. 스땅제르송 양의 눈은 휘둥그레지고……… 그녀는 모든 것을 보고 이해한 것이다. 그 입술은 뭐라고 달싹이고 있는 것 같았다. 그러나 그 말은 핏기를 잃은 그녀의 입술 위에서 사라져 버렸다. 아무도 그 말을 알아들을 수는 없었다. 다르작끄는 쓰러져 정신을 잃었다. 그는 방 밖으로 끌려 나갔다. 라루상이 찾으러 간 마차가 올 때까지 우리는 현관에서 기다리고 있었다. 모두가 숙연한 모습이었다. 드 마르께 판사는 눈에 눈물을 글썽이고 있었다. 룰르따비유는 모두 차분히 가라앉아 있는 이때를 이용하여 다르작끄 씨에게 말했다.

"당신은 자기를 변호하지 않을 작정이십니까?"

"안 합니다!"

다르작끄 씨는 대답했다.

"제가 하겠습니다. 제가 변호해 보겠습니다."

"그렇게는 못합니다."

불행한 남자는 약하디약한 미소를 띠며 단호한 말투로 말했다.

"스땅제르송 양과 내가 못한 일을 당신이 할 수 있을 리가 없습니다!"

"아니, 꼭 해보이겠습니다."

룰르따비유의 목소리는 묘하게 침착했으며 자신에 차 보였다. 그는 계속 말했다.

"꼭 해보이겠습니다. 로베르 다르작끄 씨. 어쨌든 저는 당신보다도 많은 것을 알고 있으니까요!"

"무슨 어리석은 소리요!"

다르작끄 씨는 믿을 수 없다는 듯이 중얼거렸다.

"아니, 안심하십시오, 당신을 돕는 데 필요한 일만 알려고 할 테니까요!"

"아무것도 알려고 하지 말아요…… 만일 나에게 감사하다는 말을 듣고 싶다면."

룰르따비유는 고개를 옆으로 저었다. 그리고 다르작끄 씨 옆으로 바싹 몸을 붙이더니 "잘 들어 주세요, 지금 제가 말하는 것을."하고 작은 목소리로 말했다.

"제발 이 말을 듣고 자신을 가져 주십시오! 당신은 범인의 이름밖에 모릅니다. 스땅제르송 양도 범인의 일부분밖에 모릅니다. 그러나 저는 범인의 양면을 다 알고 있습니다. 범인을 완전히 알고 있습니다. 저는!"

로베르 다르작끄는 눈을 떴으나, 그 눈은 룰르따비유가 지금 한 말을 한마디도 이해하지 못했다는 것을 나타내고 있었다. 그러는 동안에 프레드릭 라루상이 타고 달려온 마차가 도착했다. 다르작끄와 헌병이 그 마차에 올라탔다. 라루상은 마부석에 앉은 채로 있었다. 용의자를 꼬르베이로 호송해 가는 것이다.

룰르따비유의 출발

그날 밤 룰르따비유와 나는 글랑디에 성을 떠났다. 그것은 우리에게 있어 대단히 기쁜 일이었다. 이 성에는 이제 우리를 잡아둘 만한 이유는 아무것도 없었던 것이다. 내가 이렇게 뒤얽힌 수수께끼를 푸는 일은 이제 단념했다고 분명히 말하자, 룰르따비유는 달래듯 나의 어깨를 두드리며 글랑디에에서 알 만한 일은 다 알았으니까 더 이상 글랑디에에서 찾아낼 일은 아무것도 없다고 털어놓았다. 우리가 빠리에 닿은 것은 8시경이었다. 그리고 저녁을 마치자 둘 다 피곤했으므로 내일 아침 우리 집에서 만나기로 약속하고 헤어졌다. 다음 날 약속 시간에 룰르따비유는 내 방으로 들어왔다. 그는 영국 복지로 된 줄무늬 양복을 차려입었으며 얼스터 외투를 팔에 걸치고 모자를 쓰고 가방을 들고 있었다. 여행을 떠난다고 했다.

"며칠 예정인가?"

나는 물었다.

"한 달이나 두 달요, 형편에 따라 달라지겠지만……."

나는 더 이상 묻지 않았다.

"당신은 알고 있나요."

그는 말했다.

"어제 스땅제르송 양이 정신을 잃기 전에 뭐라고 했나? 왜, 로베르 다르작끄 씨를 뚫어져라 쳐다보며 뭐라고 말했지 않아요……."

"모르겠는데, 아무도 들은 사람이 없을걸……."

"들을 수 있었어요."

룰르따비유는 되받아 말했다.

"나는 '말하세요!'라고 하는 말을 들었습니다."

"그럼 다르작끄 씨가 말할까?"

"절대로 말하지 않겠죠!"

나는 이야기를 더 계속하고 싶었으나 룰르따비유가 나의 손을 굳게 잡고 잘 있으라고 인사를 했으므로 이 정도밖에 물어볼 수가 없었다.

"자네가 없는 동안에 또 흉행이 일어날 것 같지 않은가?"

"나는 이제 그런 일은 전혀 일어나지 않는다고 봐요."

그는 말했다.

"다르작끄 씨가 수감된 뒤로는……."

이 기묘한 말을 마치더니 그는 나가버렸다. 그리고 그 뒤 마침내 다르작끄 재판이 열리고 룰르따비유가 모든 것을 얘기하기 위해 출정했을 때, 그러니까 중죄재판소의 법정에서 만날 때까지는 그를 만날 수 없게 되었다.

재판이 시작되다

다음 해 정월 15일, 앞에서 말한 모든 비극적인 사건이 있은 지 2개월 반 뒤의 일이다. 에쁘끄 지는 일면 톱에 다음과 같은 센세이셔널한 기사를 실었다.

세느 에 으와즈 현의 배심원 여러분은 드디어 오늘 재판사상 가장 난해했던 한 사건에 판가름을 내리게 될 것이다. 지금까지 이처럼 미궁에 빠져 해결할 수 없었던 사건은 존재한 일이 없을 것이다. 그러나 모든 친지로부터 중요시되고 존경과 사랑을 받고 있는 한 인물, 프랑스 과학계의 희망이며, 오로지 연구와 성실로만 살아온 한 젊은 학도를, 검사측은 감연히 중죄재판소의 피고석으로 소환한 것이다. 빠리 시민이 로베르 다르작끄 씨가 체포되었음을 알았을 때 모든 방면에서 일제히 항의하는 아우성이 일어났던 것이다. 담당 예심판사의 전대미문의 처사로 명예를 훼손당한 소르본 대학은 전체가 일어나 피해자 스땅제르송 양의 약혼자인 피고의 무죄를 확신한다고 선언했다. 스땅제르송 박사 또한 경찰당국이 오류에 빠져 있음을 공공연히 말하고 있으며, 피해자 스땅제르송 양이 만일 증언할 수 있는 상태에 있다면 세느 에 으와즈의 12명의 배심원에게 스스로 미래의 남편으로 정한 인물, 그리고 검사측에 의해 단두대로 가게 될 인물을 자기에게 돌려보내 달라고 요구하러 오리라는 것은 의심할 여지가 없는 일이다. 다만 글랑디에의 무서운 수수께끼 속에 한때 묻혀 버렸던 스땅제르송 양의 이성이 하루라도 빨리 회복되기를 바랄 뿐이다. 아니면 배심원 여러분은 사랑하는 사람이 사형집행인의 손에 의해 죽었다는 소식을 듣고 스땅제르송 양이 다시 이성을 잃기를 원하고 있는 것일까? 이 질문은 배심원 여러분께 던져지는 것이며 이 기사는 오늘 이 시각을 기해 특별히 배심원 여러분께 호소하고자 하는 바이다.

본지는 12명의 정직한 배심원 여러분께 용서할 수 없는 법적 오류를 절대로 범하지 못하게 하려는 결의를 굳힌 것이다. 무서운 우연의 일치, 증거가 되는 발자국, 피고측의 불가해한 침묵, 불명확한 범행시의 행동, 완전한 알리바이의 결여 등의 진상을 다른 곳에서 구하여 헛수고로 끝난 결과, 마침내 이것이야말로 진상이라고 단정짓게 되었다는 검사측의 확신을 굳히게 한 것인지도 모른다. 피고 로베르 다르작끄 씨에 대해서는 언뜻 보기에 결정적인 증거가 있어서 프레드릭 라루상만큼 노련 영민하고, 숱한 경우에 유종의 미를 거두어 온 탐정마저도 이런 증거에 눈이 어두워져 그럴 수 있다고 볼 만도 하다.

지금까지 예심에서는 모든 것이 로베르 다르작끄 씨에게 불리했다. 그러나 우리는 배심원 여러분에 대해 다르작끄 씨를 옹호하고자 하는 바이다. 우리는 판가름하는 이 마당에 글랑디에 사건의 모든 수수께끼가 환히 밝혀져 새로운 광명을 가져오게 할 것이다. 우리는 진상을 손아귀에 쥐고 있기 때문이다.

지금까지 우리가 구태여 입을 열지 않으려 했던 것은 우리가 옹호하려는 피고측이 그것을 원한다고 생각했기 때문이다. 전에 발생했던 '오베르깡 거리의 왼발' 사건이나, '세계 저축은행'의 유명한 도난 사건, '조폐국의 금괴 사건' 등에 대해 본지가 공개한 센세이셔널한 익명의 수사 기사를 독자들은 잊지 않았을 것이다. 본지는 프레드릭 라루상처럼 훌륭하고 민첩한 탐정조차도 사건의 전모를 밝히지 못하고 있을 때 훨씬 먼저 그 진상을 밝혀내 보도했던 것이다. 이번 수사는 본지의 제일 나이어린 기자 조제프 룰르따비유라는, 내일의 세계에 혁혁한 명성을 떨칠 18세 청년의 손에 의해 진행된 것이다.

　글랑디에 사건이 일어나자, 우리의 청년기자는 현장으로 달려가, 모든 장애를 물리치고 다른 신문사의 모든 기자가 문전에서 되돌아오고 만 그 삼엄한 경계를 뚫고 성내로 들어가게 된 것이다. 그는 프레드릭 라루상과 다른 각도에서 진상을 추구했다. 그는 프레드릭 라루상이라는 고명한 천재 탐정이 오류를 범하고 있는 것을 보고 아연실색했다. 라루상이 빠져든 잘못된 수사에서 그를 끌어내리려고 했으나 헛수고였다. 대 프레드라는 칭호까지 있는 그는 이 청년기자의 가르침을 받아들일 생각을 하지 않았다. 이 일이 피고 로베르 다르작끄 씨를 어떤 입장에 놓이게 했나 하는 것은 현재 우리가 다 알고 있는 바이다.

　그런데 프랑스 전국민, 나아가서는 전세계 사람들이 꼭 알아둬야 할 일이 있다. 로베르 다르작끄 씨가 체포된 바로 그날 밤, 우리 조제프 룰르따비유 군은 본사 사장댁을 찾아가 다음과 같이 말했던 것이다.

　"여행을 떠나기로 했습니다. 며칠이 걸릴지 지금은 확실하게 말을 할 수 없습니다. 아마 한 달이나 두 달, 넉넉잡고 석 달 가량 걸리리라 생각됩니다만…… 어쩌면 영원히 돌아오지 않을지도 모릅니다…… 여기 편지가 있습니다…… 다르작끄 씨가 출정하는 날 제가 돌아오지 않거든, 증인 신문이 대충 끝났을 때 이 편지를 법정에서 뜯어 주십시오. 로베르 다르작끄 씨의 변호사와 그 일을 타협해 주시기 바랍니다. 로베르 다르작끄 씨는 무죄입니다. 이 편지에는 범인의 이름이 쓰여 있습니다. 구체적인 증거를 제시하지는 못했지만(왜냐하면 증거는 지금부터 찾으러 가기 때문입니다) 그 범인의 죄상을 밝힐 만한 설명이 되어 있습니다."

이렇게 말하고 우리 기자는 여행을 떠났다. 그 뒤 편지연락이 없다가 1주일 전, 어떤 낯선 사람이 본사 사장을 찾아와 다음과 같이 말했다.

"어쩔 수 없는 경우에는 조제프 룰르따비유의 지시대로 행동해 주십시오. 그 편지에 진상이 씌어 있습니다."

이 인물은 이름을 밝히려고 하지 않았다.

오늘 1월 15일, 마침내 이목이 집중된 그 재판이 개막되려 하고 있다. 조제프 룰르따비유는 아직 돌아오지 않았다. 그의 모습은 어쩌면 영원히 못 보게 될지도 모른다. 신문계에 의무를 다하다 순직한 예는 많다. 직무상의 의무는 모든 의무에 우선되는 것이다. 이미 우리 기자는 의무를 다하다 순직했는지도 모른다. 그 원수는 꼭 찾아내고 말 것이다. 오늘 오후 본사 사장은 그 편지를 지니고 베르사이유 중죄재판소의 법정에 출두한다. 그 편지에는 범인의 이름이 씌어 있는 것이다!

이 기사 첫머리에는 룰르따비유의 사진이 실려 있었다. 그날 소위 '노랑방의 수수께끼'의 재판을 보기 위해 베르사이유로 향한 사람들은 생라자르 역에서 밀고 밀리는 군중의 소용돌이를 잊지 않았을 것이다. 열차란 열차는 꽉 차서 급히 몇 대의 임시열차를 운행하지 않으면 안 될 형편이었다. 에쁘끄 지의 기사는 세상을 몹시 놀라게 했고, 모든 사람들의 호기심을 자극하여 열띤 토론을 벌이게 했다. 조제프 룰르따비유와 프레드릭 라루상 팬들 사이에 치고받는 일까지 벌어졌을 정도이다. 이상하게도 이런 사람들이 벌이는 열띤 토론은, 무고한 인물이 죄를 뒤집어쓰게 되었다는 점에서라기보다, 이 사람들 자신이 '노랑방의 수수께끼'를 저마다 멋대로 해석하고 관심을 갖게 된 일에서 비롯되었기 때문이다. 대개 이 사건을 프레드릭 라루상처럼 해석하는 사람들은 이 유명한 탐정의 날카로운 두뇌를 의심하는 일은 절대로 용서치 않았다. 또 프레드릭 라루상과 다른 해석을 하는 사람들은 으레, 아직 어떤 내용인지도 모르는 조제프 룰르따비유의 의견을, 틀림없이 자기 생각과 같으리라고 주장했다. 오늘의 에쁘끄 지를 앞에 놓고 '라루상'파와 '룰르따비유'파는 베르사이유 재판소의 계단이며 법정 안에서까지 언쟁을 벌이고 멱살을 잡곤 했다. 미리 비상경계 조치가 취해졌다.

법정 안에 들어가지 못한 군중은 밤까지 건물 주위에서 웅성거리며, 군대와 경찰의 제지를 받으면서도 법정의 소문에 귀를 기울이곤 했다. 한때는 재판 도중에 스땅제르송 박사가 딸을 살해했다고 자백하여 방금 체포되었다는 소문이 퍼지기도 했다. 참으로 광란의 도가니였다. 흥분은 절정에 달해 있었다. 사람들은 시종일관 룰르따비유를 기다리고 있었던 것이다. 개중에는 룰르따비유를 알고 있고 얼굴도 기억하고 있다는 자도 있었다. 통행증을 가진 청년 한 사람이, 재판소 건물과 군중 사이에 터놓은 빈터로 지나갔을 때는 다시 밀고밀리는 소동이 벌어졌다. 그야말로 사고가 터질 것 같은 소란이었다. 크게 외치는 소리가 들렸다.

"룰르따비유다! 룰르따비유다!"

에뽀끄 지에 발표된 사진과 비슷한 사람만 지나가도 환성이 터졌다.

에뽀끄 지 사장의 도착 또한 여기저기에 소란을 불러일으키는 동기가 되었다. 박수를 치는 자, 휘파람을 부는 자, 군중 속에는 부인들도 많았다.

법정 안에서는 드 로끄 씨를 재판장으로 한 재판이 진행되고 있었다. 드 로끄 씨는 법관 특유의 편견이 몸에 밴 인물이지만, 근본은 성실한 사람이었다. 증인의 점호가 시작되고 있었다.

나도 물론 글랑디에 사건에 다소나마 관계한 다른 사람과 마찬가지로 그 속에 끼어 있었다. 스땅제르송 박사는 10년은 더 늙어뵈는 것 같아 알아보기 힘들 정도였다. 그 밖에 라루상이나 얼굴빛이 새빨간 아더 랜스 씨, 작끄 노인, 수갑을 차고 두 헌병에게 연행되어 온 마튜 영감, 울어서 눈이 통통 부은 마튜 부인, 베르니에 부부, 두 간호사, 급사장, 성의 하인 전부, 제40우체국 직원, 에삐네 역원, 스땅제르송 부녀의 친구 몇 사람, 그리고 로베르 다르작끄 씨 측의 증인이 전부였다. 나는 운좋게 첫번째 신문을 받는 증인석 열에 끼게 되었으므로, 공판 처음부터 끝까지의 상황을 모두 볼 수 있었다.

법정 안은 밀려 터질 것처럼 붐비고 있었다. 변호사들도 법정 계단에까지 앉아 있었고 빨간 법복을 입은 판검사 뒤에는 근처에 있는 모든 검찰국에서 파견된 검사들의 모습이 눈에 띄었다. 로베르 다르작끄 교수는 두 헌병에게 이끌려 피고석에 나타났는데, 그의 모습은 아주 냉정하고 기품있어 보였으므로 사람들은 동정보다도 오히려 감탄의 속삭임으로 맞이해 주었다. 교수는 곧 변호인인 앙리 로베르 변호사 쪽으로 고개를 숙여 인사를 했다. 변호인은 그 무렵 아직 신참 변호사였던 제1비서 앙드레 에쓰 씨를 조수로 하여 이미 서류를 넘기기 시작하고 있었다.

많은 사람들은 스땅제르송 박사가 피고와 악수하기를 기대하고 있었지만, 증인의 점호가 끝나고 증인들이 다 퇴정했기 때문에 이 감동적인 장면은 볼 수 없게 되었다. 배심원들이 자리에 앉았을 때 사람들의 눈을 끈 것은 앙리 로베르 변호사가 에뽀끄 지의 사장과 재빠르게 타합을 하는 모습이었다. 에뽀끄 지의 사장은 그뒤 곧 방청석으로 돌아가 맨 앞줄에 앉았다. 어째서 다른 증인들과 마찬가지로 증인 특별 대기실로 들어가지 않느냐고 수상쩍게 여기는 자도 있었다.

검사의 논고(論告)가 끝났다. 다르작끄 교수가 받은 긴 신문 내용은 줄이기로 한다. 교수는 참으로 자연스러우면서도, 아리송한 대답을 했다. 교수의 무죄를 직감하고 있는 사람들의 눈에도 교수가 대답한 것은 다 자연스러워 보였고, 대답하지 않은 것은 교수에게 몹시 불리한 것으로 비쳤던 것이다. 지금까지 말한 여러 가지 점에 관한 교수의 묵비권은 교수에게 불리하게 작용하여 결국 목숨을 빼앗는 계기가 되리라는 생각이 들었다. 교수는 재판장이나 검사의 힐문에도 대답을 하지 않았다. 이런 때 묵비권 행사란 죽음이나 다름없다는 경고까지 받았다.

"좋습니다."

다르작끄 교수는 말했다.

"그렇다면 기꺼이 죽겠습니다. 그러나 나는 무죄입니다!"

앙리 로베르 변호인은 평판대로 훌륭한 노련함을 과시하여, 이 사소한 장면을 교묘히 잡아내, 도덕적 의무라는 것은 위대한 마음의 소유자만이 걸머질 수 있는 법이라고 은근히 비춤으로써, 피고의 묵비 행위 그 자체를 들어 피고의 고결한 성격을 강조하려고 했다.

이 유능한 변호사의 말을 듣고도 다르작끄 씨를 잘 알고 있는 사람들만이 진심으로 감동했을 뿐, 다른 사람들은 그렇게 감동한 것 같지는 않았다. 심리는 잠깐 휴식 시간을 갖은 뒤, 이윽고 또 증인의 연속 신문이 시작되었는데 룰르따비유는 여전히 올 것 같은 기색이 없었다. 문이 열릴 때마다 모든 사람의 눈이 그 문쪽으로 쏠렸다가 무표정한 태도로 자기 자리에 앉아 있는 에뽀끄 지의 사장 쪽으로 옮겨지곤 했다. 이윽고 그 사장이 주머니를 뒤져 한 통의 편지를 꺼내는 것이 사람들 눈에 띄었다. 그의 동작에 따라 법정 안이 웅성대기 시작했다.

공판 모습의 세밀한 부분까지 쓰는 것이 나의 의도는 아니다. 사건의 경과는 이미 충분히 말했으며, 수수께끼에 싸인 갖가지 사건을 새삼스레 늘어놓아 독자를 번거롭게 만들 필요는 없다. 그런 일보다는 한시라도 빨리 그 잊을 수 없는 날에 있었던 가장 극적인 순간에 대해 이야기를 진행시키고자 한다. 증인석에서 두 헌병 사이에 끼여 녹색 옷의 사나이를 죽이지 않았다고 부인하고 있는 마튜 영감에게, 앙리 로베르 변호사가 몇 가지 질문을 하고 있을 때, 그 순간은 찾아온 것이다. 마튜 영감의 부인이 불리어 나와 영감과 대질을 했다. 부인은 훌쩍훌쩍 울면서 자기가 산지기를 좋아했다는 사실과 주인이 그 일을 눈치채고 있었다는 사실을 고백했다. 그러나 영감은 그녀가 좋아하던 사람이 살해된 사건과는 전혀 관계가 없다는 것을 단언했다. 그때 앙리 로베르 변호사는 이 점에 대해 곧 프레드릭 라루상의 증언을 들도록 하라고 재판장에게 요구했다.

"휴식시간 중에 프레드릭 라루상과 잠깐 이야기를 했습니다만."

변호사는 말했다.

"마튜 씨가 관계하고 있다고 생각하지 않아도, 산지기가 죽은 사정을 설명할 수 있다는 뜻이 담긴 말을 들었습니다. 프레드릭 라루상의 가설을 들어 보는 일은 유익한 일이 될 것 같습니다."

프레드릭 라루상이 불리어 들어왔다. 그리고 참으로 명쾌한 설명이 이루어졌다.

"나는 이 사건에 있어 마튜 씨를 끌어들일 필요는 없다고 봅니다. 나는 그 사실을 드 마르게 씨에게도 말했습니다만, 이 사람이 말한 위협조의 말이 분명히 예심판사님의 마음을 상하게 한 셈입니다. 나로서는 스땅제르송 양의 상해와 산지기 살해는 동일사건이 됩니다. 스땅제르송 양 상해범은 정면 광장으로 도망치다 총을 맞은 것입니다. 총알은 맞은 것으로 보였고 범인은 죽은 것으로 보였습니다. 사실은 성의 오른쪽 정면으로 모습을 감췄을 때 발에 무엇이 걸려 비틀거렸을 뿐입니다. 그 장소에서 범인은 도망가는 길을 막으려는 산지기와 마주친 것입니다. 범인은 스땅제르송 양을 찌르고 온 단도를 아직도 손에 들고 있었습니다. 그는 그 단도로 산지기의 심장을 찔렀고 산지기는 죽어 버린 것입니다."

이 해석은 참으로 간명한 것이었고, 글랑디에 사건에 흥미를 가진 사람들 사이에도 이미 그런 해석을 한 사람도 많이 있을 정도로, 참으로 그럴 듯한 생각이었다. 찬성한다고 중얼대는 소리도 들려왔다.

"그럼, 범인은 그 속에서 어떻게 된 건가?"

재판장이 물었다.

"재판장님, 물론 뜰의 좁은 구석 어둠 속으로 숨은 것입니다. 그리고 성의 사람들이 시체를 운반해 간 사이에 유유히 도망쳤다 이겁니다."

이때 입석(立席)에 있는 방청인들 속에서 젊디젊은 목소리가 들려왔다. 법정 안에 있는 모든 사람들이 어이가 없어 멍하니 있는데 그 목소리는 이렇게 말했다.

"단도로 심장을 찔렀다는 점은 프레드릭 라루상 씨 의견에 찬성입니다. 그러나 범인이 뜰 구석으로 도망친 그 방법에 대해서는 저의 의견은 좀 다릅니다!"

모두가 돌아다보았다. 수위가 쫓아와 조용하라고 말했다. 재판장은 화가 나서 누가 말을 했느냐고 소리를 지르며 불법 방해자를 즉시 퇴장시키라는 명령을 내렸다. 그러나 다시 맑은 목소리가 들려왔다.

"접니다, 재판장님. 접니다, 조제프 룰르따비유입니다."

이성이 지시한 원

재판정 안은 소란스러워졌다. 이런 북새통에 어떤 여인은 소리까지 지른다. 이렇게 되고 보니 법정은 권위고 뭐고 따질 틈이 없었다. 미친 듯했다. 너도나도 서로 룰르따비유를 보려고 아우성이었다. 그러는 사이에 룰르따비유는 입석과 의자석 사이의 난간을 넘어서더니 사람들을 팔꿈치로 헤쳐가며 에쁘끄 지 사장 옆으로 걸어갔다. 가슴이 벅차오른 사장은 그를 끌어안았다. 룰르따비유는 사장에게 맡겨 두었던 자기 편지를 받더니 그것을 주머니에 집어넣고 법정 안 특별 방청석으로 들어갔다. 그는 밀고 밀리면서도 얼굴에는 행복한 미소를 띠고 볼은 불그레했다. 지적인 큰 눈을 환하게 반짝이며 마침내 증인석 앞까지 다다랐다. 입고 있는 영국풍의 옷은 출발하던 날 아침에 보았던 그대로였지만 몹시 더러워져 꾀죄죄했다. 팔에는 얼스터 외투, 손에는 여행용 모자를 든 게 전의 모습 그대로였다. 그는 재판장을 향해 말했다.

"실례를 용서해 주십시오, 재판장님, 대서양 항로의 배가 늦어지는 바람에 지금 막 미국에서 도착한 길입니다. 제가 조제프 룰르따비유입니다."

사람들은 '와' 하고 웃었다. 모든 사람들이 이 청년이 나타난 것을 반가워했다. 모두들 이제야 무거운 짐을 벗은 듯한 기분이었다. 이제 한숨 돌린 셈이다. 그는 반드시 진상을 파악해 가지고 왔을 것이다. 이제 곧 그에게서 그것을 들을 수 있을 것이다.

그러나 재판장은 몹시 격분했다.

"흠, 자네가 조제프 룰르따비유인가? 법정을 모욕하면 어떻게 되는지 단단히 알게 해주겠다. 법정이 자네의 죄상을 심리할 때까지, 본 재판관의 자유재량권으로, 법의 정하는 바에 따르게 하기 위해 자네를 구류한다."

"아니 재판장님, 법이 정하는 바에 따르는 일은 바로 제가 원하는 일입니다. 법에 도움이 되기 위해 저는 찾아왔으니까요. 제가 찾아온 일로 다소 법정을 소란스럽게 했다면, 제발 용서해 주시기 바랍니다. 저만큼 법을 중히 여기는 사람도 없다는 것을 제발 믿어주십시오. 재판장님, 이런 출정 방법도 저로선 최선을 다한 결과니까요."

그렇게 말하고 그는 웃기 시작했다. 이어 법정 안 모든 사람들이 웃어댔다.

"이 자를 퇴장시키시오."

재판장은 명령했다.

그러나 이때 앙리 로베르 변호사가 중재에 나섰다. 그는 우선 청년을 위해 용서를 빌고, 이 청년의 행동이 선량한 마음에서 나온 것임을 지적하며 재판장을 향해 그 기괴한 사건이 일어난 일주일 내내, 그 글랑디에의 성에서 기거하며, 더구나 피고의 무죄를 증명하고 진범인을 밝히겠다는 이 증인에게 전혀 공술할 기회를 주지 않고 재판을 끝낸다는 것은 곤란한 일이라고 말하여, 결국 재판장을 납득시키고 말았다.

"자네가 진범의 이름을 말하겠다는 건가?"

재판장은 꽤 마음이 동하면서도 아직도 회의적인 말투로 말했다.

"물론 그 때문에 저는 온 것입니다."

룰르따비유는 대답했다.

사람들은 법정이란 것도 잊어버리고 박수갈채라도 보낼 것 같은 기세였다. 그러나 수위들이 제지하는 바람에 다시 조용해졌다.

"조제프 룰르따비유는 증인으로 정식 등록은 되어 있지 않지만, 재판장의 자유재량권에 의해 그를 신문해 주시기 바랍니다."

앙리 로베르 변호사는 다시 말했다.

"좋습니다. 그럼 신문하기로 합시다. 그러나 그러기에 앞서……."

재판장이 이렇게 말을 꺼냈을 때 차석 검사가 벌떡 자리에서 일어나 말했다.

"그보다도 오히려 곧 이 청년에게 그가 단범으로 고발하려는 인물의 이름을 말하라고 하는 편이 좋지 않겠습니까?"

재판장은 이를 인정은 하면서도 한 가지 아이러니컬한 유보(留保)를 붙였다.

"차석 검사님이 조제프 룰르따비유 군의 공술에 어떤 중요성을 인정한다면, 증인이 곧 그가 범인이라고 지목한 이름을 밝히는 일에 아무런 불편이 없는 것으로 인정합니다."

법정은 찬물을 끼얹은 듯 조용해졌다.

룰르따비유는 입을 다문 채 호의에 찬 시선으로 뚫어져라 로베르 다르작끄 씨를 보고 있었다. 다르작끄 씨는 공판이 개시된 이래 처음으로 흥분된 얼굴을 보이며 불안을 감추지 못하는 모습이었다.

"자, 룰르따비유 군. 말해 보시오. 범인의 이름을 들어보기로 합시다."

재판장은 재촉했다.

룰르따비유는 서서히 조끼 주머니를 더듬어 꽤 큰 회중시계를 꺼내더니 시간을 본 다음 이렇게 말했다.

"재판장님, 범인의 이름은 6시 30분이 되어야 말씀드릴 수 있습니다. 그때까지는 아직도 꼬박 네 시간은 있어야 합니다."

놀라움과 실망의 가벼운 소란이 일었다. 변호사들 중에는 "우리를 우롱할 참인가" 하고 소리내어 말하는 자도 있었다.

재판장은 그것 보라는 듯 빙그레 웃는다. 앙리 로레르, 앙드레 에쓰 두 변호사는 김이 빠진 모습이다.

재판장이 입을 열었다.

"이런 농담은 이제 질색이다. 자, 증언실로 가도 좋다. 처분은 그때 가서 정하기로 하겠다."

룰르따비유는 이 말에 합의하여 쩌렁쩌렁 울릴 듯한 날카로운 소리로 외쳤다.

"재판장님. 맹세코 말입니다. 나중에 범인의 이름을 말하게 되면 왜 내가 6시 30분이 될 때까지 그 말을 못했는가 아시게 될 것입니다. 룰르따비유의 이름을 걸고 단언코 거짓말은 하지 않습니다! 그러나 그 동안에 문지기 살해 사건에 관한 몇 가지 설명은 할 수 있습니다. 글랑디에의 성에서의 내 태도를 보신 프레드릭 라루상 씨에게 여쭤보면, 제가 얼마나 정성껏 이 사건을 조사했던가를 아실 수 있을 것입니다. 저는 라루상 씨와는 반대 의견이며 그가 로베르 다르작끄 씨를 체포케 한 것은 죄없는 사람을 체포케 한 것이라고 주장하는 바입니다. 그러나 그는 저의 성실함이나 또 제가 발견한 여러 가지 일의 중요성도 결코 의심하시지는 않을 겁니다. 저의 발견은 종종 라루상 씨의 의견을 확증하는 데도 도움이 되고 있습니다."

프레드릭 라루상은 말했다.

"재판장님, 조제프 룰르따비유 씨의 진술을 듣는 일은 유익한 일이라고 생각합니다. 특히 그의 의견은 저와 다르니만큼, 더욱 들어볼 가치가 있을 것입니다."

이 탐정의 말을 듣자 찬성과 칭찬의 속삭임이 사방에서 일었다. 라루상은 정정당당히 룰르따비유의 도전에 응한 것이다. 하나의 비극적인 수수께끼를 둘러싸고 필사적으로 도전하여 두 가지 다른 결론에 도달한 이 두 사람의 두뇌싸움은 벌써부터 흥미진진한 데가 있었다.

재판장이 입을 열지 않았으므로 프레드릭 라루상은 계속해서 말했다.

"우리 두 사람은 스땅제르송 양을 두 번이나 습격한 범인이, 산지기마저 심장을 찔러 살해한 것이라는 점에서는 일치하고 있습니다. 그런데 뜰 한구석으로 쫓긴 범인이 어떻게 도망쳤느냐 하는 문제에 있어선 의견이 일치되지 않으니 룰르따비유 씨가 그것을 어떻게 설명을 하나 들어 보는 일도 흥미있는 일이라고 생각됩니다."

"그렇고말고요, 틀림없이 흥미있는 일입니다!"

나의 친구 룰르따비유는 이 말을 받아 말했다.

사람들이 모두 웃어댔다. 곧 재판장은 다시 한 번 이런 일이 있으면 아까 말한 주의사항을 즉각 실행으로 옮겨 전원 퇴장을 명령할 테니 그렇게 알라고 언명한 다음

"사실 이처럼 심각한 사건에 관해 본관은 하등 웃을 만한 이유를 인정할 수 없습니다."

라고 끝을 맺었다.

"저도 그렇게 생각합니다."

룰르따비유가 대꾸했다.

내 앞에 있던 사람들은 웃음을 참으려고 허둥대며 손수건을 입 속

에 틀어 넣을 정도였다.

"자"

재판장은 말을 계속했다.

"프레드릭 라루상 씨가 하신 말은 지당한 말입니다. 당신 생각으로는 도대체 어떻게 그 범인이 뜰 한구석에서 탈출했다는 겁니까?"

룰르따비유가 마튜 부인에게 시선을 보내니, 그녀는 그를 향해 슬픈 듯이 미소를 지어 보였다.

"마튜 부인은 저에게, 산지기에게 상당한 호의를 가졌었다는 사실을 털어놓았으므로."

"이 못된 쌍것!"

마튜 노인이 악을 썼다.

"마튜를 퇴장시키시오!"

재판장은 명령했다.

수위가 마튜 영감을 밖으로 데리고 나갔다.

룰르따비유는 말을 계속했다.

"그녀가 그런 말을 털어놓았으므로 저는 그녀가 천수루 이층, 그러니까 전에 기도원이었던 방에서 밤에 가끔 산지기와 밀회를 했다는 사실을 분명히 말씀드릴 수 있습니다. 이 밀회는 그 무렵 마튜 영감이 관절염으로 자리에 눕게 되자 더욱 잦아졌습니다.

가끔 모르핀 주사를 맞은 마튜는 통증이 가셔 잠이 들었으므로 부인은 필요한 몇 시간 동안 안심하고 집을 비울 수 있었던 것입니다. 마튜 부인은 밤에 아무도 모르게 글랑디에 성으로 검은 큰 쇼올을 머리부터 뒤집어쓰고 왔기 때문에 검은 모습의 유령으로 보였으며, 작끄 노인은 이것을 보고 무서워한 것입니다. 자기가 왔다고 아주느 할멈의 기분나쁜 고양이 소리를 흉내냈던 것입니다. 그 울음소리를 들으면 곧 산지기가 천수루에서 뛰어내려와 작은 문을 애인에게 열어주었던 것입니다. 천수루의 수리가 이루어지고 있는 최근에도 역시 천수루 안의 산지기 방에서 밀회가 이루어지고 있었습니다.

그 무렵 임시 거처로 산지기에게 주어졌던 건물 오른 쪽에 있는 방은, 이웃에 있는 급사장과 요리사 내외가 거처하는 방 옆에 있었는데 벽이 아주 얇았으므로 그곳을 사용할 수는 없었던 것입니다. 뜰 한구석의 사건이 일어났을 때, 마튜 부인은 아직 기운이 펄펄한 산지기와 헤어진 지 얼마 안 되었을 때입니다. 두 사람은 이제 할 말도 동이 나 함께 천수루에서 나왔던 것입니다. 다음 날 아침, 정면 광장의 발자국을 자세히 조사해 보고 비로소 저도 그런 사정을 알게 되었습니다만…… 문지기 베르니에는 제 부탁으로——이제는 당사자도 있는 그대로를 말해도 상관없습니다만——총을 들고 천수루 뒤쪽에서 감시를 하고 있었으므로, 정면 광장에서 이루어지고 있는 일은 아무것도 보이지 않았던 것입니다. 그리고 얼마 안 있다 권총 소리를 듣고 그제야 정면 광장으로 달려나와 자기도 총을 봤던 것입니다. 이런 관계로 정면 광장의 어둠과 적막 속에는 산지기와 마튜 부인이 있었던 것입니다. 서로 잘 자라는 인사를 하고 마튜 부인은 그 광장의 열려 있는 문 쪽으로 향해 가고, 산지기는 성의 오른쪽 제일 끝에 있는, 외부로 돌출된 자기 방으로 돌아오는 길이었습니다.

그가 방 바로 앞까지 왔을 때, 권총소리가 들렸습니다. 그는 돌아다보고 웬일인가 싶어 온 길로 되짚어간 것입니다. 성의 오른쪽 모퉁이까지 왔을 때 느닷없이 그에게 검은 그림자가 덤벼들어 그를 단칼에 찔러죽인 것입니다. 뒤쫓던 사람들이 시체를 발견하고는 범인을 잡은 줄 알고 피해자의 시체를 운반해 간 것입니다. 그 동안 마튜 부인은 어떻게 하고 있었을까요? 총소리에 이어 사람이 화다

닥 뛰어오는 소리에 깜짝 놀라 정면 광장의 어둠 속에서 되도록 바싹 웅크리고 있었습니다. 정면 광장은 넓으며, 문 바로 옆에 있었으므로 살짝 빠져나갈 수도 있었을 것입니다. 그러나 그녀는 빠져나가지 못했습니다. 우두커니 서서 시체가 운반되어 가는 것을 지켜보고 있었습니다. 불안하고 가슴이 두근거렸을 것입니다. 뭔가 불길한 예감에 쫓겨 성의 현관까지 가서 계단 쪽을 살짝 들여다보았습니다. 작끄 노인이 들고 있는 초롱불빛에 희미하게 보이는 계단 위에 애인의 시체가 눕혀져 있었습니다. 그녀는 분명히 확인한 다음 도망친 것입니다. 작끄 노인은 이것을 눈치챘는지 그 검은 유령을 쫓아갔던 것입니다. 이 유령 덕분에 그는 지금까지 잠못 이루는 밤을 보냈던 것입니다.

마침 그날 밤, 사건이 일어나기 전에, 노인은 신주님 울음소리에 잠이 깨어 창문으로 내다보다 검은 유령의 모습을 발견한 것입니다. 그래서 서둘러 옷을 입었으므로, 우리가 산지기의 시체를 운반해 왔을 때 노인이 옷을 제대로 다 갖춰 입었던 이유도 그것으로 알 수 있습니다. 아마 노인은 오늘밤이야말로 그 유령을 잡아 정체를 알아내고야 말겠다고 결심한 모양입니다. 노인은 그것이 마튜 부인이란 것을 알았습니다. 노인은 그녀와 옛날부터 아는 사이입니다. 그녀는 노인에게 밤의 밀회 사실을 다 밝히고 제발 이 궁지를 모면할 수 있도록 도와 달라고 부탁했겠죠. 애인이 살해되는 것을 막 목격한 마튜 부인의 정신상태는 보기에도 딱했을 것입니다. 노인은 불쌍히 생각하고 그녀를 데리고 떡갈나무 뜰을 빠져나가 다시 연못가를 지난 다음 뜰 밖의 에삐네 큰길까지 함께 가준 것입니다. 그곳에서 그녀의 집까지는 몇 미터에 불과하니까요. 그리고 작끄 노인은 성으로 돌아왔습니다.

산지기의 애인인 마튜 부인이 그날 밤에 성에 왔던 사실을 아무에게도 알리지 말아야 그녀의 신변이 법률상으로 안전하다는 것을 알았으므로, 노인은 그러지 않아도 여러 가지 사건이 일어난 그날 밤의 이 삽화적인 사건을 되도록 우리에게 감춰 두려고 했던 것입니다. 지금 한 말을 다시 마튜 부인과 작끄 노인에게 인정해 달라고 할 필요는 조금도 없습니다."

룰르따비유는 덧붙여 말했다.

"솔직히 저는 그런 식으로 일이 진행되었다는 사실을 다 알고 있습니다! 여기서는 다만 라루상 씨의 기억에 약간 호소하는 정도로 그쳐 두고 싶습니다. 라루상 씨는 제가 어떻게 모든 것을 알게 되었는지 잘 아시고 있을 겁니다. 다음 날 아침, 제가 두 개가 나란히 난 발자국을 자세히 조사하여, 그것이 작끄 노인과 부인이 함께 걸었을 때의 발자국임을 알아낸 것을 그는 보았기 때문입니다."

여기서 룰르따비유는 증인석에 앉은 마튜 부인 쪽을 돌아다보고 공손히 절을 한 다음 다시 설명을 계속했다.

"부인의 발자국은 범인의 자그마한 발자국과 이상할 정도로 비슷합니다."

마튜 부인은 자기도 모르게 몸을 부르르 떨고, 대단한 호기심을 드러내보이며 뚫어져라 룰르따비유를 쳐다보았다. 그는 무슨 말을 하려고 하는가? 도대체 어쩔 셈으로 그런 말을 하는 것일까?

"부인은 갸름하고 단정한 발을 지니고 있지만, 여자 발로는 약간 큰 것 같습니다. 신발 끝이 뾰족한 것만을 제외하면 범인의 발과 똑같습니다."

방청석이 또 잠깐 웅성거렸다. 룰르따비유는 한 손을 들어 웅성거림을 가라앉혔다. 마치 재판장을 대신해 그가 법정의 질서를 지배하는 자라도 된 것 같았다.

"여기서 미리 말해 두겠습니다만, 지금 말한 것은 별로 큰 뜻이 있는 것은 아닙니다. 게다가 사건 전체에 대한 전망을 고려에 넣지 않고 이같이 외적인 단서 하나만으로 추리를 조작해 내는 함정은 곧 판단의 과오를 범하게 마련입니다! 로베르 다르작11 교수도 범인과 똑같은 발을 지니고 계십니다. 그러나 교수는 범인은 아닙니다."

또 방청석이 소란스러워졌다.

재판장은 마튜 부인에게 물었다.

"사건이 나던 날 밤, 당신이 한 일은 지금 말한 그대로입니까?"

"네, 재판장님. 마치 룰르따비유 씨는 우리 뒤를 밟은 것이 아닌가 할 정도로 잘 알고 있습니다."

"그럼 당신은 범인이 건물 오른쪽 끝까지 도망치는 것을 보았군요?"

"네. 그것도 보았고 1분쯤 지나 산지기의 시체를 여럿이서 운반해 가는 것도 보았습니다."

"그래 범인은 그러고는 어떻게 했습니까? 당신만이 정면 광장에 남아 있었으니까, 그때 당연히 범인을 보았을 것 같은데…… 범인은 당신이 있는 것을 몰랐을 테고, 범인으로서는 이제야말로 도망칠 때라고 생각했을 텐데……."

"아아뇨, 저의 눈에는 아무것도 보이지 않았습니다. 마침 그때 달이 구름 속으로 들어가 캄캄했으니까요."

마튜 부인은 떨리는 목소리로 말했다.

"그럼, 룰르따비유 씨, 어떻게 범인이 도망쳤습니까? 그것도 당신의 설명이 필요합니다."

재판장이 말했다.

"물론, 그것은 제가 설명합니다."

그 자리에서 서슴없이 대답하는 청년 룰르따비유의 확신에 찬 목소리에 흐뭇한 마음이 들었던지 재판장도 무의식중에 미소를 짓고 있었다.

"범인이 도망친 뜰 구석에서 우리의 눈을 속여 도망친다는 것은 보통 솜씨로는 불가능합니다. 비록 범인이 보이지 않았다 하더라도, 그곳에 있기만 했다면 우리의 어딘가에 닿았을 것입니다! 아주 좁은 뜰 구석입니다. 도랑과 높은 철책으로 둘러싸인 네모진 장소입니다. 범인이 우리에게 부딪쳤든가, 아니면 우리가 그에게 부딪쳤든가 했을 것입니다! 도랑과 철책과 우리 자신으로 막혀 그곳은 거의 '노랑방'과 마찬가지로 밀실에 가까운 상태였습니다."

"그러니까 어떻게 된 겁니까? 그 남자는 그 네모진 틀 속에 들어간 셈인데, 도대체 어떻게 당신네들에게 들키지 않았는지 그것을 설명해 주시오! 아까부터 벌써 반 시간이나 그 일만을 물어 보고 있는 것이오!"

룰르따비유는 다시 조끼 주머니에서 큰 시계를 꺼내더니 천천히 시계를 들여다보며 말했다.

"재판장님. 앞으로 세 시간 반 동안이나 계속해서 그것만을 물어 보셔도 그것은 자유입니다. 저는 6시 30분이 되기 전에는 그 점에 대해선 아무런 대답도 할 수 없습니다."

이때 일어난 법정 안의 소란함에는 이제 적의도, 실망의 기색도 없었다. 모두 룰르따비유에게 신뢰를 갖기 시작한 것이다. 그의 말을 믿고 있었던 것이다. 그리고 친구와 만날 시간을 약속이라도 하듯 재판장을 향해 분명히 시간을 제시하는 그의 태도를 재미있게 보고 있었다.

재판장은 여기서 화를 낼까 어쩔까 잠깐 생각해 보다가 역시 여러 사람과 마찬가지로 이 순진한 청년의 태도를 흥미있게 봐야겠다고 결정한 것이다. 룰르따비유의 태도에는 어딘가 호감가는 데가 있어 재판장도 거기에 완전히 말려든 것이다. 어쨌든 그가 이 사건에서 마튜 부인의 역할을 그처럼 명쾌하게 규정짓고 그날 밤에 있었던 그녀의 행동 하나하나를 그처럼 훌륭하게 설명하는 것을 들은 이상, 아무리 드 로끄 재판장이라 한들, 정색을 하고 그의 말을 들을 수밖에 없는 입장이 된 것이다.

"좋아요, 룰르따비유 씨."

재판장이 말했다.

"그럼 당신이 원하는 대로 그렇게 하기로 합시다. 단 여기서 잠깐 퇴정했다가 6시 30분이 되면 또 출정해 주기 바라오!"

룰르따비유는 재판장에게 절을 하더니 그 큰 머리를 흔들며 증인대기실 문 쪽으로 향했다.

그는 나를 두리번거리고 찾고 있는 모양인데 쉽게 찾아내지 못했다. 그래서 나는 사람들 사이를 살짝 빠져나가, 룰르따비유를 뒤쫓아 법정 밖으로 나갔다. 이 우정 두터운 친구는 기쁨이 넘치는 표정으로 나에게 손을 내밀었다. 아주 기분이 좋아 보였으며 계속 지껄였다. 기뻐서 못견디겠다는 표정으로 나의 두 손을 잡고 흔드는 것이었다. 나는 말했다.

"자네가 미국엘 무엇하러 갔느냐고 묻지 않겠네. 재판장에게 했듯 '6시 30분까지는 말할 수 없습니다'라고 대답할 테니까."

"아뇨, 그렇진 않아요, 생끌레르, 그렇진 않아요! 미국까지 내가 무엇을 하러 갔었나 당신한테는 곧 말하겠어요. 당신은 친구니까요. 나는 범인의 또 하나의 이름을 찾으러 간 거요."

"아니 놀라운 일이군. 또 하나의 이름이라니……."

"맞아요, 우리가 마지막으로 글랑디에 성을 물러나왔을 때 나는 범인은 두 명이라는 점과 그 중 한쪽 이름만을 알고 있었죠. 내가 미국으로 찾으러 간 것은 그 또 한쪽의 이름이에요."

여기까지 말하고 우리는 증인 대기실로 들어갔다. 증인들은 다 자기네들의 감정을 몸짓으로 나타내 보이며 룰르따비유 쪽으로 다가왔다. 그는 아더 랜스에게만은 웬일인지 대단히 냉담한 태도를 취한 것을 제외하고는 모든 사람을 아주 기분좋게 대했다. 이때 프레드릭 라루상이 방으로 들어왔으므로 룰르따비유는 그에게 다가가 뭔가 비통한 비밀이 있는 듯, 손가락이 부러질 것 같은 힘찬 악수를 했다. 라루상에게 이처럼 호의를 베푸는 것을 보니, 룰르따비유로선 틀림없이 상대방을 이겨냈다는 확신이 들었다. 라루상도 자신만만한 듯 침착하게 미소를 짓고 있었다. 그리고 이번에는 그가 미국에는 무엇을 하러 갔었느냐고 물었다. 그러자 룰르따비유는 친밀하게 그의 팔을 잡으며, 여행 중에 재미있던 이야기를 이것저것 계속 들려주었다. 그러더니 잠시 뒤에 무슨 중대한 화제가 나왔는지 두 사람은 이야기를 하며 저쪽으로 가기에 나는 사양하고 다른 곳으로 자리를 옮겼다. 게다가 나는 증인 신문이 계속되고 있는 공판정에 가보고 싶었던 것이다. 내 자리에 돌아가보니 청중은 이제 법정의 심리 따위에는 제이의적(第二義的)인 뜻만을 인정할 뿐, 빨리 6시 30분이 되지 않나 하고 그 시간 오기만을 기다리고 있는 것 같았다.

시계가 6시 30분을 알렸다. 조제프 룰르따비유가 다시 법정으로 불려 들어왔다. 군중이 얼마나 감동에 찬 모습으로 증인석으로 걸어가는 그를 지켜보았는지 모른다. 모든 사람이 숨을 죽이고 있었다. 로베르 다르작끄 씨는 자기 자리에서 일어서 있었다. 그의 얼굴은 죽은 사람처럼 창백했다.

재판장은 엄숙한 목소리로 말했다.

"당신에겐 선서를 하라고 하지 않겠소. 당신은 정식 증인으로 환문된 것이 아니니까."

그러나 내가 설명할 것까지도 없는 일이지만, 여기서 일단 말을 끊은 재판장은 다시 덧붙여 위협하듯 말했다.

"당신의 말이 중대하다는 것은 당신 자신에게 그렇다는 것이오, 가령 다른 사람에 대해서는 그렇지 않을 경우가 있다손치더라도……."

룰르따비유는 일체 동요하는 빛도 없이 재판장을 뚫어져라 쳐다보고 있었다. 그는 대답했다.

"네. 알고 있습니다."

"그럼."

재판장이 말했다.

"아까 우리는 범인이 도망친 뜰 구석에 대한 일을 문제로 삼았었소. 그런데 당신은 6시 30분이 되면 범인이 어떻게 그 뜰 한구석에서 도망칠 수 있었나를 설명하고, 범인의 이름도 밝히겠다고 약속했소. 벌써 6시 35분이 되었소. 그러나 우리는 아직도 아무것도 모르고 있는 상태요!"

"그럼 말씀 드리겠습니다!"

룰르따비유는 그야말로 나의 기억으로도 이런 정경은 일찍이 본 일이 없을 정도로, 조용하고 장중한 분위기 속에서 말을 하기 시작했다.

"저는 이 뜰 구석에는 출구가 없고, 범인은 추적하는 사람들에게 들키지 않고 그 좁은 장소에서 도망치는 일은 불가능하다고 말했습니다. 바로 말씀 드린 그대로입니다. 우리가 달려갔을 때 범인은 아직 그 뜰 구석에 우리와 함께 있었던 것입니다."

"그러나 당신들은 범인의 모습을 보지 않았다고 말했어요. 분명히 소장(訴狀)에는 그렇게 되어 있소……."

"그러나 우리는 다 범인을 보았습니다, 재판장님."

룰르따비유는 큰 소리로 말했다.

"보았는데 잡지 않았단 말입니까?"

"그것이 범인이라는 것을 알고 있던 사람은 저뿐입니다. 저로선 범인을 곧 잡지 말고 좀더 내버려 둘 필요가 있었던 것입니다! 그리고 그때는 저의 추리 외에는 증거가 없었습니다. 그렇습니다. 범인이 그곳에 있고 우리는 그 모습을 똑똑이 보고 있다는 것을 저의 추리만이 증명하고 있었던 것입니다! 저는 오늘 이 중죄재판소의 법정에 여러분이 꼭 만족할 수 있는 확고부동한 증거를 가져오기 위해 이렇게 시간이 걸렸던 것입니다."

"어쨌든 이야기를 계속하시오! 중점적인 이야기를! 그 범인의 이름을 말하란 말이오."

재판장은 재촉했다.

"범인의 이름은 그때 뜰 구석에 있던 사람들의 이름을 찾으면 그 속에 있을 것입니다."

룰르따비유는 조금도 서두는 기색없이 말했다.

방청인들은 이제 초조해지기 시작했다.

"이름을 말하라, 이름을!"

사람들은 작은 목소리로 소곤댔다.

룰르따비유는 그야말로 밉살스러울 정도로 침착하게 말했다.

"재판장님. 지금 하던 공술을 좀더 할 수 있게 해주시기 바랍니다. 왜냐하면 저로선 그렇게 하지 않으면 안 될 이유가 있기 때문입니다……."

"이름을 말하라! 이름을!"

방청석 사람들은 똑같은 말을 되뇌었다.

"조용히 하시오!"

수위가 찢어지는 듯한 소리를 질렀다.

재판장이 말했다.

"그 범인의 이름을 말하지 않으면 곤란하오! 뜰 구석에 있던 사람은, 죽은 산지기와 ……산지기인가, 범인은?"

"아닙니다."

"작끄 노인인가?"

"아닙니다."

"문지기 베르니에인가?"

"아닙니다."

"생끌레르 씨인가?"

"아닙니다."

"그럼, 아더 윌리엄 랜스 씨인가? 남은 사람은 이제 랜스 씨와 당신밖에 없지 않습니까! 당신이 범인이라는 말은 아니겠지요?"

"네. 그렇지 않습니다."

"그럼 당신은 아더 랜스 씨라는 겁니까?"

"아닙니다."

"그러면 무슨 얘긴지 알 수 없지 않소. 결국 당신은 무슨 말을 하려는 겁니까? 그 뜰 구석에는 그 밖에 딴 사람은 없지 않습니까?."

"아니 있었습니다. 하기야 뜰 구석에도, 또 뜰바닥에도, 아무도 없었습니다. 그러나 누군가가 있었습니다. 창문을 통해 뜰 위로 몸을 내밀고…… ."

"프레드릭 라루상인가!"

재판장은 소리를 질렀다.

"프레드릭 라루상입니다!"

룰르따비유는 법정 안이 쩌렁쩌렁 울릴 정도로 크게 말했다.

그리고 항의를 하고 있는 방청석 쪽을 돌아다보고 그는 이런 목소리가 나올 수 있으리라고는 믿을 수 없을 정도의 힘찬 목소리로 말했다.

"프레드릭 라루상입니다. 범인은!"

망연자실, 경악, 분격, 그리고 불신의 아우성이 온 법정을 뒤흔들었다. 개중에는 이렇게 대담하게 고발하는 용감한 청년에게 열광적인 성원을 보내는 자도 있었다. 재판장은 이제 그것을 가라앉히려고도 하지 않았다. 그리고 곧 그 다음 말을 듣고 싶어하는 사람들이 열심히 "쉿! 쉿"하며 제어하는 사이 저절로 조용해졌다. 그때 힘없이 피고석에 앉아 있던 로베르 다르작끄 씨가 이렇게 외쳤다.

"그런 바보 같은 말이 어디 있어! 머리가 좀 이상해진 모양이군!"

재판장은 곧 말했다.

"당신은 프레드릭 라루상을 고발할 참입니까? 그런 터무니없는 고발을 하면 어떻게 되는지 압니까. 자, 당장 보다시피 로베르 다르작끄 씨마저도 당신을 미친 사람 취급을 하고 있지 않습니까. 만일 정신이 이상해지지 않았다면, 당신 말에는 무슨 증거가 있어야 할 것 아닙니까?"

"증거, 증거를 대라는 말씀이죠! 좋습니다. 곧 그 증거를 보여 드리지요."

룰르따비유는 큰 소리로 말했다.

재판장은 명령했다.

"수위, 프레드릭 라루상을 데리고 나오시오."

수위는 부지런히 작은 문이 있는 곳으로 가더니 문을 열고 모습을 감췄다. 문은 열어 놓은 채로…… 온 법정의 눈이란 눈은 다 이 작은 문에 쏠려 있었다. 수위가 돌아왔다. 그는 법정 가운데로 나와서 말했다.

"재판장님. 프레드릭 라루상은 없습니다. 4시경에 나간 뒤 아무도 본 사람이 없는 모양입니다."

룰르따비유는 의기양양하게 소리쳤다.

"자 보십시오, 이것이 저의 증거입니다."

"좀더 잘 알 수 있도록 말하시오, 무엇이 증거라고 하는 겁니까?"
재판장은 물었다.

"모르시겠습니까? 제가 말하는 확고부동한 증거란, 라루상이 도망친 일입니다. 맹세코 말합니다만 그는 다시 돌아오지 않습니다! 당신네들은 다시는 프레드릭 라루상의 모습을 보실 수 없을 것입니다……."

방청석 안이 웅성대기 시작했다.

"당신은 법을 우롱하려는 겁니까? 그렇다면 왜 라루상이 당신과 함께 증인석에 있을 때 면전에서 고발하지 않았습니까? 적어도 그랬으면 라루상은 당신에게 답변을 할 수 있었을 텐데……."

"이보다 완전한 대답이 어디 있겠습니까, 재판장님. 그는 저에게 대답하지 않습니다. 영원히 대답하지 않을 것입니다! 제가 라루상을 살인범으로 고발했다, 그랬더니 그는 도망쳤다, 이것이 훌륭한 대답이라 생각지 않으십니까?"

"아니, 우리로선 당신 말대로 라루상이 '도망쳤다'고는 믿고 싶지도 않으며 또 믿고 있지도 않습니다. 도대체 왜 도망치겠습니까? 당신이 고발하리라는 것을 그는 몰랐을 것 아닙니까."

"아닙니다, 재판장님. 그는 알고 있었습니다. 아까 제가 일러 줬으니까요."

"당신이 그런 짓을 했단 말이오! 당신은 라루상이 살인범이라고 믿고 있으면서 그를 도망가게끔 길을 터주었단 말입니까?"

"그렇습니다. 재판장님. 저는 그렇게 했습니다."

룰르따비유는 자랑스럽게 말했다.

"저는 법을 다스리는 사람은 아닙니다. 또 경찰에 속하는 사람도 아닙니다. 저는 한낱 신문기자이며, 제가 하는 일은 사람을 체포케 하는 일이 아닙니다! 저는 다만 제 나름대로의 방법으로 진리를 받들 뿐입니다. 이것은 저의 본분입니다. 당신네 재판관들은 당신네가 할 수 있는 범위 안에서 사회의 질서를 지키십니다. 그것은 당신네들의 본분입니다. 저는 교수형 집행인 앞으로 사람을 끌고 가는 일은 딱 질색입니다.

재판장님. 당신이 만일 공명정대한 분이라면, 아니 물론 그러시리라 생각합니다만 제가 하는 말을 옳다고 생각하실 겁니다. 앞서 '6시 30분이 되지 않으면 범인의 이름을 말하지 못하는 이유도 그 때가 되면 알 수 있을 것입니다'라고 말한 적이 있습니다.

저는 라루상에게 이 사실을 알려 4시 15분의 빠리행 기차를 탈 수 있게 해주기 위해서는 아무래도 그만한 시간이 필요할 것으로 계산했기 때문입니다. 빠리까지 가면, 그 다음은 안전하게 몸을 숨길 수 있겠죠. 빠리에 도착할 때까지 한 시간, 그가 완전히 행방을 감추기까지 한 시간 15분. 이렇게 계산하여 6시 30분이라 말한 것입니다. 프레드릭 라루상은 이제 다시는 나타나지 않을 것입니다."

룰르따비유는 로베르 다르작끄 씨를 뚫어져라 쳐다보며 분명히 선언했다.

"그는 그렇게 서툰 짓을 할 남자가 아닙니다. 그 사람이야말로 언제나 당신네들의 손에서 도망쳐 다니던 사람입니다. 당신네들이 오랫동안 헛되이 수사해 오던 남자입니다. 저한테는 못당했지만."

이제 웃는 사람이라고는 한 사람도 없는 법정 안에서 단 한 사람, 룰르따비유만이 환히 웃으며 덧붙여 말했다.

"그는 세계 어느 나라의 경찰보다 빈틈이 없는 사람입니다. 4년 전에 경시청에 들어온 이후 프레드릭 라루상으로 명성 떨친 그 사람은, 실은 또 한가지 당신네들이 잘 아시고 있는 이름으로도 유명합니다. 재판장님, 프레드릭 라루상이란 다시 말해 바르메이에를 말합니다."

"바르메이에라고."

재판장이 소리쳤다.

"바르메이에!"

갑자기 자리에서 일어서며 로베르 다르작11가 중얼거렸다.

"바르메이에! 역시 사실이었구나……."

"어떻습니까? 다르작11 씨. 이래도 저를 미쳤다고 생각하십니까?"

바르메이에! 바르메이에! 바르메이에! 바야흐로 법정 안에 들리는 것이라곤 그 이름뿐이었다. 재판장은 휴정을 선언했다.

이 쉬는 시간 동안이 얼마나 소란했는지는 쉽게 알 수 있을 것이다. 어쨌든 사람들이 열중하고도 남을 만한 화제인 것이다. 룰르따비유는 이윽고 훌륭한 녀석이란 말을 듣게 되었다! 게다가 바르메이에라니. 불과 이삼 주일 전에 바르메이에는 죽었다는 소문이 퍼졌던 것이다. 그럼 바르메이에는 일생을 통해 경찰의 손을 벗어나서 살아온 것처럼, 죽음의 손도 벗어날 수가 있었단 말인가?

여기다 바르메이에의 수많은 나쁜 짓을 일일이 쓸 필요는 없다. 그가 행한 범죄는 20년 동안 재판 기사란이나 삼면 기사란을 번거롭게 해왔다. 가령 독자 여러분 중에 '노랑방' 사건을 잊으신 분은 있을지 모르지만 설마 바르메이에의 이름을 잊은 분은 없을 것이다.

바르메이에는 상류사회의 사기한으로 대표적인 인물이었다. 누구보다도 신사다운 신사였고, 누구보다도 교묘한 요술사였다. 그리고 무뢰한이었고, 누구보다도 대담하고 흉악한 악당이었다. 최상류 사교계에 출입하며, 입회 자격을 까다롭게 따지는 클럽에도 들어가 유명인사의 이름을 가장하고 더없이 교묘한 수단으로 학자들에게서 돈을 긁어냈다. 궁지에 몰리게 되면 아무런 거리낌도 없이 칼이나 양뼈로 내리쳤다. 게다가 어떠한 일에서나 그가 물러서는 일은 없었고 무슨일이나 못 당해내는 일이 없었다.

한 번 경찰 손에 잡힌 일도 있었지만, 재판날 아침 그를 법정으로 호송하는 간수의 눈에 후추가루를 뿌리고 도주해 버렸다. 나중에 안 일이지만 도주했던 그 날 경시청에서 민완 사복 형사들이 열심히 뒤쫓고 있는 것을 얕보고, 그는 변장도 하지 않은 채 유유히 프랑스 극장에서 《초일(初日)》을 보고 있었다고 한다. 그 뒤로 그는 프랑스를 떠나 미국으로 벌이를 나갔다. 오하이오주의 경찰에 잡힌 일도 있었으나 다음 날에는 감쪽같이 도망쳐 버렸다. 이 바르메이에의 이야기를 다 말하자면 책 한 권을 만들어도 모자랄 것이다. 이 바르메이에가 프레드릭 라루상으로 등장하여 시치미를 떼고 있었던 것이다! 그리고 그 가면을 벗겨낸 것이 이 풋내기 청년기자 룰르따비유인 것이다……

더구나 이 풋내기가 바르메이에의 과거를 잘 알면서도 그에게 다시 한 번 감쪽같이 도망갈 수 있는 기회를 주고 만 것이다! 이 마지막 처사로 보아 나는 룰르따비유에게 끝없는 찬사의 말을 보내지 않을 수 없었다. 그는 이 악한에게 아무런 말도 지껄이지 못하게 하고 쫓아내듯 내보내어, 끝까지 로베르 다르작끄 씨와 스땅제르송 양의 명예를 지키려는 속셈이었다는 것을 나는 잘 알고 있었기 때문이다.

사람들은 이 뜻밖의 사실을 알게 된 감동이 아직도 가시지 않은 모양이었다. 그런데 벌써 성질 급한 사람들은 소리치기 시작했다.

"그 범인이 라루상이라 한들 그것만으로는 그자가 '노랑방'에서 어떻게 빠져나갔느냐 하는 것은 설명할 수 없지 않은가……."

그때 다시 법정이 열렸다.

룰르따비유는 곧 증인석에 불리어 나갔다. 다시 그의 신문이 시작되었다. 왜냐하면 그 내용으로 보아 증언이라기보다 오히려 신문이라는 느낌이 들었던 것이다.

재판장.

"당신은 아까 그 뜰 구석에서 도망치는 일은 불가능하다고 말했소. 프레드릭 라루상은 당신을 머리 위쪽에 있는 자기 방 창문으로 내다보고 있었다면, 어쨌든 그 뜰 구석에 있었다는 것은 나도 인정합니다. 그러나 자기 방 창문까지 가려면 역시 뜰 구석에서 빠져나와야 했을 것 아닙니까? 다시 말해 그는 도망쳤습니다. 그것은 도대체 어떻게 된 것입니까?"

룰르따비유.

"제가 말한 것은 범인은 보통 방법으로 도망칠 수 없다는 뜻이었습니다. 그러므로 그는 비상한 방법으로 도망친 것입니다. '노랑방'은 완전한 밀실이었지만 뜰 구석은 거의 밀실에 가까운 상태를 지니고 있다고 말한 데 불과합니다. '노랑방'에선 불가능하지만 여기선 벽으로 기어올라 테라스로 뛰어들어갈 수 있었던 것입니다. 그리고 우리가 산지기의 시체를 들여다보고 있는 동안, 테라스에서 그 바로 위에 있는 복도의 창문을 열고 들어가면 바로 라루상의 방은 코앞에 있습니다. 그는 방으로 들어가 창문만 열면 우리 머리 쪽에서 말을 붙일 수 있는 것입니다. 바르메이에 정도의 역량있는 광대에겐 그런 일쯤이야 누워서 떡먹기죠. 그리고 재판장님. 지금 말한 것에 대한 증거가 여기 있습니다."

그렇게 말하고 룰르따비유는 윗옷 주머니에서 작은 꾸러미를 꺼내어 그 속에서 쐐기 하나를 꺼내 보였다.

"보십시오, 재판장님. 이 쐐기는 외부로 돌출한 테라스를 받치고 있는 받침대에 뚫려 있는 구멍에 딱 들어맞습니다. 모든 사태를 예상하고 자기 방 주위에 모든 도주의 수단을 강구했던 라루상은 미리 이 쐐기를 그 기둥에 박아두었던 것입니다. 잘되든 못되든 운명에 맡기고 승부를 시도해 보는 사람으로서야 이 정도의 일은 당연한 일입니다. 한쪽 발로는 성 구석에 있는 주차대를 딛고 또 한쪽 발은 쐐기를 디딘 다음, 한 손을 산지기 방문 위의 가장자리로 뻗으면 또 한 손은 테라스에 닿을 것입니다. 이리하여 라루상은 공중으로 사라질 수 있었던 것입니다.

특히 그는 다리가 튼튼했고, 그날 밤 그가 수면제에 취해 자는 체한 것은 우리를 속이기 위해서였고 실은 절대로 자지 않았습니다. 그는 우리와 함께 저녁을 먹었는데, 식후에 일부러 자는 체해 보인 것입니다. 그에겐 꼭 그렇게 할 필요가 있었습니다. 왜냐하면 함께 식사를 한 내가 수면제로 인해 잠을 자고 있었는데 그자만이 자지 않게 되면, 다음 날 아침에 의심받을 우려가 있었기 때문입니다. 우리 둘이 다 똑같이 피해자가 되면 그를 의심하지 않고 다른 사람을 의심하게 될 것 아닙니까. 어쨌든 저는 보기좋게 잠이 들었습니다. 그것도 감쪽같이 라루상의 손에 걸려! 만일 그날 밤 제가 그런 한심한 꼴이 되지 않았더라면 라루상도 결코 스땅제르송 양의 방에는 못 들어갔을 것입니다! 그리고 그런 불행한 일도 일어나지 않았을 것입니다!"

이때 어딘가에서 흐느껴 우는 소리가 들려왔다. 다르작끄 씨가 슬픔을 참다 못해 울음을 터뜨린 것이다.

룰르따비유는 계속했다.

"저는 바로 옆방에서 자고 있었으므로 라루상에게 그날 밤은 특히 내가 거추장스러운 존재였을 것입니다. 그는 그날 밤 내가 지키고 있다는 것을 알고 있었던지 아니면 적어도 그럴까봐 경계하고 있었습니다. 물론 그는 제가 설마 그를 의심하고 있다고는 생각하고 있지 않았습니다.

그러나 스땅제르송 양의 방으로 가려고 자기 방을 나설 때 나에게 들킬지도 모릅니다. 그는 그날 밤, 내가 잠이 들어버려 생끌레르 씨가 내 방에 와서 열심히 나를 깨우고 있을 때 그 틈을 타서 스땅제르송 양의 방으로 들어갔습니다. 그리고 10분 뒤에 스땅제르송 양이 소리를 지른 것입니다. ”

“어째서 자네는 그 무렵 라루상을 의심하기 시작했나? ”

재판장이 물었다.

“그것은 나의 올바른 이성의 움직임이 그의 모습을 떠오르게 해줬기 때문입니다. 그러므로 저는 그에게 주의를 기울이고 있었습니다. 그런데 그는 참으로 마음을 놓을 수 없는 큰 적이었습니다. 설마 수면제를 먹일 줄이야 누가 알았겠습니까. 저도 전혀 몰랐습니다. 그렇습니다. 나의 올바른 이성의 움직임이 분명히 그를 지목해 주고 있었던 것입니다. 그러나 저는 형태가 있는 증거가 필요했습니다. 말하자면 나의 올바른 이성의 움직임에 의해 본 것을 다시 나의 육안으로 보고 싶었던 것입니다. ”

“자네가 말하는 ‘올바른 이성의 움직임’이란 도대체 어떤 것인가? ”

“재판장님. 이성에는 올바른 움직임과 올바르지 못한 움직임, 두 가지 움직임이 있습니다. 확실히 신뢰할 수 있는 것은 그 중 한 가지, 올바른 쪽의 움직임뿐입니다. 이 움직임은 무엇을 하건 무엇을 말하건 꼼짝도 하지 않으므로 올바른 움직임이라는 것을 알 수 있습니다.

그 ‘불가사의한 복도’ 사건이 있던 다음 날 나는 이성의 어느 움직임에 따라야 할는지 몰라, 전혀 이성의 사용법을 모르는 한심한 인간의 발의 때만도 못한 아주 비참한 사람이 되고 말았습니다. 그리고 땅바닥에 바짝 엎디어 어쨌든 마음이 쏠리기 쉬운 그 외면적인 흔적에 마음을 빼앗기고 있었습니다. 그러나 그때 저는 갑자기 일어났습니다. 이성의 올바른 움직임을 떠받치는 버팀목을 발견했기 때문입니다. 그래서 저는 그 복도로 올라갔습니다.

저는 복도에 와 보고서야 우리가 뒤쫓았던 범인은 이번에야말로 어떤 수단으로도 복도에서 나갈 수 없다는 확신을 얻었습니다. 그래서 저는 이성의 올바른 움직임을 사용하여 하나의 동그라미를 그리고 그 속에 문제를 넣고 쥐어짜 보았습니다. 그리고 마음 속으로 그 동그라미 둘레에 불꽃처럼 빛나는 이런 글씨를 쓴 것입니다. '범인은 이 동그라미 밖에는 있을 수 없다. 그러니까 이 속에 있을 것이다.' 그럼 이 동그라미 속에는 무엇이 보이나? 반드시 그 속에 있을 범인 외에 작끄 노인, 스땅제르송 박사, 프레드릭 라루상, 그리고 내가 있다는 것을 이성의 올바른 움직임은 나타내고 있습니다.

다시 말해 범인까지 합쳐 다섯 사람입니다. 그런데 이 동그라미 속에 구체적으로 말하면 복도 안을 둘러보면 그곳에는 네 명의 사람밖에 없습니다. 더구나 다섯 번째의 인간은 도망칠 수가 없습니다. 동그라미 밖으로 나갈 수 없다는 일은 이미 증명한 바입니다. 따라서 동그라미 속에는 일인이역의 인간, 즉 자기 역할 외에 범인의 역할을 하고 있는 사람이 있을 것입니다! 그럼 어째서 나는 그때까지 그것을 알아내지 못했던가?

다름 아닙니다. 그 일인이역의 변장이 내가 보지 않는 데서 재빨리 이루어지고 있었기 때문입니다. 나의 눈에 띄지 않은 범인이 모습을 바꿀 수 있었던 상대는 동그라미 속에 있는 네 사람 중에서 누구일까요? 물론 어떤 순간에 범인과 나란히 나의 눈에 띄었던 사람은 제외됩니다. 그렇게 되니 복도에서 스땅제르송 박사와 범인, 작끄 노인과 범인, 나와 범인을 동시에 보았습니다. 그러므로 범인은 스땅제르송 박사도 아니고, 작끄 노인이나 나도 아닙니다! 거기다 내가 범인이라면 그것은 스스로가 잘 알 것입니다. 그렇지 않겠습니까, 재판장님? 저는 라루상과 범인을 동시에 보았을까요? 아뇨, 보지 않았습니다.

나의 시계(視界)에서 범인의 모습이 사라졌던 시간이 2초 동안 있었습니다. 이 사실은 저의 메모에도 적어둔 일이지만, 범인은 스땅제르송 박사와 작끄 노인과 나보다도 2초 전에 복도 모퉁이에 와 있었기 때문입니다. 2초만 있으면 기역자 복도로 뛰어들어 재빨리 가짜 수염을 떼고 방향을 바꾸어 범인을 쫓아온 체하고 우리와 부딪치는 일쯤은, 라루상이라면 충분히 하고도 남습니다! 바르메이에는 이 정도의 일은 얼마든지 하고 있습니다!

그러므로 이것도 쉽게 생각할 수 있는 일이지만, 어떤 때는 붉은 수염을 달고 스땅제르송 양 앞에 나타나고 어떤 때는 우체국 직원 앞에 반드시 파멸시키겠다는 앙심를 품은 다르작끄 씨와 같은 차림으로 다갈색의 카이저수염을 달고 나타나는 정도의 변장 따위는 그에게 있어 그야말로 누워떡먹기일 것입니다.

그렇습니다. 나의 이성의 올바른 움직임은 이 두 사람의 인간——아니 오히려 제가 동시에는 볼 수 없었던 한 인간의 두 분신, 프레드릭 라루상과 내가 쫓아갔던 수수께끼의 인물을 결부시켜 지금까지 추구해 온 무서운 수수께끼의 인물, 즉 '범인'의 모습을 떠오르게 해준 것입니다. 이 발견에 나는 완전히 마음이 뒤바뀌어 버렸습니다. 그래서 어떻게든지 마음을 다잡아보려고, 지금까지 나를 허둥대게 했던, 눈에 보이는 흔적이며 외면적인 징후를 좀더 상세히 검토해 보았습니다. 사실이라면 이런 것은 이성의 올바른 움직임에 의해 그려진 동그라미 속에 넣어서 생각할 문제였던 것입니다.

우선 먼저 그날 밤 프레드릭 라루상이 범인이란 생각을 나의 머리에서 멀리 하게 한 주요한 외면적 징후는 무엇이었나? 첫째로, 내가 쓰땅제르송 양의 방에 낯선 남자가 있는 것을 발견하고 프레드릭 라루상의 방으로 달려가 보니 그는 코를 골고 자고 있던 일입니다. 두 번째는 사다리입니다. 세 번째는 나는 지금부터 범인을 잡으러 스땅제르송 양의 방에 뛰어들 것이라 하고 프레드릭 라루상을 기역자 복도 끝에 세워 놓고, 스땅제르송 양의 방으로 돌아와 보니 그곳에는 역시 낯선 남자가 있었던 일입니다.

첫번째 사실은 조금도 문제가 되지 않습니다. 스땅제르송 양의 방에서 낯선 남자를 발견한 뒤 제가 사다리를 내려왔을 때는, 그자는 이미 거기서 하려던 일을 마친 것으로 볼 수도 있습니다. 그래서 제가 성 안으로 돌아오는 동안에 그는 프레드릭 라루상의 방으로 돌아가 재빨리 옷을 갈아입고 내가 가서 노크를 했을 때는 벌써 프레드릭 라루상의 얼굴로 되돌아가 자는 체하고 있었던 것입니다. 두 번째 사실인 사다리 역시 대단한 문제는 아닙니다. 만일 범인이 라루상이라면 제 옆방에서 자고 있었으므로, 성으로 들어오기 위해 사다리가 필요했을 리는 없습니다. 이 사다리는 범인이 외부에서 온 것처럼 보이게 하기 위한 것이었습니다. 그날 밤 다르작끄 교수는 성에 없었으니까 교수에게 죄를 뒤집어 씌우려는 라루상의 계획으로 보면 그렇게 보일 필요가 있었던 것입니다. 게다가 어쨌든 이 사다리는 막상 도망치게 될 때는 자기에게 도움이 될지도 모른다는 속셈이 있었던 것입니다.

그러나 세 번째 사실에는 저도 완전히 생각에 잠기고 말았습니다. 저는 라루상을 기역자 복도에 세워 두었으니까, 설마 제가 스땅제르송 박사와 작끄 노인을 부르러 성 왼쪽으로 간 틈을 타 그가 스땅제르송 양의 방으로 되돌아갔으리라는 해석은 떠오르지 않았던 것입니다! 이것은 참으로 위험한 곡예입니다! 자칫하다가는 붙잡힐 위험성이 있습니다. 그리고 그 자신도 그것을 잘 알고 있었습니다!

사실 그는 붙잡힐 뻔했습니다…… 아마 처음 계획으론 자기가 맡은 자리에 되돌아와 있을 예정이었던 모양인데 그럴 틈이 없어서 …… 그래도 그 방으로 되돌아간 이상, 그는 아무래도 돌아가야 할 이유가 있었을 텐데, 내가 가 버린 다음 갑자기 그런 생각이 들었던 모양입니다. 그렇지 않았다면 나에게 자기 권총을 주지는 않았을 것입니다.

나는 작끄 노인을 직선 복도 끝으로 보냈을 때는 당연히 라루상이 그대로 기억자 복도 끝에 서 있으려니 했습니다. 또 작끄 노인은 작끄 노인대로, 나도 그렇게 상세한 말은 하지 않았으므로 자기 자리로 가는 도중 복도 모퉁이를 지나갈 때 라루상이 그 자리에 있는지 없는지 확인해 보지도 않았을 것입니다. 노인은 그때 서둘러 내가 하라는 대로 해야겠다는 생각밖에 없었을 것입니다.

그럼 라루상을 두 번째, 그 방에 가게 한 그때까지 예측할 수 없었던 이유란 과연 무엇이었을까요? 그 정체는? 저는 생각했습니다! 그것은 그곳에 있던 것이 그라고 알아버리게 되는, 그런 뚜렷한 형태가 있는 증거에 틀림없다. 그는 뭔가 대단히 중요한 물건을 그 방에 두고 온 것이다! 그것은 무엇인가? 과연 그는 그것을 가지고 나왔는가? 저는 그때 촛불이 마룻바닥 위에 있고, 남자는 구부리고 있던 것을 생각해냈습니다…… 저는 그 방을 청소하는 베르니에 부인에게 부탁하여 찾아 달라고 했습니다. 그러자 부인은 코안경을 찾아낸 것입니다. 재판장님, 이것이 그 코안경입니다."

그렇게 말하고 룰르따비유는 작은 꾸러미 안에서 그 코안경을 꺼내 보였다.

"이 코안경을 보았을 때 저는 깜짝 놀랐습니다. 저는, 라루상이 안경을 쓴 것을 본 적이 없었습니다. 쓰고 있지 않다면 그것은 필요하지 않기 때문입니다. 몸을 재빠르게 움직여야 할 경우라면 더더욱 필요치 않을 것입니다. 이 코안경은 도대체 어떻게 된 것일까?

그것은 아무래도 저의 동그라미 안에는 들어오지 않았습니다. 그러나 이것이 만일 노안용으로 쓰는 안경이라면 이야기는 달라진다라고 나는 갑자기 큰 소리를 질렀습니다. 실제로 저는 라루상이 무엇을 쓰는 것이나 읽는 것을 본 일이 없습니다. 그렇다면 그가 노안일 수도 있을 것입니다. 만일 그렇다면……

경시청에선 틀림없이 그가 노안이라는 것을 알고 있을 것이고 그의 코안경도 모든 사람에게 잘 알려져 있을 것입니다. 노안인 라루상의 코안경이 불가사의한 복도의 사건 뒤 스땅제르송 양의 방에서 발견되었다면, 라루상에겐 좀 성가신 일이 됩니다! 그렇게 생각하니 라루상이 그 방에 뛰어든 일도 설명할 수 있게 됩니다…… 사실 바르메이에 다시 말해 라루상은 노안입니다. 그리고 이 코안경은 바로 그 사람의 것입니다. 경시청에 가지고 가면 아마 모두가 보던 안경이라고 하겠죠. 재판장님. 이것으로 제가 어떻게 일을 해왔나 그 방식을 아실 수 있으시겠죠."

룰르따비유는 다시 계속했다.

"저는 외면적인 징후를 내세워 진상을 파악하려 들지는 않습니다. 다만 단순히 그런 징후가 저의 이성의 올바른 움직임에 의해 지시된 진상과 모순되지 않게 할 따름입니다. 어쨌든 라루상이 범인이라면, 참으로 이례적인 일이며, 뭔가 확실한 뒷받침으로 증거를 확고부동하게 할 준비는 아무래도 필요하겠기에 저는 라루상에 대해 완전히 확신을 가질 수 있을 때까지 진상을 확인한 다음, 그의 얼굴을 똑똑히 보려고 생각했는데 그것이 큰 잘못이었습니다.

덕분에 혼이 났던 것입니다! 저는 그것을 저의 이성의 올바른 움직임이 보복을 당한 것으로 여기고 있습니다. '불가사의한 복도의 사건' 이래, 제가 확고부동하게 완전한 신뢰로써 거기에 의지한다는 태도를 취하지 않고 라루상이 범인이라는 증거를 저의 이성이 나타내는 증거 이외의 것에서 찾아내려는 따위는 아예 무시해버리는 태도를 취하지 않았던 보복입니다! 그 결과 스땅제르송 양이 흉한의 칼에 쓰러지게 된 것입니다."

룰르따비유는 약간 말을 끊고 코를 풀었다. 매우 감격한 모양이다.

"그러나 라루상은 도대체 그 방에 무엇을 하러 온 것입니까? 왜 두 번씩이나 스땅제르송 양을 살해하려고 했나요?"

재판장이 물었다.

"재판장님. 그것은 그가 스땅제르송 양을 열렬히 사랑하고 있었기 때문입니다."

"옳거니, 그렇다면 그것이 훌륭한 이유가 될 수 있겠군."

"그렇습니다, 재판장님. 그것이야말로 결정적인 이유입니다. 그는 사뭇 미칠 듯이 사랑하고 있었습니다. 그렇기 때문에 그 밖에도 여러 가지 이유가 있었겠지만 아무리 무서운 범죄라도 저지를 수 있는 마음을 가지고 있었습니다."

"스땅제르송 양은 그 일을 알고 있었습니까?"

"알고 있었습니다. 그러나 물론 그렇게 그 여자를 뒤쫓고 있는 인간이 프레드릭 라루상인 줄은 전혀 모르고 있었습니다. 그렇지 않고서야 라루상이 성에서 기거하지 않았을 것이며, '불가사의한 복도의 사건'이 일어났던 날 밤에도 우리와 함께 소란을 벌인 뒤 스땅제르송 양 옆까지 가지도 않았을 것입니다. 그리고 저는 그가 어두운 곳에만 있고 계속 아래만 쳐다보고 있는 것을 눈치챘습니다. 아마 잃어버린 안경을 찾고 있었을 것입니다. 스땅제르송 양은 이름을 바꾸고 모습을 바꾼 라루상의 추적과 공격을 받아야만 했던 것입니다. 그 이름이나 모습을 여자는 이미 알고 있었는지도 모릅니다."

"그럼 다르작끄 씨."

재판장이 그쪽을 보고 말했다.

"당신은 그 점에 대해 스땅제르송 양에게 무슨 말을 들었을 것 같은데 어째서 스땅제르송 양은 그것을 아무에게도 말하지 않았을까요? 말만 했으면 경찰이 범인을 뒤쫓을 수도 있었을 것이고 또 당신도 죄가 없다면 체포를 당하는 변도 겪지 않았을 텐데!"

"스땅제르송 양에게서는 아무 말도 듣지 못했습니다."

다르작끄 씨는 대답했다.

"이 청년이 말하는 게 있을 수 있는 일로 생각됩니까?"

다시 재판장이 물었다.

로베르 다르작끄 씨는 태연스레 대답했다.

"저는 스땅제르송 양에게서 아무 말도 듣지 못했습니다."

재판장은 룰르따비유 쪽으로 돌아앉아 말했다.

"그럼 산지기 살해 사건이 있었던 날, 범인이 스땅제르송 씨로부터 훔쳐간 서류를 다시 갖다 놓은 일을 당신은 어떻게 설명하겠습니까? 범인이 잠깐 스땅제르송 양의 방으로 어떻게 들어갈 수 있었단 말입니까?"

"그 나중 질문에 대답하는 일은 아주 쉬운 일이라고 생각합니다. 바르메이에의 변신은, 라루상과 같은 인간은 자기가 필요한 열쇠를 구하거나 만드는 일쯤은 힘 안 들이고 해치울 것입니다. 서류를 훔친 일에 대해서 말인데, 저의 생각으로는 라루상은 처음에는 그런 일은 생각하지 않았을 것입니다. 스땅제르송 양과 로베르 다르작끄 씨와의 결혼을 반드시 깨고 말겠다고 결심하고, 도처에서 그녀의 모습을 살피고 있던 그는 어느 날 루브 백화점으로 들어가는 스땅 제르송 양과 로베르 다르자크씨의 뒤를 쫓아 스땅제르송 양이 잃어 버렸는지, 아니면 소매치기를 당했는지는 몰라도 어쨌든 그녀의 핸드백을 손에 넣었습니다.

이 핸드백 속에 대가리가 구리로 된 열쇠가 들어 있었던 것입니다. 그는 이 열쇠가 그렇게 소중한 것인지는 몰랐습니다. 그러나 스땅제르송 양이 낸 신문광고로, 그것이 중요한 열쇠라는 것을 알았습니다. 그는 광고문에 지시한 대로 스땅제르송 양 앞으로 엽서를 띄웠습니다. 그리고 그 엽서에, 핸드백과 열쇠를 가지고 있는 사람은 오래전부터 그녀를 사랑하며 뒤를 쫓아다니고 있는 그 당사 자임을 말하고 만나기를 원한 것입니다, 그러나 회답이 없었습니다.

그는 제40국에 가서 알아보니 편지는 찾아 봤다는 사실이 확인되었습니다. 이때 이미 그는 되도록 다르작끄 씨의 풍채와 옷차림으로 변장하고 갔던 것입니다. 스땅제르송 양을 손에 넣기 위해서는 그야말로 무슨 일이라도 할 작정이었던 라루상은 그녀의 사랑을 받고 있는 다르작끄 씨, 자기가 미워하고 파멸시켜 버리려는 다르작끄 씨가 무슨 일이 일어났을 경우라도 범인으로 오인받게 하기 위해 모든 점에서 미리 준비해 두었던 것입니다.

저는 지금 '무슨 일이 일어났을 경우에라도'라는 말을 했습니다. 그러나 라루상은 이때는 아직 자기가 살인을 범하게 되리라고는 생각지도 않았을 것입니다. 어쨌든 그는 다르작끄 씨로 변장하여 스땅제르송 양을 유혹해 보려는 준비만을 갖추고 있었습니다. 게다가 라루상은 다르작끄 씨와 키도 비슷하고 발도 비슷합니다. 필요하다면 다르작끄 씨의 발자국을 옮겨다가 자기 신을 만드는 일쯤은 아주 쉬운 일이었겠죠. 이런 일은 바르메이에의 변신인 라루상에게는 아이들 장난에 속하는 술책입니다.

어쨌든 라루상이 보낸 편지엔 회답도 없고, 만나자는 신청도 받아들여지지 않았습니다. 그러나 그 중요한 열쇠는 여전히 자기 주머니 속에 있습니다. 좋다, 스땅제르송 양이 오지 않겠다면 내가 가 주마, 이렇게 된 것입니다! 오래 전부터 그의 계획은 짜여져 있었습니다. 글랑디에의 성과 별채에 대해서도 조사가 다 되어 있었습니다.

어느 날 오후 스땅제르송 부녀는 산책을 나갔고, 작끄 노인도 집을 비우고 나간 틈을 타서 현관 창문을 통해 별채로 들어갔습니다. 마침 아무도 없고 자기 혼자인데다 시간도 넉넉합니다. 그는 집안에 있는 세간을 둘러봅니다. 금고와 비슷한 이상한 모양의 가구에 작은 자물통이 매어달려 있는 것이 눈에 띕니다. 아니, 이게 뭐야! 그는 그 가구에 흥미를 느낍니다. 그런데 마침 자기 주머니에도 작은 구리열쇠가 들어 있었으므로, 그 일이 머릿속에 떠오릅니다. 자연 연상이라는 것입니다. 그래서 그 열쇠를 자물통에 꽂아 돌리니 문이 열렸습니다. 안에는 서류가 들어 있습니다! 이런 특수한 금고 속에 넣어둔 것을 보니 꽤 귀중한 서류임에 틀림없다. 어쨌든 이 열쇠를 그렇게 소중한 것처럼 광고까지 낼 정도이니까.

좋아, 이건 어쨌든 무슨 도움이 될 만한 서류 같구나. 위협을 할 수 있는 재료가 되기도 하겠고 어쩌면 자기와 사랑의 계획에 도움이 될지도 모른다. 그는 서둘러 이 서류를 꾸려서 현관 옆 세면소에 갖다 두고 옵니다. 별채에 들어온 밤부터 산지기를 죽이던 날 밤까지, 라루상으로선 이 서류가 어떤 것인지 조사해 볼 시간은 충분히 있었습니다.

이것을 어떻게 할까? 가지고 있으면 오히려 성가시기만 하다. 그래서 그는 그날 밤, 그것을 성으로 가지고 와서 두고 간 것입니다. 또는 20년간 연구한 성과인 이 서류를 돌려 보내 주는 댓가로 스땅제르송 양으로부터 어떤 감사의 표시를 기대했는지도 모릅니다. 그와 같은 두뇌의 소유자이고 보면, 그야말로 무슨 생각인들 못하겠습니까. 이유야 어떻든 그는 서류를 돌려주고 나니 처치곤란이던 물건을 홀가분하게 처치해 버린 것입니다."

룰르따비유는 헛기침을 했다. 이 헛기침이 무엇을 뜻하는지 나는 곧 알았다. 왜 라루상이 스땅제르송 양에 대해 그처럼 무서운 태도를 취했는지 참된 동기를 말하고 싶지 않았기 때문에, 그는 설명이 여기까지 오자 분명히 기가 죽었던 것이다. 그의 추론은 모든 사람을 만족시키기에는 너무도 불완전한 것이었으며, 아마 재판장도 곧 그것을 지적했을 것이다. 그러나 정말 원숭이처럼 약아빠진 룰르따비유는 이때 소리를 높여 이렇게 말했다.

"자, 이제 이번에는 '노랑방'의 수수께끼를 설명할 차례입니다!"

법정 안에는 의자 끄는 소리며, 약간 웅성대는 소리며 "쉿! 쉿!" 하고 강하게 제지하는 소리가 일어났다. 사람들의 호기심은 바야흐로 절정에 달했다.

재판장은 말했다.

"그러나 룰르따비유 씨, 당신의 가정에 따르면 '노랑방'의 수수께끼는 완전히 풀린 것 같지만, 그것은 프레드릭 라루상 자신이 설명한 그대로입니다. 다만 그는 등장인물을 바꿔 자기 자신 대신 로베르 다르작끄 씨를 내세웠다는 차이가 있을 뿐입니다. 스땅제르송 박사 혼자만 있을 때, '노랑방'의 문이 열리고 스땅제르송 박사는 추문을 두려워한 나머지 또는 스땅제르송 양 자신의 간청에 의해서인지는 모르지만 방에서 나온 남자를 붙잡지도 않고 그대로 도망가게 내버려 둔 것이 명백합니다!"

"아뇨, 재판장님."

룰르따비유는 힘을 주어 반박했다.

"재판장님, 스땅제르송 양은 쓰러져 죽어가고 있었는데 아버지에게 간청은 고사하고 문을 닫고 채울 힘이나 있었겠습니까. 그 점을 잊으신 모양이군요. 또 당신은 스땅제르송 박사가 죽어가는 딸의 모습을 걸고 문은 열리지 않았다고 분명히 말하고 있는 일을 잊으신 모양입니다!"

"그러나 그것이 사건을 설명하는 유일한 방법이 아니겠습니까! '노랑방'은 금고와 마찬가지로 밀폐되어 있었습니다. 범인은 당신의 말을 빌면, 보통 방법이건 특별한 방법이건 그곳에서 도망칠 수는 없었을 것입니다. 그러나 모든 사람이 방으로 들어갔을 때 범인의 모습은 없었습니다! 누가 뭐라고 해도 범인은 도망쳤다고 볼 수밖에는 없습니다!"

"도망칠 필요가 없습니다. 재판장님!"

"그것은 또 무슨 뜻입니까?"

"범인이 만일 그곳에 없었다면 도망칠 필요는 없었을 것입니다."

방청석은 웅성거렸다.

"뭐라고, 범인은 그곳에 없었다고?"

"분명히 없었습니다. 범인이 그곳에 있을 수는 없었기 때문에, 다시 말해 범인은 그곳에 없었던 것입니다! 재판장님, 이 경우도 역시 이성의 올바른 움직임에 입각하여 사물을 생각할 필요가 있습니다."

"그러나 범인은 여러 가지 흔적을 남기지 않았습니까."

재판장은 반박했다.

"재판장님. 그것이 이성의 올바르지 못한 움직임이라는 것입니다! 이성의 올바른 움직임이 명백히 제시하는 바에 의하면 스땅제르송 양이 그 방에 들어간 뒤 문을 부술 때까지 사이에 범인이 그 방에서 탈출할 수는 없습니다. 더구나 문을 부수었을 때 범인은 없었으니까 문을 부쉈을 때까지 범인은 방 안에는 없었던 것입니다."

"그러나 그 발자국은?"

"아녜요, 재판장님. 그것이 또 되풀이 말하는 바입니다만, 그것은 눈에 보이는 사실이란 것입니다. 눈에 보이는 사실은 그것을 어떻게 보느냐에 따라 여러 가지로 받아들여지는 것이므로 종종 판단을 그르치는 원인이 됩니다! 누차 말하지만 그것을 추리의 근거로 하면 안 됩니다! 우선 추리를 해야 합니다. 그리고 눈에 보이는 사실이 자기 추리의 동그라미 속에 잘 들어가느냐 여부를 조사해 보는 것입니다. 지금 수중에 있는 것은 움직일 수 없는 사실의 극히 작은 동그라미입니다.

다시 말해 범인은 '노랑방'에는 전혀 없었다는 사실입니다! 그러면 왜 모든 사람은 범인이 방에 있었다고 생각했을까요? 범인이 있었던 흔적 때문입니다! 그러나 범인은 훨씬 전에 방을 나가 버릴 수도 있었을 것입니다. 아니 그보다도 범인은 아무래도 훨씬 전에 방을 나가지 않으면 안 되었을 것입니다. 저의 이성이 범인은 훨씬 전에 나가 있었어야만 한다고 일러주고 있습니다.

범인이 남긴 흔적과 우리가 이 사건에 대해 알고 있는 사실을 검토해 봅시다. 그리고 훨씬 전에, 즉 스땅제르송 양이 박사와 작끄 노인이 보고 있는 앞에서 자기 방으로 들어갈 때보다 앞서 범인이 나갔다는 생각이, 이 흔적과 모순되는가 여부를 조사해 봅시다.

마땡 지에 발표된 기사를 읽고, 또 빠리로부터 에삐네 쉬르 오르쥐로 향하는 도중, 기차 안에서 예심판사와 여러 가지로 이야기를 나누어 본 결과, 저는 '노랑방'이 완전히 밀실이었다. 따라서 범인은 스땅제르송 양이 밤 12시에 방에 들어가기 전에, 벌써 모습을 감춰 버렸다는 사실은 저의 추리와 모순되는 것이었습니다. 스땅제르송 양은 자기 혼자서 살해당할 뻔했을 리가 없고, 외면적 사실로 보아도 그녀가 자살하려고 한 것도 아니라는 것은 명백합니다. 그렇다면 범인은 훨씬 전에 와 있었던 것입니다!

그럼 왜 스땅제르송 양은 나중에서야 살해당할 뻔——또는 살해당할 뻔하게 보였다고 말하는 편이 좋을지도 모르겠습니다만——했을까요? 그래서 사건을 두 가지 단계로 나누어 생각해 볼 필요성이 생겼습니다. 그 사이에 분명히 몇 시간의 간격이 있는 두 가지 단계입니다. 첫 단계에선 스땅제르송 양은 정말 살해당할 뻔했던 것입니다. 그러나 그녀는 그것을 숨기고 있었습니다. 둘째 단계에선 그녀가 악몽에 못이겨 소리를 질렀으므로 실험실에 있던 사람들은 참으로 그녀가 죽어가고 있는 줄 알았던 것입니다. 그때 아직저는 '노랑방'에 들어가 보지 않았을 때입니다. 스땅제르송 양의 상처는 과연 어떠했습니까? 그것은 목을 쥔 흔적과, 관자놀이에 입은 심한 타박상입니다. 목을 친 흔적은 그다지 문제가 되지 않습니다. 그것은 훨씬 전에 생긴 것이라도 그녀는 칼라나 목도리 같은 것으로 쉽게 감출 수 있었을 것입니다. 즉 나의 상정(想定)으로 사건을 두 단계로 나누어 생각하게끔 되었을 때 나는, 아무래도 스땅제르송 양이 제1단계에서 일어난 일을 다 숨겨 두었다고 생각할 수밖에 없는 입장에 놓이고 만 것입니다.

그녀는 아마 싫어도 그렇게 할 수밖에 없는 중대한 이유가 있었을 것입니다. 실제로 그녀는 아버지에게 아무 말도 안했고, 당연히 또 그녀로서도 실제로 해온 일을 부인할 수는 없는 범인이 습격한 사실에 대해서도 예심판사에겐 마치 밤이 되어 제2단계에서 처음으로 일어난 일처럼 이야기해야 할 정도였으니까요! 그녀로선 그렇게 이야기할 수밖에 없었던 것입니다. 그렇게 하지 않으면 아버지가 '그런 일을 숨겨두다니! 그렇게 무서운 꼴을 당하면서 아무 말도 않고 잠자코 있다니 도대체 어떻게 된 거냐' 하고 꾸중을 들었을 테니까요.

그러므로 그녀는 자기 목에 난 범인의 손자국을 감추고 있었던 것입니다. 그러나 관자놀이에는 심한 타박상이 있습니다. 이 점이 저로선 이해할 수 없었습니다. 특히 그 방에서 흉기로 보이는 양뼈가 발견되었다고 들었을 때는 더더욱 알 수 없게 되었습니다. 그런 상처가 있고서는 맞아서 쓰러졌다는 사실을 숨길 수는 없었을 것입니다. 더구나 그런 상처를 입으려면 아무래도 범인이 그 자리에 있어야만 하므로 명백히 제1단계에서 입은 상처라고 생각됩니다!

저는 그래서 그 상처는 알려진 것보다는 훨씬 가벼운 것이라고 상상했습니다——이 점은 저의 잘못이었지만——그리고 스땅제르송 양은 가랑머리를 하여 좌우로 늘어뜨려서 그 머리로 관자놀이의 상처를 감췄다고 생각했었습니다. 스땅제르송 양이 쏜 권총으로 상처를 입은 범인의 손자국이 벽에 있는 것은 틀림없이 전에 묻은 것으로 범인은 당연히 제1단계에서, 즉 그가 그곳에 있는 동안에 부상한 것이어야 합니다! 범인이 남긴 이런 흔적은 물론 다 제1단계에서 남은 것입니다. 양뼈, 검은 발자국, 베레모, 손수건, 벽과 문과 마루 위의 피, 다 그렇습니다.

이런 흔적이 아직도 그곳에 남아 있었다는 것은 분명히 스땅제르송 양이 사건에 대해 아무것도 알리고 싶지 않다는 생각에서, 사실 아무도 알 수 없게 행동해 왔으므로 그때까지 그것을 지워버릴 틈이 없었기 때문입니다. 이 점으로 보아 나는 사건의 제1단계는 시기적으로 제2단계와 아주 근접해 있었다고 생각했습니다.

제1단계 뒤 그러니까 범인이 도망친 뒤, 그리고 그녀가 서둘러 연구실로 돌아가 일을 하고 있는데 아버지가 돌아온 뒤, 만일 약간의 시간이라도 다시 한 번 자기 방으로 들어갈 수만 있었다면 그녀는 적어도 마룻바닥 위에 굴러 있는 양뼈와 베레모와 손수건만은 곧 치워버렸을 것입니다. 그러나 그녀는 그것을 못한 것입니다. 아버지가 그녀의 옆을 떠나지 않았기 때문입니다. 그러므로 그녀는 제1단계 뒤 밤 12시까지 자기 방에 들어가지 않은 셈입니다. 딱 한 사람만이 10시에 그 방에 들어갔습니다. 작끄 노인입니다.

그는 매일 밤 하던 것처럼 덧문을 달고 꼬마램프에 불을 켰습니다. 스땅제르송 양은 실험실 책상에 앉아 일을 하는 체하고 있었습니다만, 사건의 두려움에 정신이 나가 멍하니 앉아 매일 밤, 작끄 노인이 자기 방에 들어가는 일을 아마 잊어버리고 있었을 것입니다. 그러므로 그녀는 갑자기 충동적인 움직임을 보였습니다. 작끄 노인에게 자기가 할 테니 놓아두라고 말했습니다! 자기 방에 들어가지 말라는 뜻입니다. 이 사실은 마땡 지의 기사에 실려 있습니다. 작끄 노인은 그래도 역시 방에 들어갑니다. 그러나 아무것도 모릅니다. 그만큼 '노랑방'에서의 2분간, 스땅제르송 양은 그야말로 십년 감수는 했을 것입니다. 그러나 자기 방에 범인이 그처럼 많은 흔적을 남겼을 줄은 그녀도 몰랐을 것입니다!

제1단계 뒤에는 아마 자기 목에 난 범인의 손자국을 가리고 방을 나올 만한 시간밖에 없었을 겁니다! 만일 양뼈나 베레모나 손수건이 마룻바닥에 떨어져 있는 줄 알았다면 밤중에 방에 돌아갔을 때 그런 것을 다 치웠을 것입니다. 그녀는 그런 것이 있는 줄 전혀 모르고 어두운 램프불 밑에서 옷을 갈아입었습니다. 그리고 아까 겪은 심한 흥분과 공포에 맥이 빠져 잠자리에 들고 만 것입니다. 그 공포 때문에 이 방으로 들어오는 시간을 되도록 늦췄을 정도였습니다.

제2단계에선 범인이 그 방에서 발견되지 않은 이상 스땅제르송 양은, 혼자 방에 있었을 테니까 저는 이 참극의 제2단계까지를 지금 말한 것처럼 설명할 수밖에 없었던 것입니다. 그러기 때문에 당연히 갖가지 외면적인 흔적이 제가 말하는 이런 추리의 동그라미 속에 들어갈 수 있도록 하지 않으면 안 되었던 것입니다.

그러나 그 밖에도 설명해야 할 외면적인 사실이 남아 있습니다. 권총소리가 제2단계에서 들려 왔습니다. '살려줘요! 살인자!' 하는 소리도 들려왔습니다! 이런 경우에 나의 이성의 올바른 움직임은 어떤 일을 가르쳐 줄 수 있었을까요? 우선 소리를 지를 경우, 그 방에 범인이 없었던 이상 방 안에 있었던 것은 아무래도 악몽의 환상이랄 수밖에 없습니다!

가구가 쓰러지는 소리도 크게 들렸습니다. 저의 상상으로는 실제로 그렇게 상상할 수밖에 없습니다만, 즉 스땅제르송 양은 오후에 겪은 끔찍한 사건의 환상에 사로잡힌 채 잠이 든 것입니다. 그녀는 꿈을 꾸었습니다. 악몽 속의 새빨간 모습이 차차로 뚜렷한 모습으로 다가옵니다. 그녀는 범인이 또 자기에게 덤벼드는 것으로 보입니다. 그래서 비명을 지른 것입니다. '살인자! 살려줘요!' 그녀는 혼란된 정신으로 나이트테이블 위에 놓아 두었던 권총을 더듬어 찾습니다. 그러나 그녀의 손은 테이블에 심하게 부딪쳐 테이블이 쓰러집니다. 권총은 마룻바닥 위에 떨어지며 폭발하여 총알이 천장에 박힙니다. 이 천장의 총알 자국은 폭발로 생긴 것이라고 저는 처음 보았을 때부터 생각하고 있었던 것입니다. 이 총알 자국이 이런 사고가 있었을 가능성을 일러 주었고, 그것이 또 악몽의 가정과 딱 들어맞았으므로, 그것도 하나의 이유가 되어, 나는 의심할 여지도 없이 범행은 그 이전에 이루어진 것이고 유난히 강한 성격을 타고

난 스땅제르송 양은 그것을 숨기고 말하지 않았다는 것을 확신하게 된 것입니다.

악몽, 권총소리. 스땅제르송 양은 무서운 심리상태 속에서 눈을 뜹니다. 그리고 몸을 일으키려고 하나 그대로 힘없이 마룻바닥으로 나가떨어지며 테이블을 쓰러뜨리고 그야말로 빈사상태의 사람처럼 죽어가는 소리로 '살인자! 살려줘요?'하고 소리치며 정신을 잃고 만 것입니다. 그러나 이 제2단계에서 밤중에 권총소리가 두 발이나 들려왔다고 말하고 있습니다. 저로서도, 이제 단순한 가설 이상의 것인 나의 주장이 관철되려면 두 발의 총소리가 필요합니다. 그러나 그것은 제2단계에서 두 발이 아니라 단계마다 한 발씩 난 것입니다. 즉 전 단계에서 범인을 다치게 한 한 발과, 뒤 단계에서 악몽시에 쏜 한 발입니다.

그런데 밤이 되어 두 발의 총성이 들렸다는 것은 정말 확실한 일일까요? 권총소리는 여러 가지 가구가 쓰러지는 소음 속에서 들려왔습니다. 스땅제르송 박사는 신문 때 우선 둔한 소리가 나고, 울려퍼지는 듯한 소리가 들렸다고 말하고 있습니다. 만일 둔한 소리는 대리석 나이트테이블이 마룻바닥에 쓰러지는 소리라고 하면 어떻겠습니까. 이 해석이 올바르다는 것은 불가피한 일이라고 말할 수 있습니다. 문지기 베르니에 부부는 별채 바로 가까이에 있었는데, 한 발의 총소리밖에 듣지 못했다고 말하는 것을 알고, 저는 이 해석이 옳다는 확신을 얻었습니다. 그들은 예심판사에게 그렇게 말했습니다.

그렇기 때문에 제가 처음 '노랑방'에 들어갔을 때, 사건의 두 가지 단계가 거의 머릿속에 그려졌습니다. 그러나 관자놀이의 상처가 뜻밖에 중했던 일은 나의 추리의 테두리 속에 잘 들어오지 않았습니다. 그렇다면 이 상처는, 제1단계 때 범인이 휘두른 양뼈에 맞아

생긴 것이 아닙니다. 왜냐하면 그것은 대단히 심한 중상으로 스땅제르송 양이 숨기고 있을 만한 상처가 아니었고, 사실 그녀는 가랑머리를 하여 그것을 감추지도 않았던 것입니다. 그러면 이 상처는 당연히 제9단계 때의 악몽 때 생긴 것일까요? 제가 '노랑방'을 조사하러 간 것은 이 문제 때문입니다. 그리고 저는 '노랑방'의 상태에서 그 대답을 발견한 것입니다."

룰르따비유는 또 그 작은 꾸러미 속에서 넷으로 접은 흰 종이를 꺼내더니 그 흰 종이 속에서 엄지손가락과 집게손가락으로 뭔가 보이지도 않는 것을 집어들고 재판장 앞으로 가지고 갔다.

"재판장님, 이것은 한 가닥의 머리카락입니다. 피로 물든 금발 머리털로, 스땅제르송 양의 머리털입니다. 쓰러진 대리석 나이트테이블의 모퉁이에 붙어 있었습니다. 그 테이블 모퉁이에도 피가 묻어 있었습니다. 묻어 있다 해도 약간의 붉은 반점에 불과합니다만 대단히 중요한 반점입니다!

이 피의 반점을 본 저는, 정신 없이 몸을 일으키려다가 침대 위에서 굴러 떨어진 스땅제르송 양은 그 대리석 모퉁이에 머리를 심하게 부딪치면서 관자놀이에 상처를 입게 되었다는 사실을 알게 되었기 때문입니다. 그때 그 대리석 모퉁이에 이 머리털이 한 가닥 남아 있었던 것입니다. 스땅제르송 양은 가랑머리를 하지는 않았습니다만, 이 한 가닥은 이마에 늘어져 있었을 것입니다! 의사는 스땅제르송 양은 뭔가 둔기로 얻어맞은 것이라고 언명했는데, 마침 그곳에 양뼈가 있었으므로 예심판사는 곧 그 양뼈를 흉기로 보고만 것입니다.

그러나 대리석 나이트테이블 모퉁이도 역시 둔기와 같은 것인데, 의사나 예심판사도 거기까지는 생각지 못했던 것입니다. 그리고 나자신도 만일 이성의 올바른 움직임이 방향을 제시하고 시사해주지 않았더라면 아마 그것을 발견하지 못했을 것입니다. 또 방청석에서 갈채가 일어나려고 했으나 곧 룰르따비유가 공술을 계속했으므로 법정 안은 다시 조용해졌다.

"이때 아직 몰랐던 일은, 며칠 뒤에야 겨우 알아낸 범인의 이름을 제외하면, 사건의 첫단계는 언제 일어났느냐 하는 일이었습니다. 스땅제르송 양의 신문 조서——이것은 예심판사의 눈을 속이기 위해 교묘히 꾸며진 점이 있기는 하지만——그것과 스땅제르송 박사의 신문 조서 내용에서, 마침내 저는 그것도 알아냈습니다. 스땅제르송 양은 그날을 어떻게 지냈는가를 시간을 일일이 들어 가며 정확히 말했습니다. 범인은 5시와 6시 사이에 별채에 들어왔다고 우리는 추정했습니다. 만일 박사와 따님이 일에 착수한 것이 6시 15분이라면 문제는 5시부터 6시 15분까지의 사이입니다. 아니, 뭐 5시부터라고 할 것까지는 없습니다. 그때는 박사가 따님과 함께 있었으니까요.

사건은 박사가 자리에 없었던 때에 일어났다고밖에 생각할 수가 없습니다. 그러므로 이 짧은 시간 안에 박사와 따님이 따로따로 있었던 때를 찾아야 합니다! 그런데 말입니다. 그때는 스땅제르송 양의 방에서 스땅제르송 박사 입회 아래 이루어진 신문 조서 속에서 발견됩니다.

거기에 적혀 있는 것을 보면 박사와 따님은 6시경 실험실에 돌아와 있습니다. 스땅제르송 박사는 '그때 산지기가 옆에 와서 말을 걸었으므로 그와 이야기를 하느라고 잠시 말을 멈췄습니다'라고 말했습니다. 다시 말해 산지기와 이야기를 하고 있던 시간이 있는 것입니다. 산지기는 스땅제르송 박사에게 별채 이야기나 밀렵 이야기를 했겠죠. 그때 스땅제르송 양은 그곳에 있지 않고 먼저 실험실에 들어가 있었습니다. 그것은 또 박사가 '제가 산지기와 헤어져 실험실에 들어가니 딸은 벌써 일을 하고 있었습니다'라고 말한 것으로 알 수 있습니다.

따라서 사건은 이 몇 분의 짧은 시간 안에 일어난 것입니다. 당연히 그렇지 않으면 안 됩니다. 저에게 그 광경이 눈에 선합니다. 스땅제르송 양이 별채로 돌아와 모자를 두려고 자기 방에 들어가니 그녀를 쫓고 있던 흉한이 눈 앞에 불쑥 나타납니다. 흉한은 아까부터 이 별채에 들어와 있었던 것입니다. 그는 그때 제가 예심판사에게 말한 것과 같은 상황 속에서 행동이 불편한 작끄 노인의 신을 벗고 있었습니다. 그리고 작끄 노인이 현관과 실험실을 닦으러 돌아왔을 때는 이미 서류를 감쪽같이 훔쳐다 놓고 침대 밑에 들어가 있었습니다. 그로선 그동안의 시간이 꽤 길게 느껴졌을 것입니다. 마침내 작끄 노인이 나가 버리자 그는 다시 일어서서 실험실을 돌아다니고 현관으로 와서 뜰을 내다보았습니다. 그때 해가 뉘엿뉘엿 지고 있었지만, 아직도 환했으므로 그 별채 쪽을 향해 혼자 오고 있는 스땅제르송 양의 모습이 보였던 것입니다!

스땅제르송 양이 분명히 혼자임을 확인하지 않았다면 그는 이때 그녀를 공격하는 위험한 짓은 결코 하지 않았을 것입니다! 그리고 그가 서 있는 곳에서 보아 스땅제르송 양이 혼자 오는 것으로 보였다면, 산지기가 스땅제르송 박사를 잡고 이야기를 하던 곳은 뜰의 오솔길이 구부러진 곳, 나무가 좀 우거져 범인의 눈에 두 사람의 모습이 보이지 않게 되어 있는 모퉁이진 곳이었을 것입니다.

그때 그의 계획은 결정되었습니다. 한밤중에 위쪽 다락방에서 작끄 노인이 자고 있을 때보다 이 별채에 스땅제르송 양과 단둘이 있게 된 지금이 안심하고 일을 할 수 있다. 그래서 그는 현관 창문을 닫았을 것입니다! 그렇게 생각하면 별채에서 꽤 멀리 떨어진 탓도 있겠지만, 스땅제르송 박사에게나 산지기에게도 총소리가 들리지 않은 이유를 알 수 있습니다. 그리고 그는 '노랑방'으로 되돌아갔습니다.

스땅제르송 양이 들어옵니다. 그곳에서 일어난 일은 번갯불이 번쩍하는 것처럼 순간에 일어난 사건이었을 것입니다! 스땅제르송 양은 틀림없이 무서운 나머지 소리를 질렀다기보다는 오히려 지르려고 했겠죠. 그 자는 그녀의 목을 잡았습니다. 자칫하다가는 숨통이 끊어져 죽을지도 모릅니다! 스땅제르송 양은 순간 손을 더듬어 나이트테이블 서랍 속에 든 권총을 꺼내 들고 있었습니다. 남자의 협박을 두려워하면서부터 그녀는 그 권총을 그곳에 감춰둔 것입니다. 그녀의 머리 위에는 범인이, 바르메이에의 변신인 라루상과 같은 인간의 손에 걸리면 무서운 흉기가 되는 양뼈를 휘둘러 올리고 있습니다.

그러나 그때 그녀는 방아쇠를 당깁니다. 총알은 범인의 손에 맞아 범인은 흉기를 떨어뜨립니다. 범인의 피로 물든 양뼈는 마루 위로 굴러 떨어집니다. 갑자기 비틀거린 범인은 벽을 짚고 몸을 지탱합니다. 그리고 그곳에 빨간 손자국을 남긴 채, 두 번째 총알이 날아올까봐 두려워 도망쳐 버립니다. 그녀는 그가 실험실을 통해 도망가는 것을 보고 귀를 기울입니다.

현관에서 무엇을 하고 있는 것일까? 그 창문으로 뛰어나가는 데 꽤 시간이 걸리는군. 아, 이제야 뛰어 넘었군! 그녀는 서둘러 창문 있는 쪽으로 가 창문을 닫습니다. 그런데 아버지가 보지 않았을까? 아버지에게 들리지 않았을까? 위험이 사라지자 이번에는 아버지인 박사의 일만이 걱정이 됩니다. 초인적이라 할 수 있을 만큼 담대한 그녀는 들키지 않고 무사할 수 있다면, 아버지에게도 말하지 않겠다고 결심합니다. 그리고 스땅제르송 박사가 되돌아왔을 때는 이미 '노랑방'의 문은 닫혀 있었고 딸은 실험실에서 자기 책상 앞에 앉아 열심히 일을 하고 있었다 이겁니다."

룰르따비유는 다르작끄 씨 쪽을 향해 큰 소리로 말했다.

"당신은 진상을 아시고 계시죠, 어떻습니까? 사건의 경과는 지금 말한 대로가 아닙니까?"

"나는 아무것도 모릅니다."

다르작끄 씨는 대답했다.

"당신은 참으로 대단한 분입니다."

룰르따비유는 팔짱을 끼며 말했다.

"그러나 만일 스땅제르송 양이 건재해서, 당신이 체포되어 있는 것을 알게 된다면 이제 약속이고 뭐고 없으니 자기가 한 말을 다 말해 달라고 할 것입니다. 그뿐만 아니라 당신을 변호하기 위해 스스로 찾아올 것입니다."

다르작끄 씨는 꼼짝도 않고 한 마디도 하지 않았다. 다만 슬픈 듯 룰르따비유의 얼굴을 쳐다볼 뿐이었다. 룰르따비유는 말을 계속했다.

"어쨌든 스땅제르송 양이 그곳에 있을 수 없는 이상, 제가 대신해서 그 일을 해야 합니다! 그러나 다르작끄 씨, 그녀를 구하고 그녀에게 이성을 되찾게 해주는 유일한 길은 당신이 무죄가 되는 일입니다."

이 마지막 말에 대해 방청석에서 우레와 같은 박수갈채 소리가 일었다. 재판장은 모두의 열광을 이제 막으려들지도 않는다. 로베르 다르작끄는 살아난 것이다. 배심원들의 얼굴만 보아도 그런 확신을 갖기에는 충분했다. 그들의 태도는 그들이 어떤 확신을 가졌는가를 분명히 말해주고 있었다.

그때 재판장은 큰 소리로 말했다.

"그런데 도대체 어떤 말못할 사정이 있기에 스땅제르송 양은 죽을 뻔한 위험을 겪으면서도 그 범죄 사실을 아버지에게 숨긴 것인가?"

"그런 것은 모릅니다! 그런 것은 제가 알 일이 아닙니다"

룰르따비유는 말하지 않았다.

재판장은 로베르 다르작끄 씨를 향해 다시 한 번 물었다.

"당신은 이렇게 되었는데도 여전히 어떤 자가 스땅제르송 양의 목숨에 해를 가하려고 했을 때, 자기가 어디서 무슨 일을 하고 있었던가를 말하지 않을 겁니까?"

"저는 아무것도 말할 수 없습니다."

재판장은 눈짓으로 룰르따비유에게 설명해 주기를 원했다.

"재판장님. 로베르 다르작끄 씨의 부재는, 스땅제르송 양의 비밀과 밀접한 관계가 있는 것으로 보아도 상관 없을 것입니다! 여기서 상상할 수 있는 일인데 라루상은 세 번에 걸친 범행 때마다 혐의가 다르작끄 씨에게 가도록 모든 것을 잘 꾸며 놓았던 것이며 세 번 다 다르작끄 씨에게 남에게 의심받을 만한 장소에서 비밀 상담을 위한 회견을 약속케 했던 것입니다. 다르작끄 씨는 비록 어떤 일이건 스땅제르송 양의 비밀에 관한 일을 입 밖에 내거나 설명할 정도라면 오히려 사형을 받는 것이 낫다고 생각하고 있는 것입니다. 그처럼 교활한 라루상입니다. 틀림없이 그런 농간쯤이야 부리고도 남았을 것입니다."

재판장은 조금 놀라는 듯한 표정이었으나, 그래도 호기심을 참을 수 없던지 캐물었다.

"그런데 그 비밀이란 도대체 무엇인가?"

"재판장님 그것은 제가 말할 수 없습니다!"

룰르따비유는 재판장에게 절을 꾸벅하며 말했다.

"그러나 지금까지 말한 것만으로도 로베르 다르작끄 씨를 무죄 방면할 수는 있다고 생각하는데요! 라루상이 돌아와 준다면 별문제입니다만 그런 생각은 할 수 없으니까요!"

룰르따비유는 기쁜 듯이 큰 소리로 웃었다.

방청자들도 모두 따라 웃었다.

재판장은 말했다.

"또 한 가지 질문이 있다. 이것도 역시 자네의 주장을 인정하는 셈이지만 라루상이 로베르 다르작끄 씨에게 혐의가 가도록 했다는 것은 우리도 납득이 간다. 그런데 작끄 노인에게도 혐의가 가도록 한 일은 도대체 라루상에게 어떤 이익이 된다는 건가?"

"그것은 탐정으로서의 이익입니다! 자기가 만들어 놓은 증거를 자기가 번복하여 시원시원히 해결하는 솜씨를 나타내는 이익입니다. 참으로 대단한 지혜입니다, 이것은! 이것은 자기에게 올지도 모르는 혐의를 다른 곳으로 방향을 바꾸게 하는 데 종종 사용했던 수단입니다. 어떤 자를 범인으로 삼기 위해 우선 또 한 사람을 무죄로 증명하는 편입니다.

재판장님, 생각해 보십시오. 이번 같은 사건이고 보면 라루상도 미리 오랫동안 심사숙고했을 것입니다. 그는 사전에 모든 일을 조사해서 인물이고 뭐고 다 잘 알고 있었던 것입니다. 그가 어떻게 그런 사정에 정통하게 되었나 아시고 싶다면 말하겠습니다만 그는 한때 경시청 부속 연구소와, 연구소가 여러 가지 실험을 의뢰하고 있던 스땅제르송 박사와의 사이의 연락원 노릇을 했었습니다. 그래서 그는 범행 전에 그 별채에도 두 번 가량 간 일이 있습니다. 그러나 변장을 그럴 듯하게 하고 갔으므로 나중에 작끄 노인에게 그가 동일인물이라는 것을 눈치 못채게 했습니다.

더구나 라루상은 틈을 노려 작끄 노인이 아마 에삐네 큰 길가에 사는 친지인 숯굽는 사람이나 누군가에게 갖다 주려고 수건에 싸두

었던 헌 신과 낡은 베레모를 살짝 훔쳐낸 것입니다! 사건이 밝혀
지자 작끄 노인은 그 물건들을 자기는 금방 알아보았으면서도 곧
그렇게 말하지 않으려고 조심했습니다! 자기가 그 물건의 소유주
가 된다면 상당히 성가시게 되기 때문입니다. 그것으로 그 무렵 우
리가 이 물건에 대한 말을 꺼냈을 때 그가 허둥대던 모습도 설명이
됩니다. 이상과 같은 일은 그야말로 누구나 알 수 있는 간단명료한
사실입니다. 저는 라루상에게 물어 자백시키고 말았습니다. 그리고
그는 그런 일을 즐기며 해온 것입니다. 왜냐하면 그는 흉악한 범죄
자이지만——이 사실은 누구나 의심하지 않을 것으로 믿어도 좋으
리라고 생각합니다만——그와 동시에 그는 예술가이기 때문입니
다.

　이것이 그 사람의 수법입니다. 그 사람 특유의 수법입니다. ‘세
계 저축은행 사건’ 때도 ‘조폐국 금괴 사건’ 때도 그는 같은 수법을
썼습니다. 재판장님! 이 사건들은 다시 심리할 필요가 있습니다.
바르메이에의 변신인 라루상이 경시청에 들어간 이래 무고한 인간
으로 감옥에 들어가 있는 자가 몇 사람 있을 테니까요!”

누구나 모든 일을 알아차릴 수는 없다

그나큰 흥분, 여러 가지 속삭임, 찬탄의 외침! 앙리 로베르 변호사는 심리를 연기하고 예심의 불비한 점을 보충한 다음, 다시 한 번 공판을 열 것을 주장하는 취지의 변론을 했다. 검사측까지 그 일에 동조했다. 공판은 연기되었다. 다음 날 로베르 다르작끄 씨는 가석방되고 마튜 영감은 즉시 공소기각의 혜택을 입었다. 프레드릭 라루상의 행방은 아무리 찾아도 알 수 없었다. 다르작끄 씨가 무죄라는 증거는 확실해졌다. 마침내 그는 한때 빠져들려던 무서운 재판에서 벗어날 수가 있었다. 그는 어느 날 스땅제르송 양을 찾았고 정성어린 간호를 하면 그녀도 이성을 되찾을 수 있겠다는 희망을 품을 수가 있었다. 우리 룰르따비유 청년은 당연히 일약 화제의 주인공이 되고 말았다! 그가 베르사이유 재판소에서 나오니 기다리고 있던 군중이 그를 헹가래질쳤다. 온 세계의 신문이 그의 공적을 찬양하는 기사와 사진을 실었다. 많은 인사들을 인터뷰하여 기사를 썼던 그 자신이 이번에는 명사가 되어 인터뷰를 받는 몸이 되었다. 그럼에도 그에겐 조금도 우쭐대는 태도가 없었다는 것은 특기할 만한 일이다. 우리는 '담배를 피우는 개'라는 식당에서 아주 유쾌하게 식사를 마치고 베르사이유를 떠났다. 기차 안에서 나는 산더미처럼 쌓였던 질문을 계속 그에게 퍼부었다. 실은 식사때부터 그 이야기를 하고 싶었지만, 룰르따비유가 식사때 일에 대한 이야기를 하는 것을 싫어한다는 사실을 알고 있었으므로 참고 있었던 것이다.

"여보게, 정말이지 이번 라루상 사건은 훌륭한 사건이었네. 정말 자네의 초인적인 사고력에 적당한 사건이었지."

이렇게 말하는 나를 그는 가로막으며 좀더 허식 없이 이야기하라고 말했다. 나만큼 훌륭한 지성을 가진 사람이 자기를 칭찬하는 건 오히려 부끄러운 기분이 든다는 것이다. 그래서 나는 약간 머쓱해진 기분으로 말했다.

"그럼 단도직입적으로 말하기로 하지. 아까 재판소에서 한 말만 가지고는 자네가 무엇하러 미국에 갔는지는 조금도 알 수 없네. 만일 내가 자네 말을 잘못 듣지 않았다면 자네는 최후로 글랑디에 성에 갔을 때 프레드릭 라루상의 일은 뭐든지 다 알고 있었던 게 아닌가? 자네는 라루상이 범인이라는 것도 알고 있었고, 그가 어떤 수법으로 살인을 범했는가에 대해서도 환히 알았을 것 아닌가?"

"그렇죠."

그는 이렇게 말하고 화제를 돌리듯 덧붙여 말했다.

"그래 당신은? 당신은 아무 눈치도 못챘던가요?"

"아무것도!"

"설마! 그렇지야 않겠죠."

"하지만 여보게, 자네는 아주 조심스럽게 자기 생각을 나에게 숨기려 들지 않았나. 내가 어떻게 그것을 뚫어볼 수 있었겠는가. 내가 권총을 가지고 글랑디에에 도착했을 때인데, 분명히 그 시기지, 자네는 벌써 라루상을 의심하고 있었지?"

"그래요! 나는 마침 '불가사의한 복도'의 사건에 대해 추리를 끝냈을 때였어요! 그러나 아직 코안경이 발견되지 않은 때라 라루상이 스땅제르송 양의 방에 들어간 이유는 설명되지 않은 셈이죠. 어쨌든 나의 의심은 이론적으로는 그렇게 된다는 것뿐이지, 라루상이 범인이라는 생각은 참으로 당치도 않은 것으로 생각되었어요. 그래서 그 생각을 더 이상 밀고 나가기 전에 우선 뭔가 눈에 보이는 증거가 발견되기를 기다려 보기로 한 것이죠. 그래도 그 생각이 늘 머릿속에 붙어 있었으므로 당신에게 라루상의 이야기를 할 때도 어떤 특별한 말을 하기도 했으니, 당신도 눈치를 챌 만도 한데요.

첫째로 나는 그의 악의 없는 마음이라는 말을 전혀 꺼내지 않게 되었고, 당신에게 말한 경우에도 그가 잘못 보고 있다는 말은 하지 않았는데요. 나는 당신과 그의 수법에 대해 말했을 때, 그것은 가엾이 봐야 할 수법이라고 말했었죠. 내가 그때 나타낸 경멸은, 당신이 듣기엔 탐정으로서 그에게 던져진 일이라고 생각했을지도 모르지만, 나의 마음 속에서는 그 탐정 이상으로 이미 내가 느끼고 있던 악한으로서의 그에게 던져진 경멸이었어요! 기억하는지요, 내가 다르작끄 씨에게 불리한 증거를 일일이 들어가며 꼽아 보았을 때 나는 당신에게 말했었죠. '이것은 다 대 프레드의 추정을 어느 정도 뒷받침하고 있는 것으로 보이죠. 특히 이 추정이――나는 이 추정은 잘못된 것으로 보지만――그것이 결국 허둥대게 만든다'고. 그리고 당신을 아연케 하는 말투로 나는 덧붙여 말했었죠. '그런데 이 추정에 정말 라루상이 갈피를 못 잡고 있는 것일까? 그렇다! 그것이다! 그것이 문제다!'

이 '그것이다!'라는 말로 당신은 좀 고개를 갸웃해 봤어도 좋았을 텐데요. 이 '그것이다!'란 말에 모든 의혹이 담겨 있었으니까요. 그리고 '정말 갈피를 못 잡고 있을 때'란 말의 뜻은 다름이 아니고 그 추정은 그를 허둥대게 하지는 않을지 모르지만, 그것은 우리를 갈피를 못 잡게 만든 것이라는 뜻이었어요. 그는 그때 당신의 얼굴을 살펴보았으나 당신은 조금도 놀라는 기색도 없더군요. 당신은 몰랐던 것입니다. 나는 그래서 기뻤어요.

왜냐하면 코안경이 발견될 때까지는 나도 라루상의 범행이란 어리석은 가설에 지나지 않는다고 착각했었으니까요. 그러나 안경이 발견되고 라루상이 왜 스땅제르송 양의 방으로 되돌아갔나 설명이 되었을 때는 알아주겠지요. 그때의 나의 기쁨을, 그야말로 하늘에라도 오른 기분이었어요. 정말 생생하게 생각이 나는군요. 나는 미친 사람처럼 방 안을 뛰어다니며 당신에게 소리쳤었지요. '대 프레드를 이기고야 말 테다! 그야말로 세상을 깜짝 놀라게 하는 수법으로 해치우고 말 테다!' 이 말은 그때 악당인 그에게 퍼부었던 말이죠. 그리고 그날 밤, 다르작끄 씨로부터 스땅제르송 양의 방을 지켜 달라는 부탁을 받은 것인데, 밤 11시까지 나는 아무런 손도 쓰지 않고 다만 라루상과 함께 식사를 하는 일로 그쳐두었던 점이죠.

나는 침착했어요. 어쨌든 그가 그곳에 있었으니까, 바로 내 눈앞에 있었으니까! 이때도 당신은 내가 경계하고 있는 사람은 그자뿐이라는 것을 눈치챌 만도 한데요. 그러니까 범인이 이제 올 때가 되었을지도 모른다고 말하고 있을 때 나는 당신에게 '걱정없어요, 프레드릭 라루상도 오늘 밤엔 반드시 돌아올 테니까요!'라고 말했었죠. 그러나 범인의 정체를 완전히, 또 그 자리에서 명백히 밝혀줬을지도 모르는, 아니 밝혀 주었을 중요한 사실이 한 가지 있었죠. 라루상을 뚜렷이 범인이라고 지적하고 있는 사실이 있었어요. 그것을 당신이나 나나 눈치를 못챘던 거죠.

왜 그 스틱 건을 잊어버리지는 않았겠죠? 그래요, 합리적인 정신의 소유자라면 라루상이 범인임을 알 수 있는 그 추리 외에, 누구나 그것을 알아차렸을 '스틱 건'이 있었어요.

이것은 당신께 처음 이야기하는 것이지만 예심 때 라루상이 그 스틱을 다르작끄 씨에게 불리한 재료로 쓰지 않은 데 대해서는 나도 아주 이상한 생각이 들었어요. 어쨌든 그 스틱은 범행이 있던 날 밤 다르작끄 씨와 인상이 같은 남자가 산 것이 아니었던가요.

그래서 실은 아까 라루상이 기차를 타고 행방을 감추기 전에 왜 그 스틱을 쓰지 않았는가 그 자신에게 물어보았었죠. 그의 대답으로는 그럴 생각은 전혀 없었다. 그 스틱을 써서 다르작끄 씨를 함정에 빠뜨리려는 생각은 꿈에도 하지 않았다는 거예요. 그리고 에삐네의 선술집에 갔던 날 밤, 그 스틱에 대해 그가 거짓말을 한 것을 우리가 알아차렸기 때문에 아주 기가 꺾였다는 거예요.

기억하고 있죠. 그는 그 스틱을 런던에서 샀다고 말했었죠. 그런데 상표는 분명히 빠리의 것이었어요. 그때 우리는 '프레드는 거짓말을 하고 있다. 그는 런던에 있었다. 런던에 있으면서 빠리의 스틱을 사게 될 리가 없지 않은가'라고 생각했는데, 어째서 '그는 거짓말을 하고 있다. 이 스틱은 빠리에서 샀으니까 그는 런던에 있었던 것이 아니다!'라는 생각을 못했는지 몰라요. 프레드는 거짓말을 하고 있다. '프레드는 사건이 일어났을 때 빠리에 있었던 것이다!' 이것은 충분히 의심의 동기가 되지 않겠어요! 당신에게 부탁하여 까세뜨 상점에 가서 조사해 보니 그 스틱을 산 것은 다르작끄 씨와 같은 옷차림의 사람이라는 것을 알았어요. 그러나 다르작끄 씨의 말을 들어보면 그 스틱을 산 것은 그가 아니라는 것은 분명했고, 제40우체국의 건으로 빠리에는 다르작끄 씨와 똑같은 풍채로 가장한 인물이 한 사람 있다는 사실도 뚜렷해졌어요. 그러면 사건이 있던 날 밤, 다르작끄 씨로 변장하고 까세뜨 상점에 나타나 라루상이 가지고 있는 스틱을 산 남자는 도대체 누구일까 하고 생각했을 때, 왜 잠깐이라도 그런 생각을 못했을까요. '그러나, 그렇다 해도 다르작끄 씨로 변장하여 프레드가 지금 가지고 있는 스틱을 산 수수께끼의 인물이 만일, 만일, 어쩌면 프레드 자신이었다면 어떻게 될까' 하고 말입니다. 과연 경시청의 탐정이라는 직함은, 확실히 이런 상상을 할 수 있게 하는 것이 못되겠죠.

그러나 프레드가 그렇게 열심히 다르작끄 씨에게 불리한 증거를 긁어모아 그렇게 기가 나서 그 불운한 사람을 뒤쫓고 있는 것을 분명히 보고 있으니, 런던에서 샀을 리가 없는 스틱을 실은 런던에서 샀다는 이 중대한 프레드의 거짓말에 문득 생각이 미칠 만도 하지 않아요. 비록 그가 그것을 빠리에서 입수했다는 것이 사실이라 하더라도 런던에 있었다는 것은 역시 거짓말이 되죠. 그의 상사도 그는 런던에 있는 줄 알고 있었어요. 그런데 그는 빠리에서 스틱을 사고 있었던 거예요! 그렇게 되면 이번에는 왜 그는 잠깐이라도 그것을 다르작끄 씨의 신변에서 발견된 스틱이라 하고 재료로 쓸 생각은 하지 않았느냐 하는 거예요.

그것은 정말 간단한 일이죠. 그야말로 너무 간단한 일이므로 우리도 그런 일은 생각해 보지도 않았던 거죠. 라루상은 스땅제르송 양이 쏜 총에 찰과상을 입은 뒤, 그 스틱을 산 거예요. 그 유일한 목적은 무의식중에 손을 벌려 손바닥에 입은 상처를 보이게 되는 일이 없도록 뭔가 손에 쥐고 있을 수 있는 물건이 필요했던 거죠! 어때요, 알 수 있겠어요! 라루상 자신의 말이에요.

그러고 보니 나는 라루상이 언제나 그 스틱을 손에서 떼는 일이 없는 것은 참으로 이상하다고 몇 번이고 당신에게 되뇌었던 일이 생각나는군요. 라루상과 함께 저녁 식사를 하려고 식탁에 앉았을 때도 그는 스틱을 놓자마자 곧 나이프를 들더니 식사가 끝날 때까지 오른손에서 떼지 않았어요. 이런 세밀한 점까지 알게 된 것은 라루상에 대한 나의 생각이 분명히 결정된 때이며, 그때는 이미 그 것이 무슨 도움이 되기에는 이미 늦어진 때였어요. 그러므로 그날 밤, 라루상이 우리 앞에서 자는 체 하고 있을 때, 나는 그의 모습을 들여다보고 그가 눈치채지 않게 그의 손바닥을 쏘고 말았어요. 벌써 그때는 많이 나아서 작은 반창고를 붙여 상처를 가리고 있었을 뿐이었어요. 내가 보기엔 이 정도라면 이제 권총 총알자국이 아니라, 전혀 다른 것으로 다쳤다고 할 수 있을 것 같았어요. 그래도 어쨌든 그때의 나에겐 그것이야말로 나의 이성의 동그라미 속에 들어가는 하나의 새로운 외면적인 사실이었어요.

아까 라루상에게서 들은 이야기로는 총알은 손바닥을 약간 스쳤을 뿐이었지만 출혈이 꽤 많았다는 거예요. 만일 라루상이 거짓말을 했을 때 우리가 더 눈치가 빨라서, 라루상에게도 위험한 일이될 것 같았으면 그는 틀림없이 의심을 다른 곳으로 돌리기 위해 우리의 상상으로 그가 꺼냈으리라 생각되던 거짓 이야기, 다시 말해 그 스틱은 다르작끄 씨의 신변에서 발견한 것이라고 슬쩍 돌려 말했을 거예요! 그러나 사건이 계속 일어났으므로, 우리는 그만 스틱 같은 것은 잊어버리고 만 거죠. 그러나 어쨌든 우리는 아무도 눈치채지 못하는 사이에 바르메이에의 변신인 라루상을 꼼짝 못하게 만든 셈입니다. "

"그러나"

나는 그를 가로막으며 말했다.

"그가 스틱을 샀을 때, 그것으로 다르작끄 씨를 불리하게 만들 생각이 전혀 없었다면, 왜 노란 외투를 입고 운두 높은 모자를 쓰고, 다르작끄 씨와 똑같은 모습을 하고 있었나?. "

"범행 직후였기 때문이죠. 즉 범행을 마치자마자, 그는 또 다르작끄 씨로 변장한 것이죠. 당신도 알고 있는 그 목적을 위해 범행에 관계있는 일을 할 때는, 그는 언제나 그런 변장을 하고 있었으니까요. 하지만 이것은 당신도 짐작이 가겠지만, 그는 벌써 그때는 손의 상처 때문에 난처했던 거예요. 그래서 오페라 거리를 지나칠 때 문득 스틱을 살 생각이 든 거예요. 그리고 즉시 그 생각을 실행에 옮긴 거지요! 그때는 8시였다! 다르작끄 씨와 똑같은 풍채의 사나이가 스틱을 사고 그 스틱은 라루상이 가지고 있다! 그래도 나는 그 시각에는 범행은 이미 이루어진 뒤이다——막 끝난 뒤라고 추정하고 있었는데——더구나 다르작끄 씨는 결백하다고 확신하고 있었는 데도, 어째서 라루상을 의심하지 않았는지 모르겠어요! 사람은 때로……."

"아무리 우수한 두뇌를 가지고 있어도……."

내가 이어받아 말했다.

룰르따비유는 나의 입을 막고 더 이상 말을 못하게 했다. 그리고 내가 계속 질문을 퍼붓다 보니 그는 이미 나의 말을 듣고 있지 않았다. 기차가 빠리에 닿았을 때는 그를 잠에서 깨우느라고 정말 혼이 났다.

스땅제르송 양의 밀약

그 뒤 며칠 동안 그를 만날 기회가 있었으므로, 나는 그가 무엇을 하러 미국엘 갔는지 다시 물어 보았다. 그는 베르사유에서 돌아오는 기차 안에서 말해준 것 이상으로는 일체 말해 주지 않고, 사건의 다른 부분으로 화제를 돌리고 마는 것이다.

어느 날 그는 마침내 이렇게 말했다.

"하지만 당신도 알 만한 일이 아닙니까. 나로서는 라루상의 정체를 알 필요가 있었기 때문이에요 ! "

"그거야 그렇겠지만, 그러나 그것을 조사하러 미국까지 갔단 말인가 ? "

그는 파이프를 한 번 빨아들이는가 했더니 나에게 등을 보이고 말았다. 분명히 나의 질문이 스땅제르송 양의 비밀에 접근되는 일이었기 때문인 것 같았다. 라루상을 이처럼 무서운 관계로 스땅제르송 양에게 결부시킨 이 비밀이 스땅제르송 양의 프랑스에서의 생활에서만은 아무래도 설명할 수 없었으므로 룰르따비유의 생각으론 이 비밀의 근원은 스땅제르송 양의 미국 생활에 있을 것이라고 본 것이다. 이

때문에 그는 바다를 건너간 것이다. 그곳으로 가면 라루상이 어떤 자였는지도 알 수 있을 것이고, 그의 입을 봉하는 데 필요한 재료도 입수할 수 있겠지 하는 생각으로 필라델피아로 갔다는 것이다.

그럼 스땅제르송 양과 로베르 다르작11 씨에게 침묵을 지키게 한 그 비밀이란 도대체 무엇이었는가? 그 뒤 수많은 세월이 지나는 동안에 다른 신문의 모종의 기사도 있었고, 스땅제르송 박사도 모든 것을 알았고, 모든 것을 용서한 현재로선 이제 거리낌없이 일체의 것을 떨어놓아도 상관없을 것이다. 그리고 이것은 극히 짧게 이야기할 수 있는 것이며, 그것으로 모든 것을 정상적인 모습으로 되돌아가게 할 수 있기 때문이다. 왜냐하면 그 불행한 사건에서 처음부터 항상 피해자의 입장에 있었던 스땅제르송 양을 여러 가지로 비난하는 비열한 인물도 있었기 때문이다.

이야기의 발단은 먼 옛날로 거슬러 올라간다. 그 무렵 아직 어린 소녀였던 그녀는 아버지와 필라델피아에서 살고 있었다. 이때, 그녀는 아버지 친구 집에서 개최된 어느 무도회에서 예의바른 한 프랑스인과 알게 되었다. 그 남자의 언동, 기지, 부드러움, 사랑의 열렬함에 그녀는 완전히 매혹되어 버렸다. 그 남자는 대단히 유복하다고 했다. 그는 스땅제르송 박사에게 따님과 결혼하고 싶다고 말했다. 박사는 그 사람, 장 뤼셀의 신상을 조사했다. 그러자 곧 상대방은 사기꾼이라는 것이 밝혀졌다. 그런데 장 뤼셀이란 독자들도 알고 있듯이 프랑스를 쫓겨나 미국으로 도망간 그 유명한 바르메이에의 수많은 이름들 중 하나였던 것이다. 그러나 스땅제르송 박사는 그런 사실을 몰랐다. 따님은 물론이었다. 그녀는 그 뒤 다음과 같은 사정을 통해 처음으로 이 사실을 알게 된 것이다.

스땅제르송 박사는 뤼셀에게 딸을 못 주겠다고 거절했을 뿐 아니라

집에 오는 일까지도 거절했다. 그러나 처음으로 사랑에 눈뜬 마띨드의 어린 마음에는 이 세상에서 그녀의 장만큼 아름답고 또 선량한 사람은 없다고 생각하고 있었으므로 아버지의 이런 처사가 못마땅했다. 그녀는 이 불만을 아버지에게 감추려고도 하지 않았으므로 박사는 그녀의 마음을 가라앉히기 위해 오하이오 강변의 신시내티에 사는 늙은 백모네 집에 그녀를 맡겼다. 장은 그곳까지 마띨드를 쫓아갔다. 그리고 스땅제르송 양은 아버지에 대한 깊은 존경의 마음은 있으면서도 늙은 백모의 감시의 눈을 피해 장 뤼셀과 사랑의 도피를 하려고 결심했다. 그리고 미국의 결혼 절차가 간단한 점을 이용해 곧 결혼해 버릴 작정이었다. 사실 그대로 일은 진행되었다.

그들은 그곳에서 그리 머지않은 루이스빌로 도망쳤다. 그곳에서 살고 있던 어느 날 아침, 문을 두드리는 사람이 있었다. 장 뤼셀 씨를 체포하러 온 경찰이었다. 장의 항변도, 스땅제르송 박사 따님의 울음도 헛되이 그는 그대로 체포되고 말았다. 그때 마띨드는 경찰을 통해 자기 남편이 수많은 사람 중에서도 그 유명한 바르메이라는 것을 알았던 것이다!

절망한 나머지, 한 번은 자살까지 기도했던 마띨드는 어쨌든 신시내티의 백모네 집으로 돌아왔다. 백모는 그녀의 얼굴을 보고 너무 기뻐 숨이 막힐 지경이었다. 백모는 그 일주일 동안, 백방으로 그녀를 찾고 있었는데 아직 아버지한테는 그 사실을 알리지 않았다. 마띨드는, 아버지에게는 절대로 말하지 말라고 백모에게 부탁했다. 이런 중대한 사태에 있어 경솔한 일은 할 수 없다고 생각한 백모는 그녀가하라는 대로 하기로 했다. 마띨드 스땅제르송 양은 한 달 뒤 후회하는 마음에 가책을 받아 사랑도 식은 상태로 아버지 앞으로 돌아갔다. 원하는 것은 단 한 가지, 다시는 무서운 자기 남편, 바르메이에 대한 일을 듣고 싶지 않았다. 그리고 잘못을 범한 자기 자신을 언젠가는 용서할 수 있도록 스스로 양심에 부끄러움이 없는 인간이 되기 위해 있는 힘을 다해 연구에 몰두하며, 아버지를 위해 헌신하는 일이었다.

그녀는 마음 속에 맹세한 일을 계속 지켜왔다. 그러나 바르메이에가 죽었다는 소문이 퍼졌고, 그것을 믿었던 그녀가 모든 것을 로베르 다르작끄 씨에게 털어놓고, 그처럼 오랫동안 죄값을 치르는 생활을 한 결과 가까스로 이 신뢰할 수 있는 친구와 맺어지려는 더없는 기쁨을 마음 속으로 맛보려 할 때 운명은, 그녀 앞에 그 장 뤼셀, 즉 젊었을 때의 바르메이에를 재생시킨 것이다! 바르메이에는 그녀에게 로베르 다르작끄 씨와 결혼하는 일을 절대로 용서할 수 없다, 자기는 아직도 그녀를 사랑하고 있다는 사실을 알렸다. 불행히도 그것은 진실이었던 것이다.

스땅제르송 양은 조금도 주저하는 일 없이 로베르 다르작끄 씨에게 털어놓았다. 장 뤼셀이며 프레드릭 라루상인 바르메이에가, 옛날 둘이서 신혼생활을 즐겼던 루이스빌의 안락한 사제관의 추억을 그리워하며 "……사제관의 즐거움은 조금도 변함이 없고 그 뜰의 싱그러움도 여전하도다"라고 써서 보낸 편지도 보였다. 이 증오할 남자는, 자기는 유복한 몸이 되었다고 하며, 그녀를 또 그곳으로 데리고 가고 싶다는 말도 했다. 스땅제르송 양은 만일 이렇게 면목 없는 일을 아버지가 알게 된다면 자기는 자살해 버리겠다고 다르작끄 씨에게 언명했었고, 다르작끄 씨는 위협을 하거나, 힘을 써서라도, 만일 그 일 때문에 죄를 범하게 된다 하더라도, 단연코 그 미국인에게 침묵을 지키게끔 해주겠다고 맹세했었다. 그러나 다르작끄 씨에게는 그런 힘이 없었다. 만일 이 룰르따비유가 없었더라면 영락없이 지고 말았을 것이다.

한편 스땅제르송 양도 그 괴물 같은 악한을 싸고 돌아서 도대체 어떻게 되었을까? 첫번째 미리 몇번이고 협박을 받고 있었으므로 경계하고 있던 그녀 앞에 '노랑방'에 숨어 있던 그가 불쑥 나타났을 때 그녀는 그를 죽이려고 했다. 불행하게도 그녀는 그 일을 이루지 못했다. 그 이후 그녀는 죽을 때까지 그녀를 공갈할 수 있는 이 눈에 보이지 않는 남자의, 그야말로 잔혹한 자의 밥이 되고 만 것이다. 그 자는 그녀가 모르는 사이에 글랑디에 성의 그녀의 방 바로 옆에 기거하며 두 사람의 사랑의 이름을 내세우고 만나기를 강요한 것이다. 최근에는 제40국으로 보낸 편지로 신청해 왔다. 그 회견을 그녀는 거절했지만, 그 결과 '노랑방'의 참사가 벌어진 것이다.

두 번째의 신청은 우편으로 왔으며, 보통 편지처럼 회복기에 있는 그녀의 병실로 가져왔다. 그녀는 그 회견을 회피하여 간호사들이 있는 휴게실로 들어가 문을 잠가 버렸다. 이 밉살스러운 남자는 그 편지에 그녀의 현 상태로 보아 그녀가 나오기는 불가능하니까 며칠날 밤 몇 시에 자기가 그녀의 방으로 가겠다고 예고해 놓고, 추문거리가 되지 않도록 모든 준비를 해두는 것이 좋을 것이라고 씌어 있었다. 마띨드 스땅제르송은 대단한 바르메이에의 일이니 무슨 일이건 가리지 않고 해치운다는 것을 잘 알고 있었으므로 그렇게 해서 자기 방을 그에게 비춰 주고 만 것이다. 이것이 '불가사의한 복도'의 사건이다.

세 번째는 그녀가 자기 쪽에서 만날 준비를 한 것이다. 왜냐하면 우리도 기억하고 있듯이 라루상은 '불가사의한 복도' 사건이 있던 날 밤 그녀의 빈 방을 나오기 전에 최후의 편지를 당사자인 그녀의 방에서 써서, 그것을 그녀의 책상 위에 두고 갔었다. 이 편지는 좀더 실질적인 회견을 요구한 것이었는데, 그 뒤에 날짜와 시간이 지정되어 있고 그때, 그녀의 아버지의 서류를 갖다 주겠다는 약속을 했으나, 만일 이번에도 또 회견을 기피하게 되면 그 서류를 불태워 버리겠다는 위협적인 내용이 적혀 있었던 것이다. 그녀는 이 밉살스러운 남자가 그 귀중한 서류를 실제로 가져갔다는 것을 조금도 의심치 않았다. 이것은 어떤 유명한 절도 사건 때와 같은 범행을 다시 한 번 되풀이 한 데 불과한 것이다. 왜냐하면 그녀는 벌써 오래 전부터 눈치는 채 온 일이지만, 전에도 한 번 그 자신이 그런 줄도 모르는 그녀를 이용하며 그 유명한 필라델피아의 서류를 아버지 서랍 속에서 훔쳐낸 듯한 흔적이 있었기 때문이다. 그녀는 그가 어떤 인간인가를 잘 알고 있었고, 만일 자기가 그의 뜻을 따르지 않으면 과학상 큰 기대가 걸려 있는 그 막대한 노력과 연구의 성과도 마침내 재가 되어 버린다는 것을 충분히 상상할 수 있었다. 그래서 그녀는 1주일 동안 자기 남편이었던 이 남자에게 다시 한 번 1대 1로 만나보자. 그리고 어떻게든 그의 마음을 돌려봐야겠다고 결심한 것이다.

그 회견이 어떤 것이었는가는, 그다지 상상하기 힘든 일은 아니다. 마띨드의 애원, 라루상의 흉포한 태도, 그는 다르작끄 씨와의 결혼을 단념하라고 다그친다. 그녀는 다르작끄 씨를 사랑하고 있다고 분명히 선언한다. 마침내 라루상은 칼을 휘두른다. 그것도 다르작끄 씨를 교수대 위에 오르게 하겠다는 뚜렷한 생각을 가지고 한 일이다! 왜냐하면 자기는 어쨌든 빈틈이 없고 앞으로는 가면을 쓰고 라루상으로 행세하면 의심을 받을 염려도 없을 것이다. 그러는 반면 다르작끄 씨는 이번에도 또 시간을 어디서 어떻게 보냈는지 말을 못할 것이다라고 그는 생각한 것이다. 이 점에 대해서는 바르메이에는 미리 잘 생각해서 충분히 손을 써둔 것이다. 더구나 그 착상은 청년 룰르따비유가 알아냈듯이 아주 간단한 것이었다.

라루상은 마띨드를 협박한 무기와 같은 비밀을 사용해서 마찬가지 수법으로 다르작끄 씨를 위협한 것이다. 그는 다르작끄에게 마치 명령이라도 내리듯, 위압적인 편지를 써 보내어 곧 교섭을 갖도록 하자고 전제해 놓고 옛날에 그녀가 보낸 사랑의 편지를 다 내줄 수도 있고, 또 적당한 대상(代償)만 지불해 주면, 자기가 모습을 감춰 줄 수도 있다고 말했다. 다르작11는 마띨드가 라루상이 요구하는 대로 만나지 않을 수 없게 된 것이나 마찬가지로, 거절하면 내일이라도 비밀을 폭로하겠다는 위협을 받고, 그쪽에서 지정해 준 시간에 오라는 대로 회견장소를 찾아가지 않으면 안 되었던 것이다.

이리하여 바르메이에가 살인귀가 되어 마띨드를 덮치고 있는 바로 그 시간에 로베르는 에삐네에서 기차를 내렸는데, 그곳에 라루상과 한패인 기괴한 남자——이 '별세계의 인물'에 대해서는 언젠가 또 말할 기회가 있을 것이다——가 나타나 완력으로 그의 앞을 막아 시간을 허비하게 한다. 장차 재판에 회부되었을 때 다르작11가 이 시간적 일치의 이유를 도저히 설명할 수 없도록 해놓고, 그가 사형을 받게끔 해놓은 것이다. 그러나 바르메이에는 우리 룰르따비유의 존재를 고려하지 않고 계산을 했던 것이다.

'노랑방의 수수께끼'가 밝혀진 이상, 미국에서 있었던 룰르따비유의 발자취를 일일이 더듬어 볼 필요는 없을 것이다. 우리는 이 젊은 기자를 충분히 알고 있으며, 또 스땅제르송 양과 장 뤼셀과의 옛 연애 사건의 전모를 알아내는 데 그가, 그 튀어나온 이마 속에 정보를 입수하는 왕성한 능력을 얼마나 간직하고 있었는지도 알고 있다.

필라델피아에 가자마자 그는 곧 아더 윌리엄 랜스에 관해 여러 가지 사실을 문의했다. 스땅제르송 양에게 목숨을 건 헌신적인 행위를 했다는 그 이야기도 들었지만 동시에 또 그가 그 댓가로 무엇을 원하고 있었던가도 알려졌다. 그와 스땅제르송 양과의 결혼 이야기는 뜬소문으로, 그 무렵 필라델피아의 살롱가에 널리 유포되었던 일이었다. 이 젊은 학자의 경망한 행동이나 유럽까지 쫓아와 스땅제르송 양을 괴롭힌 끈질긴 행위나, 실연의 슬픔을 달랜다는 구실을 내세워 난

잡한 생활을 한 일이나, 모든 것이 룰르따비유로 하여금 아더 랜스에 대해 혐오를 느끼게 하는 일들뿐이었다. 그래서 그는 증언 대기실에서 아더 랜스를 그처럼 냉담하게 대했던 것이다. 그래서 그는, 곧 랜스는 라루상과 스땅제르송 사건에는 전혀 관계가 없다는 것을 알아차렸다. 그리고 뤼셀과 스땅제르송 양의 놀랄 만한 연애 사건을 알아낸 것이다.

이 장 뤼셀이란 어떤 사람이었을까? 그는 그 무렵 마띨드가 더듬었던 길, 즉 필라델피아에서 신시내티로 찾아갔었다. 신시내티에서 그는 나이든 백모를 찾아내어 그녀로부터 옛 이야기를 들을 수 있었다. 바르메이에가 체포되었다는 이야기는, 그에게 마치 섬광처럼 모든 것을 밝혀 주게 되었다. 그는 루이스빌로 가서 그 사제관도 찾아볼 수 있었다. 그 사제관은 오래된 식민지풍의 조용하고 아름다운 집이었고, 분명히 '그 즐거움은 조금도 변함이 없었다'. 그래서 그는 스땅제르송 양의 발자취에 작별을 고하고, 바르메이에가 그 무렵 더듬었던 길을 따라 감옥으로, 도형지(徒刑地)에서 도형지로, 범죄에서 범죄로 더듬어갔다. 그리고 최후로 뉴욕의 부두에서 유럽으로 돌아가는 배를 탔을 때는, 5년 전 뉴올리언즈의 라루상 모씨(某氏)라는 호상(豪商)을 죽이고 그 패스포트를 가진 바르메이에가 바로 이 부두에서 배를 탔었다는 사실을 룰르따비유는 알아냈던 것이다.

이것으로 독자는 스땅제르송 양의 비밀을 다 알았을까? 아니다, 스땅제르송은 남편 장 뤼셀과의 사이에 아이가 하나——남자아이가 하나 있었다. 이 아이는 그 나이가 많은 백모집에서 낳았는데, 이 일은 백모의 교묘한 조치로 미국에서는 아무도 아는 사람이 없었다. 여기에는 또 다른 이야기가 있으나 다른 기회에 말하기로 하겠다.

이같은 사건이 있은 지 약 두 달 뒤 나는 재판소의 벤치에 걸터앉아 우울한 표정을 짓고 있는 룰르따비유와 만났다.

"아아, 무슨 생각을 그렇게 하고 있나?"

나는 말을 걸었다.

"유난히 힘이 없어 보이는군. 친구들은 어떻게 지내나?"

"나에게는, 친구라고는 당신밖에 없어요."

그는 말했다.

"다르작끄 씨가 있지 않나."

"하기야 그럴지도 모르지만……."

"그리고 스땅제르송 양도 있고, 그래 스땅제르송 양은 좀 어떤가?"

"꽤 좋아졌어요. 꽤, 꽤 좋아졌……."

"그렇다면 그렇게 쓸쓸해할 건 없지 않은가."

"어쩐지 쓸쓸해졌어요. 흑의부인의 향수를 생각하니."

"흑의부인의 향수라고? 자네는 늘 그 향수 이야기만 하는데, 도대체 왜 그렇게 끈질기게 생각하나. 그 이유를 말해 주지 않겠나?"

"글쎄요! 언젠가는 말을 할 때가 있을지도 모르죠."

룰르따비유는 중얼거렸다. 그리고 그는 크게 한숨을 쉬었다.

밀실트릭의 역사적 걸작

앤드류 로이드 웨버의 뮤지컬 《오페라(극장)의 유령(Le Fantôme de l'Opéra)》이 세계적으로 폭발적인 인기를 누리고 있다. 지난 1986년 런던에서 초연된 이래 뉴욕, 시드니, 파리, 토론토, 서울 등 16개국의 92개 도시에서 절찬리에 공연되면서 지금까지 무려 30억 달러(3조 6천억원) 이상의 수입을 올렸다.

《오페라의 유령》은 프랑스 작가 가스통 르루(Gaston Leroux)의 작품이다. 그의 많은 작품들은 영화와 연극, 뮤지컬로 다양하게 각색되었는데, 사실 그를 성공으로 이끌어준 최대의 걸작은 《오페라의 유령》보다 《노랑방의 수수께끼》이다.

아르센 뤼뺑이 처음으로 등장했을 무렵, 모리스 르블랑에겐 한 사람의 경쟁자가 기다리고 있었다. 바로 다음해 1907년 《노랑방의 수수께끼(Le Mystère de la chambre jaune)》를 발표하여 세계를 놀라게 한 가스통 르루이다.

《노랑방의 수수께끼》는 세계 미스터리 문학사에서 가장 성공적인 작품으로 손꼽힌다. 온갖 사건들이 잘 짜여진 시간 속에 펼쳐지고 전혀 예상치 못한 인물이 범인으로 등장하는 이 작품은 출간 즉시 엄청난 성공을 거두었다.

미스터리가 융성하게 되기까지는 프랑스의 역할도 결코 적지 않았다. 볼테르의 《자딕》은 주인공이 실제로 보지도 않은 여왕의 개와 국왕의 말에 대하여 본 것처럼, 너무나 사실적으로 얘기하는 바람에 도둑으로 몰려 종신형을 받게 된다는 이야기인데 이 작품을 최초의 미스터리로 꼽는 견해도 있을 정도이다.

볼테르와 함께 미스터리의 형성에 공헌한 것으로는 도둑과 소매치기 등을 묘사한 작품으로, 악한소설, 기사도소설, 가공모험소설 등을 들 수 있을 것이다. 그것들이 미스터리로 이어지기까지에는 페니모 쿠퍼의 인디언 소설이나 사기범 꼴레, 절도·살인·사기·화폐위조범 코와니얄, 탈옥수 뷔독 등의 범죄 추상록이 있었다.

그 과도기에 발자크가 있었으며 결국 미스터리의 확립은 에드거 앨런 포에 와서 이루어진다. 그의 첫 작품 《모르그 거리의 살인사건》이 발표되고 프랑스에는 1846년에 번안되어 소개되었다. 1854년부터 다음해까지 보들레르의 번역으로 연재되고 단행본으로 간행되어 프랑스 국민에게 포의 이름이 널리 알려지게 되었다.

그후로, 포의 추상성을 현실화하고 비현실적인 인간을 일상의 평범한 인물로 변모시킨 에밀 가보리오의 작품이 등장하고, 영국에서는 코난 도일의 홈즈 탐정이 인기를 누린다. 프랑스 작가들도 자극을 받아 1906년에는 모리스 르블랑의 《괴도 뤼빵》이, 1907년에는 르루의 《노랑방의 수수께끼》가 발표된다.

이 작품으로 르루는 미스터리의 새로운 경지를 이룩했다는 평가를 받았다. 이 소설의 주인공은 영국의 셜록 홈즈와 비교할만한 인물로 공처럼 둥근 머리를 하고 있기 때문에 '룰르―따―비유(Roule-ta-bille ; 공을 굴려라)'라는 별명을 갖는다. 그는 가스통 르루처럼 스무

살도 채 안 된 〈에쁘끄〉지 연예부 청년 기자였다.

노랑방의 사건은 완전히 밀폐된 방안에서 발생한다. 분명히 범죄가 일어났지만 그곳엔 범인의 그림자도 없다. 물론 출입구도 전혀 없다. 범인이 벽을 부수고 빠져나갈 수도 없고 창문이나 마룻바닥이나 비밀 문 등을 이용하여 도망칠 수도 없다. 그러나 앨런 포의 경우나 코난 도일의 경우에는 엄밀히 말해서 방이 밀폐된 것은 아니었다. 이를테면, 《모르그 거리의 살인사건》의 경우는 성이라면 들어갈 수 있었던 굴뚝이 출입구로 되어 있었고, 《얼룩끈》의 경우에는 독사가 빠져나갈 만한 작은 구멍이 벽에 뚫려 있었다. 그렇게 되면 무엇보다도 재미가 없는 것이다. 그래서 르루는 금고같은, 밀폐된 실내의 범죄를 생각해낸 것이다. 문은 안쪽으로 잠겨 있고 창문에도 철책이 있다. 실내에는 피해자 스땅제르송 양이 숨이 끊어지기 직전의 빈사상태로 누워 있다. 참으로 기괴한 범죄가 이루어진 것이다.

범인은 어디로 빠져 나갔을까? 그것이 유령이었단 말인가. 이 수수께끼는 마지막 페이지에 가서야 해결된다. 독자들이 예상하는 유력한 후보자들을 제치고 말이다.

이 작품의 묘미는 '뜻밖의 범인'이란 트릭에 있다. 그 원형(原形)은 포의 단편이나 찰스 디킨스의 장편에서도 볼 수 있지만, 그 연출의 효과적인 점이 성공 요인이 된 것이다.

이처럼 가스통 르루의 작품은 대담하고 위험한 트릭을 페어플레이로 이끌어가며 줄거리 속에 엮어 넣어간 기법이 뛰어나고, 미스터리 특유의 서스펜스가 넘쳐 흐른다.

르루는 이 소설의 주인공 룰르따비유를 셜록 홈즈의 재생이라고 말한다. 찰스 디킨스의 작품에서 유머의 필법과 회화적인 묘사법을 터득했다고 말하는 그는, "아무리 잘 쓴 소설이라도 이 두 가지가 없다면 무미건조할 것이다"라고 말한다. 그래서 일뤼스뜨라씨옹이 뭔가 재미있는 연재물을 써달라고 주문해 왔을 때 이 《노랑방의 수수께끼》를 구상하면서, 코난 도일 이상가는 작품을 써야 하며 포가 창조한 미스터리보다 더 멋진 괴사건을 생각해내리라 결심한 것이다.

가스통 르루는 1868년 빠리의 생 마땡 거리에서 태어났다. 에우대학 시절, 그는 말썽꾼으로 이름이 나 있었지만 아주 우수한 학생이기도 했다. 특히 라틴어 과목에서 탁월한 재능을 보였던 그는 대학시절을 '처음으로 문학이라는 악마에 사로잡혔던' 때라고 말한다.

르루는 대학을 졸업하고 법률 공부를 하러 빠리로 떠났지만 시나 논문을 잡지에 투고하는 일에 더 맘이 쏠렸다.

그러던 어느 날 그에게 악명 높은 정치 테러범에 대한 기사를 써보라는 주문이 떨어졌다. 하지만 법정에 나간 그는 긴장감으로 온몸이 얼어붙어 테러범의 단 한마디 말도 받아적질 못한다. 그러나 곧 '강력하고 혼란스러운 직관의 이끌림을 받아' 글을 쓰기 시작했고 그의 기사는 신문 전면을 장식하며 팔려 나갔다. 이렇듯 르루는 '직관' 덕분에, 유명한 기자가 되고 미스터리의 새로운 경지를 여는 작가가 되었다.

1890년 즈음에는 저널리스트로서, 1894~1906년에 걸쳐 특파원으로 세계 곳곳을 돌아다녔으며, 1905년의 러시아혁명을 비롯하여 자신이 직접 체험한 여러 가지 사건과 모험의 기사를 써서 파리에 보냈다. 스칸디나비아 반도와 동유럽을 누비기도 하였고 아랍인으로 분장한 채 북아프리카에 숨어들기도 했다. 대단히 활기에 넘치지만 때로는 사납고 변덕스러워 종잡을 수가 없는 성격을 지녔던 그의 이러한 체험은, 그가 저술한 환상과 미스터리의 소재가 되었다. 그가 소설 한 편을 끝낼 때마다 책상 옆에서 하늘을 향해 권총을 쏘아대는 행동을 함으로써, 가족들에게 그 사실을 알리곤 했다는 일화만으로도 그의 기괴한 성격을 짐작할 수 있다.

1900년대 초부터 장편소설을 쓰기 시작했던 그는 특유의 기사체 문장을 구사하여 직접 사건 속으로 뛰어들어가 문제를 해결하는 치밀한 구성의 소설들을 연이어 발표했다. 그즈음 《노랑방의 수수께끼》로 명성을 얻어, 〈마땡〉지의 청탁을 받고 《흑의 부인의 향기(Le parfum de la Dame en Noir, 1990)》를 썼으나 전작보다 못하다는 평을 받았다. 또 러시아 황제에게 초청되어 허무당(虛無黨)이 얽힌 사건 해결을 위해 종횡으로 활약하는 《짜르의 초청을 받은 룰르따비유》를 비롯해 몇 편의 룰르따비유 탐정이야기 《오페라의 유령》《살인기계》 등과 괴인 셸리 비비를 주인공으로 하는 시리즈가 있으나 모두 통속적인 흥미를 노렸을 뿐이라는 평이었다.

가스통 르루가 최고 수준을 발휘, 온 정력을 기울인 《노랑방의 수수께끼》는, 세계 미스터리 문학사에 최대 걸작이 탄생했다는 찬사를 받으며 이제 매력이 넘치는 절대 고전명작으로 세계적 인기를 누리고 있다.